"OBÉISSEZ-MOI," ORDONNA TOR

Subjuguée, Lynn s'exécuta et posa le saladier sans protester. Puis il demanda : "Vous a-t-on déjà embrassée ? "

Elle fit non de la tête, ne pouvant dissimuler son affolement tandis que les doigts de Tor remontaient jusqu'à ses épaules. Puis il se pencha vers elle, et ses lèvres effleurèrent d'abord les siennes avec douceur, devenant progressivement plus insistantes. Au moment où une chaleur intense envahit tout son corps, Lynn vacilla dans ses bras, s'abandonnant à lui.

Se redressant, Tor déclara d'une voix un peu rauque : "Vous êtes très belle, Lynn. Un jour, " reprit-il, "je vous habillerai de satin et de soie. "

La peur que lui inspirait cet homme se réveilla à nouveau et elle s'écria : "Ne dites pas d'absurdités ! Vous savez bien que ce n'est pas vrai ! "

"Jusqu'à ce jour, personne ne vous a aidée à vous épanouir, " fit Tor d'une voix langoureuse, "mais moi, je vais m'en charger. "

LA NYMPHE DE SIOUX LAKE

**Ne manquez pas . . .
dans la collection**

HARLEQUIN SEDUCTION!

Ces grands romans sont en vente chez votre dépositaire
ou écrivez au
Service des Livres Harlequin, 649 Ontario Street,
Stratford, Ontario N5A 6W2

JOCELYN HALEY

LA NYMPHE DE SIOUX LAKE

HARLEQUIN SEDUCTION

PARIS • MONTREAL • NEW YORK • TORONTO

Publié en avril 1983

ISBN 0-373-45016-8

Dépôt légal 2e trimestre 1983
Bibliothèque nationale du Québec et Bibliothèque nationale
du Canada.

Imprimé au Québec, Canada —Printed in Canada

1

Très satisfait de son week-end, Tor descendit de voiture et s'étira nonchalamment, appelant le regard sur son grand corps athlétique. Oui, il venait de passer d'excellents moments. La pêche avait été bonne et il rapportait en particulier une truite magnifique que Marian allait lui préparer pour le dîner. Mais il voulait d'abord prendre une douche bien chaude. C'était sa manière à lui de fêter son retour à la civilisation. Quand il rentrait après avoir vécu quelques jours en pleine nature, il appréciait doublement les avantages du confort moderne.

Et pourtant, il adorait sa cabane en rondins, retraite secrète au bord du lac Skocum, protégée par un rideau de sapins d'un beau vert sombre. Il aimait écouter chanter les oiseaux en contemplant les eaux paisibles, imperceptiblement frémissantes. La maison la plus proche se trouvait à huit kilomètres, le premier village encore plus loin, et cette situation convenait parfaitement à Tor. Quand il se sentait las du luxe éblouissant de sa demeure d'Halifax et du tourbillon mondain dans lequel il était trop souvent entraîné, il partait là-bas goûter les plaisirs d'une vie simple et saine.

Combien de grands hommes d'affaires le pressaient cependant d'exécuter leur portrait pour l'accrocher dans leurs somptueux bureaux ? Combien de femmes riches et oisives rêvaient de poser pour Tor Hansen, le

jeune peintre à la carrière fulgurante ? « Il est si doué...
et si beau ! », se confiaient-elles entre elles. Tor n'ignorait pas qu'il faisait des ravages parmi ses innombrables
admiratrices.

Depuis deux ans, il jouissait d'une telle notoriété que
les personnalités de tous les horizons le sollicitaient. Il
pouvait se permettre d'accepter ou de refuser une
commande à son gré, et demander des sommes fabu-
leuses sans qu'on soulève la moindre objection. En
véritable artiste, il ne se contentait pas de reproduire un
visage sur une toile. Chaque coup de pinceau captait
une parcelle de l'essence intime de ses modèles et, au
bout du compte, au-delà du simple portrait, il accom-
plissait une œuvre de visionnaire. Hélas, son travail
commençait à souffrir de son succès.

Il ne put réprimer une grimace de mécontentement.
A peine arrivé à Halifax, il regrettait déjà la tranquillité
de sa cabane. Scrupuleux, le désir de préserver
l'authenticité de son inspiration le tourmentait. L'argent ne lui manquait certes pas, son père l'ayant mis
pour toujours à l'abri du besoin. Il s'était laissé prendre
au piège de la gloire sans s'en apercevoir. Chaque
tableau lui valait un concert de louanges et une petite
fortune, et il appelait d'autres tableaux qui à leur tour
lui apportaient... Non sans une ironie amère, il voyait
toute sa vie enchaînée aux lois de cette ronde infernale.

— Tor, mais que faites-vous ? On dirait que vous
venez d'apprendre une catastrophe !

— Oh... Helena !

Il se redressa lentement, dissimulant ses soucis derrière un sourire, et lança en forçant un peu son entrain :

— Bonsoir. Quel bon vent vous amène ?

— Je guettais votre retour, répliqua la charmante
jeune femme blonde dont la toilette raffinée contrastait
avec la tenue défraîchie de Tor.

Jetant un coup d'œil à sa petite montre ornée de
diamants, elle ajouta :

— Vous n'êtes pas en avance.

— J'ignorais que j'étais tenu de respecter un horaire, fit-il d'une voix neutre.

La jeune femme glissa son bras sous le sien en éclatant de rire avec coquetterie.

— Je plaisantais ! Mais je ne vous ai pas vu depuis vendredi. Je commençais à m'ennuyer de vous !

Il la considéra de son regard bleu encore empreint d'une certaine gravité. De toute évidence, il ne partageait pas les sentiments de son interlocutrice. Il lui déclara même sans façon :

— Ne vous approchez pas trop de moi, je sens le poisson !

Les sourcils froncés, elle murmura :

— Je ne comprendrai jamais ce qui vous attire dans cette cabane perdue.

— Cela m'étonnerait, en effet, admit-il tout bas, comme pour lui-même.

Sans se soucier de son humeur morose, elle poursuivit son bavardage sur un ton léger.

— J'avoue avoir pensé que vous y emmeniez des femmes, mais vous ne l'avez jamais fait, n'est-ce pas ?

— Ne vous ai-je pas emmenée une fois ?

Elle frissonna à la seule évocation de ce souvenir.

— Ah, ne m'en parlez pas ! Quel cauchemar de vivre sans eau, sans électricité et de faire la cuisine sur un feu de bois !

— Ce n'est pas un endroit pour vous, confirma-t-il en étudiant sa coiffure savante, puis chaque détail de sa tenue jusqu'à ses fins souliers de cuir exécutés sur mesure.

— Pas du tout ! renchérit-elle. Si seulement je savais pourquoi vous éprouvez sans cesse le besoin d'y aller ! A cause de vous, j'ai manqué une réception chez les Moreth hier soir.

— Pourquoi ne vous y êtes-vous pas rendue sans moi ?

— Parce qu'ils nous attendaient tous les deux, expliqua-t-elle.

— Cela n'a pas de sens. Nous ne sommes pas mariés, Helena, et pas même fiancés.

— Non…, fit-elle sans réussir à étouffer tout à fait un soupir. Il n'empêche que vous n'auriez pas dû disparaître de cette façon imprévue vendredi.

— J'ai obéi à une impulsion. Il fallait que je me change les idées, j'en ai ressenti la nécessité.

— Je l'admets, mais pourquoi ne m'avez-vous pas au moins avertie de votre départ ?

— Allons, Helena, vous me connaissez, vous savez que vous ne réussirez pas à entraver ma liberté.

— Je ne cherche pas à l'entraver, je vous demande seulement de ne pas oublier la courtoisie la plus élémentaire.

L'air las, il passa la main dans son abondante chevelure noire puis, de son regard acéré de portraitiste, il étudia le visage de sa compagne. Ses traits fins et ses grands yeux pervenche, soigneusement maquillés, lui conféraient une beauté indiscutable, mais le temps avait déjà creusé de minuscules rides aux commissures de ses lèvres et son sourire figé, dénué de naturel, trahissait son caractère un peu aigri.

— Nous n'avions pas convenu d'un rendez-vous ferme pour samedi, affirma-t-il assez sèchement. D'ailleurs, vous n'ignorez pas combien les Moreth me sont antipathiques.

— Gwendolyn et Harold font partie de mes amis, je me permets de vous le rappeler.

— J'en suis ravi pour vous. Allez les voir aussi souvent que vous le désirez.

Laissant échapper une exclamation d'impatience, il ajouta :

— Helena, le moment est mal choisi pour ce genre de discussion. J'ai faim et sommeil. Entrez donc et préparez-nous quelque chose à boire pendant que je prends une douche.

Pour d'autres raisons que Tor, Helena avait elle aussi horreur de ces disputes qui éclataient de plus en plus fréquemment entre eux, aussi s'empressa-t-elle d'accepter cette proposition :

— D'accord. Je vais vous composer votre cocktail préféré.

Ils gravirent le large perron de pierre de la demeure en forme de L dont les murs de briques patinées par un siècle d'embruns venus de l'océan se paraient de roses épanouies. Le majestueux édifice au toit d'ardoise donnait sur l'Atlantique dont il était séparé par un parc parfaitement entretenu.

Dans le grand hall au plafond voûté s'affairait Marian Hollman, une femme d'une cinquantaine d'années, qui s'occupait du ménage de Tor avec un dévouement incomparable. Elle l'avait vu naître et il la laissait prendre avec lui des libertés qu'il n'aurait concédées à personne d'autre, et surtout pas à Helena.

— Oh Tor, vous allez enlever tout de suite ces bottes boueuses ! Le reste ne vaut pas mieux d'ailleurs ! s'écria-t-elle en l'examinant de la tête aux pieds.

Elle n'ajouta qu'ensuite, sur un ton inexpressif :

— Bonsoir, Miss Thornhill.

L'hostilité instinctive qui régnait depuis toujours entre Marian et Helena avait cessé d'amuser Tor. Il s'en irritait à présent et demanda vite :

— Quoi de neuf ici, Marian ?

— Vous avez reçu un télégramme et une lettre. Michael les a posés sur votre bureau.

Michael, le mari de Marian, était le jardinier de la propriété. Hochant la tête, Tor déclara :

— Je ferais bien d'aller voir tout de suite de quoi il s'agit.

Retirant ses bottes comme l'en avait prié Marian, il traversa le tapis persan en chaussettes, se retenant difficilement pour ne pas s'emporter contre Helena qui le suivait sans la moindre gêne. Qu'il était devenu nerveux et susceptible ! Il devait absolument changer sa manière de vivre, mais de quelle façon ?

A la vue des deux enveloppes, il éprouva involontairement une légère inquiétude. Depuis la mort de ses parents l'année précédente, il ne lui restait plus aucune famille, hormis sa sœur Madeleine. Elle était en train de se faire un nom en qualité de décoratrice aux Etats-Unis et, en dépit des milliers de kilomètres qui les séparaient, ils gardaient un contact étroit grâce au téléphone et, trop rarement, à de brèves visites. Si Madeleine avait eu un problème, elle aurait appelé plutôt qu'écrit...

Avec une soudaine brusquerie, il déchira l'enveloppe et lut le télégramme qui, il s'en rendit compte tout à coup le cœur serré, était adressé à son père. « Regrettons devoir vous informer décès Paul Selby. D. Metcalfe. Murray, Cameron et Metcalfe, notaires associés. »

Tor parcourut ces lignes deux fois, les sourcils froncés. Paul Selby... Ce nom ne lui disait rien. A moins que... Il fouilla dans sa mémoire et se rappela finalement une photographie représentant son père, alors qu'il était encore jeune, dans un centre géologique du Nord de l'Alberta. Il avait ri de l'y voir, lui qu'il avait toujours connu très élégant, portant pour l'occasion une tenue poussiéreuse et un casque. L'un des hommes qui l'entouraient était-il Paul Selby ?

Oui, tout s'éclairait à présent. Tor crut soudain entendre son père lui expliquer comme il l'avait fait dans le passé : « A côté de moi, tu vois Paul Selby, un brillant géologue. Il ne nous a pas fallu longtemps pour devenir les meilleurs amis du monde. Nous sommes restés en correspondance régulière jusqu'au jour où il a brutalement cessé de m'écrire. J'ai appris par la suite qu'il avait eu des problèmes, je ne sais pas exactement lesquels. Il ne m'a plus jamais donné signe de vie. Quel drôle de personnage ! Intelligent, original, un peu sauvage aussi. Il était follement épris d'une artiste, une musicienne, il me semble. Il désirait l'épouser, mais je n'ai jamais su comment l'histoire a fini. Selby se montrait très discret sur ses affaires intimes. En tout cas, il n'était pas l'époux idéal pour une femme dotée elle aussi de volonté et de caractère. Il n'était pas commode, n'empêche que je regrette de ne plus être en relation avec lui... »

Que de temps écoulé depuis ces commentaires ! Et Paul Selby venait de disparaître... Mais pourquoi un notaire avait-il jugé nécessaire de prévenir son père de la mort d'un ami perdu de vue depuis de très longues années ? Perplexe, Tor saisit alors l'autre enveloppe, notant non sans appréhension son épaisseur.

— Sont-ce de mauvaises nouvelles, Tor ? s'enquit Helena.

Accaparé par ses pensées, il avait oublié la présence de la jeune femme.

— Un ami de jeunesse de mon père, que je n'ai pas connu, est décédé. Servez-nous donc à boire pendant que je lis cette lettre.

Dissimulant sa déception devant tant de froideur, Helena se mit sur la pointe des pieds, pressant à dessein son corps contre celui de Tor pour déposer un baiser sur sa joue. Puis, laissant derrière elle un nuage de parfum capiteux et ondulant légèrement des hanches dans sa robe bien ajustée, elle quitta la pièce.

Sans accorder la moindre attention à son manège, Tor se plongea dans la lecture de la missive :

« Cher monsieur Hansen, nous avons le regret de vous informer du décès de Paul Martin Selby, survenu le 12 août à Sioux Lake, Ontario. Conformément aux vœux qu'il a exprimés dans son testament, vous devenez le tuteur de sa fille unique, Lynn. Veuillez trouver ci-joint la lettre qu'il vous destinait et celle qu'il a écrite pour sa fille. Miss Selby demeurant dans un lieu très isolé, nous n'avons pas encore pu la joindre. Nous vous serions reconnaissants de prendre contact avec nous dans les plus brefs délais. »

Comme le télégramme, ces lignes étaient signées par D. Metcalfe. Tor croyait rêver. Le 12 août ! La mort remontait déjà à une semaine. Dépliant comme un

automate une carte du Canada, le jeune peintre chercha Sioux Lake. L'index comportait plusieurs localités
répondant à ce nom, dont une seule dans l'Ontario
cependant. Il repéra un point noir minuscule au milieu
d'une immense tache verte parsemée de lacs bleus et
sillonnée de cours d'eau. Il n'y avait pas le moindre
village, et à plus forte raison, pas la moindre ville dans
les environs sauvages de Sioux Lake. Parcourant des
yeux les kilomètres de nature encore vierge qui s'étendait sans interruption à partir du petit îlot humain pour
ne s'arrêter qu'à la baie d'Hudson, Tor sentit naître en
lui une étrange excitation.

Il relut la lettre, s'interrompant en souriant lorsqu'il
arriva à la phrase : « Miss Selby demeurant dans un lieu
très isolé... » Le notaire ne lui indiquait pas son âge. Il
s'imagina spontanément une fillette chétive, avec une
grande queue de cheval et un regard grave. L'enfant
était sans doute orpheline à présent puisque l'avoué ne
parlait pas non plus de sa mère.

Orpheline. Ce mot sut éveiller sa compassion. Il se
souvenait de la détresse qu'il avait éprouvée, à trente
ans passés, en perdant ses parents dans un accident. S'il
avait tant souffert à son âge, cette enfant vivant en
outre dans une contrée déserte devait souffrir encore
mille fois plus. Mais que pouvait-il faire pour elle ?

— Voici votre cocktail, chéri.

— Merci, fit-il distraitement.

Assise sur le bras du fauteuil le plus proche et
croisant ses jambes avec une élégance calculée, Helena
déclara :

— Pourquoi cette expression sombre ? Je m'étonne
que le décès d'un ami de votre père vous touche à ce
point.

— Si vous étiez à ma place, il vous toucherait,
répliqua-t-il, l'air songeur. Figurez-vous que mon père
est désigné tuteur d'une enfant qui habite dans un coin
perdu du Nord de l'Ontario, expliqua-t-il.

— Que dites-vous ?

Tor exposa patiemment à sa compagne le contenu de la lettre, il lui montra ensuite Sioux Lake sur la carte, puis lança :

— Accordez-moi encore une minute. Je voudrais prendre connaissance des documents joints par le notaire.

La première lettre, rédigée douze ans plus tôt par Paul Selby, était adressée à son père. Paul Selby priait Peter Hansen de veiller sur sa fille au cas où il viendrait à mourir. Son écriture nerveuse, la manière sèche dont il formulait ses phrases, incitèrent Tor à se représenter un homme orgueilleux, qui comptait sans doute peu d'amis et ne leur avait probablement jamais rien demandé. Sur la seconde enveloppe, il s'était borné à tracer en grands caractères le prénom de sa fille, et Tor la tourna et la retourna entre ses doigts sans l'ouvrir.

— Je ne vois pas pourquoi vous vous préoccupez tant, affirma Helena avec impatience. Il vous suffit d'informer ce M. Metcalfe du décès de votre père, et l'affaire sera close.

Tor avait déjà envisagé plusieurs solutions, mais celle-là ne lui était même pas venue à l'idée.

— Je ne peux pas agir ainsi, Helena. Mon père a été l'ami de Paul Selby et, sans avoir connu cet homme, je jurerais qu'il était plutôt solitaire et peu liant. Il ignorait de toute évidence la disparition de mon père et il est mort en croyant sa fille en sécurité. C'est un cas de conscience pour moi.

— Que comptez-vous faire ? s'enquit la jeune femme, ne cachant plus son irritation. Vous n'allez tout de même pas adopter cette petite sauvageonne de Sioux Lake ?

— Il n'est pas question d'adoption, répliqua Tor qui conservait son calme au prix d'un immense effort. Je ne sais d'ailleurs rien sur cette enfant, même pas son âge. Non, sans aller aussi loin, je dois tout de même accorder à ce problème l'attention qu'il mérite.

Sarcastique, Helena lança :

— Je serais étonnée que des hommes de loi honnêtes vous permettent d'adopter un enfant, Tor chéri ! Vous ne menez pas exactement ce que l'on appelle une vie exemplaire !

Elle se leva et rejoignit son compagnon, l'obligeant à quitter son fauteuil à son tour. Très sensuelle, elle promena ses mains sur son torse avant de les nouer autour de son cou.

— Vous ne m'avez même pas encore embrassée aujourd'hui ! lui reprocha-t-elle d'une voix altérée par le désir.

— Helena, je…

— Embrassez-moi ! implora-t-elle en amenant son visage près du sien et en se serrant amoureusement contre lui.

Un petit coup retentit à la porte et Marian annonça :

— Le dîner sera prêt dans un quart d'heure, monsieur Hansen. Faut-il ajouter un couvert pour Miss Thornhill ?

— Oui ! s'exclama vivement Helena, le regard animé d'une lueur meurtrière, et, sans beaucoup baisser le ton, elle enchaîna : vieille indiscrète. Elle savait que nous étions seuls et elle n'a pas résisté à la tentation de nous déranger ! Je me demande vraiment pourquoi vous la gardez à votre service !

— Elle travaille ici depuis si longtemps qu'elle fait partie de la famille, vous le savez très bien. D'ailleurs, elle me donne toute satisfaction et, dans la mesure où je paie les salaires de mes domestiques, j'estime pouvoir employer qui je veux.

S'empressant de surmonter sa contrariété, Helena lança d'un ton léger :

— Oh, pardonnez-moi chéri, j'avais oublié vos principes démodés de fidélité et de loyauté ! Ils ne s'accordent pas avec votre allure, vous savez !

Elle l'étudia un instant, prenant un plaisir visible à admirer sa silhouette puissante et élancée, ses traits énergiques et ses yeux d'un bleu très lumineux.

Pour clore le sujet, Tor déclara en feignant l'humour :

— Si je ne m'occupe pas au plus vite de mon allure, ni vous ni Marian ne m'autoriserez à pénétrer dans la salle à manger ! Aussi, je vous prie de m'excuser quelques instants, Helena.

Il monta deux par deux les marches de l'escalier sans plus penser à Helena ni à Marian. En esprit, il était auprès de la jeune orpheline inconnue de Sioux Lake. Refermant la porte de sa chambre derrière lui, il se déshabilla et entra dans le bac à douche où il oublia tout pour goûter un moment de détente complète pendant que le puissant jet d'eau chaude martelait ses muscles et tissait autour de lui un cocon de vapeur. Une serviette nouée à la taille, il retourna ensuite dans sa chambre et, sans savoir exactement comment il avait pris cette décision, il composa le numéro de téléphone indiqué dans l'en-tête de la lettre du notaire.

Pendant les quelques instants qui s'écoulèrent avant qu'il n'obtînt la communication, Tor s'interrogea. Pourquoi manifestait-il cette hâte à appeler l'homme de loi ? D'ailleurs, un dimanche soir, personne n'allait lui répondre. Et pourtant, quelqu'un décrocha presque immédiatement.

— Murray, Cameron et Metcalfe, bonsoir, fit une voix masculine.

— Bonsoir, pourrais-je parler à M. Metcalfe, s'il vous plaît ?

— C'est lui-même.

— Je suis Tor Hansen, monsieur Metcalfe, et je vous appelle d'Halifax.

— Je suis très heureux de vous entendre, monsieur Hansen.

— J'ai reçu un télégramme et une lettre de vos bureaux à propos du décès de Paul Selby. Elles étaient adressées à mon père, Peter Hansen.

— En effet.

— Mon père étant mort depuis un an, je me suis permis de prendre connaissance de ce courrier.

— Ah, je suis désolé d'apprendre la disparition de M. Hansen. Cela change tout.

— Si mon père était encore de ce monde, il aurait eu à cœur de bien régler cette affaire, monsieur Metcalfe, aussi suis-je pleinement disposé à me rendre à Sioux Lake pour voir dans quelles conditions vit Lynn Selby et la questionner sur ses intentions. N'avez-vous aucune idée de son âge ?

— Aucune. M. Selby était seulement un client occasionnel, et nous possédons peu de renseignements, expliqua le notaire d'une voix neutre. Mais vous savez, monsieur Hansen, rien ne vous oblige à...

— Je le sais, mais pour mon père, je tiens à faire mon devoir.

Apparemment étranger aux grands sentiments, M. Metcalfe affirma :

— Il n'est pas dans mon intérêt de vous décourager, monsieur Hansen, car ma société a vraiment hâte de liquider ce problème.

Tor ne put réprimer un sourire en se demandant comment aurait réagi Lynn Selby si elle s'était entendue traiter de « problème ».

— Et pourtant, enchaîna M. Metcalfe, aller à Sioux Lake représente une réelle expédition. D'Halifax, vous pouvez bien sûr prendre un avion jusqu'à Toronto. Ensuite, le train vous amènera à Caribou Lake et là, il vous faudra vous débrouiller. Par-dessus le marché, Miss Selby ne réside pas à Sioux Lake même, mais encore plus à l'écart, dans un lieu indéterminé.

Le sourire de Tor s'accentua. Il s'amusait de la condamnation implicite qui transparaissait dans les propos de M. Metcalfe. Les gens qui vivaient en des « lieux indéterminés » ne lui facilitaient évidemment pas la tâche.

— Je la trouverai, assura Tor, et je reprendrai aussitôt contact avec vous.

— … Oui, murmura le notaire sur un ton légèrement hésitant. Si vous deviez devenir le responsable légal de l'enfant, il faudrait régler la question de sa pension. Mais nous n'en sommes pas encore là.

— Je vous rappellerai dans quelques jours, monsieur Metcalfe.

— Entendu, monsieur Hansen, je vous remercie. Je vous suis profondément reconnaissant de votre bonne volonté. A bientôt.

Très songeur, Tor raccrocha et, dénouant sa serviette, entreprit de s'essuyer machinalement. Avec la même distraction, il sortit un pantalon et une chemise de sa penderie, et s'habilla. Debout devant la glace murale, il se recoiffa ensuite sans paraître remarquer combien ses habits bleus à la coupe impeccable s'accordaient à son charme viril. Il ne pensait plus qu'à son voyage, se promettant de téléphoner à Air Canada tout de suite après le dîner pour réserver sa place.

Lorsqu'il raconta son entretien avec le notaire à Helena, celle-ci s'assombrit et protesta :

— Vous venez seulement de rentrer, Tor ! Combien de temps allez-vous encore vous absenter ?

— Pas plus de quelques jours.

— Je pourrais vous accompagner ?

— Voyons, Helena, je vais dans le plus reculé des…

— Je m'arrêterai à Toronto. Pourquoi n'y passerions-nous pas une petite semaine ensemble ? coupa-t-elle, pleine d'espoir. Ensuite, vous continuerez votre route sans moi.

Tor avait analysé en toute lucidité les motifs de l'attrait qu'il exerçait sur Helena et, parmi les plus importants, il savait très bien que la jeune femme tirait une grande fierté de se montrer en public avec lui. Dire que quelques mois plus tôt, il avait brièvement nourri l'illusion d'avoir enfin trouvé celle dont il rêvait, celle qui allait vivre avec lui un amour profond et inaltérable comme celui de son père et de sa mère ! Hélas non, ce n'était pas encore avec Helena qu'il partagerait un bonheur semblable à celui qui avait illuminé l'existence de ses chers parents. Elle n'avait pas tardé à trahir son caractère superficiel et égocentrique. Appréciant son charme et l'esprit dont elle voulait bien faire preuve à l'occasion, Tor continuait cependant à la voir... tout en pressentant que leur liaison n'aurait pas d'avenir.

— Non, Helena, je pars seul, déclara-t-il sur un ton sans réplique.

— Je me demande pourquoi vous prenez la peine d'entreprendre ce voyage, rétorqua-t-elle, furieuse.

— Ne vous l'ai-je pas déjà expliqué? lança-t-il avec lassitude. Mon père aurait souhaité que je le fasse.

Il joua distraitement avec ses couverts avant d'ajouter d'une voix posée :

— Mais pour être honnête, Helena, ce n'est pas la seule raison. J'ai besoin de quitter de nouveau Halifax. Mon art est en train de devenir une routine et je ne peux pas le supporter. J'ai besoin de quelques journées supplémentaires pour me régénérer. Le contact avec la nature m'a toujours été très bénéfique.

Repoussant sa chaise, il se leva et marcha jusqu'à l'une des grandes fenêtres qui donnaient sur l'océan. Les mains dans les poches, le regard perdu dans les teintes voilées du crépuscule, il ajouta :

— Comprenez-moi, Helena, je suis un artiste. Ma vie et ma peinture sont inextricablement liées. Si je me sens mal à l'aise dans ma vie, ma peinture en subira le contrecoup. Evidemment, je serai toujours capable de produire des portraits qui jetteront de la poudre aux yeux, mais moi, je saurai qu'il leur manquera l'âme.

— Vous exagérez, Tor! s'exclama-t-elle avec un petit rire insouciant qui le contraria. Il ne vous faut pas davantage de solitude, mais moins, croyez-moi! Vous réfléchissez déjà beaucoup trop.

En parlant, elle s'était approchée de lui et, avec des manières câlines, elle noua ses bras autour de sa taille et appuya sa joue contre son dos.

— Allons nous coucher, Tor.

— Vous ne m'avez même pas écouté ! s'écria-t-il en la repoussant violemment.

— Tor ! fit-elle d'une petite voix implorante.

Il prit une grande inspiration et, renonçant à discuter avec elle, il annonça :

— Vous feriez bien de partir à présent, je suis de mauvaise humeur ce soir et ma compagnie n'est rien moins qu'agréable. Je vais essayer de partir dès demain matin et je vous téléphonerai à mon retour.

A contrecœur, Helena dut le laisser la reconduire jusqu'à sa voiture. Quand elle essaya de prolonger leur baiser d'adieu en une étreinte plus sensuelle, il s'écarta fermement d'elle.

— A bientôt, déclara-t-il tandis qu'elle s'installait au volant, révélant avec une rouerie toute féminine ses cuisses gainées de soie.

Une lueur de mécontentement dans son regard pervenche, elle affirma sur un ton ironique :

— Si vous vous préoccupez tant de votre art, méfiez-vous avant de vous charger d'un enfant. Le rôle de père, même adoptif, vous prendra votre liberté, n'en doutez pas. Y avez-vous pensé ?

— Chaque chose en son temps, Helena. J'y songerai le moment venu. Bonsoir.

— Lynn, je voudrais que tu restes.

— Non, Margaret, je dois rentrer. Je suis partie depuis dix jours déjà. Il faut que je retourne m'occuper du jardin.

— Bien, fais tout ce que tu as à faire et reviens demain. Nous passerons encore quelques jours ensemble.

Margaret Whittier adressait à la jeune fille son sourire le plus persuasif. Elle portait ses trente ans avec grâce et son visage, lumineux d'intelligence, exprimait le contentement d'une épouse et d'une mère de famille comblées.

— Je ne sais pas si...

Profitant de l'indécision de son interlocutrice, elle ajouta :

— Je te propose même mieux. Nous irons à Toronto. Un changement complet te fera le plus grand bien. Allez, dis-moi que tu es d'accord !

La simple évocation de Toronto réveilla chez Lynn une certaine indécision. D'un côté, elle rêvait de connaître enfin la ville gigantesque au bord du lac Ontario avec ses gratte-ciel, ses restaurants, ses magasins, ses parcs, ses usines et son port. Le goût de l'aventure l'invitait à partir à la découverte de cette cité. D'un autre côté, elle avait vécu trop longtemps avec son père, plein de haine à l'égard de la folle agitation des « ruches humaines », comme il avait coutume de les appeler, pour envisager ce voyage sans appréhension. Toronto constituait pour Lynn un monde totalement étranger.

— Non, Margie chérie, plus tard peut-être, mais pas pour le moment. C'est trop tôt, je... je crois que j'ai surtout envie de me retrouver chez moi.

Elle baissa les yeux, contemplant un instant les eaux de Sioux Lake qui secouaient légèrement le canoë attaché à la jetée. Sa compagne poussa un soupir.

— Que comptes-tu faire à présent, Lynn ?

— Je viens de te l'expliquer, je retourne chez moi.

— Je ne parle pas du futur immédiat. Mais pour la suite, que prévois-tu ?

— Je n'ai pas l'intention de changer quoi que ce soit à mon existence.

— Voyons, tu ne peux pas rester là-bas toute seule !

— Pourquoi pas ? Quand papa partait en expédition, j'étais livrée à moi-même pendant des jours et des jours.

— Ce n'est plus pareil désormais, tu le sais très bien. Tu ne dois pas te...

Margaret s'interrompit, découragée par l'expression déterminée de la jeune fille. Changeant de tactique, elle abandonna son ton suppliant pour lui annoncer :

— J'ai discuté avec Bernard hier soir et il a pensé que tu pourrais passer l'hiver avec nous.

Bernard, le mari de Margaret, appartenait à la police canadienne. Il était responsable d'une vaste zone de forêt et de sa population diverse et éparpillée. Lynn le respectait pour l'usage sage et habile qu'il faisait de son autorité. Touchée par l'intérêt qu'ils lui témoignaient, lui et sa femme, elle sut toutefois immédiatement qu'elle n'accepterait pas leur offre.

— Tu ne veux pas ? devina Margaret.

— Tu me connais trop bien ! répliqua-t-elle avec un tout petit sourire.

— Cela ne me regarde pas, mais ton père t'a-t-il laissé de l'argent ? s'enquit la jeune femme, l'air soucieux.

— Je ne crois pas.

— N'a-t-il jamais mentionné l'existence d'un testament ?

— Non, fit Lynn, surprise par cette éventualité qui ne lui était pas une seule fois venue à l'esprit.

Un peu embarrassée, Margaret toussa pour s'éclaircir la voix.

— Figure-toi que quelque temps après que nous eûmes fait sa connaissance, Bernard et moi, ton père nous a priés au… au cas où il lui… arriverait malheur, de contacter un notaire de Toronto. L'un de nos amis étant justement parti pour Toronto le lendemain de la crise cardiaque qui… qui l'a emporté, nous avons chargé cette personne de téléphoner au cabinet en question.

Margaret frémit malgré elle au souvenir du visage torturé de Lynn quand elle était venue leur annoncer la tragique nouvelle.

— Ton père a peut-être laissé des instructions à cet avoué, conclut-elle.

— Peut-être, concéda Lynn en haussant les épaules. Mais Papa ne possédait rien. Je ne m'attends pas au moindre héritage.

— Si tu acceptais d'habiter chez nous, tu m'aiderais à m'occuper des enfants et je te paierais pour ta peine. Je sais bien que tu ne voudrais pas dépendre de notre charité.

— Ecoute, Margaret, ce n'est pas la question de l'argent qui m'empêcherait de m'installer chez toi, et je vous suis très reconnaissante à Bernard et à toi de vous montrer si hospitaliers. Mais j'ai toujours vécu dans ma petite maison et je ne m'imagine pas ailleurs.

Elle étudia la côte rocheuse, le groupement irrégulier des maisons en bois de Sioux Lake, les embarcations amarrées au bord du lac, le petit hydravion de la police qui se balançait sur les flots, et elle secoua finalement la tête.

— J'aime venir vous rendre visite, Margaret, mais je me réjouis toujours au moment de repartir chez moi. J'ai l'impression de mener une vie plus vraie là-bas, dans la paix et la solitude.

— Tu te trompes, déclara Margaret avec fermeté. Il n'y a pas de vraie vie loin des gens et tu t'obstines à les fuir.

Eprouvant une pointe d'irritation devant l'insistance de son interlocutrice, Lynn répliqua :

— Nous n'allons pas recommencer cette éternelle discussion. Tu oublies que j'ai été élevée dans des conditions particulières qui m'ont rendue différente des jeunes filles de mon âge. Il te faudrait une baguette magique pour transformer la petite sauvageonne que je suis en une demoiselle sophistiquée de Toronto. Je deviendrais folle si je devais demeurer dans une ville !

— Qu'en sais-tu ? Tu n'as jamais essayé !

Lynn étouffa un soupir imperceptible, décidée à ne pas se disputer avec sa seule amie.

— Donne-moi un peu de temps. J'irai peut-être à Toronto avec toi cet hiver, au moins pour visiter la ville mais, pour le moment, mon jardin a besoin de moi !

Lynn, l'expression lointaine, se préoccupait déjà de définir la direction du vent, jugeant qu'il était l'heure de partir puis, quand elle ramena son regard sur Margaret, elle remarqua soudain son air anxieux.

— Qu'y a-t-il, Margaret ?

— Mais... rien.

— Je te trouve étrange tout à coup. Ces derniers jours, j'étais tellement accaparée par mes pensées et mon chagrin que je ne t'ai pas accordé beaucoup d'attention, il est vrai. Tu sembles... inquiète.

— Je suis fatiguée. N'oublie pas que j'ai deux petits garçons !

— Je sais bien qu'ils te donnent du travail, mais tu n'es pas seulement fatiguée. Tu as des soucis.

Trahie par son visage où le moindre de ses sentiments se peignait, Margaret s'exclama :

— Cela se voit donc tant !

— Allons, raconte-moi tout. Je m'en veux de ne m'être aperçue de rien jusqu'à maintenant.

— Estimant que tu avais suffisamment de problèmes, nous désirions te cacher celui-là, Bernard et moi.

— De quoi s'agit-il ?

Margaret n'essayait plus de dissimuler son angoisse à présent.

— Te souviens-tu du procès de Gilbert Duval ?

— Bien sûr, affirma Lynn, qui pourrait oublier cette horrible histoire ?

Au mois de mars de cette même année, alors qu'une épaisse couche de neige recouvrait encore le sol et que les lacs étaient gelés, Gilles Lemieux, un vieux trappeur, avait été découvert sauvagement assassiné dans son logis à cinquante kilomètres au nord de Sioux Lake. On lui avait volé toutes ses fourrures. Avec un courage et une détermination exemplaires, Bernard avait recherché le meurtrier dix jours durant dans le blizzard. Deux mois plus tard, un autre trappeur connu pour son tempérament violent, Gilbert Duval, était jugé et envoyé en prison.

— Eh bien, Gilbert purge sa peine, déclara Lynn.

— Oui, mais il a un frère, Raoul Duval. Il vivait du côté de Moosonee. Or, depuis le procès de Gilbert, il rôde par ici. Il sait que Bernard est l'auteur de la capture de son frère et il veut le venger. Il est passé à la maison un soir et a dit à Bernard qu'il regretterait d'avoir procédé à cette arrestation. Oh, si tu avais vu son air quand il l'a menacé !

— Est-il revenu depuis ? s'enquit Lynn.

— Pas chez nous mais chaque fois que je sors de la maison, je l'aperçois. Il le fait exprès, pour m'affoler. Et malheureusement, nous ne pouvons rien faire. Il n'existe aucune loi pour lui interdire de rester ici.

Très attentive soudain, Lynn demanda :

— N'est-ce pas un homme roux, avec une barbe ?

— En effet.

— Alors je l'ai entrevu hier. Il parlait aux enfants par-dessus la clôture.

Margaret pâlit à cette nouvelle.

— Si jamais il ose les toucher, je le tuerai moi-même ! Oh, Lynn !

Partageant son effroi, la jeune fille suggéra :

— Tu devrais peut-être aller t'installer pendant quelque temps avec eux à Guelph, chez tes parents.

— Bernard y a songé, mais je ne veux pas le quitter alors qu'il est en danger lui aussi. D'ailleurs, mon père est trop vieux pour supporter mes deux petits diables.

Sans y croire elle-même, Lynn déclara afin de tenter de rassurer son amie :

— Il faut espérer que Raoul se lasse et retourne à Moosonee. Ecoute, je rentre le temps de m'acquitter des tâches les plus urgentes et je reviens, d'accord ?

— Tu es gentille, mais je connais ton désir de demeurer quelques jours tranquille chez toi. Je te propose un compromis. Reviens la semaine prochaine quand Bernard partira en tournée.

— Entendu, fit Lynn en embrassant la jeune femme. Essaye de ne pas trop te tourmenter jusque-là. Je suis sûre que Raoul veut simplement vous effrayer. Et merci encore pour tout ce que tu as fait pour moi.

Sans se douter des changements qui allaient s'opérer dans sa vie d'ici sa nouvelle visite à Margaret, Lynn détacha son canoë avec agilité et l'écarta de la jetée au moyen de sa pagaie. Le cœur serré, Margaret regardait la gracieuse silhouette de son amie se détacher sur les eaux grises du lac. Qu'elle était belle, même vêtue d'un vieux jean et d'un chemisier à carreaux ! Et elle ne s'en doutait même pas. En deux ans, Margaret n'avait jamais surpris chez elle la moindre manifestation d'orgueil.

Elles avaient fait connaissance par hasard. Bernard avait rencontré Paul Selby et sa fille dans un entrepôt de fourrures et il les avait invités à déjeuner, sachant combien Margaret rêvait d'avoir une amie. La jeune femme revit en pensée les traits un peu crispés de Paul Selby, son regard gris, métallique, ses manières taciturnes. Elle s'était toujours irritée de la façon dont il imposait à Lynn ses opinions et son mode de vie, mais celle-ci n'avait jamais semblé en souffrir. Charmante et spontanée, elle avait immédiatement plu à Margaret. Souvent, elle l'avait conviée à l'accompagner à Guelph ou à Toronto, mais son terrible père s'y était catégoriquement opposé.

Pas une seule fois, Lynn n'avait revendiqué sa liberté. Etait-elle donc vraiment heureuse ainsi ? Margaret avait-elle tort de souhaiter pour elle des relations, une vie plus animée et un jour, un mari et des enfants ? Elle ne trouverait rien de tout cela à Sioux Lake, songea-t-elle tristement. Pas plus que Lynn, elle ne pouvait s'imaginer que le destin allait bientôt frapper à sa porte.

2

Tandis qu'elle remontait le lac en canoë, sans s'écarter du rivage à cause du brouillard, Lynn pensait à son père. Elle avait chaud malgré le petit vent frais qui hérissait la surface de l'eau, car mener la petite embarcation lui demandait un certain effort physique. Elle s'y adonnait avec d'autant plus d'acharnement qu'elle voulait oublier le problème soulevé par Margaret. Pourtant, elle avait déjà plus d'une fois envisagé d'elle-même son avenir avec crainte depuis dix jours.

Paul Selby avait travaillé comme trappeur. Les fourrures qu'il ramenait chaque hiver leur avaient permis d'acheter la nourriture et les vêtements qu'ils ne pouvaient se procurer par eux-mêmes. En chassant, Paul Selby avait rapporté au foyer la viande, chevreuil, caribou, coq de bruyère ou lièvre ; en pêchant, le poisson, truite et bar. Quant à Lynn, elle avait appris à s'occuper de leur intérieur, à préparer les repas et à entretenir un jardin potager. Son père ne s'était jamais montré bavard et expansif, mais elle savait qu'elle lui avait fait plaisir en se rendant utile.

A présent, elle se retrouvait seule chez eux et son travail ne servait plus qu'à elle.

A travers la brume, elle discernait le rivage de granit escarpé où s'accrochaient des arbustes malingres et tordus qui plongeaient leurs racines dans les fissures.

Derrière, elle devinait sans la voir l'immense forêt sauvage qui s'étendait jusqu'à la toundra de l'Arctique.

Cette région du monde où l'homme était un étranger appartenait à l'ours, au lynx, au cerf et à l'élan. En proie à une peur qu'elle n'avait jamais encore éprouvée, Lynn se sentit fragile devant cette nature indomptée, aux lois impitoyables.

Elle se mit à pagayer avec un surcroît d'énergie et le canoë fendit plus vite les eaux du lac. Son père l'avait rendue consciente des dangers de cette contrée mais jusque-là, elle s'était astreinte à respecter quelques règles de prudence sans avoir l'impression de vivre dans un milieu réellement hostile. Ses sentiments changeaient à présent parce qu'elle se trouvait seule au monde, aussi seule que le renard soudain victime d'un piège en pleine forêt.

Refusant de céder au désespoir, elle attribua son trouble au choc que lui avait causé la mort de son père. Une fois réinstallée chez elle, elle allait sûrement se ressaisir.

Mais elle n'était pas encore arrivée. Elle devait porter son canoë par deux fois sur des terrains marécageux et pagayer encore une bonne heure avant d'atteindre la cabane que Paul Selby avait construite de ses propres mains. Il n'avait pas choisi un lieu tellement reculé au hasard ou pour sa beauté, mais dans le but avoué de s'éloigner des autres hommes. L'endroit possédait toutefois aussi un charme infini avec sa petite plage de sable clair en forme de croissant, contrastant avec les sapins d'un vert si foncé. Un ruisseau qui se jetait dans le lac coulait avec un doux murmure tandis que les oiseaux chantaient du printemps à l'automne.

Parvenant enfin à destination, Lynn attacha son embarcation, et en sortit son sac à dos. Dans la lumière déclinante de cette fin d'après-midi, la maisonnette paraissait sinistre.

Nulle fumée ne s'échappait de la petite cheminée de pierre, les fenêtres étaient noires. Paul Selby avait eu pour habitude, lorsque sa fille s'absentait, de placer une lampe à huile devant les vitres en signe de bienvenue pour son retour. Plus jamais il ne l'attendrait ainsi, songea-t-elle le cœur serré. Oui, elle était absolument seule au monde.

Avec un soupir, elle s'engagea sur l'étroit sentier qui menait à son foyer désert. En marchant, elle s'exhortait à lutter contre ses pensées négatives, à déployer du courage, beaucoup de courage. Elle ignorait quels événements avaient conduit son père à vivre en ermite. Une tragédie survenue pendant sa jeunesse l'avait sans doute marqué pour toujours, supposait-elle.

D'un geste décidé, elle fit tourner la clé dans la serrure de la porte de la cabane qu'elle fermait moins pour la protéger des humains que des ours ou des ratons laveurs. Quelques jours d'absence avaient suffi pour conférer à la demeure un air d'abandon. Lynn se hâta d'allumer un feu dans le fourneau afin d'avoir au moins le crépitement des flammes pour lui tenir compagnie. Le temps de prendre son repas, la nuit était tombée. En proie à une lassitude à la fois physique et morale, elle n'éprouvait pourtant pas le désir de se coucher. Assise dans le halo doré décrit par la lampe à huile, elle essaya de lire l'un des romans que lui avait prêtés Margaret mais, au bout d'un moment, elle y renonça, ne réussissant pas à se concentrer. Elle resta alors longtemps immobile, fixant ses mains jointes sur ses genoux, oppressée par le silence qui régnait autour d'elle. Enfin, elle découvrait la vraie solitude, une épreuve redoutable. Même un être aussi renfermé et peu loquace que son père avait su créer de la vie autour d'elle. Comme ils s'étaient aimés et soutenus mutuellement ! Et à présent, elle n'avait plus personne. Pour la première fois depuis la mort de Paul Selby, elle laissa couler ses larmes.

Deux jours passèrent. Lynn s'attacha à continuer sa vie quotidienne comme par le passé, mais la nuit, elle ne pouvait plus tricher avec son chagrin. Elle ne parvenait pas à trouver le sommeil, et la petite glace fêlée accrochée au-dessus de l'évier lui révélait des cernes mauves sous ses yeux. Elle fut tentée de retourner plus tôt que prévu chez Margaret et n'y renonça que par horreur pour la faiblesse.

La chaleur du troisième jour annonçait un orage et dans l'après-midi, elle décida de parer au plus urgent dans son potager avant l'averse destructrice. Elle ne s'arrêta qu'inondée de sueur et, appuyée sur sa houe, chercha à reprendre son souffle. Le lac scintillant sous le soleil lui adressait une invitation irrésistible. Elle n'avait pas nagé depuis le décès de son père. D'un pas souple, elle se dirigea vers la rive et laissa ses vêtements sur le sable. Nue jusqu'à la taille, elle s'avança avec une grâce naturelle dans les eaux d'une fraîcheur délicieuse.

Elle s'ébattit aussi lestement qu'une loutre durant une bonne demi-heure, oubliant pour un temps ses problèmes. Les flots clapotaient sous son menton et glissaient en une caresse interminable sur son corps lisse.

Enfin, elle regagna le bord et, lorsque ses pieds touchèrent le fond, elle se mit debout et marcha jusqu'à la plage, la peau constellée de gouttes scintillantes comme des diamants, ses longs cheveux épars dans son dos.

Derrière les arbres, un homme l'observait, et la vue de cette nymphe surgie des ondes lui causait un émerveillement sans pareil. Ses yeux d'ordinaire bleu clair avaient viré à une teinte plus profonde et sombre. Il ne détacha pas un instant son regard de la ravissante silhouette, fasciné par les jolis seins bien fermes, par la courbe des hanches et le galbe des cuisses. Il esquissa un geste sans le vouloir et le bruissement du feuillage trahit sa présence.

Alertée, la jeune fille tourna aussitôt la tête dans sa direction avec la promptitude d'un animal sauvage. Aveuglée par le soleil, elle ne le vit cependant pas et il prit soin quant à lui de rester aussi immobile qu'une statue.

Croyant avoir été victime d'une illusion qu'elle mit sur le compte de la nervosité dont elle souffrait depuis son retour, Lynn demanda par simple acquit de conscience :

— Y a-t-il quelqu'un ?

Un nouveau mouvement dans les buissons l'affola pour de bon et elle recula, couvrant sa poitrine de ses bras, prête à retourner dans le lac.

— Qui est là ?

L'homme quitta enfin sa cachette et vint vers elle avec l'agilité d'un Indien.

— Je ne voulais pas vous faire peur. Vous n'avez rien à craindre, assura-t-il d'une voix mélodieuse.

Comme devant une apparition, Lynn clignait des paupières.

Dans la lumière dorée de l'été se tenait un homme de haute taille et de belle allure, aux yeux de la couleur du ciel et aux cheveux noirs. Eblouie, Lynn admira ensuite la bouche sensuelle aux contours nets, les larges épaules, puis le torse puissant, les jambes longues et musclées. Le dieu soleil lui-même lui sembla être descendu sur la terre.

— Je suis désolé de vous avoir effrayée, répéta l'homme. Je ne vous espionnais pas d'ailleurs mais, quand je vous ai vue sortir de l'eau, si charmante et gracieuse, je n'ai pas pu m'empêcher de vous regarder.

Il secoua la tête comme pour s'assurer qu'il était bien réveillé.

— J'ai encore l'impression de rêver. Etes-vous une femme ou une sirène ?

Consciente de l'inutilité de sa pudeur dans une telle situation, Lynn laissa retomber ses bras en murmurant le cœur battant :

— Moi aussi, j'ai l'impression de rêver.

Il s'avança encore, arrivant assez près d'elle pour voir qu'elle tremblait imperceptiblement.

— Vous êtes la beauté même, déclara-t-il lentement, paraissant presque regretter cet aveu qui s'échappait de ses lèvres.

Lynn s'émut de son regard intense, se sentant pénétrée jusqu'au tréfonds de son être. De la forêt lui parvint l'appel d'une grive et elle sut que ce chant lui rappelerait à l'avenir cette extraordinaire rencontre.

La fixant toujours et la subjuguant, l'inconnu s'était encore approché d'elle.

— Je veux être sûr que vous existez réellement, fit-il en tendant la main pour effleurer ses seins, puis remonter jusqu'à son menton afin de l'obliger à lever son visage vers le sien, laissant un sillon de feu sur le passage de ses doigts.

Le premier coup de tonnerre éclata derrière les collines et Lynn, revenant brutalement à elle, se dégagea, trébucha dans le sable, et courut ramasser ses habits. Elle s'empara du chemisier qu'elle avait ôté avec tant d'insouciance un moment plus tôt et l'enroula autour d'elle. Les joues rouges de honte, mais la voix durcie par la colère, elle lança :

— Qui êtes-vous ? Que faites-vous ici ?

Même si son brusque changement d'attitude l'avait surpris, l'homme n'en montra rien. Il hésita au lieu de répondre tout de suite, cherchant visiblement ses mots.

— Je suis un artiste. Des... des circonstances un peu... imprévues m'ont conduit jusqu'ici, et j'en suis ravi car j'ai toujours eu envie de peindre cette région. Je suis arrivé à Sioux Lake aujourd'hui. Mon sac est là-bas, je commençais à le trouver lourd.

Pivotant sur lui-même avec souplesse, il désigna un point derrière lui parmi les arbres. Les sourcils froncés, sentant par intuition que son interlocuteur lui mentait, Lynn l'étudiait, s'émerveillant malgré elle de sa consti-tution d'athlète au meilleur de sa forme. Pourquoi ne lui aurait-il pas dit la vérité après tout ?

— Comment savez-vous que j'habite là ? demanda-t-elle.

— Par les gens de Sioux Lake. A ce qu'il paraît, après vous, il n'y a plus personne jusqu'à Beaver Falls.

Jetant un coup d'œil aux nuages qui s'accumulaient à l'horizon, il ajouta :

— Quand je me suis aperçu qu'un orage menaçait, j'ai décidé de me mettre à votre recherche.

Cette histoire tout à fait plausible ne réussit cependant pas à convaincre entièrement Lynn. Elle affirma très sèchement :

— Vous avez le temps d'atteindre Beaver Falls avant l'orage.

— Mais je préfère rester et faire votre portrait.

Resserrant davantage encore son chemisier autour d'elle, elle lança :

— Et pourquoi donc ?

— Je vous l'ai déjà dit. Quand je vous ai vue sortir du lac, je vous ai prise pour l'incarnation de la beauté.

A ces mots, Lynn s'empourpra de nouveau et, furieuse contre elle-même, déclara d'une façon revêche :

— Je ne veux pas que vous me peigniez.

— Ecoutez, ne pourrions-nous pas discuter dans de meilleures conditions ? Allez donc vous habiller pendant que je retourne chercher mes affaires. Et je vous montrerai mes papiers, si vous le désirez.

Oh certes, Lynn ne douta pas un instant qu'il fût à même de lui présenter des documents parfaitement en règle. Elle n'aurait pas pu expliquer pourquoi elle se méfiait de lui et pire, pourquoi elle le craignait. Et pourtant, elle le craignait, avertie par son instinct que si l'inconnu demeurait, sa vie ne serait plus jamais comme avant. Obéissant à une impulsion de défense aveugle, elle s'écria :

— Partez !

— De quoi avez-vous peur ?

— De... rien, mentit-elle.

Sur un ton indulgent, comme s'il tentait d'arracher

un sourire à un petit enfant boudeur, l'étranger expliqua :

— Je vous promets que je ne volerai pas l'argenterie et que je ne tenterai rien qui puisse vous déplaire.

Habituée à une existence rude et à un langage direct, sans allusions ni sous-entendus, Lynn ne comprit pas instantanément ces dernières paroles. Lorsque le sens lui en apparut, elle se redressa de toute sa hauteur, les yeux étincelant de colère.

— Je vais m'habiller. Et quand je ressortirai de la maison, j'espère bien ne trouver personne devant ma porte !

Sans attendre la réponse de l'inconnu, elle lui tourna le dos et s'éloigna avec autant de dignité que le lui permettait sa tenue.

Elle se hâta d'enfiler un pantalon, une vieille chemise de son père et des sandales. Au moyen d'une ficelle, elle noua ses cheveux en une queue de cheval et quitta vite à nouveau la cabane.

La plage était déserte. A son grand étonnement, elle en conçut une étrange déception. L'homme lui avait obéi... il avait repris sa route... Comme sous le poids d'un immense fardeau, elle se voûta et baissa la tête.

— Rassurez-vous, je suis toujours là.

Elle dut fermer les yeux le temps de revenir de sa surprise, puis elle pivota lentement sur elle-même, et découvrit l'homme entre les bouleaux, chargé de son sac à dos.

— Je... je vous avais pourtant prié de partir, balbutia-t-elle.

— Autant que vous le sachiez tout de suite, je n'ai pas l'habitude de recevoir des ordres.

Il s'était exprimé sur un ton léger, mais il ne plaisantait pas, elle le sentit. Elle se trouvait face à un être à la volonté de fer, un être qui ne pliait jamais devant les autres.

Consciente de son impuissance, elle garda alors le silence et attendit la suite des événements sans bouger.

Lorsque l'inconnu se décida enfin à reprendre la parole, il lui posa une question vraiment imprévisible :

— Qui vous a coupé les cheveux ?

— Mon père, jeta-t-elle, laconique.

— Eh bien, il n'a pas fait du beau travail !

— Merci tout de même ! répliqua-t-elle avec raideur.

— Je ne dis que la vérité, admettez-le. Ils semblent avoir été mangés par les rats !

D'abord partagée entre l'indignation et l'amusement, Lynn finit par se dérider et, l'air espiègle, elle se décida soudain à tout lui raconter :

— En fait, nous n'avions qu'une seule paire de ciseaux. Un jour où je m'en servais au jardin, un corbeau l'a volée sous mes yeux. Je l'avais posée par terre et il a profité d'une minute où je m'étais éloignée ! J'ai crié, mais il ne me l'a pas rendue ! Furieux contre moi, mon père n'en a pas acheté d'autre et il m'a coupé les cheveux avec son couteau de chasse.

Incroyable partout ailleurs que dans cette cabane de trappeur, l'histoire plongea l'interlocuteur de Lynn dans une profonde hilarité. La tête renversée en arrière, il se mit à rire à gorge déployée, révélant ses dents d'une blancheur éclatante dans son visage bronzé.

— Ah, je comprends à présent pourquoi vous avez des mèches de toutes les longueurs ! s'exclama-t-il gaiement.

Lynn lui sourit cette fois sans réserve. Mieux que de longues explications, cet intermède humoristique lui avait donné confiance. Son père ne s'était jamais montré enclin à la plaisanterie, et la disparition de cet outil l'avait purement et simplement contrarié. Lynn venait de vivre l'un des rares moments de détente partagée de son existence. Cet étranger d'aspect si fort, si viril, si intimidant avait contre toute attente immédiatement saisi le côté comique de son récit.

Elle le laissa approcher et dénouer la ficelle qui

retenait sa chevelure. Il recula ensuite et étudia son visage en artiste.

— Une coiffure plus courte mettrait mieux en valeur les ondulations naturelles de votre chevelure. Ils sont magnifiques, déclara-t-il, avec sincérité.

Pour ne pas trahir la fierté que lui inspirait ce compliment, elle s'empressa de rappeler :

— Je n'ai plus de ciseaux !

— Je le sais bien. Mais quand...

Il s'interrompit brutalement et, intriguée par l'expression curieuse qu'il arborait soudain, elle le questionna :

— Qu'alliez-vous dire ?

— Simplement que vous pourrez les couper dès que vous vous en serez procuré une autre paire.

Il mentait encore, elle l'aurait juré. De nouveau sur le qui-vive, elle lui demanda sans détour :

— Que comptez-vous faire maintenant ?

— J'ai l'intention de rester ici un jour ou deux.

— Et si je n'étais pas d'accord ?

— Allons, soyez donc honnête, reconnaissez que vous ne souhaitez pas vraiment mon départ.

Elle accueillit cette affirmation avec stupeur. L'inconnu lisait à livre ouvert en elle et elle était aussi nue devant lui moralement que physiquement un moment plus tôt. Oui, elle désirait le voir rester, elle le désirait même avec une intensité qui l'affolait. Il aurait mieux valu qu'il parte sur-le-champ, lui laissant la possibilité de l'oublier au plus vite. S'il s'arrêtait auprès d'elle, ne fût-ce qu'une journée, il ne sortirait plus jamais de sa mémoire, elle le pressentait. Devinant la bataille intérieure qui se livrait en elle à l'éclat tourmenté de ses yeux verts, il affirma :

— Vous êtes placée devant un choix difficile, n'est-ce pas ? Ou bien vous me chassez pour préserver la tranquillité de votre petite vie qui n'en est pas une, ou bien vous me permettez de demeurer ici et vous prenez le risque de découvrir les joies et les peines de l'existence. Vous seule pouvez décider.

Il lui était donc vraiment impossible de cacher le cours de ses pensées à cet étranger, constata-t-elle avec stupéfaction. *Partez ! Partez !* cria éperdument une voix au fond de son esprit tandis qu'elle s'entendait dire tout bas, comme si une autre parlait pour elle :

— Allez-vous rester ?

Avec une infinie douceur, il suivit du bout du doigt le contour de sa joue, éveillant de folles sensations en elle, et déclara :

— Oui.

Elle s'étonna de l'intonation solennelle dont il usa comme si, par cette réponse, il prenait envers elle un incompréhensible engagement.

Il se redressa ensuite et ajouta d'une voix tout à fait différente :

— J'ai faim. Je peux vous offrir des conserves. Auriez-vous par hasard quelque chose de meilleur pour compléter ?

Lynn ne possédait pas l'aptitude de Tor à passer sans transition des émotions fortes aux considérations pratiques et ses yeux s'emplirent de larmes, témoignant de sa désorientation.

— Allons, résignez-vous, je reste ! lança son compagnon sur un ton légèrement moqueur.

Par orgueil, elle se ressaisit pour suggérer sur un ton sec :

— Alors entrez.

Elle lui ouvrit la porte de sa maison avec l'impression d'admettre chez elle un envahisseur. L'air curieux, il regarda tout autour de lui et, pour la première fois, Lynn vit son foyer avec les yeux d'un étranger. La pièce était grande et haute, dotée d'un fourneau de cuisine qui servait aussi de poêle. Le long de deux murs opposés se trouvaient les lits recouverts de belles pièces de patchwork, et de magnifiques peaux d'ours étaient étendues sur le plancher de bois ciré. Une table, des chaises et un buffet en pin, sans doute fabriqués par Paul Selby lui-même, occupaient une autre partie de la demeure. Des étagères creusées dans l'épaisseur d'un troisième mur présentaient un vaste choix de livres très abîmés à force d'avoir été lus et relus. Une admirable collection d'andouillers d'élans ornait la porte et, dans un coin, Tor découvrit encore un évier muni d'un vieux bras de pompe. Toute l'habitation respirait la propreté et l'ordre.

Anxieuse, Lynn épiait la réaction de son compagnon. Nullement dupe de son extrême simplicité apparente, elle devinait qu'elle n'avait pas affaire à un peintre errant, mais à un homme sans doute habitué à l'élégance et au raffinement. Elle se félicita d'avoir eu l'idée de cueillir des fleurs le matin même. La présence d'un bouquet sur la table mettait une touche de gaieté dans la pièce.

— Depuis combien de temps vivez-vous ici ? s'enquit son visiteur.

— Je ne me souviens pas d'avoir vécu ailleurs.

— Vous avez beaucoup de livres.

— L'endroit étant très isolé, je n'ai pas pu aller à l'école. Mon père m'a appris à lire, à écrire et à compter, et ensuite, il m'a laissée plus ou moins libre de fouiller dans sa bibliothèque.

— Ne possédez-vous aucun tableau ? demanda encore l'inconnu.

En tant que peintre, il avait naturellement noté ce détail. Lynn secoua la tête.

— Non, la beauté est partout ici autour de la maison. Je n'ai aucun besoin de tableaux.

— Connaissez-vous Renoir, Cezanne... Van Gogh ?

— Non, comment les connaîtrais-je ?

— Alors ne méprisez pas des œuvres que vous ignorez. L'art est fait pour ouvrir des horizons. Où que vous viviez, il existe pour vous révéler des facettes de l'existence que vous ne pouvez même pas soupçonner.

Très intéressée par ces explications, Lynn aurait bien aimé questionner davantage son interlocuteur si elle ne s'était pas en même temps vivement irritée de son ton ferme et sans réplique.

— Le cours est-il fini ? ironisa-t-elle, se tenant courageusement face à lui, — effrayée toutefois en son for intérieur qu'il fût si grand.

Depuis son entrée dans la cabane, la pièce semblait avoir réduit de moitié.

— Je ne supporte pas que l'on affirme devant moi des choses sans savoir, répondit-il, l'air soudain las. Je vais chercher mon sac, l'orage se rapproche.

Il sortit, lui accordant de précieux instants de répit. Les jambes tremblantes, elle dut se laisser tomber sur une chaise. Jamais elle n'avait éprouvé tant d'émotions en si peu de temps. Pourquoi cet étranger la troublait-il à ce point ?

Lorsqu'il revint, elle leva vers lui un visage soucieux, anormalement pâle.

— Vous semblez épuisée, déclara-t-il sans trahir beaucoup de compassion. Dites-moi où se trouvent vos affaires et je me charge de préparer le dîner.

— Oh non, il n'en est pas question ! s'écria-t-elle en se mettant debout d'un bond.

Elle voulut passer près de lui pour prendre les allumettes mais il l'arrêta, refermant autour de ses poignets des doigts d'acier qui lui rappelèrent confusément les pièges de son père. En comparaison de son bras fort et hâlé, le sien paraissait frêle et incontestablement féminin. Le fait d'être une femme, qui n'avait jusque-là rien signifié de particulier pour elle, la bouleversa soudain au plus profond d'elle-même.

Elle essaya en vain de se dégager et gémit :

— Vous me faites mal !

Il desserra un peu l'étau de sa main et murmura :

— Je vous demande pardon. Mais maintenant, soyez sage, retournez vous asseoir pendant que je prépare le repas.

— Je ne veux pas !

— Pourquoi donc ? Votre père ne fait-il jamais la cuisine ?

— Jamais ! assura-t-elle, visiblement scandalisée par cette idée.

— Même pas quand vous êtes fatiguée ou malade ?

— Je ne suis jamais malade, ni fatiguée.

— Tiens, cela me rappelle... Nous ne nous sommes pas encore présentés l'un à l'autre, annonça-t-il soudain avec un sourire un peu forcé. Je suis Tor Hansen, artiste peintre, je viens d'Halifax.

— Et moi, je m'appelle Lynn Selby.

— Il est un peu tard pour que nous nous serrions la main, je crois, fit-il sur un ton plein d'humour, et son regard se porta involontairement sur le doux renflement de la poitrine de la jeune fille.

Elle s'empourpra au souvenir de la manière dont ils s'étaient connus. Pour se donner une contenance, elle se hâta de suggérer :

— Je vous propose un marché. Je mets la table, je prépare les aliments et vous, vous vous chargez de la cuisson.

— Entendu. Vous êtes têtue, n'est-ce pas ?

— Peut-être, accorda-t-elle, mais vous aussi.

Elle levait vers lui son charmant petit visage d'une façon légèrement provocante et, avec l'air de vouloir la punir de son audace, il s'avança tout à coup. Elle l'attendit sans bouger, le souffle court, mais il s'immobilisa soudain et laissa retomber ses bras le long de son corps.

— Je vais allumer le fourneau, annonça-t-il. Le petit bois se trouve dans ce coffre, je suppose ?

— Oui. Pendant ce temps, je sors chercher des légumes au jardin. Je reviens tout de suite.

— Attendez, je vous accompagne.

Ayant toujours considéré le potager comme son refuge, l'endroit où elle pouvait réfléchir et se recueillir, Lynn ne désirait pas y être suivie par l'étranger. Elle voulait garder au moins un lieu bien à elle, mais comment formuler ce désir ? A contrecœur, elle déclara sèchement.

— Alors dépêchez-vous.

Surpris par son intonation, il haussa les sourcils, puis s'engagea derrière elle sur le sentier sans faire de commentaires. Arrivé dans le jardin, il regarda tout autour de lui et émit un petit sifflement d'admiration.

— C'est vous qui vous occupez de toutes ces plantations ?

— Mais oui.

— Quel travail ! Mais quel résultat aussi !

Elle hocha fièrement la tête en contemplant comme lui les belles rangées régulières. Cherchant ses mots, elle essaya d'exprimer des sentiments qu'elle avait souvent éprouvés sans jamais avoir l'occasion de les communiquer à une autre personne.

— J'aime semer et voir les plantes sortir peu à peu du sol pour s'épanouir au soleil, et c'est pour moi un vrai plaisir de jardiner par une soirée d'été tandis que les oiseaux chantent et qu'un doux murmure s'élève du lac...

Elle s'interrompit tout à coup, croyant que son interlocuteur allait se moquer de son exaltation poétique, mais il paraissait grave et attentif, si attentif même qu'elle frissonna d'un étrange mélange de peur et d'excitation. Pour rompre le charme un peu inquiétant dont elle se sentit prisonnière, elle conclut vite :

— Et naturellement, j'aime manger ce que j'ai fait pousser !

— Lynn, ne craignez pas de dévoiler vos sentiments ou vos idées, l'amitié consiste à se montrer à l'autre tel que l'on est, expliqua-t-il fermement.

— Mais... nous ne sommes pas amis, objecta-t-elle.

— Nous pourrions le devenir, si vous le voulez bien.

Elle se troubla imperceptiblement et déclara :

— Vous procédez d'une façon trop rapide pour moi. Je n'ai pas l'habitude de rencontrer des gens, surtout pas des gens comme vous.

— Ne cherchez pas des prétextes.

— C'est la vérité ! assura-t-elle, vexée.

— Admettons, fit-il avec une pointe de sarcasme. En tout cas, dites-vous bien que vous ne pouvez pas faire régner dans les relations humaines le même ordre que dans votre jardin. Ces relations sont régies par des émotions... et les émotions sont incontrôlables.

Cet homme savait parler, et même trop bien pour Lynn. Avant de se laisser complètement étourdir par son raisonnement, elle lança :

— A quoi voulez-vous en venir au juste ?

— Je voudrais que vous soyez honnête, au moins envers vous-même, et que vous acceptiez de prendre des risques.

— Il y a deux heures, je ne vous connaissais même pas ! protesta-t-elle.

— Mais vous me connaissez à présent et il est impossible de remonter le temps.

Ces paroles sonnèrent comme un jugement du destin. Au même moment, le soleil disparut derrière un nuage et Lynn eut soudain froid.

— Je le sais, et je le regrette, affirma-t-elle. Je me trouvais très bien avant votre arrivée. Pourquoi êtes-vous venu ?

— Je suis là. Contentez-vous d'admettre ce fait pour l'instant.

Regardant ensuite le ciel, il ajouta sur un ton neutre tout en arborant une expression assez sombre :

— Il ne va pas tarder à pleuvoir. Hâtons-nous de prendre nos légumes.

A défaut de réussir à formuler l'appréhension et la révolte qui la tourmentaient, Lynn se baissa et entreprit de cueillir des haricots. Sur la rive du lac, les bécasseaux poussaient leur cri, et les corbeaux croassaient dans les collines. Tandis que ses mains effectuaient une tâche qui leur était familière, la jeune fille s'efforçait de calmer son esprit en déroute. Tor Hansen n'était après tout qu'un homme comme les autres. Certes, mieux bâti, plus séduisant et plus sûr de lui que tous ceux qu'elle avait rencontrés jusqu'à ce jour, il parvenait aisément à l'impressionner ; mais elle allait se ressaisir. Son passage ne devait bouleverser en rien son existence. A quoi bon se tourmenter d'ailleurs pour quelqu'un qui repartirait dès le lendemain matin ? Mieux valait se résigner et profiter dans la bonne humeur de cette compagnie imprévue d'une soirée.

Ces sages résolutions ne durèrent, hélas, que le temps de regagner la maison. Dans l'espace réduit réservé à la cuisine, Lynn ne pouvait pas éviter de frôler son compagnon au moindre mouvement. Quand elle se mit sur la pointe des pieds pour attraper un plat sur une étagère, elle sentit soudain ses mains brûlantes sur sa taille et puis, comme si elle ne pesait rien, il la souleva à la hauteur désirée. Mais ensuite, après l'avoir reposée sur le sol, il l'obligea à se tourner vers lui au lieu de la relâcher.

Elle se raidit, effrayée par les sensations qui s'éveillaient en elle à ce contact. Pour fuir son regard, elle fixa le médaillon en or qui brillait sur sa poitrine. Il émanait de sa peau une odeur fraîche et masculine dont elle s'enivra et, profondément bouleversée, elle serra convulsivement le saladier entre ses deux mains.

— Posez-le, commanda-t-il en désignant le récipient.

— Tor, je…

— Obéissez-moi.

Subjuguée, elle s'exécuta, et se plia encore à sa volonté lorsqu'il ordonna :

— Et maintenant, regardez-moi… Vous a-t-on déjà embrassée ?

Elle fit non de la tête, ne pouvant dissimuler son affolement tandis que les doigts de Tor remontaient jusqu'à ses épaules. Quand il se pencha vers elle, elle attendit son baiser les paupières closes, la respiration suspendue. Ses lèvres effleurèrent d'abord les siennes avec douceur, devenant progressivement plus insistantes. Au moment où une chaleur intense envahit tout son corps, Lynn vacilla dans ses bras, s'abandonnant, oubliant le reste du monde.

Se redressant, Tor surprit dans ses yeux l'éclat révélateur de son émoi et il déclara d'une voix un peu rauque :

— Vous êtes très belle, Lynn.

Comment pouvait-il paraître tellement calme et maître de lui alors qu'elle tremblait encore d'émotion ? Dans son inexpérience, elle n'eut pas l'idée, ni l'audace, de mettre la main sur son cœur qui battait pourtant à tout rompre, témoignant chez lui d'un trouble égal au sien.

— Suis-je vraiment si belle ? lança-t-elle, feignant la désinvolture.

— Oui. Un jour, je vous habillerai de satin et de soie.

Balayée par le baiser qu'elle venait de recevoir, la peur que lui inspirait cet homme se réveilla et elle s'écria :

— Non, ne dites pas d'absurdités ! Vous savez bien que ce n'est pas vrai !

— Nous ignorons ce que l'avenir nous réserve, Lynn.

— L'avenir sera ce que nous ferons ! répliqua-t-elle avec colère. En ce qui me concerne, je ne veux pas de votre soie et de votre satin, Tor Hansen ! Je ne suis pas un mannequin qu'on expose dans une vitrine !

— Non, vous êtes une femme, une femme merveilleuse. Jusqu'à ce jour, personne ne vous a aidée à vous épanouir, mais moi, je vais m'en charger.

— Vous arrivez dans ma vie comme une bombe et vous croyez pouvoir la transformer à votre guise ! De quel droit ?

— J'ai tous les droits, je...

Une fois de plus, il s'interrompit brutalement et, les sourcils froncés, Lynn exigea d'une voix mécontente :

— Terminez donc votre phrase.

Il resta cependant muet, arborant tout à coup une expression indéchiffrable.

— Mais qui êtes-vous vraiment ? s'enquit-elle, en proie à une interrogation anxieuse. Pourquoi êtes-vous venu ici ?

— Je vous l'expliquerai plus tard.

Folle d'impatience, elle s'exclama :

— Et c'est vous qui avez osé me parler d'amitié, et m'inviter à ne rien vous cacher !

— Je souhaite que notre amitié se développe avant de tout vous raconter.

Se trouvant soudain à court d'arguments, Lynn se détourna brutalement de son impitoyable interlocuteur et, en désespoir de cause, commença à couper des carottes en rondelles, trahissant toute son agressivité dans ses gestes brusques et désordonnés. A travailler avec une telle violence, elle finit inévitablement par faire un faux mouvement, et laissa échapper le couteau en poussant un cri tandis qu'un petit filet de sang coulait le long de sa main.

Tor fut aussitôt auprès d'elle, compressant sans hésiter la blessure afin d'arrêter l'hémorragie.

— Je... je ne suis pas aussi maladroite d'habitude, balbutia-t-elle.

— Avez-vous une boîte à pharmacie ?

— Derrière vous, sur la deuxième étagère, répondit-elle faiblement.

Quand il nettoya la plaie avec un désinfectant, elle ne put réprimer une grimace, mais la douleur se calma très vite ensuite. A peine Tor avait-il terminé le pansement qu'elle n'éprouvait plus qu'un lancinement sourd à l'extrémité de son index. Son compagnon la poussa sans cérémonie vers une chaise et l'obligea à s'asseoir en pesant lourdement sur ses épaules.

— Cette fois, n'essayez plus de discuter. Je m'occupe du dîner et vous vous contenterez de me regarder, annonça-t-il.

— Entendu, fit-elle en feignant la soumission, mais

je me permettrai de vous faire remarquer que j'ai plus mal à l'épaule qu'au doigt maintenant.

Accueillant d'abord assez mal son ironie, Tor desserra son emprise en étouffant une exclamation irritée. Puis un sourire inattendu éclaira ses traits énergiques et il murmura sur un ton radouci :

— Je vous demande pardon.

Pendant qu'il prépara le repas avec un calme savoir-faire, ils ne cessèrent pas un instant de bavarder. Plus tard seulement, en réfléchissant à leur conversation, Lynn s'aperçut qu'elle avait bien plus parlé que son interlocuteur. Tor s'était borné à lui poser des questions ou à glisser de brèves remarques.

Après le dîner, ils sortirent sous la pluie et le vent qui hurlait entre les arbres et déchaînait des vagues à la surface du lac. Lynn devait mettre son canoë hors d'atteinte des eaux tumultueuses et de même, Tor alla chercher celui qu'il avait abandonné un peu plus loin sur la rive.

S'étant acquittée de sa tâche, Lynn se redressa et vit son compagnon mener son embarcation d'une main experte sur les flots démontés. Il la hissa sur la plage, à la même hauteur que la sienne avec une facilité qui la rendit songeuse et jalouse, puis il demanda :

— Tout est-il en ordre maintenant ?

Comme elle acquiesçait, il la prit par le bras et l'entraîna en courant jusqu'à la maisonnette. Là, Lynn se débarrassa promptement de son imperméable et secoua sa chevelure mouillée.

— Donnez-moi une serviette et venez près du fourneau, je vais sécher vos cheveux, décida-t-il.

— Je vous remercie, mais je peux le faire moi-même.

— Je sais que vous pouvez le faire, répliqua-t-il avec impatience, mais je vous propose mon aide.

Elle hésita, l'expérience lui ayant déjà appris combien il était dangereux pour elle de se trouver trop près de Tor.

— Lynn, soyez donc moins sur la défensive. Personne ne vous a donc jamais rendu de petits services ?

— Rarement, avoua-t-elle en toute honnêteté. Je suis accoutumée à me débrouiller entièrement seule.

— Eh bien, cela doit changer. Approchez.

Elle se dirigea vers lui à regret et ne s'assit que contrainte et forcée sur la chaise qu'il lui désigna. Après lui avoir énergiquement frotté la tête, il lui demanda encore :

— Où est votre brosse ?

— Dans le placard, à droite de l'évier, répondit-elle, convaincue à présent de l'inutilité de ses protestations.

Elle resta immobile, découvrant un certain plaisir dans le doux va-et-vient de la brosse.

— Regardez-vous maintenant, commanda Tor.

Elle se leva docilement et contempla son reflet dans la glace. Sa chevelure ondulait et la masse soyeuse encadrait son visage d'une façon charmante. Elle ne put réprimer un petit sourire de satisfaction et déclara :

— C'est très bien, merci.

— Je m'appelle Tor, fit-il fermement.

— Merci, Tor.

— Nous pouvons bien nous appeler par nos prénoms, ne croyez-vous pas ? Cela me paraît d'autant plus normal que je vais passer la nuit ici.

Le sourire de Lynn s'effaça instantanément.

— Que voulez-vous dire ?

— Vous n'avez tout de même pas l'intention de me faire planter une tente dehors par ce temps ! lança-t-il en tendant la main vers les vitres ruisselantes.

— Vous ne pouvez pas dormir ici ! s'écria-t-elle.

— Pourquoi pas ? Il y a deux lits.

— Mon père va rentrer plus tard. Allez dans le hangar, vous y trouverez un matelas.

L'air grave, Tor déclara :

— Votre père est mort, Lynn. Les gens de Sioux Lake m'ont tout raconté.

Elle recula, ayant hâte de mettre la table entre eux

tant elle avait peur à nouveau, et avec raison cette fois.
Cet homme savait donc depuis le début qu'elle vivait
seule ici. S'efforçant de ne pas trahir sa peur, elle
annonça d'une voix égale :

— C'est moi qui vais dormir dans le hangar.

— Il n'en est pas question, ne vous montrez pas
stupide !

— Je suis ici chez moi et je fais ce qui me plaît,
soutint-elle.

La loi de l'hospitalité était très forte dans cette
contrée sauvage et son père l'avait toujours respectée,
mais en y ajoutant une restriction pour sa fille. Il lui
avait formellement interdit de laisser entrer un étranger
à l'intérieur de leur logis quand il était absent. Enfant,
Lynn n'avait pas compris pourquoi il tenait tant à ce
principe mais, devenue plus âgée, elle avait été éclairée
par des histoires de crimes et de viols que colportaient
certains habitants de Sioux Lake. Et ce soir, elle se
trouvait seule et complètement désarmée devant ce
robuste étranger au comportement énigmatique.

Jugeant impératif de conserver son sang-froid, elle
commença à plier sans hâte son couvre-lit.

— Que faites-vous ?

— Je vous l'ai déjà dit, je vais dormir dans le hangar.

Il la rejoignit en deux grandes enjambées et lui
arracha vivement la couverture des mains pour la
replacer sur le lit.

— Et moi je vous ai déjà dit non !

— Je dormirai où je le désire ! cria-t-elle, l'indignation l'emportant sur la crainte devant tant d'arrogance.

— Vous coucherez dans votre lit et moi dans celui de
votre père. Pourquoi créez-vous toutes ces complications ? Que redoutez-vous ?… Que je tente d'abuser de
vous ?

Sa pâleur le renseigna mieux qu'une réponse verbale.

— Mais que diable vous imaginez-vous ? Je ne suis
pas un monstre. D'ailleurs je n'aime que les femmes

consentantes et expérimentées. Je crois que vous ne remplissez aucune de ces deux conditions.

Tout en la délivrant de ses craintes, ces propos méprisants blessèrent profondément Lynn.

— Vous ne vous intéressez donc qu'à un seul type de femme ! N'est-ce pas lassant à la fin ? rétorqua-t-elle, pleine d'agressivité.

— Non, je ne suis pas encore lassé, affirma-t-il sèchement. De toute façon, cela ne vous regarde pas.

Elle se représenta soudain le genre de personne qu'il devait apprécier : des créatures fardées, aux ongles longs et rouges, habituées aux meilleurs restaurants, des créatures sophistiquées, sachant s'habiller, parler, se montrer à leur avantage en toutes circonstances... En proie à un désespoir absurde, elle sentit ses yeux s'emplir de larmes et elle cligna vivement des paupières en lissant son couvre-lit.

Derrière elle, Tor déclara d'un ton volontairement neutre :

— Bien, cette affaire étant réglée, je voudrais une radio, Lynn, pour écouter les informations.

Elle se figea, car il venait de soulever sans s'en apercevoir un nouveau problème.

— Je n'ai pas de radio, fut-elle contrainte d'avouer.

— Comment ? Vous m'étonnez ! Par quel moyen vous tenez-vous au courant de ce qui se passe dans le monde ?

Sans se tourner vers lui, elle répondit faiblement :

— Je ne suis au courant de rien.

Sans doute intrigué par son intonation embarrassée, il lança d'une voix soupçonneuse :

— Regardez-moi un peu, j'ai l'impression que vous me cachez quelque chose.

— Rien qui vous concerne, fit-elle en lui révélant à regret ses traits contractés.

— Dites toujours, insista-t-il.

— Je ne veux pas. Ne me questionnez plus.

— Ecoutez, Lynn, affirma-t-il avec un calme plus

impressionnant qu'une impatience mal contrôlée, je ne sais pas ce que vous me cachez, mais vous avez l'air accablée. Laissez-moi vous aider.

Elle le considéra avec une admiration involontaire, surprise par sa façon magistrale de réduire à néant ses objections ou ses réticences. Prenant une grande inspiration, elle se laissa aller à lui raconter sa triste petite histoire :

— Nous avions une radio. Mon père se l'était procurée alors que j'avais peut-être deux ans. Il n'écoutait jamais que les informations. Moi en revanche j'adorais la musique et un jour, il m'a surprise pendant la transmission d'un concert. Il a aussitôt éteint la radio en m'interdisant formellement de m'en resservir. Pourtant, dès qu'il partait poser ses pièges, je m'empressais de chercher à capter le plus de musique possible.

Entraînée dans ses souvenirs, elle s'interrompit un bref instant, un vague sourire errant sur ses lèvres.

— Je ne pourrais pas vous expliquer pourquoi ; c'était une sorte de passion. Et ce qui devait arriver est arrivé. Un soir de printemps, il est rentré plus tôt que prévu pendant que l'orchestre symphonique de Toronto jouait un concerto pour violon. Il s'est jeté sur le poste comme un fou pour le lancer contre le mur, puis il l'a piétiné avec une rage indescriptible. Jamais je ne l'avais vu dans un tel état, et j'ai eu si peur que je n'ai pas osé l'interroger.

Avec un soupir, elle s'efforça de revenir dans le présent et conclut un peu nostalgiquement :

— Voilà pourquoi il n'y a plus de radio, et pourquoi vous devrez vous passer des nouvelles.

— Je me demande pour quelle raison il nourrissait cette haine de la musique, déclara Tor.

— Je l'ignore. J'ai pensé qu'il existait peut-être un lien entre la musique et ma mère, mais je n'ai jamais pu lui parler de ma mère non plus.

— Que savez-vous d'elle ?

— Presque rien, répondit Lynn sur un ton douloureux. Je ne crois pas qu'elle soit morte. Elle est plus vraisemblablement... partie. Quand ? Pourquoi ? Je ne pourrais le dire. J'étais toute petite lorsque mon père s'est installé ici avec moi, et elle l'avait déjà quitté.

— Ne connaissez-vous même pas son nom, ou au moins certains détails de sa vie ?

— Non, hélas. Je dois lui ressembler, je suppose, car mon père me regardait de plus en plus souvent comme s'il me détestait. Il croyait sans doute voir ma mère.

— Quelle sombre enfance vous avez eue !

— Non, ne vous imaginez surtout pas que j'étais malheureuse ! Mon père était très bon pour moi. Je n'ai jamais manqué de rien.

— Sauf d'amour.

— Peut-être, accorda-t-elle avec le désir de clore cette conversation. Dites-moi... aimeriez-vous boire un café ? Et ensuite, nous pourrions faire une partie d'échecs.

— Je suis sûr que vous jouez à merveille, répondit-il en souriant, acceptant gentiment de changer de sujet.

Elle s'était beaucoup entraînée avec son père, mais ce fut cependant Tor qui annonça deux heures plus tard :

— Echec et mat.

Etouffant un bâillement, Lynn repoussa sa chaise et se leva avec un petit rire.

— Bravo ! Je dois avouer que je suis fatiguée maintenant.

— Moi aussi, affirma-t-il.

Elle rajouta du bois dans le fourneau où il fallait toujours entretenir un feu pour combattre l'humidité, et elle se brossa les dents. Encore assis devant la table, Tor remettait lentement, une à une, les pièces du jeu dans leur boîte. Très gênée, Lynn finit tout de même par se résoudre à suggérer :

— Ne voudriez-vous pas aller faire quelques pas dehors pendant que je me déshabille ?

— Par ce temps ! rétorqua-t-il. Certainement pas !

— Mais...

— Je peux me retourner si vous le désirez, bien qu'à vrai dire, je ne puis rien voir que je n'aie déjà vu !

— Ne soyez pas grossier ! protesta-t-elle.

Quittant son siège, il se dirigea vers elle, lui inspirant l'impossible désir de s'enfuir.

— Il n'y a rien de grossier dans un corps humain, surtout aussi beau que le vôtre.

D'un air outré, il l'étudia de la tête aux pieds, notant chaque imperfection de ses vêtements d'homme trop grands pour elle.

— En revanche, je voudrais bien savoir pourquoi vous vous habillez aussi mal.

— Parce que je ne vis ni à Halifax, ni à Toronto. Vous vous trouvez actuellement dans le Nord de l'Ontario, ne l'oubliez pas ! ironisa-t-elle.

— Lynn, ne...

— A qui suis-je censée plaire ici, aux cerfs ou aux corbeaux ? poursuivit-elle, irrésistiblement lancée.

— Vous ne pensez pas au respect que chacun se doit à soi-même, répliqua Tor avec irritation. Votre tenue et votre coiffure me montrent combien vous vous négligez. Vous n'avez aucune fierté.

— Je croyais avoir affaire à un peintre, pas à un psychiatre, fit-elle sèchement.

— Pour l'instant, je ne me sens ni l'un ni l'autre. Je suis simplement un homme confronté à la créature la plus exaspérante qui se puisse imaginer, une petite jeune fille brune au mauvais caractère qui a peur de devenir une femme !

En parlant, il s'était approché d'elle et la dominait à présent de sa haute taille. La lampe jetait sur son visage des ombres dures et Lynn songea involontairement en l'observant aux falaises de granit des bords du lac. Comme elles, Tor était dangereux et impitoyable.

— Si je suis tellement insupportable, pourquoi ne partez-vous pas ? risqua-t-elle. Allez retrouver les femmes que vous aimez !

— Elles me paraîtront peut-être un peu fades et ennuyeuses après vous, répliqua-t-il d'une voix suave.

— Après moi ? Qu'est-ce que cela signifie ? Il n'y aura ni avant, ni pendant, ni après, je vous avertis ! s'exclama-t-elle sans s'expliquer où elle puisait la force de le défier alors qu'il se tenait si près d'elle, exerçant sur elle une étrange attirance magnétique.

Pleine de mépris envers elle-même, elle dut pourtant reconnaître qu'elle désirait violemment se blottir contre lui, sentir ses bras fermes autour de son buste et ses lèvres sensuelles sur les siennes. Se détestant de ressembler aux femmes consentantes dont il lui avait parlé, elle déclara sur un ton glacial :

— Tor Hansen, je vais me coucher... seule.

— Vous vous montez la tête, je crois ! railla-t-il. Je ne me souviens pas d'avoir demandé à partager votre lit.

— Oh, vous êtes odieux !

— Et vous, vous êtes une petite demoiselle timorée, répliqua-t-il sans la ménager. Couchez-vous vite, Lynn. Je me retourne pendant que vous vous déshabillez, vous n'avez rien à craindre.

Le regard brouillé par les larmes, elle le vit pivoter sur lui-même comme il venait de l'annoncer, et elle ôta ses vêtements avec des gestes mécaniques pour les poser sur une chaise.

Devant l'autre lit, Tor enleva sa chemise et elle ne put s'empêcher d'admirer la manière dont ses muscles jouaient sous sa peau bronzée. Le plus froidement possible, elle lança :

— Vous voudrez bien éteindre la lampe, s'il vous plaît.

— Entendu, fit-il et, la sachant prête à se mettre au lit, il cessa de contempler le mur et la regarda à nouveau.

Sa chevelure brune tombait en mèches abondantes sur la chemise blanche, très simple, formant un contraste saisissant.

Affectant la désinvolture, Lynn se glissa entre ses draps. La lumière tombait juste sur le médaillon en or de son compagnon et elle chercha à deviner qui lui en avait fait cadeau. Une femme, supposa-t-elle avec un serrement de cœur. En étouffant un soupir, elle se tourna délibérément vers le mur et remonta les couvertures sous son menton. De petits bruits lui indiquaient que Tor se mouvait encore dans la pièce, puis la lumière déclina et disparut tout à fait. Les ressorts de l'autre lit grincèrent et le silence régna ensuite à l'intérieur du logis.

Au-dehors, la pluie s'était calmée et elle tambourinait doucement sur le toit. Parfaitement immobile, les yeux grands ouverts dans l'obscurité, Lynn pensait qu'elle ne parviendrait jamais à trouver le sommeil alors que Tor Hansen était si proche et pourtant, quelques minutes plus tard, sa respiration profonde et régulière témoigna de son assoupissement.

3

L'ORAGE se déchaîna au cours de la nuit. Un éclair fourchu zébra le ciel, suivi d'un grondement menaçant. Des trombes d'eau rebondissaient à la surface du lac et s'acharnaient avec un fracas assourdissant sur le toit de la maison. Une lumière bleue, fulgurante, inonda encore une fois l'intérieur du logis et Lynn se réveilla en sursaut.

Il ne lui fallut que quelques secondes pour comprendre la situation et elle se cacha craintivement sous ses couvertures, guettant le cœur battant la prochaine manifestation de la nature en colère. Un troisième éclair ne tarda pas, précédant de peu le tonnerre, et Lynn se mit à trembler. Elle pressa son poing contre sa bouche pour ne pas crier. Cela ne durerait pas, se dit-elle afin de tenter de se raisonner. Il s'agissait d'un phénomène banal... qui se traduisait par beaucoup de bruit, mais enfin, elle n'était plus une petite fille! Et pourtant, lorsqu'un autre éclair illumina la pièce, elle dut enfouir son visage dans son oreiller.

— Lynn! Lynn!

Elle n'avait pas entendu de pas sur le plancher et, l'espace d'un instant, elle crut avoir affaire à son père. Puis elle émergea tout à fait du sommeil et se rappela la présence de Tor. Une ligne de feu jaillie des nuages s'étira jusqu'au sol et, folle de peur, elle laissa échapper un gémissement.

Dès que Tor s'assit au bord de son lit, elle se jeta dans ses bras, s'accrochant à lui de ses deux mains, écrasant sa joue contre sa poitrine. A chaque nouvelle déflagration, elle tressaillait comme sous un coup de fouet.

Tor la serra fermement contre lui en murmurant :

— Ce n'est rien... Je suis là, vous n'êtes pas seule. N'ayez pas peur, je reste avec vous.

Elle était trop affolée pour comprendre ses paroles, mais sa proximité suffit à la réconforter. Sensible à la chaleur et à la force qui émanaient de lui, elle avait trouvé dans ses bras un refuge contre les éléments déchaînés.

Le vacarme sévit au-dessus de leurs têtes pendant dix bonnes minutes encore avant de s'éloigner vers le nord-ouest. Lynn se détendit peu à peu et poussa enfin un petit soupir. Seulement alors, Tor relâcha son étreinte.

— Avez-vous toujours eu aussi peur des orages ? s'enquit-il en lui caressant doucement les cheveux.

— Oui, depuis l'âge de cinq ou six ans, déclara-t-elle si bas qu'il dut se pencher pour saisir sa réponse.

— Pourquoi ? Racontez-moi.

— C'est encore une longue histoire, chuchota-t-elle.

— Racontez-la-moi.

Trop bouleversée cette fois pour se dérober, elle obéit, éprouvant même un vif soulagement à pouvoir se confier.

— Bien... Quand j'étais petite, je n'avais pas l'autorisation de quitter les parages de la maison. Mais un après-midi d'août où je cueillais des mûres, je n'ai pas fait attention. Je ne pensais qu'à remplir mon seau et soudain, je me suis aperçue que je ne connaissais pas la partie de la forêt dans laquelle je m'étais aventurée.

Levant les yeux vers Tor dans l'obscurité, elle lui demanda :

— Vous est-il arrivé de vous perdre en forêt ?

— Oui, et je ne tiens pas à renouveler l'expérience. Il n'y a rien de plus angoissant.

Elle approuva et se rapprocha instinctivement de lui. Compréhensif, il resserra son bras autour d'elle.

— Papa m'avait toujours dit de rester où j'étais si jamais je me perdais, aussi je n'ai pas bougé. La nuit est venue, avec de la pluie. J'étais trempée jusqu'aux os, mais ce n'était pas très grave. Ensuite en revanche, quand l'orage a éclaté...

Elle s'interrompit, frémissant en revivant ses souvenirs.

— Plus tard, j'ai entendu dire qu'il n'y en avait pas eu d'aussi violent depuis des années et des années. Les éclairs étaient si puissants que je voyais mieux qu'en plein jour et, dans le noir qui leur succédait, le tonnerre roulait et grondait. Puis c'était le silence, terrible lui aussi parce que je guettais en tremblant le prochain éclair. La foudre a frappé un arbre juste devant moi. Il s'est fendu en deux de la cime jusqu'aux racines comme sous le coup d'une hache gigantesque avant de prendre feu. Absolument terrorisée, je me suis mise à courir, sans savoir où j'allais, ne songeant qu'à fuir, fuir, fuir... Au bout d'un moment, je suis tombée sur le sol, épuisée, et je me suis endormie. Mon père m'a découverte à cet endroit-là.

— Vous a-t-il punie ?

— Non, pas sur le moment, il était trop content de m'avoir retrouvée. La punition n'est arrivée que deux ou trois semaines plus tard. Un autre orage a éclaté et ma peur a resurgi, aussi atroce que dans la forêt. Mais alors, au lieu de me rassurer, mon père m'a dit que ma frayeur constituait mon châtiment. Il m'a expliqué par ailleurs que les orages faisant partie de la vie, je devais apprendre à les supporter, mais je n'y parviens pas. A chaque fois, je revois ce sapin flambant et je m'affole.

— Votre père se montrait très dur avec vous.

— Il était seul pour m'élever, répliqua Lynn, cherchant machinalement à l'excuser. Mais vous avez raison, il était dur. Je rêvais d'obtenir son affection et de pouvoir lui manifester la mienne, mais il a toujours maintenu une certaine distance entre nous.

Sa voix se réduisant à un murmure douloureux, la jeune fille conclut :

— Et maintenant, il est mort, c'est trop tard.

Deux larmes roulèrent sur ses joues et glissèrent sur la poitrine de Tor, puis elle se mit à pleurer pour de bon. Les sanglots secouèrent son corps gracile et, lorsqu'elle se calma, elle se sentit à bout de force, mais en même temps et curieusement, profondément en paix avec elle-même.

— Je... n'ai jamais autant parlé de moi à... à quelqu'un, balbutia-t-elle. Même mon amie Margaret ignore cette affaire d'orage, comme celle de la radio.

— Peut-être aviez-vous besoin de les raconter, suggéra doucement Tor.

— Mais pourquoi à vous ? fit-elle indistinctement.

Sous sa joue battait le cœur de Tor, ses bras noués autour d'elle lui donnaient une merveilleuse impression de sécurité et elle s'endormit ainsi, se sachant protégée de tout mal.

Au bout de quelques minutes, Tor installa la jeune fille dans son lit avec d'infinies précautions pour ne pas la réveiller. Il resta ensuite un long moment à la contempler, les traits durcis par la tension intérieure contre laquelle il devait lutter. Enfin, il se leva et regagna son propre lit, mais il ne trouva pas le sommeil avant l'aube.

Au matin, Lynn ouvrit les yeux la première et s'étonna de le voir encore assoupi. Elle se déplaça dans la pièce sur la pointe des pieds et chercha une tenue pour la journée sur l'étagère qui portait la totalité de ses vêtements. Jusqu'à cet instant, elle s'était toujours contentée de sa modeste garde-robe et soudain, en enfilant un jean complètement délavé, elle se prit à regretter de ne rien posséder de plus coquet. Son regard alla se poser involontairement sur l'homme qui dormait à plat ventre. Ses cheveux noirs ébouriffés contrastaient avec la blancheur de l'oreiller. Les draps qu'il avait repoussés jusqu'à la taille révélaient son dos lisse et musclé qui se soulevait au rythme de sa respiration. L'un de ses bras pendait dans le vide et Lynn le fixa songeusement. Ce même bras l'avait tenue étroitement enlacée, cette main l'avait caressée et pourtant, elle ne connaissait pas encore cet homme depuis vingt-quatre heures. Plus elle l'observait, si détendu et abandonné dans le sommeil, plus une douce chaleur l'envahissait et, sans se rendre compte de ce qu'elle faisait, elle avança vers lui pour promener des doigts hésitants sur sa tête, puis sur ses épaules.

Il bougea en marmonnant des paroles incompréhensibles. Paralysée de frayeur, elle s'attendit à être découverte, mais il s'immobilisa à nouveau.

Les joues en feu, Lynn se glissa alors hors du logis en se reprochant sa conduite insensée. Qu'aurait-il pensé s'il l'avait surprise auprès de lui ? Elle ne s'expliquait pas elle-même pourquoi elle s'était laissé fasciner par la vue de ce corps d'homme et cette idée l'emplissait d'ailleurs de honte. Désorientée, elle subissait soudain l'assaut de désirs et de sensations entièrement neufs pour elle.

L'air frais du matin lui réserva un accueil délicieux et balaya ses soucis. D'un joli bleu pâle, le ciel se reflétait dans les eaux du lac. L'herbe et le feuillage ravivés par les pluies de la nuit rivalisaient de verts éclatants. Ce jour qui commençait inspira à Lynn une joie intense et elle ne s'aperçut pas qu'elle devait surtout cette euphorie à la présence de Tor.

Soudain, la porte de la maisonnette s'ouvrit et il apparut sur le seuil au soleil. Nu jusqu'à la taille, il bâilla, s'étira et passa la main dans ses cheveux avec des gestes détendus et harmonieux. Dès qu'il distingua sa compagne, il sembla se figer sur place.

— Bonjour ! lança-t-elle gaiement.

Quand il descendit le sentier pour la rejoindre, elle remarqua son air sombre et tendu.

— Avez-vous mal dormi ? s'enquit-elle.

— Non, fit-il laconique.

Le pli un peu dur de ses lèvres et l'expression tourmentée de son regard continuèrent cependant à l'inquiéter.

— Qu'y a-t-il ? lui demanda-t-elle, les yeux rivés aux siens.

Il parut sur le point de lui répondre mais, au dernier instant, il changea d'avis et se borna à déclarer :

— Je n'ai pas envie d'en parler maintenant.

Il considéra les arbres en face de lui d'un air lugubre comme si l'entrelacs de leurs branches constituait les murs de sa prison.

— Dites-moi ce qui vous préoccupe, supplia-t-elle. Vous m'avez tant aidée la nuit dernière que j'aimerais pouvoir vous aider à mon tour.

— Non ! fit-il, si brutalement qu'elle recula, effrayée.

Regrettant déjà la violence de sa réaction, il tendit la main vers elle en murmurant sur un tout autre ton :

— Lynn...

— Oui ?

Le cœur battant, elle attendit ses paroles et sa question la prit totalement au dépourvu.

— N'avez-vous pas un endroit favori dans les environs, un endroit où vous vous rendez quand vous désirez vous recueillir ?

— Si, bien sûr.

— Accepteriez-vous de m'y emmener ?

— Tout de suite ?

Pour la première fois depuis le début de leur conversation, il esquissa l'ébauche d'un sourire.

— Nous avons tout de même le temps de déjeuner !

— Je veux bien vous le montrer, mais pourquoi ?

Il fixa sur elle son regard douloureux qui l'émut jusqu'aux larmes.

— Demain je dois repartir, mais aujourd'hui, je voudrais que nous oubliions tout pour profiter pleinement des moments que nous allons passer ensemble.

Le cœur serré, Lynn mesura combien la situation avait changé. Souhaitant ardemment la veille le départ de Tor Hansen, elle souffrait ce matin à l'idée de devoir à nouveau vivre sans lui. Elle avait pressenti qu'il bouleverserait son existence. Comment osait-il la quitter avec tant de désinvolture maintenant qu'il lui avait fait prendre conscience de la tristesse de sa solitude ?

— Ne prenez pas cet air, Lynn... je vous en prie.

Elle écarta les mains pour signifier son impuissance.

— Je... je ne comprends pas...

— N'essayez pas. Venez plutôt manger votre petit déjeuner. Ensuite, nous préparerons un pique-nique et nous partirons.

Ils chargèrent les affaires dans le canoë vers midi et, Lynn installée à l'avant, Tor à l'arrière, ils traversèrent le lac en pagayant pendant une heure pour atteindre la rive opposée, cachée par une haie de baumiers et de peupliers. Derrière eux, la maisonnette n'était plus visible.

Lynn annonça enfin :

— Nous nous arrêterons dans cette crique.

Un élan cherchait sa nourriture parmi les nénuphars à la surface du lac et, quand il les entendit approcher, il redressa dignement la tête, majestueux malgré l'eau qui coulait de son museau et la fleur qui était restée prisonnière de ses bois. Puis, toujours aussi cérémonieux, il pivota sur lui-même dans une gerbe de gouttelettes scintillantes et regagna la berge. Il jeta un bref coup d'œil aux arrivants qui l'avaient dérangé, leur accordant juste un instant pour voir frémir ses narines, et il s'enfonça d'un grand bond souple dans les fourrés avant de disparaître complètement entre les arbres.

— Je l'aurais bien peint ! s'exclama Tor d'une voix admirative.

— Qu'il était beau et orgueilleux ! renchérit Lynn.

— Nous avons été beaucoup plus impressionnés que lui, j'en suis sûr !

Lynn éclata de rire et ils reprirent leur progression,

plus doucement, les nénuphars s'écartant sur leur passage. Devenue peu profonde, l'eau possédait la transparence du cristal. Un petit poisson doré filait parfois comme un trait de lumière sur le fond de roche noire.

Evitant adroitement de heurter une pierre, Lynn guida le canoë jusqu'au rivage et en sortit pour attacher l'amarre à un tronc d'arbre.

— Nous continuons à pied maintenant, expliqua-t-elle, ce n'est plus très loin.

— Je vous suis.

Tandis qu'ils empruntaient un sentier à moitié dissimulé par l'herbe, chacun portant un sac à dos, le silence de la nature les enveloppa. L'air chaud dégageait une forte odeur de résine, des aiguilles de pins craquaient sous leurs pas. Au bout d'un quart d'heure, ils commencèrent à entendre au loin un doux murmure d'eau qui s'enfla progressivement, se transformant en rugissement.

Lynn escalada de gigantesques rochers couverts de mousse, toujours escortée de Tor, et soudain, elle déboucha dans une clairière verdoyante. Devant elle, un torrent rebondissait dans un tourbillon d'écume sur son lit de granit. Parmi de grandes fougères aux formes gracieuses brillaient des fleurs orange, semblables à des pierres précieuses sous le soleil.

Lynn s'immobilisa, éblouie par la beauté de ce décor de rêve, puis elle leva les yeux vers Tor.

— Voilà donc votre retraite secrète ! fit-il d'une voix chargée d'émotion.

— Oui... Vous plaît-elle ? demanda-t-elle, jugeant tout à coup très important d'obtenir son approbation.

Il acquiesça d'un hochement de tête, le regard rivé à l'arc d'argent dessiné par les eaux tumultueuses.

— Je n'ai jamais rien vu d'aussi merveilleux.

A cette réponse, le visage de Lynn s'éclaira et elle ne regretta plus d'avoir emmené Tor dans ce refuge où personne encore n'avait pénétré avec elle. Non sans fierté, elle contempla l'expression attentive et charmée de son compagnon. Il arborait l'air mystérieux des animaux de la forêt et elle pensa...

— A quoi pensez-vous ? lança-t-il à cet instant précis.

Elle sursauta et balbutia avec embarras :

— Je... je suis heureuse que vous aimiez ce lieu.

— Ne songiez-vous pas encore à autre chose ?

— N... non, fit-elle, hypnotisée par son regard d'un bleu intense. Je constatais seulement que vous semblez à votre place en cet endroit. Vous êtes la première personne que j'y conduis.

— Je vous en remercie, déclara-t-il en posant ses mains sur ses épaules.

Puis soudain, il effleura ses lèvres, lui causant un frisson délicieux. N'étant ni maniérée ni farouche, elle ne dissimula pas le bonheur que lui donna cette exquise manifestation de tendresse mais, un instant plus tard, elle se demanda si elle ne l'avait pas rêvée tant le baiser avait été bref et léger. Dans un silence plus éloquent que des paroles, ils partagèrent ensuite une joie profonde jusqu'au moment où une ombre passa sur le visage de Tor. Inconsciemment, il resserra ses doigts autour des épaules de sa compagne.

— Vous me faites mal ! gémit-elle.

Sans la quitter des yeux, il les desserra en murmurant :

— Je n'arrive pas à croire à cette clairière... à votre présence. Est-ce que je rêve encore ? Si je vous lâche, j'ai peur que vous ne vous évanouissiez dans l'air.

Timidement, elle tendit la main vers sa joue.

— Je suis réelle, voyez !

Il tourna la tête pour promener sa bouche sur cette main qu'elle lui offrait et elle frémit, en proie à un étrange émoi.

— Vous êtes si réelle que je m'en inquiète, fit-il, l'air étrange.

— Que dites-vous ? Je ne comprends pas.

S'écartant brutalement d'elle et laissant retomber ses bras le long de son corps, il déclara :

— Ne m'accordez aucune attention, je raconte des absurdités.

Il sortit un mouchoir de sa poche pour s'essuyer le front, puis déclara sur un ton plus normal :

— Il fait chaud ici. Ne pouvons-nous pas nager ?

Déconcertée et blessée par ce changement d'attitude inopiné, elle répliqua toutefois le plus tranquillement possible :

— Si... bien sûr, quoique l'eau soit glaciale, même en été. Il y a un bassin derrière le torrent.

Sans plus s'occuper d'elle, Tor commença à déboutonner sa chemise et elle ne put détacher ses yeux de lui. Il lui avait parlé de la beauté du corps humain et, en le contemplant, elle s'initia à cette troublante harmonie. La vue de la peau hâlée de son torse très viril lui inspira un plaisir aigu et primitif.

— Avez-vous un maillot de bain ?

Cette question pratique la ramena sur terre et elle acquiesça.

— Oui, sous mes vêtements.

— Allez-vous nager aussi ?

— Oui, répondit-elle d'une manière hésitante, se tourmentant à cause du comportement soudain si impersonnel de son compagnon et s'en demandant la raison.

Il enleva son pantalon sous lequel il portait un maillot noir. Jamais encore Lynn n'avait eu l'occasion d'étudier un homme presque nu. Admirant malgré elle les hanches étroites et les longues jambes musclées de Tor, elle prit conscience de sa féminité. Elle sentit que son corps si doux aux courbes harmonieuses était destiné à s'unir à la robustesse de celui d'un tel être.

— Avez-vous fini de me dévisager ainsi ? lança-t-il sur un ton agacé.

S'empourprant instantanément, elle prononça les premières paroles qui lui vinrent à l'esprit :

— Vous pouvez plonger de n'importe quel rocher, l'eau est très profonde partout.

Tor la considéra un instant d'un air songeur et elle épia ses mouvements le cœur battant. Mais soudain, il fit volte-face, traversa la clairière à grands pas et sauta dans le bassin qui se trouvait en amont du torrent.

Colorée par des minéraux, l'eau était presque brune et, pieds nus sur la mousse, Lynn guetta la remontée de son compagnon. Même un nageur très entraîné ne pouvait pas rester aussi longtemps sans respirer, ne tarda-t-elle pas à songer, son angoisse croissant de seconde en seconde... A l'instant où elle allait céder à la panique, une tête noire émergea enfin du côté de l'autre rive.

— L'eau est glacée ! cria Tor.

— Je vous l'avais dit ! fit-elle en riant de soulagement.

Dans un crawl souple et impeccable, il revint jusqu'à elle et se hissa sur les rochers. Son humeur s'était de nouveau modifiée pendant ce bain rapide et il arborait à présent un grand sourire.

— Nagez-vous aussi ? demanda-t-il en agitant les bras par plaisanterie pour éclabousser sa compagne de gouttes d'eau froide.

— Peut-être, accorda-t-elle sur un ton espiègle.

— Il n'y a pas de peut-être, je ne repars pas sans vous !

Partagée entre l'amusement et l'embarras, Lynn se résolut à déboucler sa ceinture et à baisser la fermeture de son short avec des doigts étrangement malhabiles. Tor la regardait, elle le savait, et il lui appartenait à elle seule de choisir de son attitude. Ou bien elle mettait en pratique l'idée qu'il avait émise le matin même : « Je voudrais que nous oubliions tout pour profiter pleinement des moments que nous allons passer ensemble », ou bien elle se détournait pudiquement afin d'échapper au désir brûlant qu'elle lisait dans ses yeux. Ne parvenant pas à envisager le lendemain sans horreur, elle décida de tout oublier comme il l'avait suggéré. Oui, le lendemain n'existait pas, et rien ne comptait en dehors du présent.

Rejetant sa chevelure en arrière d'un geste énergique et audacieux, elle laissa tomber son short à terre et l'enjamba puis, avec une grâce innée, passa son chemisier par-dessus sa tête. Sa peau de miel paraissait dorée sous le soleil et, quand Tor esquissa un pas dans sa direction, elle lança :

— Essayez donc de m'attraper !

Souple et vive, elle plongea et s'éloigna vite vers l'autre rive du bassin. Mais soudain, deux mains s'emparèrent de sa taille et elle eut beau se contorsionner pour s'échapper, Tor l'attira à lui et prit sa bouche. En dépit de la température très basse de l'eau, une flamme courut le long de son corps. Elle faiblit et s'abandonna malgré elle jusqu'au moment où l'eau lui arriva au menton. S'étouffant à moitié et riant en même temps, elle saisit l'occasion pour repousser Tor à deux mains, puis s'enfoncer sous la surface afin de lui attraper une cheville pour le déséquilibrer.

Ils s'amusèrent un long moment sans complexe ni retenue, leurs voix résonnant en de multiples échos entre les rochers. Lynn se fatigua la première.

— Je n'en peux plus, fit-elle à bout de souffle en s'effondrant sur la mousse du rivage.

— Déjà ! railla-t-il.

— Je crois que j'ai trouvé mon maître ! répliqua-t-elle gaiement, se rendant compte au moment même où elle prononçait ces paroles de leur signification ambiguë.

Tor prit soudain un air grave et, sans un mot, s'approcha d'elle. Sa stature puissante produisait sur elle un effet bouleversant, chaque fibre de son être s'éveillait au contact de sa peau nue où saillaient des muscles durs. Affolée, elle s'écria malgré elle :

— Non... ne... !

En dépit de son mouvement de recul instinctif, il ne lâcha pas sa taille.

— N'ayez pas peur, dit-il doucement.

Elle secoua la tête et la baissa pour cacher son embarras. Que devait-il penser d'une jeune fille aussi craintive ? Sans doute se moquait-il de son inexpérience.

— Lynn, regardez-moi.

— Non, je...

Il lui releva le menton de force et plongea ses yeux dans les siens.

— Vous n'avez aucune raison d'avoir honte, vous êtes merveilleusement belle, ne l'oubliez jamais.

— Mais..., tenta-t-elle en vain.

Les mots lui manquaient pour exprimer son désarroi et son regret de se montrer si farouche.

— Vous avez toute la vie pour apprendre, déclara-t-il comme si, une fois de plus, il avait lu dans ses pensées.

Il s'empara fermement de sa main pour la placer sur son épaule en murmurant :

— Laissez-moi faire, Lynn, je serai votre guide. N'ayez pas peur. Promenez librement votre main sur moi.

Elle aurait voulu lui obéir, mais un reste de timidité la retint.

— Pourquoi agissez-vous ainsi ? demanda-t-elle.

Penchant la tête, il déposa une pluie de baisers sur son bras.

— Parce que nous en avons envie tous les deux, déclara-t-il ensuite.

Elle le savait aussi bien que lui, et ses gestes d'abord hésitants acquirent vite une certaine assurance née du violent désir qui la poussait à explorer ses épaules, son dos et ses bras si chauds au toucher. Comme animés d'une volonté propre, ses doigts couraient sur l'épiderme bruni puis, avec une audace qui l'étonna elle-même, vinrent se poser sur sa poitrine, lissant les poils drus et suivant le contour des côtes.

— Aimez-vous ce que vous faites ? s'enquit Tor d'une voix un peu rauque.

— Oui... et vous ? questionna-t-elle, ne se reconnaissant plus elle-même.

Au lieu de répondre, il saisit sa main pour la poser sur son cœur afin de lui permettre d'en sentir les battements désordonnés. Elle s'enivra d'un orgueil nouveau en constatant le pouvoir que lui conférait le simple fait d'être une femme.

— Je provoque des réactions en vous, n'est-ce pas ? lança-t-elle, trop naïve pour se rendre compte du caractère provocant de sa question.

Sans un mot, Tor la souleva dans ses bras et la porta jusqu'à un endroit où la mousse était particulièrement épaisse et belle. Il l'étendit sur le sol et s'installa à ses côtés. La dévorant du regard avec émotion, il s'extasia :

— Vous êtes très belle, Lynn, comme le premier jour où je vous ai vue.

Il l'embrassa sans hâte, ni brutalité, l'amenant peu à peu à entrouvrir ses lèvres. Entièrement confiante, elle ne bougeait pas et goûtait un extraordinaire sentiment de liberté. Elle avait l'impression de flotter, de flotter... Elle s'enhardit progressivement au point de lui rendre son baiser, jouant elle aussi avec sa bouche et effleurant sa nuque. La respiration de Tor s'accéléra et il s'allongea sur elle, pesant de tout son poids sur son corps si tendre, prolongeant son étreinte d'une façon de plus en plus exigeante et passionnée. La nature généreuse et ardente de Lynn, étouffée depuis des années, se révéla, l'incitant à ne plus mesurer ses caresses pour songer seulement à leur plaisir partagé.

Se redressant sur un coude, Tor contempla son visage rayonnant et ses yeux aussi verts que la mousse sur laquelle elle était couchée. Avec une lenteur qui lui arracha des soupirs, il recommença à l'embrasser, mais cette fois, ses lèvres descendirent le long de son cou, s'attardant à sa base, dans le petit creux particulièrement sensible. Lynn perçut confusément qu'il glissait une main sous son dos et tirait sur les bretelles de son maillot afin de découvrir son buste.

Sans doute protesta-t-elle par réflexe, sans en avoir conscience, car il murmura :

— N'ayez pas peur.

Comme dans un rêve, elle le vit pencher sa tête noire sur sa poitrine tandis qu'il caressait sa chair douce et ferme, puis de sa bouche, il poursuivit l'œuvre de ses doigts. Les dernières réticences de Lynn s'évanouirent alors dans un tourbillon d'ivresse. Son existence prenait un sens. Elle était née et elle avait grandi pour devenir une femme et appartenir à cet homme-là. Eperdue de bonheur, elle laissa ses mains courir sans plus aucune retenue le long de son torse viril.

— Oh Lynn, j'ai terriblement envie de vous ! l'entendit-elle chuchoter d'une voix vibrante.

Juste avant d'abandonner ses lèvres aux siennes, elle répondit :

— Moi aussi.

Le sol de la forêt se fit accueillant pour leurs deux corps enlacés. Derrière eux, l'eau continuait à se jeter sur les rochers gris dans un jaillissement d'écume et très haut dans le ciel bleu, un aigle passa, lent et majestueux.

Oubliant tout au monde hormis le contact de la peau brûlante de Tor sur la sienne, les battements fous de son cœur et le rythme saccadé de sa respiration, Lynn s'émerveillait de pouvoir éveiller en lui une telle passion. Guidée par un instinct immémorial, elle se mit à onduler sous lui jusqu'au moment où son désir atteignit une intensité douloureuse qui appelait l'apaisement. Inconsciente de ce qu'elle disait ou faisait, elle gémit alors :

— Tor... oh, Tor... je suis à vous... je vous en supplie...

Ses mains s'immobilisèrent soudain dans leur course voluptueuse et il posa un instant sa tête sur l'épaule de la jeune fille. Elle le vit lutter, les yeux fermés, pour retrouver son souffle, puis il s'écarta d'elle et se laissa retomber sur la mousse à ses côtés, face contre terre.

Trop inexpérimentée pour s'expliquer ce brusque revirement d'attitude, Lynn frissonna.

— Tor ?

Il parut d'abord ignorer son appel mais finalement, il se redressa. Son visage n'exprimait plus à présent aucune émotion et sa bouche formait un pli sévère.

— Qu'y a-t-il ? s'enquit Lynn d'une voix anxieuse. Qu'ai-je donc fait ?

Le regard dur et glacial, il lui commanda :

— Rhabillez-vous.

Rougissant soudain de sa semi-nudité, elle se hâta de rajuster son maillot avec des doigts tremblants et se saisit de son chemisier.

— Ne voulez-vous plus de moi ? lança-t-elle sans détour, puisant sa franchise dans sa naïveté.

— Si, je vous désire même comme je n'ai jamais désiré aucune femme.

— Alors...

— Cela ne signifie pas pour autant que je vais céder à ce désir, la coupa-t-il avec brusquerie.

— Pourquoi ? s'écria-t-elle, les yeux pleins de larmes.

— Ah, je vous en prie, ne pleurez pas ! s'exclama-t-il d'un ton sec.

Cette exclamation impatiente lui rendit un peu de fierté et elle assura :

— Non, je ne pleurerai pas, mais expliquez-moi ce qui nous empêche de nous aimer en ces lieux qui ressemblent au paradis.

— Ne dites pas de sottises ! gronda-t-il avec une brutalité qui s'adressait davantage à lui-même qu'à sa compagne.

— Mais c'est pourtant vous qui m'invitiez à oublier

le lendemain pour vivre pleinement cette journée!
insista-t-elle.

— Certes, mais je n'ai jamais eu l'intention d'abuser
de votre innocence.

— Il y a quelques instants cependant…

Soudain violent, il l'interrompit vivement :

— Ne me poussez pas à bout! Vous êtes une femme
très désirable et moi un homme qui a ses faiblesses,
comme les autres. Je regrette ce qui s'est passé, croyez-
moi.

Ces paroles l'humilièrent plus qu'une gifle et elle
gémit :

— Vous ai-je donc déplu?

— Vous savez très bien que non.

— Alors pourquoi m'avez-vous subitement abandonnée? J'étais si heureuse!

— Etes-vous tellement naïve? Pensez-vous que je
pourrais encore me regarder dans une glace si j'avais
profité de la situation?

— Vous n'auriez pas profité de la situation puisque
je suis consentante, affirma-t-elle avec une audace qui
était en réalité chez elle de la spontanéité.

— Si… cela ne change rien au problème.

— Je ne vous comprends pas, fit-elle, à court d'arguments.

— Votre père ne vous a-t-il donc inculqué aucun
principe? s'enquit Tor, les sourcils froncés.

— Non…, avoua-t-elle avec embarras. Il m'interdisait simplement d'accueillir des… des hommes pour la
nuit dans la maison en son absence.

— Vous a-t-il expliqué pourquoi?

— Eh bien… non, avoua-t-elle la tête basse. Parfois,
j'ai songé qu'il détestait les femmes. Il ne m'a jamais
permis de m'acheter des robes ou des produits de
maquillage. Je n'avais pas non plus le droit de porter de
bikini.

En parlant, elle considéra son maillot blanc d'une
pièce d'un air triste.

— Il voulait vous faire croire que les relations physiques sont mauvaises et honteuses! lança Tor, scandalisé.

— Comme vous en ce moment même! rétorqua-t-elle agressivement.

— Pas du tout! Loin de moi cette idée! Mais ne voyez-vous pas que nous ne pouvons pas aller plus loin? Nous ne nous aimons pas, rien ne nous lie l'un à l'autre.

Complètement déroutée, Lynn s'efforçait en vain de discerner le mal dans le plaisir et l'ivresse merveilleuse qu'ils avaient commencé à partager quelques instants plus tôt.

Tor prit une grande inspiration. Il paraissait éprouver les plus grandes difficultés à se contrôler.

— En outre, n'oubliez pas que je pars demain, Lynn, comme je vous l'ai annoncé.

Elle pâlit et enfonça ses doigts crispés dans la mousse. Sa fierté lui commanda toutefois de déclarer froidement :

— Dans ce cas, il n'y a plus rien à ajouter.

— Non, pas ici, ni maintenant.

Elle se leva et regarda une dernière fois le torrent, les belles fougères qu'un souffle d'air ployait doucement d'un côté, puis de l'autre. Elle savait qu'elle ne reviendrait plus jamais dans son joli refuge du fond des bois, car il était marqué à présent du sceau de la souffrance.

En retournant vers le canoë, elle se demanda avec angoisse quelles épreuves l'attendaient encore. Depuis qu'elle connaissait Tor, les bouleversements se succédaient dans son existence et elle n'était plus la même.

Le retour s'effectua dans un silence total. Des pensées consternantes se pressaient dans l'esprit de Lynn. Tor n'avait pas renoncé à partir. Pouvait-elle d'ailleurs souhaiter une autre solution? Non, bien sûr. Elle se sentait néanmoins incapable de recommencer à vivre comme auparavant. Elle qui s'enorgueillissait de son indépendance et de son aptitude à se débrouiller seule, elle redoutait désormais de se retrouver face à elle-même. Tor lui avait volé sa liberté. Le simple fait de l'imaginer au loin lui faisait venir les larmes aux yeux. La mort de son père l'avait conduite au bord d'un abîme de solitude où le départ de Tor risquait de la précipiter pour de bon. Pourquoi la quittait-il ? Peut-être fallait-il plutôt demander : pour qui ? Quelle que fût sa raison de s'en aller, elle comptait davantage que la pauvre petite Lynn. Comme pour se venger sur le lac de sa douleur et de son humiliation, elle plongea sa pagaie dans l'eau avec une violence accrue.

Lorsqu'ils arrivèrent enfin, au terme d'un voyage qui avait semblé durer une éternité, Tor n'entra dans la maison que pour passer les bretelles de son sac à dos sur ses épaules d'un air déterminé. Lynn le regarda faire le cœur battant, s'imaginant qu'il avait changé d'avis et décidé de partir sur-le-champ. Après avoir attaché la courroie autour de sa taille, il releva les yeux, la fixant durement, et déclara sur un ton sec :

— J'ai besoin d'être seul un moment. Je vais peindre. Je reviendrai ce soir.

— Comme il vous plaira, répondit-elle sur le même ton, s'appliquant à ne pas montrer combien elle était soulagée d'apprendre qu'il ne s'en allait pas encore.

Il claqua la porte derrière lui et, de la fenêtre, elle le suivit du regard. A grands pas souples, il longea le lac, puis disparut derrière les arbres. Alors seulement, Lynn se détourna et, en proie à un épuisement bien plus moral que physique, elle se laissa tomber sur son lit.

4

Lorsque Lynn se réveilla, elle se trouvait seule à l'intérieur de la pièce plongée dans l'obscurité. Essayant de ne pas penser à Tor, elle se leva, prépara du thé, et s'installa devant la table avec un livre. Elle renonça toutefois très vite à lire. Le temps s'écoulait doucement, très doucement. Elle resta assise, mais commença à compter les minutes, et Tor ne rentrait toujours pas. Une idée affreuse s'insinuait dans son esprit en dépit de ses efforts pour la repousser. Et si Tor lui avait menti ? Et s'il était parti pour de bon en se servant de la peinture comme prétexte pour éviter des adieux ? Mais s'il n'avait pas menti ? Son retard s'expliquait alors par un accident. Les deux hypothèses emplissaient Lynn d'une angoisse si intolérable qu'elle quitta son siège d'un bond et sortit de la maison.

Les étoiles brillaient comme une infinité de diamants dans un vaste écrin de velours noir, et un croissant de lune coiffait les collines à l'horizon. Un coyote hurla au loin, son cri désolé résonnant longtemps dans le silence environnant. Lynn frissonna et tendit en vain l'oreille pour entendre les pas de Tor. Au bout d'un moment, elle se décida à rentrer, se donnant encore un quart d'heure avant de se lancer à sa recherche.

Elle était en train de réunir des objets de première nécessité, une lampe-torche, des allumettes hydrofuges et une trousse à pharmacie, quand la porte s'ouvrit.

Laissant tomber une boîte, elle se précipita vers lui, les bras tendus.

— Oh Tor, je me suis terriblement inquiétée ! Je croyais qu'il vous était arrivé un malheur !

Sans savoir comment, elle se retrouva blottie contre lui, le visage sur sa poitrine.

— Excusez-moi, fit-il sur un ton sincèrement désolé. Je perds complètement la notion du temps lorsque je peins. Il a fallu que la nuit tombe et que je ne voie plus assez clair pour que je songe à m'arrêter. J'ai eu beau marcher vite ensuite, j'avais tout de même quatre ou cinq kilomètres à parcourir.

— Vous êtes là, c'est l'essentiel, affirma-t-elle en essayant de se dégager maintenant qu'elle s'était ressaisie, mais il la retint.

— Je dois vous remercier, car il y a bien longtemps que je n'ai pas reçu un aussi bel accueil.

Rougissante, elle remarqua non sans perplexité qu'il paraissait de nouveau en paix avec lui-même et plein d'assurance, comme s'il avait mis à profit ce moment de solitude pour mettre de l'ordre dans ses pensées.

— Voulez-vous que je vous montre mon tableau ?

Pour une raison mystérieuse, elle hésita avant de répondre à cette question pourtant innocente.

— Oui...

Il se débarrassa de son sac à dos auquel était ingénieusement accroché un chevalet. Il libéra ensuite la toile rectangulaire et, la manipulant avec soin, il alla la poser sur le buffet, là où la lampe à huile projetait le meilleur éclairage.

Lynn se reconnut immédiatement dans ce portrait qui la représentait vêtue de son chemisier à carreaux, les cheveux maintenus en queue de cheval par une ficelle. Presque de profil, elle tournait le dos à une forêt sombre et impénétrable pour regarder devant elle la masse nébuleuse d'une ville hérissée de gratte-ciel. Avec une habileté remarquable, Tor avait réussi à fondre l'un dans l'autre les deux paysages que surmontait le même ciel gris et tourmenté. Tourmentée, la jeune fille du tableau devait l'être aussi car ses grands yeux verts fixés sur la redoutable cité grouillante de vie et d'animation recelaient une profonde nostalgie pour l'endroit dont elle venait.

Parlant le premier, Tor déclara :

— J'ai décidé de l'appeler « Le choix ».

Le cœur battant, Lynn chercha une réplique, mais les mots refusaient de sortir de sa bouche. En dépit de son ignorance en matière d'art, elle sentait instinctivement qu'elle se trouvait devant un chef-d'œuvre, à la fois sur le plan de la technique et de l'expression. Elle devina toutefois que Tor n'attendait pas d'elle des compliments. Allant droit au but, elle formula au prix d'un immense effort la question qu'il avait provoquée :

— Qu'est-ce que cela signifie ?

— C'est simple, affirma-t-il sur un ton un peu solennel. Je dois maintenant vous dire pourquoi je suis venu jusqu'ici.

Elle laissa échapper un soupir et arbora sans s'en rendre compte l'expression tendue de la jeune fille du tableau.

— Pourquoi êtes-vous venu, Tor ? Vous appelez-vous bien Tor au moins ?

— Asseyons-nous. Notre conversation risque de durer un moment.

— Non, je préfère rester debout.

Il la considéra un instant avec attention, mais n'insista pas.

— Oui, je m'appelle bien Tor Hansen et je suis peintre, portraitiste plus précisément. Il y a de très nombreuses années, votre père et le mien ont été amis. Ils s'étaient rencontrés dans le Nord de l'Alberta et avaient dû bénéficier de nombreuses occasions de se voir pendant un certain temps. Ensuite, leurs chemins se sont séparés. Ils sont restés en relation par correspondance jusqu'au jour où les lettres de mon père à son ami Paul lui ont été retournées. Votre père était parti sans indiquer sa nouvelle adresse et il n'a plus jamais donné signe de vie.

Arrivé à ce point de son récit, Tor marqua une pause embarrassée, et Lynn se prit à regretter de ne pas avoir accepté de prendre un siège.

— Continuez, dit-elle dans un souffle.

— Mes parents sont morts tous les deux dans un accident de voiture l'année dernière. Votre père ne l'a sans doute pas su, sinon il aurait changé ses dispositions. Il a exprimé le désir que le mien devienne votre tuteur.

S'étant préparée à toutes les révélations hormis celle-là, Lynn s'écria, l'air hébété :

— Il a donc fait un testament ! J'ai cherché partout ici, sans résultat.

— Il l'avait confié à un notaire de Toronto qui s'est mis en contact avec moi. Cet homme ne possédait d'ailleurs aucun renseignement complémentaire et je comptais trouver une enfant d'une dizaine d'années.

— Pourquoi avez-vous pris la peine de venir ?

— Votre père avait placé sa confiance dans le mien qui, j'en suis sûr, aurait souhaité me voir régler cette affaire comme toutes les autres qu'il m'a laissées.

Haussant soudain les épaules avec irritation, il ajouta :

— Vous devez estimer que je me prends très au sérieux.

— Pas du tout, je vous comprends parfaitement.

Comme si cette réponse lui apportait une satisfaction profonde, il hocha la tête.

— Je n'en attendais pas moins de vous, affirma-t-il, mais, ainsi que je vous le disais, je vous croyais plus jeune. Quel âge avez-vous ?

— Bientôt dix-neuf ans. Vous avez donc fait tout ce voyage en vain, j'en suis navrée.

— Non, Lynn, jusque-là je vous parlais de mon devoir moral envers vous, mais j'ai aussi un devoir légal. Je *suis* votre tuteur.

Sentant que chaque parole était importante, elle déclara prudemment :

— Ignorant la loi, je ne peux pas discuter. D'ailleurs, il n'y a pas matière à discussion. Puisque vous êtes mon tuteur légal, vous êtes venu jusqu'ici afin de me voir et vous pouvez constater que je me porte bien. Je suis en outre tout à fait capable de me débrouiller. Par conséquent, vous avez réellement fait ce long voyage pour rien.

— Lynn, vous ne saisissez pas vraiment...

— Mais si, soutint-elle avec une obstination délibérée. Si vous tenez à assumer ce rôle, je ne m'y opposerai pas. Gardons par exemple un contact par lettre et si d'aventure, je rencontrais un problème, je ne manquerais pas de vous en informer. C'est très simple.

Elle formulait ces propos dans un esprit de bravade, tout en sachant parfaitement que la situation n'était pas aussi « simple ». D'ailleurs, pendant qu'elle invitait Tor à repartir, son cœur le suppliait en silence de rester, et elle s'affolait à la perspective de devoir vivre sans lui.

Son expression s'était assombrie et il la fixait à présent d'un air dur.

— Assez plaisanté, Lynn. Je suis votre tuteur et vous avez sûrement deviné ce que cela signifie. Je vous emmène avec moi.

Elle dut s'agripper au bord de la table pour ne pas tomber. Sa vision se brouilla un instant et elle s'écria :

— M'emmener ! Où ?

— A Halifax, là où j'habite, évidemment.

— Il n'en est pas question !

— Ecoutez, je suis responsable de vous et...

— Combien de fois encore allez-vous me le répéter ? lança-t-elle sur un ton excédé.

— Voyons, Lynn, vous vous trouvez sous ma tutelle à présent, par la volonté de votre père.

Articulant soigneusement chaque syllabe, elle annonça :

— Je n'irai pas à Halifax.

— Croyez-vous ?

Il n'avait pas élevé la voix, mais une lueur menaçante apparut dans son regard bleu. Une panique sans nom s'empara subitement de Lynn. Elle passa une main glacée sur son front brûlant et, comme de très loin, elle entendit Tor demander :

— Qu'y a-t-il, Lynn ?

— Rien...

Il contourna la table et, incapable de s'enfuir, elle le laissa l'attirer contre lui. Elle ne sentait plus ses jambes et sa tête pesait au contraire extrêmement lourd. Soudain tout devint noir autour d'elle, elle eut l'impression de basculer dans un gouffre...

Confusément, elle se débattit pour débarrasser son visage d'un linge mouillé qui la gênait. Elle n'aurait pas su dire combien de temps s'était écoulé, mais il lui semblait revenir d'un long voyage.

Ouvrant les yeux, elle reconnut Tor qui arborait une mine très inquiète. Toutefois, dès qu'il la vit reprendre ses esprits, il se ressaisit et son expression se durcit. Désorientée, Lynn s'imagina avoir été victime d'une illusion.

— J'ai froid, gémit-elle.

Il la couvrit aussitôt de son édredon en déclarant :

— Essayez de dormir, nous discuterons demain.

Trop épuisée pour redouter à l'avance cette conversation, elle se tourna vers le mur et chercha l'oubli de ses problèmes dans le sommeil.

Lorsque les rayons encore obliques du soleil atteignirent son lit, Lynn se réveilla et, sans bouger, elle s'efforça d'identifier les divers oiseaux qui chantaient. Un écureuil faisait tomber des pommes de pin sur le toit de la maison et le ruisseau poursuivait son éternel murmure. Dans les moindres détails, son petit monde familier se perpétuait autour d'elle tel qu'elle l'avait toujours connu. En elle hélas, des bouleversements aux conséquences encore incalculables s'étaient produits.

En s'étirant, elle modifia sa position et son regard tomba sur l'autre lit. Il était vide et Tor l'avait soigneusement fait. Tor… Tor Hansen, l'homme qui se prétendait son tuteur et voulait l'emmener à Halifax. Se cachant sous son oreiller, elle se remémora les événements qui s'étaient abattus sur elle en l'espace de deux jours. Elle se revit nue sur la plage devant Tor et frissonna au souvenir de ses baisers qui lui avaient révélé un univers de sensations dont elle n'avait rien su jusque-là. Elle tressaillit en songeant comment il avait fait naître la veille en elle un désir tumultueux qui était resté inassouvi. Et finalement, en lui dévoilant le motif de sa venue, il lui avait porté le coup de grâce. Les lois de son existence étaient complètement bouleversées depuis l'arrivée de ce bel étranger aux cheveux noirs.

S'exhortant au calme, elle s'efforça d'analyser la situation avec lucidité. Pourquoi se refusait-elle à suivre Tor à Halifax après tout ? Il lui offrait de vivre dans une ville au bord de l'océan. Elle allait pouvoir arborer des toilettes élégantes et sortir, au restaurant, au cinéma, peut-être même au concert. Personne en tout cas ne lui interdirait d'écouter de la musique et elle découvrirait des plaisirs qui lui manquaient depuis toujours. N'avait-elle pas très envie de voyager ? Son père s'était montré de plus en plus tyrannique au fur et à mesure qu'elle grandissait. Mais à présent, l'occasion de goûter à tout ce qu'il lui avait défendu se présentait… Plus elle réfléchissait, plus la tentation grandissait. Souhaitant être tout à fait honnête vis-à-vis d'elle-même, elle se souvint des trois journées de solitude désespérante qu'elle avait traversées avant la visite de Tor. Envisageait-elle vraiment son avenir sous ces tristes couleurs ?

D'un autre côté, il lui fallait prendre en considération le personnage de Tor, si grand, si fort, si sûr de lui, et détenteur d'un terrible pouvoir sur elle. Accepter de se rendre avec lui impliquait aussi d'accepter d'habiter dans sa maison et de le voir tous les jours. A cette idée, le cœur de Lynn se mit à battre plus vite et elle se permit de rêver un instant... Elle s'imagina en robe du soir, élégante et raffinée, les cheveux relevés en une coiffure recherchée. Elle pénétrait au bras de Tor dans le plus grand restaurant de la ville et, au cours d'un somptueux dîner aux chandelles, elle commentait avec lui la dernière pièce de théâtre à la mode... puis elle dansait, ignorant le regard admiratif des autres hommes et la jalousie des femmes qui les observaient.

L'instant d'après, elle revint à la réalité et se moqua de ses égarements. « Pauvre Lynn, se dit-elle, tu ne sais même pas comment te conduire au milieu d'une foule et tu n'es jamais allée au spectacle. Tu ne connais aucune ville, et même pas un village, mais uniquement la petite agglomération de Sioux Lake. Tu serais complètement perdue à Halifax où Tor, en revanche, doit évoluer très à son aise. Il ne tarderait pas à se lasser de la présence de la jeune sauvageonne de la forêt. Au bout de quelques jours, ton inadaptation et tes mala-dresses en arriveraient à l'irriter et il regretterait de t'avoir offert un asile chez lui. »

Cette misérable conclusion incita Lynn à se rappeler avec quelle spontanéité elle s'était livrée à Tor la veille. Elle avait bien prouvé son manque d'éducation en cette occasion. D'ailleurs, le rejet final de Tor ne s'expliquait pas seulement par des scrupules moraux comme il avait bien voulu le prétendre. Sans doute l'avait-elle choqué par son absence totale de retenue, ou ennuyé en lui révélant son inexpérience. Oserait-elle prendre le ris-que de subir une seconde humiliation de ce genre ? Non, certainement pas. Profondément blessée, ébran-lée dans sa confiance toute neuve de femme, elle se jugeait incapable de vivre aux côtés de Tor dans la crainte permanente d'une autre épreuve. Sa tranquillité dépendait de deux conditions bien nettes : il lui fallait rester ici tandis que Tor devait repartir pour Halifax. Une aussi cruelle perspective amena des larmes au bord de ses paupières, mais le moment se prêtait mal aux lamentations. Plus tard oui, elle disposerait de tout son temps pour pleurer, alors que dans l'immédiat, une tâche délicate s'imposait à elle. Réussirait-elle à convaincre Tor de retourner seul chez lui sans lui dévoiler les raisons qui lui interdisaient de le suivre ?

Le soleil brillait déjà haut dans le ciel quand elle sortit de la maisonnette. Torse nu, Tor coupait du bois avec des gestes efficaces et harmonieux qu'elle prit plaisir à contempler. Dès qu'il l'aperçut, il se redressa et, posant sa hache à terre, il s'essuya le front en lançant sur un ton neutre et impersonnel :

— Bonjour.

— Bonjour. Avez-vous déjeuné ? s'enquit-elle avec un sourire un peu forcé.

— Non, je n'avais pas faim. Je vais ranger ce bois dans le hangar et je vous aiderai ensuite à faire vos bagages. Nous avons intérêt à partir avec les deux canoës. Vous laisserez le vôtre à Sioux Lake.

Lynn se raidit à ces paroles par lesquelles Tor venait de lui déclarer la guerre sans préambule. Se rebellant contre ses manières autoritaires, elle répliqua :

— Hier soir, nous avons laissé cette affaire en suspens avec l'intention d'en discuter aujourd'hui. Pourquoi vous comportez-vous comme si elle était réglée ?

— Elle est réglée, Lynn, affirma-t-il calmement. Je ne m'en irai pas sans vous et je dois rentrer à Halifax. Il est donc inutile de discuter.

— Ah, mais vous vous trompez ! Je ne suis pas une enfant qu'on dirige sans lui demander son avis. Je suis tout à fait à même de m'assumer et j'ai décidé de rester là.

— Voyons, Lynn, montrez-vous raisonnable, proposa-t-il en accomplissant un effort visible pour ne pas s'impatienter. Vous étiez très bien ici du vivant de votre père et je ne doute pas que vous ayez appris toutes sortes de choses utiles qui vous sont acquises pour toujours. Mais le monde ne se réduit pas à l'entretien d'un jardin potager et à des voyages en canoë. Vous ignorez complètement l'univers des gens civilisés et vous ne vous épanouirez jamais réellement tant que vous ne l'aurez pas connu. Or il m'incombe de veiller à ce que vous sortiez de votre isolement.

Ces propos rappelèrent à Lynn les discours que lui avait tenus son amie Margaret. En pensant à elle, il lui vint une idée qu'elle s'empressa d'exploiter :

— Je ne suis pas obligée de rester seule ici à longueur d'année. Des amis de Sioux Lake m'ont déjà invitée à passer l'hiver prochain chez eux. Ils projettent en outre de m'emmener visiter Guelph et Toronto. Vous voyez bien que je n'ai pas besoin de vous suivre à Halifax.

— Ces gens sont simplement vos amis alors que je suis votre tuteur.

— N'essayez pas de m'impressionner avec ce terme, rétorqua-t-elle fermement. Bernard est officier de police et Margaret, sa femme, m'est aussi précieuse qu'une grande sœur. Je ne peux pas être mieux traitée que chez eux, vous pouvez me laisser en toute tranquillité.

— Je connais les Whittier, déclara Tor sans trahir la moindre émotion. C'est Bernard lui-même qui m'a expliqué comment arriver jusqu'ici. Je les ai trouvés extrêmement sympathiques tous les deux, je vous l'accorde, mais que vous habitiez chez vous ou chez eux, vous vivrez encore bien trop en retrait du monde et cette situation doit changer.

Se mordillant les lèvres, Lynn constata avec impuissance que son interlocuteur s'entendait à réfuter l'un après l'autre tous ses arguments.

— Nous tournons en rond, annonça-t-elle, sachant qu'elle jouait sa dernière carte. Efforcez-vous un instant de vous mettre à ma place. Ici, je suis vraiment chez moi. C'est ici que j'ai grandi, je connais chaque arbre, chaque rocher. J'aime ce lac dont les eaux scintillantes en été se couvrent de glace durant l'hiver.

Tous les animaux et toutes les fleurs de ces lieux me sont familiers.

En proie à une vive émotion tout à coup, elle conclut sur un ton déchirant :

— Ne comprenez-vous donc pas que mes racines sont là ? Si vous m'emmenez, je vais dépérir comme une plante arrachée à sa terre !

Ayant lancé ce cri désespéré, elle se tut et, à bout de souffle, s'appuya contre le tronc d'un arbre.

— Je vous comprends très bien, assura Tor avec beaucoup de douceur. Mais vous ne voyez qu'une seule facette du problème.

Il s'interrompit un instant pour réfléchir, cherchant un argument afin de la convaincre, puis son visage exprima une profonde détermination tandis qu'il enchaînait :

— En tant que jardinière, vous ne devez pas ignorer que si un sol est trop pauvre, on peut transplanter ses cultures. Après un certain temps, il leur pousse de nouvelles racines et elles se développent mille fois mieux qu'elles n'auraient pu le faire dans leur sol d'origine.

Il s'approcha d'elle et la regarda droit dans les yeux.

— J'imagine combien il vous est difficile de quitter ces lieux, mais le moment viendra où vous ne le regretterez plus.

En parlant, il avait posé une main sur son épaule en un geste fraternel. Elle ne put cependant s'empêcher de frissonner à son contact et cette réaction la confirma dans ses craintes. Non, elle ne devait à aucun prix céder et l'accompagner à Halifax.

— Mon père n'aurait pas souhaité que je parte avec vous, affirma-t-elle faute de mieux, en montrant la maison et le jardin. Je ne peux pas abandonner la demeure qu'il a construite... ce serait trahir sa mémoire.

— Vous faites erreur, annonça Tor avec gravité.

— Qu'en savez-vous ? protesta-t-elle d'une voix

tremblante. Je ne vous crois pas d'ailleurs. En quel honneur connaîtriez-vous mieux que moi l'opinion de mon père ?

— Il a écrit deux lettres. L'une était destinée au mien, l'autre à vous.

Tout en révélant cette information à sa compagne qui était d'une pâleur effrayante, il sortit une enveloppe de sa poche et la lui tendit.

Dans son impatience, Lynn la déchira pour l'ouvrir et ses yeux s'emplirent de larmes dès qu'elle reconnut la petite écriture familière.

« Ma chère Lynn, mon dernier bilan de santé vient de mettre en évidence les risques que je cours si je n'accepte pas de mener une existence plus sédentaire. Le médecin craint une crise cardiaque, mais tu te doutes bien que je n'envisage pas de changer quoi que ce soit à mon mode de vie. Peu m'importe d'ailleurs de mourir car ce monde a depuis longtemps perdu tout intérêt pour moi et je suis prêt à le quitter. Mais je me soucie beaucoup de ton avenir et j'ai cherché un moyen de l'assurer. J'ai finalement décidé de te confier à un vieil ami d'Halifax nommé Peter Hansen. Je souhaite que tu abandonnes notre maison pour aller passer au moins une année chez lui. Halifax te déplaira sans doute au premier abord, mais persévère, ma chérie. Je me suis souvent reproché de ne pas t'avoir donné l'éducation qu'il te fallait et, bien qu'il soit trop tard maintenant, je t'en demande pardon. Si au bout d'un an, tu désires revenir chez nous, alors reviens. Je n'ai jamais été un homme très communicatif, mais je t'ai tendrement aimée et tu as été la meilleure des filles qu'un homme puisse souhaiter. Je voulais que tu le saches. Que Dieu te garde. Ton père. »

Lynn se rendit à peine compte que Tor lui ôtait la missive des mains et la prenait dans ses bras. Elle ne pouvait détacher son esprit de cette pensée terrible : même au moment où il s'était su condamné, son père n'avait pas réussi à lui dire qu'il l'aimait. Il avait confié ses sentiments à une feuille de papier. Quel homme malheureux, si fermé, si muré en lui-même qu'il lui avait été impossible d'exprimer directement son amour à sa propre fille ! Deux larmes roulèrent le long des joues de Lynn. Si son père avait pu la voir en cet instant, qu'il aurait été surpris ! Il l'avait placée sous la responsabilité de son ami Peter Hansen sans se douter qu'elle allait vivre non pas avec lui, mais avec son fils Tor. La situation n'évoluait pas du tout comme il l'avait prévu.

Contre son visage, Lynn sentait le torse nu de son compagnon qui lui caressait doucement les cheveux. Avec des réactions d'animal pris au piège, elle s'écarta soudain vivement de lui, ne songeant qu'à le fuir. Aussitôt son regard s'assombrit et ses traits se figèrent en un masque indéchiffrable. Inspirant une grande bouffée d'air, Lynn lança vite d'un seul trait :

— Vous aviez tout calculé ! Pourquoi ne m'avez-vous pas montré cette lettre dès votre arrivée ? Ne me dites pas que vous désiriez me ménager ! Vous vouliez tout simplement me tenir en haleine, me révéler les choses l'une après l'autre selon votre bon plaisir ! Je vous méprise !

Sans se soucier des pleurs qui inondaient à présent son visage, elle l'accusa violemment :

— Et vous avez sans doute lu cette lettre avant moi ! Comment sauriez-vous sinon que mon père souhaitait que je parte à Halifax ?

Contenant difficilement sa colère, Tor rétorqua sur un ton très sec :

— Je ne lis jamais le courrier des autres, mais votre père a aussi écrit au mien. Voilà comment j'ai appris ses intentions.

— Oh... je... je retire ce que j'ai dit, pardon, balbutia-t-elle, perdant aussitôt son agressivité et s'essuyant les yeux du revers de la main avec des gestes enfantins.

— Vous faites aussi bien, affirma-t-il d'un air menaçant. Et maintenant, accepterez-vous de me suivre à Halifax ?

La missive n'avait nullement supprimé le danger qu'elle courait auprès de Tor, ni les souffrances qu'elle risquait d'endurer. Il lui était toujours interdit de faiblir mais, afin de gagner du temps, elle déclara en s'efforçant de ne pas trop trahir son émoi :

— Oui, je vous accompagne, je n'ai pas le choix.

— Bravo ! Je savais bien que…

— Mais je ne partirai que demain, coupa-t-elle.

Immédiatement, la méfiance se peignit sur le visage de Tor et elle s'obligea à le regarder sans ciller, posant sur lui ses grands yeux verts si innocents.

— J'ai toutes sortes de choses à faire avant de pouvoir quitter la maison si longtemps. Mais une journée me suffira. Etes-vous d'accord pour demain matin ?

— Bon… entendu.

— Je porterai à Margaret tous les légumes qui sont à point, expliqua-t-elle le plus naturellement possible. Il faudra aussi que je fasse un peu de lessive et je vous demanderai de trouver un système de fermeture pour le hangar. Tous les pièges de papa y sont rangés et ils valent beaucoup d'argent.

— Je m'en chargerai, affirma Tor. Et autant commencer tout de suite. Je vais rentrer ce bois.

Lorsqu'il se détourna, elle poussa un soupir de soulagement. Elle était encore stupéfaite d'avoir obtenu si facilement son consentement grâce auquel elle bénéficiait au moins d'un petit délai avant le départ. Ce fut pendant qu'elle ramassait les carottes nouvelles de son potager qu'un plan germa peu à peu dans son esprit. Pourquoi n'y avait-elle pas pensé plus tôt ? Elle devait s'enfuir, naturellement !

Assise sur ses talons, elle se mit à réfléchir. Elle allait faire croire à Tor qu'elle préparait ses bagages pour le suivre alors qu'en réalité, elle réunirait ce dont elle avait besoin pour passer plusieurs jours en forêt. Elle

pouvait aisément quitter la maison à l'aube, avant son
réveil, et traverser le lac en canoë. Elle n'avait pas peur
de s'aventurer ensuite dans les marécages pour rejoindre le lac Caribou. Jamais Tor ne réussirait à la
retrouver là-bas et il lui faudrait se résigner à retourner
à Halifax sans elle.

Il n'existait vraiment pas de solution plus simple. La
seule difficulté consistait à jouer la comédie devant
Tor, à avoir l'air d'une jeune fille désolée de quitter sa
chère maison... alors que Lynn savait maintenant
qu'elle reviendrait bientôt.

En fait, la journée se déroula dans d'excellentes
conditions. Faisant preuve d'une délicatesse que Lynn
ne put qu'apprécier, Tor se montra extrêmement
discret afin de lui permettre de vivre ses dernières
heures dans son foyer à sa guise et de la laisser à ses
pensées. Elle profita du moment où il s'occupa de la
fermeture du hangar pour faire ses bagages. Avec
beaucoup de soin, elle contrôla mentalement la liste des
objets qu'elle jugeait indispensables : sa petite tente,
un sac de couchage, de la vaisselle et de la nourriture
pour cinq jours, des allumettes, une boussole... Espérant n'avoir rien oublié, elle sortit son sac à dos de la
maison.

— Mais vous emportez tout ! s'exclama Tor qu'elle
n'avait pas vu approcher.

Elle sursauta d'une manière qui aurait pu la trahir et
se hâta de répliquer avec un rire faux :

— Presque tout ! Je ne voulais pas me séparer de
mes livres préférés, ni de mes jumelles...

Tout en se justifiant d'une voix assez incertaine, elle
tirait la leçon de cet événement. Tor était arrivé
derrière elle à pas feutrés, comme un Indien dont il
possédait la ruse et l'habileté. Elle se promit de
redoubler de vigilance pour s'enfuir le lendemain
matin, sans quoi son plan risquait d'échouer.

Les nerfs tendus, elle ne dormit pas un seul instant de
toute la nuit. Les aiguilles progressaient avec une

lenteur épouvantable sur le cadran de sa montre. Elles affichèrent enfin trois heures et demie… quatre heures moins le quart.. et puis quatre heures.

Lynn se glissa alors tout doucement hors de son lit, et enfila les vêtements qu'elle avait soigneusement préparés sur une chaise. En dépit de ses précautions, le moindre de ses gestes semblait se répandre en vibrations infinies dans l'air. Pieds nus, portant ses chaussettes et ses bottes à la main, elle traversa la pièce, évitant les lattes du plancher qui craquaient. A un moment, Tor s'agita dans son lit, et elle s'immobilisa, la gorge nouée, le cœur battant. Dès qu'il se calma, elle reprit sa progression silencieuse et ouvrit la porte dont elle avait pensé à huiler les gonds. Parvenue à l'extérieur, elle s'assit sur un rocher pour se chausser.

Les premières lueurs du jour apparaissaient à l'est sur les collines tandis que les étoiles brillaient encore dans la zone la plus sombre du ciel. Le lac sommeillait sous un manteau de brume et, faute de vent, pas une feuille ne bougeait sur les arbres.

Chargée de son sac à dos, Lynn se dirigea vers le rivage où les deux canoës étaient amarrés côte à côte. Après avoir déposé son bagage dans le sien, elle le détacha. Mais une voix s'éleva soudain derrière elle.

— Vous pouvez le rattacher, Lynn. Vous ne partez pas.

Elle se tourna d'un bloc, son regard fouillant la pénombre de cette heure matinale. Tor se dressait entre deux arbres dans une attitude menaçante.

— Faites ce que je vous ai dit, ordonna-t-il sur un ton terriblement sévère.

Les doigts crispés sur la corde, elle lança :

— Comment vous êtes-vous réveillé ? Je n'ai pourtant pas fait de bruit !

— Je ne dormais pas. Me croyez-vous donc si stupide ? Votre capitulation si subite hier a éveillé ma méfiance et je vous ai surveillée. J'ai même eu l'idée d'examiner le contenu de votre sac. Il a confirmé mes soupçons. Avez-vous besoin d'une tente pour aller à Sioux Lake ?

Elle répondit à cette pointe d'ironie par un gros soupir douloureux.

— Et maintenant, dépêchez-vous de rattacher votre canoë. Nous allons prendre le petit déjeuner et partir.

Laissant libre cours à sa colère et à ses émotions, elle s'écria :

— Non ! Vous ne m'emmènerez pas !

— Vous me suivrez de gré ou de force !

— Nous verrons !

Son intonation l'alerta sans doute car il esquissa un premier pas pour franchir la douzaine de mètres de sable qui les séparait. Avec l'énergie du désespoir, Lynn s'empara alors d'une grosse pierre et la jeta contre son canoë. Une brèche s'ouvrit aussitôt dans le bois et l'eau commença à s'infiltrer à l'intérieur de la coque. Pendant ce temps, elle se hâta de pousser sa propre embarcation sur le lac et sauta dedans. Elle pagaya ensuite vigoureusement, animée par une sorte de rage, jusqu'à ce qu'elle fût hors d'atteinte. Seulement alors, elle posa la pagaie sur ses genoux et la main sur sa poitrine qui se soulevait et s'abaissait avec fureur et chercha à reprendre son souffle.

Tor avait couru jusqu'à la rive et là, obligé de s'arrêter puisque son canot était devenu inutilisable, il cria :

— Lynn, ce n'est pas ainsi que vous m'échapperez !

La jeune fille et sa frêle barque se balançaient sur les eaux noires, et le brouillard semblait tendre vers elles des doigts de fantôme pour les happer.

— Vous ne pouvez plus rien contre moi, Tor Hansen ! Quand vous aurez réparé le dommage, je serai déjà loin. Il existe des centaines de lacs et de rivières par ici, ainsi que d'innombrables marécages. Vous ne me retrouverez jamais !

Si elle avait espéré lui inspirer un sentiment de

défaite, elle s'était trompée. D'une voix forte, mais calme, prouvant qu'il s'était déjà ressaisi, il affirma :

— Je vous retrouverai, Lynn Selby ! Jamais encore une femme ne m'a tenu en échec, et vous ne serez pas la première.

Plus impressionnée par cette menace glaciale que par une violente colère, Lynn lutta contre la vague de panique qui l'assaillait. Que risquait-elle ? Absolument rien pourtant. Elle avait gagné la partie, même si Tor ne s'avouait pas vaincu.

— Retournez à Halifax ! lança-t-elle. Je n'ai pas plus besoin de vous que vous de moi !

— Votre père souhaitait que vous fassiez un essai d'un an et vous le ferez, je vous le jure ! Revenez, Lynn, et nous tirerons un trait sur cette tentative de fuite. Si vous vous sauvez, vous le regretterez !

— N'essayez pas de m'intimider ! gronda-t-elle, hors d'elle. Vos menaces ne m'effraient pas ! Gardez ces procédés pour vos amies de la ville ! Résignez-vous, Tor, pour une fois, vous avez perdu.

— Vous faites erreur !

Lasse de cette guerre verbale, elle se remit à pagayer et partit vers le sud. Pour induire l'adversaire en erreur, elle avait prévu de changer de cap lorsqu'elle disparaîtrait dans le brouillard. Au bout de quelques minutes, elle se retourna et constata que le rivage s'était évanoui comme un songe. Seule au milieu des vapeurs blanchâtres qui tournoyaient lentement autour d'elle, elle prit sa boussole et, après avoir déterminé l'est avec précision, s'engagea dans cette direction avec une ardeur redoublée afin de s'éloigner au plus vite. Au moment où le brouillard se lèverait, elle devait être parvenue hors de vue de Tor. Le ciel s'éclaircissait progressivement au-dessus d'elle, virant au gris perle, et les oiseaux commençaient à chanter dans la forêt.

Elle vogua sur les eaux lisses trois heures durant sans s'accorder la moindre pause. Depuis longtemps déjà, elle avait dépassé les deux îles qui la cachaient définitivement aux yeux de Tor, mais elle se refusait toujours à se reposer. Elle s'acharnait à se dépenser physiquement pour ne pas penser à l'acte irréparable qu'elle venait de commettre.

Dans sa hâte de s'enfuir, elle s'était trompée sur les conditions météorologiques. Au lieu de se dissiper, le brouillard se condensait en une pluie fine, révélant de gros nuages sombres et bas à l'horizon. Protégée par ses vêtements, Lynn se sentit néanmoins soudain aussi triste que le temps, et sa fuite ne lui apparut bientôt plus comme une décision sage et nécessaire, mais comme le fruit d'un comportement enfantin, provocateur et capricieux.

Arrivée sur la rive opposée du lac, elle tira son canoë sur la terre ferme. En temps normal, elle aurait fait deux voyages, l'un avec son sac à dos, l'autre avec la petite embarcation mais, dans son état de préoccupation actuel, elle se chargea d'abord du sac puis, saisissant son canoë par les plats-bords, elle le posa sur sa tête et ses épaules. Ployant presque sous un tel fardeau, elle traversa la bande de terre qui séparait son lac du lac Caribou. Tout essoufflée au terme de son trajet, elle se résolut à regret à faire une halte. En mangeant des fruits séchés, elle étudia la silhouette du lac Caribou, se demandant soudain si elle n'avait pas fait un mauvais choix. Il était si étroit qu'elle allait rester visible sur toute sa surface, sauf lorsqu'elle passerait derrière les îles minuscules qui le parsemaient. Mais pourquoi s'inquiétait-elle ? A cette heure, Tor avait certainement repris le chemin de Sioux Lake. Le seul fait de penser à lui l'incita à jeter involontairement un coup d'œil inquiet par-dessus son épaule. Et, incapable de rester en place une minute de plus, elle remit vite le sachet de nourriture dans son sac et se prépara à poursuivre sa route.

5

Les épaules affreusement endolories, Lynn se
décida enfin à accoster sur l'une des îles du lac.
Il s'agissait moins d'une île en vérité que d'un
amas de rochers émergés entre lesquels poussaient tant
bien que mal des plantes rabougries. Dans l'état
d'épuisement où elle se trouvait, Lynn ne remarqua
même pas l'inconfort de son refuge. Elle s'empressa
d'arrimer solidement son canoë et de sortir son réchaud
de camping de son sac pour réchauffer de la soupe.

Lorsqu'elle se redressa après avoir rempli sa gamelle
d'eau, une exclamation de surprise lui échappa. Elle
avait cru voir bouger quelque chose sur la rive opposée,
juste à l'endroit d'où elle était partie.

Les yeux écarquillés, elle essaya de percer le rideau
de pluie, mais elle n'aperçut plus rien. Avait-elle rêvé?
Désirant en avoir le cœur net, elle prit ses jumelles et
les braqua sur la berge.

Le paysage éloigné sembla soudain se jeter sur elle,
et elle l'explora méthodiquement... Rien, toujours
rien. Son imagination lui avait sans doute joué un tour.
L'envol de deux geais bleus attira son attention et, en
les observant, elle discerna tout à coup une silhouette
qui émergeait des buissons. Un homme de haute taille,
aux traits figés en masque sévère apparut. Oubliant un
instant la distance qui les séparait, Lynn céda à la

panique. A travers les loupes, Tor paraissait proche au point de pouvoir la toucher.

Tremblant de la tête aux pieds, elle se dissimula du mieux qu'elle put. Comment avait-il réussi à retrouver sa trace, et dans de si brefs délais ? Par quel exploit était-il parvenu à réparer son canot aussi vite ? La gorge nouée, elle se rappela la rage avec laquelle elle s'était appliquée à l'endommager. Après un acte aussi impardonnable, tout autre que Tor Hansen aurait décidé de l'abandonner à son sort. Mais justement, Tor Hansen ne réagissait jamais de la même façon que les autres.

Comme un animal traqué par un chasseur, Lynn n'écouta plus que son instinct de fuite. En rampant, elle replaça ses affaires dans le canoë, puis elle s'y glissa et élabora à la hâte une tactique. A condition de manœuvrer habilement, les îles pouvaient peut-être lui servir d'écran pour continuer sa route sans être visible du rivage.

De sa vie, elle n'avait jamais pagayé avec autant d'acharnement que durant l'heure suivante, dépensant une réserve de forces insoupçonnées. Arrivée au bout du lac, elle hésita sur la conduite à adopter. Entre celui-ci et le prochain, la distance était assez grande et le terrain difficile. En portant son canot, elle risquait de se retarder, aussi résolut-elle de le laisser.

Un vaste marécage constituait une frontière imprécise entre les eaux et la terre ferme. Les massettes qui y poussaient en abondance arrivaient à la taille de Lynn. Tirant son embarcation, elle chercha des yeux une cachette et repéra finalement un endroit convenable parmi les joncs. En dépit de toutes les précautions avec lesquelles elle avançait, elle ne remarqua pas la présence d'un butor, immobile dans sa pose caractéristique, son long bec tendu vers le ciel et son plumage se confondant avec les roseaux. Effrayé, il poussa son cri terrible et sonore en s'envolant dans un lourd battement d'ailes.

Lynn avait déjà souvent dérangé par mégarde l'un de

ces gros oiseaux et, en d'autres circonstances, cet événement ne l'aurait nullement émue. Ce matin-là en revanche, une fureur impuissante, doublée d'appréhension, s'empara d'elle tandis qu'elle regardait l'échassier s'élever dans les airs. La nature n'avait pas de secrets pour Tor et la fuite de ce héron allait le renseigner sur le lieu où elle se trouvait aussi précisément que si elle avait lancé une fusée lumineuse. N'ayant plus une seconde à perdre, elle renonça à cacher son canoë. Elle se dépêcha plutôt de charger son sac sur son dos, consulta vite sa boussole et repartit.

Comme si le diable lui-même était à ses trousses, elle s'obstina à maintenir une allure épuisante. Et cependant, elle ne savait même plus pourquoi elle courait. Ce n'était plus la raison qui la guidait, mais l'obsession d'échapper à son poursuivant. Au bout d'un moment, le souffle lui manqua et ses jambes refusèrent de la porter davantage. Voulant rester sourde aux plaintes de son corps, elle tenta de marcher encore mais, après avoir trébuché à plusieurs reprises, elle dut admettre la nécessité de s'arrêter.

Elle avait atteint une crique où l'eau claire emplissait plusieurs petits bassins entre des rochers couverts de mousse. Avec un immense soulagement, elle se débarrassa de son fardeau et, s'accroupissant, but longuement dans ses mains.

Elle s'accorda dix merveilleuses minutes de repos et se remit en route. Cette fois, la fatigue revint beaucoup plus vite et plus intense. Elle ne sentait plus ses jambes et un léger vertige lui rappela qu'elle avait à peine mangé depuis le début de la journée. Par chance, les arbres devenaient plus clairsemés autour d'elle et elle atteignit bientôt une clairière où les restes calcinés d'un feu indiquaient que d'autres gens avaient fait halte là avant elle.

Elle avait déjà parcouru quelques mètres lorsqu'elle aperçut des oursons âgés de cinq ou six mois. Ils jouaient avec entrain, exécutant des roulades en avant et en arrière, se dressant sur leurs pattes postérieures en simulant les assauts féroces dont ils allaient être un jour capables.

Abattue par ses efforts et ses émotions, Lynn oublia de se comporter avec sa prudence habituelle. Un sourire attendri sur les lèvres, elle contempla les ébats des jeunes animaux. L'idée du danger ne lui vint à l'esprit qu'à l'instant où elle entendit un bruissement dans le feuillage. Presque aussitôt apparut la plus grande ourse qu'elle eût jamais vue. Elle pesait plusieurs centaines de kilos et, en dépit de son poids, se mouvait avec une sorte de grâce. Lynn eut beau rester immobile, elle leva sa tête terriblement massive et ses narines palpitèrent, indiquant qu'elle percevait l'odeur de la jeune fille. Du fond de sa gorge, sortit un grognement caverneux.

Les deux oursons l'interprétèrent comme un appel car ils coururent rejoindre leur mère qui les poussa vers un arbre. Déployant une hâte malhabile, ils commencèrent à grimper en enfonçant leurs griffes dans l'écorce tandis que leurs postérieurs ronds se balançaient de droite et de gauche. En une autre occasion, ce spectacle aurait prêté à rire, mais Lynn n'ignorait pas le péril qui la menaçait. A cause de son inconscience, elle était en train de risquer sa vie. D'une manière générale, il fallait toujours se méfier d'un ours adulte dont le comportement restait absolument imprévisible. Mais s'il s'agissait d'une femelle accompagnée de ses petits, l'attaque devenait inévitable. Osant à peine respirer, Lynn ne bougeait pas, sachant que le moindre mouvement aurait précipité le désastre.

Le temps lui-même sembla s'arrêter. La pluie tombait avec une régularité monotone et les oursons, ayant atteint la cime de l'arbre, se tenaient parfaitement tranquilles, accrochés au tronc par leurs pattes antérieures. L'ourse grattait le sol et continuait à humer l'air d'une manière méfiante. Soudain, sa décision prise, elle fonça dans la direction de Lynn.

Malgré son affolement, Lynn témoigna d'une grande présence d'esprit. D'un geste rapide, elle fit glisser son poncho par-dessus sa tête et le tint en boule devant elle en hurlant à pleins poumons :

— Tor... Tor... au secours !

L'ourse interrompit sa course, manifestant une certaine hésitation. Constatant le succès de sa ruse, Lynn continua à crier en brandissant le vêtement. L'énorme bête paraissait profondément perplexe mais, quand l'un de ses petits poussa un gémissement du haut de son refuge, elle chargea brusquement avec un grondement menaçant.

Conservant toujours son sang-froid, Lynn attendit la dernière seconde pour se jeter de côté en lançant son poncho sur l'agresseur qui émit des grognements furieux et déchira l'étoffe épaisse comme s'il s'agissait d'une simple feuille de papier. Lynn profita cependant de ces précieux instants pour courir jusqu'à l'arbre le plus proche.

Délivrée du vêtement qui couvrait son visage, l'ourse se précipita à sa poursuite. La lutte s'avérait trop inégale. Même si Lynn n'avait pas dérapé sur l'herbe mouillée, la redoutable femelle l'aurait attrapée. Elle sentit les griffes puissantes sur son dos. Le tissu de son chemisier céda et la terreur lui arracha un hurlement désespéré quand le grand corps de fourrure sombre se pencha pour respirer son haleine. Son ultime pensée fut pour la mort atroce qui lui était réservée...

Mais une violente détonation retentit tout à coup dans la clairière et l'ourse releva la tête. Ses yeux étincelants de rage se posèrent sur Tor. Il se tenait à quelques mètres d'elle, un pistolet d'alarme à la main. Il le pointa de nouveau vers l'animal et tira. Dès que le bruit s'atténua, il s'adressa d'une voix nette à la jeune fille tremblante et stupéfaite :

— Lynn, aussitôt que vous pourrez vous remettre debout, grimpez dans l'arbre et ne bougez plus ! Quoi qu'il arrive, n'en descendez pas ! M'avez-vous compris ?

A demi inconsciente, Lynn murmura un consentement inaudible. Sans attendre sa réponse, Tor sortit de sa poche une poignée de cailloux et les lança l'un après l'autre, visant avec une précision meurtrière la tête de l'ourse. L'animal essayait d'éviter les projectiles en poussant d'horribles grognements et il oublia Lynn pour se diriger vers cette nouvelle source de menaces.

Lynn tenta alors de se relever, mais la peur et les émotions la rendaient incapable d'exécuter les ordres de Tor. A peine s'était-elle redressée qu'elle retomba et, sa tête ayant heurté une pierre, elle s'évanouit.

Quand elle rouvrit les yeux, la clairière était déserte. D'un bond, elle se mit debout sans se soucier du sol qui semblait tanguer sous ses pieds. Tor... Elle devait retrouver Tor. Pourquoi ne le voyait-elle nulle part ? A l'idée qu'il avait pu être victime de la férocité de l'ourse, un sanglot lui échappa.

Elle reprit le chemin par lequel elle était venue, épuisant ses dernières forces à crier son nom. Tor ! Tor ! Les grands arbres se refermaient sur elle comme les barreaux d'une prison, une prison dont elle ne sortirait plus jamais, un enfer moral. A chaque pas, elle se persuadait davantage que Tor était mort par sa faute.

Par deux fois, elle trébucha sur une racine, se blessant au visage lors de sa seconde chute. Complètement insensible à la douleur, elle continua à avancer, répétant ses faibles appels que couvrait le bruit de l'eau de pluie s'égouttant des branches.

Au bout d'un moment qui lui parut une éternité, elle vit enfin deux bras qui se tendaient vers elle et elle s'y jeta, sans se rendre compte immédiatement qu'elle atteignait la fin de son cauchemar.

— Lynn, grâce à Dieu, vous êtes saine et sauve !

— Tor... vous n'êtes pas mort ! Je ne me le serais jamais pardonné ! Oh, Tor...

Le reste de la phrase se perdit dans une violente crise de larmes qui ne se calma que très lentement. Tor la tint serrée contre lui, lui inspirant peu à peu un merveilleux sentiment de sécurité auquel se mêla l'immense soulagement de le savoir en vie.

— Où est l'ourse ? s'enquit-elle faiblement dès qu'elle put à nouveau parler.

— Elle est partie retrouver ses petits. En l'obligeant à s'éloigner d'eux pour me poursuivre, et en tirant encore quelques coups de pistolet qui n'étaient pas du tout à son goût, j'ai réussi à la lasser.

Lynn connaissait suffisamment ces animaux pour deviner que Tor ne lui présentait qu'un récit très schématique de sa redoutable aventure. Les ours ne renonçaient pas aisément à leurs proies. En plusieurs occasions, Tor lui avait déjà prouvé qu'il était parfaitement apte à vivre dans la nature mais, outre son habileté, il possédait aussi un courage et une intelligence admirables. Sans ces qualités, il n'aurait plus été de ce monde.

— N'êtes-vous pas blessé ? lança-t-elle en levant la tête.

Elle vit aussitôt que son humeur avait soudainement changé. Les sourcils froncés, il répliqua sur un ton dur :

— Non. Peut-être le regrettez-vous ?

— Je ne...

— Allons, coupa-t-il sèchement, vous aviez bien le désir de m'échapper, n'est-ce pas ?

— Oui, mais...

— N'avez-vous pas détruit mon canoë ?

— Je vous demande pardon, je...

— Il y a de quoi ! gronda-t-il. Et pour comble, vous vous êtes permis de provoquer une ourse ! Je ne vous pensais tout de même pas assez sotte pour commettre une erreur aussi élémentaire !

Consternée, Lynn fixait sans mot dire le visage livide de rage de son compagnon. Une agressivité presque haineuse remplaçait la joie qu'il avait manifestée quelques instants plus tôt en la retrouvant.

— A quoi rime d'ailleurs cette stupide escapade ? s'écria-t-il sévèrement.

En dépit de son intention de ne pas se laisser intimider, Lynn ne parvint qu'à déclarer d'une voix pitoyablement incertaine :

— Je ne voulais pas vous suivre à Halifax.

L'espace d'une seconde, elle eut l'impression qu'il allait la frapper et elle recula instinctivement d'un pas.

— Vous suis-je donc tellement antipathique que vous ne pouvez pas supporter l'idée de venir vivre chez moi ?

— Ce n'est pas...

Elle s'interrompit, incapable de mentir, et encore plus incapable de lui avouer pourquoi elle refusait de l'accompagner. Oh non, elle ne le trouvait pas antipathique, mais au contraire beaucoup trop séduisant, si séduisant qu'elle avait peur de lui et se méfiait de ses propres réactions. Comme elle se mettait à trembler, il la questionna brutalement :

— Qu'y a-t-il ?

— J'ai froid, murmura-t-elle.

A cet instant seulement, Tor parut s'apercevoir de son état et il s'exclama sur un ton furieux :

— Mais vous êtes trempée jusqu'aux os ! Et qu'avez-vous à la joue ?

— Je suis tombée, expliqua-t-elle, frémissant d'horreur au souvenir de sa terrible marche pour le retrouver, sans savoir s'il était mort ou vivant.

— Ne bougez pas, ordonna-t-il, exaspéré. Je vais chercher vos affaires dans la clairière.

— Non, ne me quittez pas !

Etouffant un juron d'impatience, il affirma :

— Alors il faut que vous veniez avec moi. Vous en sentez-vous la force ?

Elle hocha la tête, bien qu'elle fût sur le point de s'évanouir. Pour rien au monde, elle n'aurait accepté de le perdre de vue une seule minute.

L'heure suivante s'étira d'une manière intolérable

pour la jeune fille exténuée. Sans savoir où elle puisait l'énergie nécessaire, elle retourna avec Tor dans la clairière. Il se chargea de son sac à dos et ramassa son poncho qu'il examina avec une moue sinistre avant de le rejeter à terre.

— Ce n'est plus qu'un haillon ! fit-il en scrutant les alentours d'un air méfiant. Ne nous attardons pas ici.

L'épreuve n'était pas encore terminée. Après avoir aussi récupéré les affaires que Tor avait abandonnées plus loin, ils cheminèrent jusqu'au moment où il estima enfin avoir trouvé l'endroit convenable pour camper. Lynn se laissa tomber sur un rocher et regarda son compagnon sans pouvoir lui apporter aucune aide. Il allumait déjà un feu avec autant d'habileté que de rapidité, et mettait de l'eau à bouillir. Les flammes dansaient gaiement, projetant une clarté réconfortante dans la pénombre.

— Venez vous asseoir là, ordonna-t-il en fouillant dans le sac de Lynn pour lui donner des vêtements secs.

Lorsqu'elle essaya de se lever, ses jambes refusèrent de la soutenir.

— Je ne peux pas, avoua-t-elle, cédant à un rire nerveux à la pensée d'être incapable de franchir ces deux derniers mètres alors qu'elle avait parcouru d'énormes distances depuis le matin.

Tor jugea la situation d'un seul coup d'œil et abandonna soudain le sac pour s'approcher d'elle.

— Vous êtes à bout de force, petite folle ! s'exclama-t-il, s'exprimant avec une rudesse qui dissimulait sa colère ou bien son émotion.

Il la prit dans ses bras et la déposa à côté du brasier puis, arborant une expression indéchiffrable, commença à déboutonner son chemisier.

— Non ! protesta-t-elle.

— Cessez de jouer les naïves effarouchées, je vous en prie ! s'écria-t-il sur un ton menaçant. Vous savez pourtant que vous n'êtes pas à l'abri d'un refroidissement, même au mois d'août.

Lorsqu'il lui eut ôté son chemisier, il l'étudia en fronçant les sourcils, notant les nombreux endroits où il était déchiré, et il palpa le dos de Lynn, lui arrachant des gémissements.

— Vous êtes griffée de bas en haut, déclara-t-il, l'air sombre. Encore avez-vous eu de la chance, la peau n'est pas vraiment entamée. Je crois que vous avez reçu un fameux avertissement.

Elle frissonna au souvenir du moment où l'ourse l'avait fait tomber et elle crut sentir encore ses pattes sur elle. Tor lui tendit un chemisier sec avec des mains tremblantes. Il arborait une expression qu'elle ne lui avait encore jamais vue, comme s'il endurait un tourment épouvantable. Rassemblant tout son courage, elle annonça d'une voix ferme :

— Tor, je suis désolée de vous avoir causé tant de soucis. Je n'aurais pas dû m'enfuir. Je me suis comportée comme une petite fille.

Incapable de soutenir son regard, elle baissa la tête, mais poursuivit néanmoins en froissant le vêtement entre ses mains :

— Et j'ai affreusement honte d'avoir endommagé votre canoë... Acceptez-vous de me pardonner ?... Je vous en supplie !

Un silence pesant plana un instant entre eux. Soudain, les doigts de Tor encerclèrent ses épaules nues et il l'attira contre lui. Les lèvres enfouies dans sa chevelure, il murmura d'une voix rauque :

— Décidément, vous me surprendrez toujours. Jamais je n'ai rencontré une femme comme vous. Vous ignorez les ruses et les coquetteries de votre sexe, n'est-ce pas ? Vous ne ressemblez qu'à vous-même. Oui, Lynn, je vous pardonne, et je remercie le Ciel de vous avoir protégée.

Avec un petit soupir de soulagement, elle se blottit plus étroitement contre lui. A présent, elle pouvait enfin dormir et ses paupières se fermèrent d'elles-mêmes. La dernière demi-heure ne lui laissa qu'un

souvenir imprécis. Avec l'aide de Tor, elle enfila des
vêtements secs, avala de la soupe et du thé très sucré
puis, comme dans un rêve, elle entendit son compagnon déclarer :

— Nous allons devoir partager votre sac de couchage.

Elle n'était déjà plus assez éveillée pour réagir. Elle
eut vaguement conscience de glisser dans le doux duvet
avant de s'abandonner tout à fait...

Le jour succéda à la nuit et les rayons de soleil
passant à travers le feuillage des arbres tombèrent sur le
visage de Lynn. La forêt bruissait au rythme de la brise,
un pic frappait de son bec le tronc d'un sapin tout
proche, la nature tout entière semblait renaître.

Encore à moitié endormie, Lynn se retourna, prome-
nant ses yeux sur le haut plafond de verdure qui lui
cachait le ciel, puis découvrant son compagnon assoupi
à ses côtés. En dépit de son émotion, elle trouva normal
de reposer entre ses bras, éprouvant intuitivement la
conviction que là était sa place. Elle sentait son souffle
sur sa joue et s'attendrit de le voir si vulnérable dans le
sommeil. Il paraissait plus jeune qu'à l'état de veille, et
l'harmonieux contour de sa bouche trahissait une
profonde gentillesse qu'il prenait d'ordinaire soin de
dissimuler sous ses manières un peu brusques.

Envahie par une chaleur délicieuse, Lynn souhaita
prolonger ce moment d'intimité le plus longtemps
possible. Elle posa sa tête sur l'épaule de Tor avec des
précautions infinies afin de ne pas le déranger et
savoura pleinement ces instants merveilleux. Il respirait
très régulièrement et peu à peu, elle sombra elle aussi
de nouveau dans le sommeil.

D'exquises caresses la ramenèrent à la réalité un peu
plus tard. Une main allait et venait doucement sur ses
reins puis, ferme et sûre, se déplaça jusqu'aux rondeurs
de ses hanches. S'étirant langoureusement, Lynn soupira d'aise et la main s'immobilisa aussitôt. Mais, après

un instant, elle reprit l'exploration de sa peau satinée, flattant le ventre plat et remontant vers la poitrine palpitante. Un bonheur intense irradia d'un coup le corps de Lynn et elle ouvrit les yeux tout grands.

Penché sur elle, Tor lui apparut superbe dans la lumière dorée du matin. La voyant réveillée, il l'enlaça étroitement et s'empara de ses lèvres avec l'assurance d'un conquérant. Elle eut l'impression de fondre dans cette étreinte, ne vivant plus que pour partager cette passion qui les poussait l'un vers l'autre.

Soudain, une grive chanta au fond de la forêt comme quatre jours plus tôt, lorsque Tor était arrivé chez elle. Juste au moment de sombrer dans un océan de volupté, Lynn se rappela alors en un éclair tous les bouleversements que Tor avait apportés dans sa vie. Elle se rappela en particulier la façon cruelle dont il avait attisé en elle les feux du désir au bord du torrent pour la repousser ensuite. Non, elle ne devait pas risquer une seconde humiliation.

De toutes ses forces, elle tenta de se dégager en criant :

— Lâchez-moi ! Je veux me lever !

— Non, vous ne voulez pas vous lever, répliqua Tor, les traits subitement durcis. Vous voulez que je vous embrasse encore, avouez-le.

— Non !

— Vous mentez.

— Pourquoi mentirais-je ? Aucune femme ne vous a donc dit non jusqu'à aujourd'hui ? Eh bien, c'est fait, Tor Hansen. Je n'ai pas envie de vous.

Elle l'entendit retenir sa respiration, puis il répéta plus violemment :

— Vous mentez !

— Je suis différente des autres. Vous l'avez constaté vous-même hier soir, affirma-t-elle.

— Non, vous n'êtes pas différente, fit-il sur un ton sarcastique. Comme les autres, vous possédez une langue de vipère, mais parlez, parlez, je ne vous écoute pas.

Elle comprit qu'il avait l'intention de l'embrasser à nouveau et son cœur se mit à battre à tout rompre. Il la tenait fermement à la taille et, plus elle se débattait, plus elle l'incitait à lui imposer sa domination.

Une dangereuse lueur de défi brillait dans ses yeux bleus quand il se pencha sur elle. Avec une lenteur calculée, il commença à couvrir son cou de petits baisers et, dans un dernier sursaut de lucidité, Lynn le frappa au menton.

— Quelle tigresse ! s'exclama-t-il.

Cette fois, il la plaqua au sol en pesant sur elle de tout son poids et lui emprisonna les poignets entre des doigts d'acier. Tandis qu'il reprenait ses douces caresses, elle rejeta la tête sur le côté et gémit, le souffle coupé :

— Non... je vous en prie... non...

En guise de réponse, il s'empara de sa bouche et une faiblesse irrésistible ne tarda pas à la gagner. Elle capitula aussi soudainement qu'elle s'était révoltée et, percevant aussitôt le changement de son attitude, Tor la libéra. Ses mains allèrent immédiatement se poser sur les épaules de son compagnon à la façon de deux oiseaux ivres de bonheur.

Prenant appui sur un coude, il contempla longuement le beau visage de la jeune fille soumise tout en effleurant sans se lasser sa chair ferme et tiède. Folle de désir et d'impatience, ne pouvant attendre davantage, Lynn oublia toute pudeur pour guider ses doigts jusqu'à ses seins frémissants.

— Avez-vous encore envie de dire non à présent ? s'enquit-il.

Son sourire un peu timide, mais radieux, la renseigna mieux que des paroles sur l'abandon total auquel elle était prête. Toutefois, au lieu de sourire lui aussi, il arbora soudain une expression sévère.

— Eh bien, à mon tour de dire non !

Lynn n'avait pas encore pleinement saisi la signification de ces paroles qu'il avait déjà ouvert à moitié le sac de couchage pour s'en dégager et se mettre debout d'un mouvement souple et puissant.

Pétrifiée, les joues en feu, elle le regarda sans mot dire, incapable de croire qu'elle était victime pour la seconde fois de ce comportement ignominieux. Consciente de devoir dissimuler son atroce déception et son chagrin, elle recourut à la seule arme qui lui restait.

— Vous êtes content de vous, je suppose ! Il vous en faut peu pour vous amuser ! ironisa-t-elle.

Avec des gestes désordonnés, elle tenta de sortir du sac à son tour et, se prenant les cheveux dans la fermeture métallique, elle poussa un gémissement de douleur et d'impatience.

— Ne bougez pas, ordonna Tor en s'agenouillant auprès d'elle.

— Je n'ai pas besoin de vous ! s'exclama-t-elle rageusement.

— Mais si, fit-il avec un calme exaspérant. Voilà, vous êtes libre. Ne vous énervez pas la prochaine fois et ce genre d'incident ne se produira pas.

Furieuse d'être traitée comme une enfant, elle rétorqua violemment :

— Il n'y aura pas de prochaine fois ! Nous allons rentrer chez moi et, dès que j'aurai préparé mes affaires, nous partirons à Sioux Lake.

— Vous êtes enfin revenue à la raison, je suis heureux de le constater, déclara-t-il d'un ton sec.

Ignorant sa remarque, elle continua d'une voix plus posée et où perçait une légère provocation :

— Je resterai chez les Whittier pendant que vous poursuivrez votre route jusqu'à Halifax. J'ai l'intention de m'installer chez eux comme ils me l'ont proposé.

Tor parut soudain las et il passa la main dans ses cheveux en affirmant :

— Je ne veux plus discuter avec vous, Lynn. Vous m'accompagnerez à Halifax, la question est réglée.

D'ailleurs, je suis certain que votre ami policier se
montrera tout à fait favorable à cette solution.

Se détournant, il ajouta en commençant à ramasser
les objets sur le sol :

— Pour le moment, occupons-nous de charger le
canoë.

Pas un instant, Lynn ne prit son compagnon au
sérieux. Son chemin se séparait de celui de Tor à Sioux
Lake, elle en était certaine. Margaret et Bernard
n'allaient sûrement pas l'inciter à quitter sa forêt pour
une ville où elle ne souhaitait pas vivre, et encore moins
avec un homme dont la compagnie lui posait des
problèmes si graves et douloureux. Elle pouvait
compter sur la compréhension des Whittier, elle le
savait, et il lui tardait à présent d'atteindre leur foyer
qui représentait pour elle la fin de ses ennuis.

6

L<small>E</small> lendemain au milieu de l'après-midi, le canoë
accosta avec ses deux passagers à Sioux Lake.
Lynn s'efforçait de ne plus penser aux dernières
vingt-quatre heures qui s'étaient déroulées dans un
climat sinistre. Tor et elle avaient usé l'un envers l'autre
d'une politesse glacée, s'évitant le plus possible, ne se
regardant pas et se parlant à peine. Cette conduite
s'était révélée d'autant plus difficile à maintenir en
permanence qu'ils avaient été obligés de manger à la
même table, de dormir dans la même pièce et de
voyager dans le même canot. A présent, tandis qu'ils
déchargeaient leurs bagages sur le quai, Lynn essayait
de se persuader qu'elle se réjouissait à l'idée d'être
enfin bientôt délivrée de la présence de Tor. Elle allait
goûter une paix infiniment appréciable chez les Whittier.

Un sentier poussiéreux conduisait du rivage aux
maisons de bois de Sioux Lake. Margaret avait planté
des fleurs tout autour de son bungalow peint en blanc et
les corolles multicolores donnaient une touche de
gaieté au paysage un peu austère.

Dès que Lynn frappa à la porte, la voix du petit
Stephen retentit à l'intérieur du logis :

— C'est papa !

La porte s'ouvrit sur une charmante tête brune et
bouclée.

— Oh, ce n'est pas papa, c'est Lynn !

Embarrassée d'avoir causé une si vive déception à l'enfant, Lynn demanda néanmoins sur un ton enjoué :

— Pouvons-nous entrer ? Où est ta mère ?

Margaret arriva à son tour et elle ne parvint pas à cacher mieux que son fils sa déconvenue.

— Lynn, comme je suis heureuse de te voir ! s'exclama-t-elle pourtant avec chaleur. Monsieur Hansen, entrez donc !

— Bernard n'est pas là ? s'enquit la jeune fille.

— Non. Je guette son avion depuis le début de l'après-midi. Stephen, ôte tes jouets de la chaise pour que monsieur Hansen puisse s'asseoir.

— Appelez-moi Tor, suggéra-t-il avec un sourire si aimable que l'air soucieux de Margaret s'effaça instantanément.

« Il ne m'a jamais souri de cette manière », songea Lynn, éprouvant un dépit qui s'accentua quand elle vit Tor s'agenouiller à côté de Stephen et se lancer avec lui dans une conversation animée à propos de ses petits camions en plastique. Kevin, son cadet, entra soudain dans la pièce. Adorant depuis toujours Lynn, il se jeta dans ses bras en annonçant :

— Papa est parti éteindre un incendie avec des avions qui versent de l'eau sur les flammes. Quand je serai grand, je veux devenir pilote et j'aurai mon avion !

Tout en parlant il abandonna Lynn et, les bras écartés, commença à courir tout autour de la salle en simulant le bruit d'un moteur.

— Où est le feu, Margaret ? questionna Lynn.

— Du côté de Crow Lake. C'est le second depuis ta dernière visite. Je n'ai pratiquement pas vu Bernard de la semaine.

Elle s'interrompit tout à coup et pencha la tête.

— Tais-toi, Kevin ! ordonna-t-elle avec une brusquerie due à l'émotion. Je crois entendre l'hydravion de papa.

Se précipitant par la fenêtre, Stephen cria :

— Oui, c'est lui ! Je voudrais aller à sa rencontre, maman.

— Non, tu sais bien que ton père t'a interdit de sortir seul.

Le petit visage de Stephen s'assombrit et il tenta de fléchir sa mère :

— Je vais seulement à sa rencontre !

— Je peux l'accompagner, si vous êtes d'accord, proposa Tor.

Un instant plus tard, il partait, accompagné des deux garçonnets qui lui donnaient la main avec une confiance totale. Surprise de constater l'aisance de son comportement avec les enfants, Lynn suivit songeusement des yeux les trois silhouettes qui s'engagèrent dans le sentier. Subitement, une pensée à la fois naturelle et troublante lui traversa l'esprit. Tor avait peut-être des enfants, peut-être était-il marié. Elle n'avait même pas songé à lui poser la question.

— Ne fais pas cette mine, ton ami va revenir ! plaisanta Margaret.

Lynn se retourna d'un bloc, très rouge, mais, adoptant un ton faussement léger, elle riposta :

— Ne dis pas de sottises. D'ailleurs, Tor Hansen est tout sauf mon ami.

— Oh, tu ne l'aimes pas ! lança Margaret, très étonnée.

— Je n'ai jamais vu un homme aussi dominateur, suffisant et arrogant ! s'exclama Lynn avec véhémence.

— C'est étrange, il n'a pas du tout produit cette impression sur moi. Si tu l'avais qualifié de charmant, spirituel, intelligent, terriblement séduisant, je t'aurais mieux comprise !

Lynn ne put s'empêcher d'éclater de rire.

— Allons, Margaret, comment oses-tu parler de lui en ces termes, toi, la respectable épouse de Bernard Whittier ?

— Tu sais bien qu'il n'existe pour moi qu'un seul

homme au monde, mais je suis tout de même capable d'apprécier les autres quand ils sortent de l'ordinaire !

Jetant un coup d'œil espiègle à son amie, elle conclut :

— Il n'a sans doute pas su s'y prendre avec toi !

Si seulement Margaret s'était doutée du trouble dans lequel Tor avait plongé la jeune fille ! Un instant, elle fut tentée de se confier à cette femme plus âgée qu'elle et susceptible de lui donner des conseils, mais elle y renonça car elle ne disposait pas d'assez de temps. Changeant délibérément de sujet, elle affirma :

— Tu ne m'as jamais paru si anxieuse en l'absence de Bernard. Raoul Duval rôde-t-il encore par ici ?

Avec un soupir, Margaret se jucha sur le bras d'un fauteuil et répondit :

— Oui et non. Je ne l'ai pas vu depuis cinq jours, mais aussi depuis cinq jours, deux grands incendies se sont déclarés dans la région.

— Le soupçonnes-tu de les avoir provoqués ? s'enquit Lynn perplexe. Personne n'est assez insensé pour faire une chose pareille au mois d'août quand le bois est si sec.

— C'est lui qui les a allumés, j'en suis persuadée. Il est complètement fou à mon avis. J'espère que cette fois, Bernard aura trouvé des preuves pour démontrer qu'il s'agit d'un incendie criminel.

— Le voici, annonça Lynn qui regardait de nouveau par la fenêtre. Tu vas pouvoir lui poser la question.

Bernard montait vers la maison, ses deux fils bondissant joyeusement autour de lui, et Tor les suivait, chargé de deux sacs.

Margaret se leva et lissa coquettement sa jupe. Stephen et Kevin entrèrent les premiers, mais elle n'eut d'yeux que pour Bernard. Elle se jeta dans ses bras et ils s'étreignirent avec passion. Lynn les avait déjà souvent vus s'embrasser mais, nouvellement initiée aux secrets de l'amour, elle perçut la passion sensuelle qui

doublait les sentiments. Gênée, elle se détourna jusqu'au moment où ils se séparèrent.

En riant, Bernard ébouriffa gentiment les cheveux de
sa femme.

— Tu ne peux pas savoir combien je suis content
d'être rentré !

A cet instant, Margaret remarqua le bandage taché
de sang qu'il portait au poignet.

— Tu es blessé !

— Ce n'est rien, affirma-t-il en souriant. Bonjour,
Lynn, vous êtes de plus en plus belle !

— Flatteur ! répliqua-t-elle gaiement en considérant
comme toujours le mari de Margaret avec une extrême
sympathie.

De constitution assez massive, il était doté de cheveux drus d'un brun-roux lumineux, et d'yeux marron
qui exprimaient la franchise et la droiture. L'ensemble
de sa physionomie dégageait une impression de force et
d'assurance. Il paraissait solide, d'une résistance à
toute épreuve et pourtant, ce jour-là, Lynn lui trouva
les traits tirés et l'air épuisé. Tandis qu'elle le regardait,
il ne put même pas s'empêcher de bâiller. Très sales,
ses vêtements étaient brûlés en plusieurs endroits.

— As-tu vu Raoul, Margie ? demanda-t-il.

— Non.

— L'incendie de Crow Lake est criminel, nous en
avons trouvé la preuve. Je ramène un bidon d'essence
et des chiffons carbonisés. Je suis prêt à parier que celui
de Kelocton a été provoqué aussi, mais nous ne
réussirons sans doute jamais à le démontrer.

— Les avez-vous maîtrisés tous les deux ? s'enquit
Tor.

— Oui. La pluie d'hier nous y a grandement aidés.
Nous n'aurons peut-être pas autant de chance la
prochaine fois.

— La prochaine fois ? s'étonna Margaret.

— Si l'auteur de ces incendies est Raoul Duval, tu ne
t'imagines pas qu'il va s'arrêter en si bon chemin !

— Mais qui est ce Raoul Duval? lança Tor très intrigué.

Bernard récapitula brièvement pour lui l'histoire qui commençait avec le meurtre commis par le frère de Raoul et son emprisonnement.

— Tant que nous ne réussirons pas à prendre Raoul sur le fait, nous resterons impuissants, conclut-il, soucieux. Je suis sûr que si je pouvais le mettre sous les verrous pendant un mois, nous n'aurions plus le moindre petit incendie à déplorer.

— Il faudrait un vrai miracle pour que vous parveniez à l'attraper dans ces immenses forêts, estima Tor.

— Oui, vous avez raison, et je n'en demande pas tant. S'il commençait par s'éloigner de Sioux Lake, je serais déjà plus tranquille. Ma femme l'a surpris plusieurs fois à parler à nos enfants.

Se tournant vers son épouse, il ajouta d'une voix grave :

— D'ailleurs, Margie, j'aimerais que tu reviennes sur ta décision et que tu acceptes de partir quelque temps chez tes parents avec les garçons.

— Ma place est à tes côtés, répliqua-t-elle, son doux visage assombri par une profonde détermination.

— Je m'inquiète pour vous trois quand je dois vous laisser, insista Bernard.

— Bernard, déclara-t-elle du fond du cœur, comment veux-tu que j'aille à Guelph pendant que ces incendies te font courir toutes sortes de dangers?

— Bien, n'y pensons plus, fit-il en lui passant un bras autour des épaules.

La conversation avait exactement évolué comme Lynn l'espérait et elle intervint vivement :

— J'ai une solution à vous proposer. Quand je suis partie la semaine dernière, Margaret m'a invitée à séjourner ici au lieu de rester seule chez moi. Eh bien, je suis d'accord. Je t'aiderai à t'occuper de Stephen et de Kevin, Margaret, et ainsi, par la même occasion, je te tiendrai compagnie pendant les absences de Bernard.

Bernard et Margaret échangèrent un regard embarrassé, et la jeune femme se chargea de lui répondre :

— Je t'avais invitée, en effet, et je te remercie de ton offre. Mais je ne connaissais pas Tor au moment où nous avons conçu ce projet et...

— Rien n'a changé, assura Lynn, profitant de l'hésitation de son interlocutrice.

— Si, soutint Margaret en dépit de sa gêne croissante. Je songeais avant tout à t'arracher à ta solitude et Sioux Lake me semblait préférable à ta petite maison. Mais quand Tor est arrivé, je me suis réjouie pour toi. Tous les souhaits que je formais pour ton avenir sont enfin exaucés.

— Margaret, tu...

— Laisse-moi finir, Lynn. Tu mérites une autre vie que celle que tu as menée jusqu'à ce jour. Je veux que tu connaisses le monde et que tu rencontres des gens. Tor te donne une chance unique de découvrir la ville, de suivre éventuellement des cours à l'université, et en tout cas, d'élargir ton horizon. Tu ne peux pas continuer à te morfondre dans ce coin perdu où tu as déjà passé bien trop de temps. D'ailleurs, Tor nous a dit qu'il s'agit d'un essai d'un an. Au bout de cette période, tu seras libre de retourner chez toi si tu le désires.

— Puisque Tor vous a déjà expliqué tant de choses, qu'il vous explique aussi que je ne veux pas aller à Halifax ! ironisa la jeune fille.

— Je comprends très bien tes réticences, déclara Margaret d'une voix apaisante. A ta place, je serais certainement effrayée à l'idée de tout quitter pour un univers nouveau. Mais pars, je t'en prie, sinon tu le regretteras.

— Je ne le crois pas, rétorqua-t-elle sombrement en tentant de ne pas trahir sa déception.

Elle avait compté trouver en Margaret une alliée et, en se rangeant du côté de Tor, son amie la mettait dans une situation très difficile. Posant ses grands yeux verts sur Bernard, elle lui lança un appel implorant :

— Et vous, ne pensez-vous pas que je dois rester ici ? C'est la solution la plus simple et elle arrange tout le monde, n'est-ce pas ?

— Non, Lynn, je suis absolument de l'avis de Margaret. N'oubliez pas les dernières volontés de votre père. Il souhaitait que vous partiez. Faites une tentative, au moins pour lui.

— Mais vous êtes tous ligués contre moi ! s'écria Lynn, cédant soudain à la colère.

— Que vas-tu imaginer ! fit gentiment Margaret. Voyons, calme-toi. D'ailleurs, tu seras toujours la bienvenue ici et je suis sûre que Tor acceptera de nous rendre une visite avec toi avant la fin de l'année.

Tor hocha la tête en silence. Les traits figés et sévères, il observait la jeune fille qui, dans une réaction de défense, avait reculé jusqu'au mur. Son air tourmenté trahissait son profond désarroi. Comment aurait-elle pu exposer ses craintes à ses amis ? Comment aurait-elle pu leur avouer que Tor Hansen exerçait sur elle une dangereuse attraction à laquelle il lui était impossible de résister ?

— Bernard, déclara-t-il alors que personne ne s'attendait à son intervention, vous possédez sans doute une radio.

— Naturellement.

— Moi aussi. Lynn et Margaret pourront donc communiquer très facilement. Il leur suffira de se mettre d'accord sur le jour et l'heure.

Cette possibilité constituait une bien maigre consolation pour la déconvenue que Lynn venait de subir. Elle avait tant misé sur le soutien de ses amis contre Tor, et ils l'avaient abandonnée.

— Vous ne me laissez pas le choix, conclut-elle sur un ton chargé de rancune.

— Non, ma chérie, affirma Margaret avec une gaieté un peu forcée. Bernard, va vite prendre un bain et laisse tes vêtements à côté de la machine à laver. Tor, voudriez-vous surveiller les enfants qui jouent dehors ?

Pendant ce temps, nous préparerons le dîner, Lynn et moi. Je ne veux pas que vous partiez sans avoir mangé.

L'affaire était close. Bon gré, mal gré, Lynn dut suivre son amie dans la cuisine. Dès qu'elles s'y retrouvèrent seules, Margaret posa ses mains sur ses épaules. Elle semblait peinée, mais toujours aussi déterminée.

— Je sais ce que tu penses. Tu considères que je t'ai trahie, n'est-ce pas ? Mais il faut que tu partes, crois-moi !

Lynn reconnut si bien Margaret dans cette façon directe d'aborder un problème qu'elle esquissa malgré elle un petit sourire.

— Il n'empêche que vous m'avez joué un vilain tour, Bernard et toi, car j'avais déjà expliqué à Tor que j'allais m'installer chez vous. Et honnêtement, je suis très ennuyée de te quitter, sachant que Raoul Duval rôde toujours dans les alentours.

— Pour être honnête aussi, j'avouerai que je me réjouissais à l'idée de bénéficier de ta compagnie. Toutefois, dans ton intérêt, tu dois suivre Tor. Tu t'en rends bien compte, n'est-ce pas ? Je t'écrirai une fois par semaine, je te le promets. Me répondras-tu ?

Elle considérait la jeune fille d'un air bon et doux et, comme par magie, le poids qui oppressait Lynn s'allégea un peu. Si Margaret et son mari estimaient tous les deux que ce séjour à Halifax lui serait profitable, elle pouvait leur faire confiance. Dans le passé, ils lui avaient toujours donné d'excellents conseils.

— Margie chérie, tu obtiens des gens ce que tu veux ! lança-t-elle avec une pointe de tristesse. Je te répondrai, bien sûr.

— Et puis, nous pourrons aussi communiquer par radio, comme Tor l'a suggéré, ajouta la jeune femme.

Lynn et son tuteur prirent congé des Whittier deux heures plus tard. Accompagnés de toute la famille, ils descendirent jusqu'au lac où les attendait un hydravion dont le fuselage brillait au soleil.

— A qui appartient cet avion ? s'enquit Lynn, stupéfaite.

— Je l'ai loué à Toronto, répliqua Tor en montant à bord. Passez-moi vos affaires et venez.

L'instant crucial était arrivé. La gorge nouée, Lynn se pencha pour embrasser Stephen et Kevin puis, agissant comme un automate, déposa un baiser sur la joue de Bernard. Margaret la serra dans ses bras et lui murmura à l'oreille :

— Courage, chérie, tu n'as rien à craindre.

Se redressant, elle enchaîna à haute voix sur un ton enjoué :

— J'espère que vous reviendrez nous voir très bientôt.

En proie à une étrange impression d'irréalité, Lynn s'installa dans l'appareil à côté de Tor et boucla pour la première fois de sa vie une ceinture avec des doigts tremblants et malhabiles. Le moteur se mit à vrombir, les hélices à tourner, et soudain, le rivage défila derrière le hublot à une allure fantastique. Lynn ressentit une forte poussée et l'avion s'éleva dans les airs.

Incrédule, la jeune fille vit les quatre silhouettes minuscules des Whittier agiter les bras au sol. L'appareil gagnait régulièrement de l'altitude et les arbres se confondirent en un unique tapis vert tandis que les petits lacs de la région évoquaient les pièces dispersées d'un puzzle. En dépit de ses efforts, Lynn ne parvint pas à distinguer sa petite maison et soudain, exténuée et nullement désireuse d'entamer une conversation avec Tor, elle se laissa aller en arrière sur son siège et ferma les yeux.

Elle s'endormit sans s'en apercevoir pour se réveiller tout engourdie. Bâillant et s'étirant inconsciemment, elle fut tout à coup frappée par le soleil, boule de feu qui déployait une bannière dorée sur la moitié du ciel pour saluer dans le faste la fin de cette journée.

— Comme c'est beau ! s'exclama-t-elle, oubliant son intention de garder le silence.

— Je suis content que vous vous soyez réveillée à temps pour pouvoir contempler ce coucher de soleil, déclara son compagnon.

Emerveillée devant cet espace infini aux couleurs somptueuses, elle s'écria :

— Je renouvellerais l'expérience rien que pour admirer ce spectacle !

— Vous découvrirez encore bien d'autres plaisirs, affirma Tor d'une voix sereine. En vol, je goûte une liberté extraordinaire. La terre avec ses entraves et ses soucis me semble très lointaine.

Elle le considéra avec curiosité, intriguée par la sincérité de son intonation.

— Des soucis ! Quels soucis avez-vous donc ?

— Tout le monde en a, répliqua-t-il laconiquement.

Le sentant plus disposé à se livrer que durant les journées précédentes, elle se risqua à le questionner :

— Tor, êtes-vous riche ? La location d'un avion doit coûter beaucoup d'argent.

— Riche ne signifie rien. Je bénéficie d'une grande aisance.

— Etes-vous marié ou divorcé ?

— Ni l'un ni l'autre.

Cette brève réponse excita sa curiosité.

— Pourquoi ?

— Pour être divorcé, il faut avoir été marié, et je n'en ai encore jamais eu envie, expliqua-t-il sur un ton léger.

— Vivez-vous seul ? lui demanda-t-elle alors avec sa spontanéité coutumière.

— Mais non, je possède un harem ! plaisanta-t-il.

— Tor, soyez sérieux !

— J'ai une redoutable gardienne en la personne de Marian Hollman qui s'occupe de ma maison. Elle habite chez moi avec Michael, son mari.

— Que vont-il penser de moi ? s'enquit Lynn d'une petite voix qui trahissait son appréhension.

— Ils vous considéreront comme un membre de la famille. Marian fera son possible pour vous contenter et Michael sera très fier de vous montrer son jardin.

— Est-il grand ?

— Il y a quelques hectares, constitués en majeure partie de pelouses et d'arbres. Vous aimerez la roseraie, j'en suis sûr, et j'espère que la demeure vous plaira aussi.

— Les Hollman ont donc une chambre chez vous ?

— Non, ils demeurent dans un pavillon à part, avoua Tor, presque à regret.

De plus en plus impressionnée, Lynn hochait songeusement la tête.

— Et moi, où allez-vous m'installer ?

— Dans la maison. Il y a cinq chambres.

— Comment ? Vous habitez seul dans une maison de cinq chambres !

— Cinq chambres et dix autres pièces, précisa Tor d'un ton neutre.

— Mais je vais m'y perdre ! s'exclama-t-elle en ouvrant de grands yeux.

— Sans aucun doute, accorda-t-il avec un sourire amusé. Je parie tout de même que vous saurez très vite trouver le bureau. Deux de ses murs sont couverts de livres et le troisième de disques qui ne demandent qu'à être posés sur la chaîne stéréo.

— Pourrai-je m'en servir ? s'enquit Lynn avec une joie qu'elle ne se souciait pas de dissimuler.

Il posa un instant l'une de ses grandes mains sur les siennes qu'elle tenait jointes sur ses genoux et répondit :

— Bien sûr. Vous écouterez autant de musique que vous voudrez.

Rêveuse, Lynn laissa errer son regard sur le ciel qui s'assombrissait. Elle n'avait jamais compris pourquoi elle nourrissait une passion si profonde pour cet art.

L'attitude de son père l'avait profondément blessée. Soulevée par une vague d'espoir, elle commença à envisager avec confiance son séjour chez Tor. La bibliothèque et le jardin lui semblaient deux bons présages.

Il faisait nuit noire quand ils atteignirent Toronto. Tor recevait à présent des indications par radio pour atterrir. L'avion était aussi bien équipé pour se poser sur le sol que sur l'eau et, dans l'obscurité, la terre ferme présentait moins de risques. Tandis qu'il décrivait des cercles en perdant graduellement de l'altitude, Lynn regardait la ville se déployer sous elle et son optimisme commença déjà à l'abandonner.

L'immense toile d'araignée lumineuse, d'une complexité effrayante, dépassait de loin les idées qu'elle s'était faites grâce à des lectures et à des photographies. Disposés à l'horizontale, les points brillants indiquaient des routes, à la verticale, des gratte-ciel. De violents éclairages au néon concentraient en certains lieux une clarté plus vive que celle du jour. En un endroit en revanche, les ténèbres l'emportaient, trahissant la présence du lac Ontario. Tandis que le sol semblait s'élever à leur rencontre, Lynn put discerner de grands bateaux et des yachts, puis les rangées bien nettes des lumières bleues et rouges de l'aéroport. L'avion toucha la piste en rebondissant légèrement et, diminuant sa vitesse, finit par s'immobiliser devant un immeuble. Tor éteignit le moteur, défit sa ceinture et annonça :

— J'ai quelques formalités à régler. Attendez-moi ici cinq minutes.

Il sauta à terre et Lynn le vit s'éloigner à grandes enjambées. Après l'incessant ronronnement de l'appareil en marche, le silence total lui donna un étrange sentiment de malaise, accentué par sa solitude. Et si Tor ne revenait pas ? songea-t-elle tout à coup. Elle comprit pleinement à cet instant combien elle allait dépendre de lui à l'avenir. Son orgueil s'insurgea

immédiatement contre cette situation et elle se promit
d'apprendre au plus vite les lois de ce monde nouveau
construit par les hommes. Chez elle, elle avait toujours
vécu avec une grande autonomie. Chez elle... Loin du
béton et du ciment, chez elle, les oiseaux chantaient
dans la verdure et le lac bruissait doucement...

— Etes-vous prête ?

Tor l'avait surprise en plein accès de nostalgie et elle
s'efforça de dissimuler sa tristesse.

— Où allons-nous ?

— Nous ne sommes pas à l'aéroport international
ici, mais à celui de l'île de Toronto, expliqua-t-il. Un
bateau va nous emmener en ville, d'où nous gagnerons
l'hôtel où j'ai déjà réservé nos chambres. Et demain,
nous repartirons pour Halifax. Nous prendrons l'avion
en début d'après-midi.

Pour quitter son siège, Lynn fut obligée d'accepter
l'aide de Tor qui lui tendait les bras. Il la déposa sur le
sol et la lâcha aussitôt, arborant un air indéchiffrable.
Dès qu'il eut réuni leurs bagages, il décida :

— Allons-y.

Vacillant un peu après de longues heures d'immobilité, Lynn le suivit jusqu'au port tout proche. Après une
traversée en bateau bien trop brève au goût de la jeune
fille, ils montèrent dans un taxi.

Lynn n'avait jamais voyagé en voiture et elle respira
avec méfiance un mélange d'odeurs d'essence, de
fumée de cigarette et de moleskine qui émanait des
banquettes. A voir le chauffeur prendre brutalement
les virages, changer sans cesse de file au milieu d'une
circulation intense, elle crut qu'il voulait les tuer. Par
moments, elle ne pouvait s'empêcher de fermer les
yeux, entendant déjà dans son imagination un horrible
choc métallique. Une fois même, elle s'accrocha malgré
elle au bras de Tor quand un camion leur refusa la
priorité. Le chauffeur poussa un juron très grossier qui
la fit rougir.

Tor s'amusa de sa frayeur et lui murmura gentiment :

— Vous n'avez rien à craindre. Détendez-vous. Je n'ai encore jamais eu d'accident à Toronto.

— Cela ne signifie pas que vous n'en aurez jamais, répliqua-t-elle alors qu'ils frôlaient le capot d'un autre véhicule. Avons-nous encore beaucoup de chemin à faire ?

— Nous sommes presque arrivés.

Ils s'arrêtèrent en effet bientôt et, pendant que Tor payait le chauffeur, Lynn sortit de la voiture et regarda autour d'elle en ouvrant de grands yeux. Sous un dais vert et or, une courte allée couverte d'un tapis émeraude menait à l'immense entrée vitrée d'un hôtel. Un portier aux imposantes moustaches les accueillit et un jeune homme en livrée accourut aussitôt pour se charger de leurs bagages. Le vert et l'or de l'extérieur se retrouvaient à l'intérieur du hall majestueux où une épaisse moquette étouffait le bruit des pas. Par deux ou par trois, d'élégants fauteuils étaient disposés ici et là entre des colonnes grecques. Des lustres de cristal projetaient dans la salle une lumière éblouissante.

Le souffle coupé, Lynn suivit Tor sans mot dire. Ils croisèrent une femme vêtue d'une robe aux couleurs de l'arc-en-ciel, très vaporeuse, et coiffée d'un chapeau à larges bords. Derrière elle marchait un couple. L'homme portait un smoking et sa compagne, aussi fascinante que la créature qui l'avait précédée, mais d'une autre manière, était habillée d'une longue toilette noire dont l'austérité mettait en valeur sa parure en diamants.

Lynn baissa les yeux, gênée de son jean, de son chemisier et de ses mocassins aussi incongrus dans cet établissement qu'une tenue de soirée à Sioux Lake. Plus elle avançait, plus elle prenait conscience des détails qui la distinguaient des autres. Sa coupe de cheveux et son absence de maquillage accrurent son embarras et elle ne tarda pas à avoir l'impression que tout le monde la dévisageait et chuchotait sur son passage.

Tor s'était changé chez Margaret et son complet gris clair combiné avec son charme et son aisance naturelles lui permettaient d'évoluer en ces lieux sans aucun problème. Instinctivement, elle se rapprocha de lui tandis qu'il arrivait au bureau de la réception.

— Qu'y a-t-il ? s'enquit-il en lui accordant un bref coup d'œil.

Ses joues empourprées et son air malheureux trahissaient un grand trouble, mais elle se borna à répondre :

— Je suis fatiguée.

Avec sa clairvoyance coutumière, Tor devina que la fatigue n'expliquait pas entièrement sa mine défaite.

— Dès que nous serons installés, je vous reposerai la question, annonça-t-il calmement, et cette fois, vous ne me cacherez rien.

Quelques minutes plus tard, un ascenseur moderne et silencieux les déposait au sixième étage de l'hôtel. Leur suite se trouvait au bout d'un couloir garni d'une épaisse moquette et éclairé par des appliques dorées. Stupéfaite à la vue des trois pièces luxueuses, deux chambres à coucher séparées par un vaste salon, Lynn allait incrédule de son lit à baldaquin à la fenêtre par laquelle elle contemplait les lumières de la ville avec un étonnement aussi vif qu'au moment d'atterrir. Le garçon qui avait porté les bagages se retira, et elle conçut soudain une vive appréhension à l'idée de se retrouver seule avec Tor. Lorsque sa voix résonna derrière elle, elle ne put s'empêcher de sursauter.

— Il me semble que notre dîner chez Margaret remonte à des siècles. J'ai faim, et vous ?

Elle éprouvait en effet la sensation d'avoir quitté son amie depuis une éternité et la perspective d'un repas la tentait beaucoup. Toutefois, étant donné sa tenue, elle se refusait à descendre dans la salle à manger de l'hôtel.

— Je n'ai pas envie de ressortir, affirma-t-elle.

— Loin de moi cette idée ! Nous allons nous faire servir ici.

— Est-ce possible ?

— Naturellement. Cela vous étonne donc tant ?

Comme elle baissait piteusement la tête, il déclara sur un ton désolé :

— Pardonnez-moi, Lynn, j'ai tendance à oublier que cet univers est entièrement neuf pour vous. Laissez-moi commander les plats à votre place.

Sa compréhension lui inspira une profonde gratitude et elle dut se retourner pour lui cacher ses larmes. D'une voix légèrement tremblante, elle acquiesça :

— Oui, je vous en prie, faites-le pour moi.

Feignant de ne pas voir son émotion, Tor se dirigea vers le téléphone. Pendant qu'il parlait avec un employé de l'hôtel, elle alla se glisser entre les voilages et la fenêtre dans le but de se ressaisir.

Lorsque Tor raccrocha, elle maîtrisait à nouveau ses réactions.

— Allez donc prendre une douche et mettez-vous à l'aise en attendant qu'on nous monte notre repas, suggéra-t-il.

Ne possédant que son unique chemise de nuit blanche, elle s'empressa d'assurer :

— Non, c'est inutile, je me sens très bien ainsi.

L'air un peu moqueur, il la fixa en déclarant :

— Oubliez ce qui s'est passé entre nous, Lynn. Etant votre tuteur, je n'ai nullement l'intention de chercher à vous séduire. Avez-vous bien compris ?

Ses traits n'exprimaient plus la même compassion à l'égard de son embarras que quelques instants auparavant. Songeuse, Lynn considéra le visage dur aux contours nets, puis répondit très fermement :

— Oui, j'ai compris.

— Bien, cette question étant réglée, racontez-moi ce qui vous tourmentait en bas dans le hall.

Sachant qu'elle aurait perdu son temps en essayant de se soustraire à cette interrogation, elle avoua :

— J'avais honte de mes vêtements. Avez-vous vu comment étaient habillées les autres femmes ?

— Non, je dois reconnaître que je ne leur ai pas accordé la moindre attention.

— Aucune ne portait de pantalon. Elles étaient en outre superbement coiffées et maquillées, avec de longs ongles rouges et…

— Si cela peut vous tranquilliser, j'ai horreur des ongles longs et vernis. Ils me font toujours penser à des serres.

— Ah ! fit-elle, très étonnée. Des serres d'oiseaux de proie ?

— Exactement, accorda-t-il avec un petit sourire.

Refusant de se consoler à si bon compte, elle insista néanmoins.

— Il n'empêche qu'elles étaient très élégantes, ce qui n'est pas mon cas.

— Voilà un problème auquel nous pouvons facilement remédier. Notre avion ne partant qu'à une heure et demie demain, nous irons faire des courses dans la matinée.

A ces mots, un univers fascinant s'ouvrit à l'imagination de Lynn mais, au prix d'un immense effort de volonté, elle en referma vite les portes dorées.

— Non. Je n'ai pas d'argent.

— C'est moi qui paierai, offrit-il calmement.

— Non ! s'exclama-t-elle cette fois avec violence, sans même s'accorder une seconde de réflexion.

— A ce que je vois, nous avons encore de nombreux points à éclaircir, constata-t-il, les sourcils froncés. A partir de demain, vous allez vivre chez moi et manger à ma table, alors ne faites pas un drame pour une ou deux robes que je me propose de vous acheter.

L'aspect financier de la situation n'avait pas encore préoccupé Lynn. Découvrant brutalement à quoi elle s'était engagée en suivant Tor, elle s'écria, tandis qu'une vive consternation se peignait sur son visage :

— Je vais dépendre entièrement de vous ! Vous aurez tous les droits !

— Pour l'amour du Ciel, Lynn, lança-t-il en s'appro-

chant d'elle, l'air impatienté, ne dramatisez pas ! Je dois
vous répéter les choses puisque vous n'avez pas encore
compris : je suis votre tuteur. Cela signifie donc que je
suis responsable de vous de toutes les façons, y compris
financièrement. Autant que vous vous y résigniez tout
de suite car vous ne pourrez rien y changer. D'ailleurs,
qui a payé l'avion pour vous conduire jusqu'ici, à votre
avis ? Et qui a payé cette suite ?

D'un geste, il désigna les pièces qu'il avait réservées
et Lynn répliqua sèchement :

— Je ne vous ai jamais demandé de m'emmener
avec vous !

En guise de réponse, une main aux doigts d'acier lui
tira la tête en arrière et une bouche brutale s'empara de
la sienne. D'abord stupéfaite, elle resta pétrifiée, puis
elle se débattit de toutes ses forces, mais en vain. La
plus violente des colères ne lui donnait pas suffisamment d'énergie pour lutter contre la puissance de Tor.

Son baiser devint plus tendre et sensuel et, à la
vitesse où le feu s'étend dans une forêt, sa haine
passionnée se transforma en passion amoureuse.
Ployant comme un roseau sous une brise d'été, elle
s'abandonna contre Tor. Les mains dont elle s'était
servie pour le repousser se posèrent sur ses épaules et
elle s'abandonna à ses caresses tandis qu'il murmurait
son nom d'une voix rauque.

Un coup discret frappé à la porte les fit sursauter et
ils se dévisagèrent un instant, en proie à un désarroi
égal. Avec un soupir, Tor relâcha sa compagne en
déclarant sur un ton sombre et tourmenté :

— Dès que nous sommes ensemble, je ne me
contrôle plus. Que vais-je faire ?

Un second coup retentit, plus fort que le premier, et
Lynn répondit vite, pour mettre fin à cette situation
embarrassante :

— Entrez.

Un serveur apparut, poussant une table roulante en

acajou dont le plateau couvert d'une nappe blanche immaculée était chargé de vaisselle en argent.

— Désirez-vous que je vous serve, monsieur ? s'enquit l'homme avec tact, en feignant de ne pas voir les joues rouges de Lynn et l'air troublé de Tor.

— Non, merci, fit ce dernier qui s'empressa de lui glisser un pourboire.

— Merci, monsieur, murmura-t-il. Bon appétit.

Tout en éprouvant de grandes difficultés à passer sans transition de l'émoi le plus vif à la préoccupation beaucoup plus terre à terre de manger, Lynn saisit l'occasion pour détendre l'atmosphère.

— Oh, Tor, regardez ! Tout a l'air délicieux !

Soulevant les couvercles, elle examinait le contenu des récipients avec un intérêt qui n'était qu'à moitié feint.

— Dites-moi ce que c'est !

Tor parvint difficilement à sourire mais, tandis qu'il lui présentait la soupe vichyssoise, la langouste accompagnée de riz pilaf, les pointes d'asperges et le dessert composé d'un cocktail de fruits conçu autant pour le plaisir des yeux que celui du palais, il parut cependant content de la voir s'émerveiller devant cette cuisine raffinée, si nouvelle pour elle.

Elle termina le repas avec le sentiment d'avoir échappé de justesse à une catastrophe grâce à l'arrivée inopinée du serveur. Dès qu'elle eut fini son café, elle se leva en simulant un bâillement.

— Je suis fatiguée. Je n'ai pas l'habitude de veiller si tard. Quelle heure est-il ?

— Minuit.

— Mon Dieu ! s'écria-t-elle sur un ton un peu faux. Merci pour cet excellent dîner, Tor, je crois que je vais bien dormir.

Pendant qu'elle parlait, il avait gardé les yeux baissés en jouant distraitement avec ses couverts. Soudain, il leva la tête et l'étudia, embrassant d'un seul coup d'œil sa silhouette finement découpée par la lumière de la lampe, ses gestes nerveux et, sans qu'elle pût le prévoir, il quitta sa chaise et vint vers elle, immense et souple. Incapable du moindre mouvement, elle l'attendit, le cœur battant, la gorge nouée. Les bras crispés le long du corps, il se pencha vers elle à la manière d'un homme envoûté. Elle reçut son baiser en tremblant. Et tout à coup, il la repoussa si violemment qu'elle vacilla. Son visage reflétait un profond tourment intérieur et, lui tournant le dos, il marcha vers la fenêtre, puis ordonna d'une voix sèche :

— Allez vous coucher, Lynn. Bonne nuit.

Ne trouvant rien à dire, elle s'éloigna sans bruit sur la moquette épaisse et pénétra dans sa chambre dont elle referma la porte derrière elle. Bien qu'exténuée, elle savait qu'elle ne dormirait pas. Les baisers de Tor et son expression torturée la hantaient. Pour échapper à ces souvenirs obsédants, elle entreprit d'examiner la pièce en détail, s'arrêtant devant chaque tableau, actionnant tous les interrupteurs, essayant son lit... Mais rien ne réussissait à chasser le visage douloureux de Tor de son esprit. Etait-elle responsable de sa souffrance ? Qu'avait-elle donc fait ?

Par deux fois, elle fut tentée d'aller le rejoindre et par deux fois, le courage lui manqua. Ne l'avait-il pas envoyée se coucher comme un enfant, lui faisant clairement comprendre qu'il ne souhaitait pas sa compagnie ?

A ses yeux, la jolie pièce se transforma en prison. Avec ses coussins, ses draperies, ses bibelots, elle semblait se moquer de sa tristesse. A la recherche d'une bouffée d'air pur, Lynn tenta d'ouvrir la fenêtre qui resta bloquée. Impuissante et pleine de haine pour le système artificiel de la climatisation, elle posa alors son front contre la vitre froide. Elle étouffait ici, elle qui avait toujours vécu en contact étroit avec la nature. En ces lieux, tout était falsifié et trompeur. Elle jeta un coup d'œil méprisant à la plante verte qui occupait un coin de la pièce dans un grand pot, puis elle observa de nouveau la ville avec sa circulation incessante, ses gratte-ciel tassés les uns contre les autres. A trois rues de la sienne, elle finit par apercevoir un bouquet d'arbres, témoignant de l'existence d'un parc dans cet univers de béton et de métal.

Ces pauvres arbres prisonniers de la cité comme elle l'était de sa chambre lui lancèrent une sorte d'appel. Elle n'hésita pas un instant à leur répondre. Oui, elle devait quitter cet hôtel et aller passer un moment là-bas, à l'abri de leur feuillage. Ensuite, elle ne doutait pas de se sentir mieux et de pouvoir dormir.

7

LYNN sortit sans bruit de sa chambre et s'engagea dans le couloir sur la pointe des pieds, prenant de l'assurance plus elle s'éloignait. Avec une fierté tout enfantine, elle appela l'ascenseur puis, une fois à l'intérieur, appuya sur le bouton du rez-de-chaussée. S'étant servie de l'appareil avec succès, elle en conclut qu'elle réussirait vite à s'adapter à la vie citadine. Il lui suffirait d'imiter les autres gens, tout simplement.

Cette confiance nouvellement acquise lui permit de traverser le hall la tête haute malgré son jean.

— Désirez-vous une voiture, madame ? lui demanda le portier dont les grandes moustaches avaient déjà frappé son attention lors de son arrivée.

— Non, merci, je préfère marcher, fit-elle en lui souriant.

L'homme parut surpris.

— Madame est-elle seule ?

— Oui, je ne vais pas loin.

— Même pour une courte distance, vous devriez prendre un taxi, madame. Il est risqué pour une jeune femme de sortir seule la nuit.

Amusée par l'attitude protectrice que son interlocuteur avait adoptée à son égard alors qu'elle vivait dans une autonomie presque totale depuis son plus jeune âge, elle répliqua tranquillement :

— Non, c'est inutile.

Et, pour mettre un terme à la discussion, elle franchit d'un pas vif l'entrée vitrée. Après l'air conditionné, l'atmosphère chaude et humide du dehors, chargée d'odeurs diverses, l'assaillit d'une façon désagréable. En passant, chaque voiture provoquait une sorte de courant d'air âcre, et Lynn se demanda comment les gens parvenaient à survivre dans une atmosphère aussi irrespirable. Les personnes qu'elle croisait marchaient très vite, sans rien voir autour d'elles tant elles semblaient accaparées par leurs pensées. Comme elles différaient des habitants de Sioux Lake qui s'arrêtaient pour saluer chacun, connu ou inconnu !

Elle traversa à un feu rouge en même temps qu'un groupe, puis prit une rue sur la gauche, espérant se trouver sur le bon chemin. Toutefois, dans ce dédale de voies, d'édifices dotés d'entrées multiples, de vitrines, elle éprouvait de grandes difficultés à s'orienter et à évaluer les distances. La rue qu'elle venait d'emprunter n'était ni aussi éclairée ni aussi fréquentée que la précédente.

Elle tourna encore une fois à gauche, en proie à des doutes de plus en plus vifs quant à la direction qu'elle avait choisie. Tout à son regret d'avoir manqué le parc, elle ne remarqua pas un homme, nonchalamment appuyé contre la porte d'une maison, trahi par l'extrémité rougeoyante de sa cigarette. Dès qu'elle arriva à sa hauteur, il se redressa dans l'ombre et se mit à la suivre discrètement.

Une sirène de police retentit dans le voisinage, effrayant bien davantage Lynn que les hurlements d'une horde de loups dans la forêt. Fatiguée, les pieds endoloris d'avoir marché sur des trottoirs durs auxquels elle n'était pas habituée, elle allait se résigner à rentrer quand tout à coup, entre deux rangées d'immeubles, elle aperçut les arbres.

Il s'agissait d'un square minuscule orné de parterres soignés et de haies bien coupées. Des lampadaires éclairaient des bancs ici et là. Lynn s'installa sous un grand cèdre et, se laissant aller en arrière contre le dossier, ferma les yeux.

Un sixième sens l'avertit d'une présence à ses côtés juste au moment où l'homme se penchait pour s'emparer de son bras. Possédant de bons réflexes, elle l'esquiva et se leva d'un bond, plus contrariée qu'apeurée, car elle n'appréciait pas du tout d'être dérangée.

— Je suis venue ici pour avoir la paix, déclara-t-elle sans aucune intention de paraître polie.

L'homme passa ses deux pouces sous sa ceinture, révélant des tatouages qui descendaient jusque sur le dos de ses mains.

— Allons, ma belle, vous cherchez sûrement quelque chose !

— Pas vous, en tout cas ! rétorqua-t-elle, inconsciente de l'imprudence d'une réponse aussi brutale.

— Quel dommage ! Nous pourrions pourtant passer un bon moment ensemble.

Il s'approcha d'elle, si près qu'elle sentit son haleine chargée d'alcool, et vit combien il était rouge et congestionné. Seulement alors, elle comprit le danger qu'elle courait. Avec l'agilité qu'elle avait acquise dans la forêt, elle pivota sur elle-même et disparut dans les buissons derrière le cèdre. Elle l'entendit derrière elle crier des obscénités en se lançant à sa poursuite. Une main s'abattit soudain sur son épaule et essaya de la tirer en arrière. Tandis que la couture de son chemisier se déchirait, elle donna un violent coup de pied à son agresseur qui la lâcha avec un grognement de douleur.

Par chance, une voiture de police qui effectuait une ronde arriva juste à cet instant-là et Lynn se trouva subitement prise dans le rayon des phares. Son assaillant s'enfuit sans demander son reste et deux policiers sautèrent à bas du véhicule. Pendant que l'un se précipitait sur la trace de l'homme, l'autre la questionna :

— Vous a-t-il volé votre sac à main ?

— Non... je n'en avais pas, fit-elle en cherchant son souffle.

— Etes-vous seule ?

— Oui.

— C'est très imprudent, l'ignorez-vous ?

— Je commence à apprendre, répliqua-t-elle d'un air cynique.

— Habitez-vous à Toronto ?

— Non, je viens du Nord de l'Ontario... de Sioux Lake.

— Alors je comprends. Que cette nuit vous serve de leçon, Miss. Estimez-vous heureuse de vous être tirée d'affaire à si bon compte.

Comme son collègue revenait sans l'homme qui l'avait attaquée, il lui offrit :

— Montez, nous allons vous reconduire chez vous.

Elle s'installa docilement à l'avant entre les deux policiers. En cette minute seulement, elle prit réellement conscience du péril auquel elle avait échappé. Elle se mit à trembler et des larmes emplirent ses yeux. Qu'il était triste de vivre en ville !

— Où demeurez-vous ? s'enquit le conducteur du véhicule.

Lorsqu'elle nomma l'hôtel, il parut surpris, mais ne se permit aucun commentaire. Bien avant d'atteindre l'entrée, Lynn aperçut Tor, sur le perron, tournant la tête de tous côtés. A son attitude, elle devina son anxiété et s'affola immédiatement à la perspective des remontrances qui l'attendaient.

L'un des policiers ouvrit la portière et l'aida à descendre à son tour. Il s'était montré un peu sec avec elle, mais la soutint avec gentillesse, prouvant qu'il avait noté sa frayeur et son trouble. A la vue du fourgon de police, Tor était devenu d'une pâleur mortelle et il s'avança en balbutiant d'une voix inégale :

— Lynn... Lynn... que... que vous est-il arrivé ?

— Rien de grave, s'empressa-t-elle d'assurer.

— Vous m'avez rendu fou d'inquiétude ! Où diable êtes-vous allée ?

Intervenant d'un ton ferme, l'agent demanda :

— Connaissez-vous ce monsieur, Miss ?

— Oui..., affirma-t-elle craintivement. Il est mon tuteur.

— Peut-être devriez-vous expliquer à cette demoiselle qu'elle ne doit pas sortir seule la nuit, suggéra poliment le policier.

— Oh oui, une explication s'impose ! lança-t-il d'un air sombre.

— Eh bien, bonne nuit, monsieur, bonne nuit, Miss.

En se retirant, le policier adressa un petit sourire complice et compatissant à Lynn qui arborait une expression bien plus effarée que lorsqu'il l'avait sauvée de son agresseur. Elle suivit Tor à pas lents, cherchant inconsciemment à retarder l'instant où il allait se déchaîner contre elle.

— Nous discuterons en haut, annonça-t-il, terriblement menaçant, et ils gardèrent le silence dans le hall, puis ensuite dans l'ascenseur.

Il s'effaça pour la laisser pénétrer la première dans leur suite. Sa chambre ne lui parut plus une prison comme avant sa promenade malencontreuse. Le lit lui adressait bien au contraire une irrésistible invitation, mais elle devait, hélas, encore affronter Tor avant de pouvoir dormir.

Il s'avança vers elle, le visage dur et figé. Luttant contre le désir de s'enfuir, elle ne recula pas d'un millimètre.

— Où êtes-vous allée ?

— J'avais envie de prendre l'air, répliqua-t-elle avec aplomb.

— Avez-vous marché au hasard ? demanda-t-il encore sans élever la voix.

— Non, j'avais vu un parc par la fenêtre, raconta-t-elle en s'efforçant de ne pas lui montrer combien il lui faisait peur. Je me sentais à l'étroit ici. Il fallait que je passe un moment parmi les arbres.

— Alors à minuit passé, vous avez décidé de sortir seule dans une ville que vous ne connaissez pas! conclut-il d'une voix qui vibrait cette fois de colère et d'ironie. Peut-être aurez-vous la bonté de me mettre au courant des détails? J'aimerais savoir par exemple pourquoi vous êtes rentrée dans une voiture de police.

Elle se mordilla les lèvres et mobilisa son courage pour annoncer sur un ton teinté de défi :

— Un homme m'a accostée dans le parc. L'un des policiers a essayé de l'arrêter, mais il a réussi à s'enfuir. Ensuite ils m'ont ramenée, après m'avoir fait subir un sermon sur mon imprudence, soyez tranquille!

— Votre chemisier est déchiré! Votre agresseur vous a-t-il blessée?

— Non, c'est moi qui lui ai asséné un coup de pied, déclara-t-elle avec son extraordinaire ingénuité.

— Et s'il avait sorti un couteau! s'exclama Tor, hors de lui.

Comme elle restait bouche bée devant cette hypothèse qui ne lui avait même pas traversé l'esprit, il enchaîna :

— Ou un pistolet? Qu'auriez-vous fait?

— Il ne s'est rien passé de tel, répliqua-t-elle d'un air buté afin de se tirer d'embarras.

— Heureusement! s'écria Tor en se passant la main sur le front. Oh Lynn, nous ne sommes pas arrivés depuis trois heures que vous vous conduisez déjà d'une manière insensée! Je suis en partie coupable, j'aurais dû vous mettre en garde. Mais j'étais loin d'imaginer que vous alliez ressortir de l'hôtel en pleine nuit.

Ne sachant quoi répondre, Lynn se tenait immobile sous le regard qui la fixait intensément.

— Vous rendez-vous compte des soucis que vous m'avez causés? Je ne pouvais même pas partir à votre recherche. Le portier n'était plus le même qu'à votre départ et personne n'a su me dire quelle direction vous aviez prise.

En proie à de vifs remords, Lynn ne pensa même pas à se demander ce qui avait conduit Tor dans sa chambre, lui permettant de s'apercevoir de son absence.

— Je suis désolée, murmura-t-elle. Je ne voulais pas vous inquiéter. Je ne recommencerai plus, je vous le promets.

Se laissant tomber sur le bord de son lit, Tor passa une main lasse dans ses cheveux et ferma un instant les yeux.

— Etes-vous souffrant? s'enquit timidement Lynn.

— Je suis fatigué, répliqua-t-il à voix basse puis, la regardant droit dans les yeux, il ajouta : pendant un quart d'heure, j'ai tout imaginé... que vous vous étiez enfuie, que vous aviez été enlevée, violentée, assassinée... Et je me sentais responsable puisque c'est moi qui vous ai amenée ici. Vous étonnez-vous que je sois las?

Pour la première fois depuis qu'ils se connaissaient, Lynn se mit vraiment à la place de son interlocuteur et elle garda un silence gêné. Alors que rien ne l'y obligeait, cet homme avait accepté de devenir son tuteur, il s'était rendu pour elle au fin fond de l'Ontario et, en guise de remerciement, elle n'avait pas cessé de se montrer désagréable, capricieuse, et de manifester de la mauvaise volonté.

Terriblement honteuse, elle obéit à l'impulsion qui la poussa à traverser la pièce pour s'agenouiller devant Tor et lever vers lui un visage suppliant.

— Oh Tor, je vous demande pardon. Depuis le début, je ne vous ai causé que des ennuis!

Il la fixa intensément, et leurs visages se trouvaient si proches l'un de l'autre qu'elle put distinguer de minuscules paillettes noires dans son regard bleu. Elle éprouva le désir absurde d'attirer sa tête contre sa poitrine et de le caresser, de le consoler. Il ne disait toujours rien.

— Vous devez parfois regretter de m'avoir rencontrée, murmura-t-elle sur un ton douloureux.

Comme s'il émergeait d'une sorte d'engourdissement, il la repoussa si violemment qu'elle faillit tomber en arrière. Blessée et stupéfaite, elle le vit se diriger à grands pas vers la porte et se retourner, les traits figés n'exprimant que dureté et colère.

— Oui, parfois je le regrette !

Sur ces paroles, la porte claqua bruyamment derrière lui et, étouffant un cri en pressant son poing contre sa bouche, Lynn fondit en larmes. Le visage enfoui dans les replis du couvre-lit, elle pleura longuement, épuisée et en proie à une terrible migraine. Elle se remit alors péniblement debout et se traîna jusqu'à la salle de bains pour s'asperger d'eau froide. Elle étudia un moment son visage défait dans la glace en se demandant depuis combien de temps elle connaissait Tor. Lorsqu'elle eut lentement compté sur ses doigts, sa consternation s'accrut. Cinq jours, cinq jours seulement s'étaient écoulés depuis l'arrivée surprise de Tor dans sa petite maison au bord du lac, et il la haïssait déjà.

Rares étaient les gens qui avaient occupé une place importante dans son existence : son père, Margaret et Bernard, puis Tor à présent. Grâce aux Whittier, si gentils pour elle, elle avait découvert l'amitié mais, au lieu de la garder avec eux, ils l'avaient pratiquement obligée à suivre Tor à Halifax. Quant à son père, Lynn n'avait jamais réussi à l'aimer comme elle l'aurait souhaité. Entre lui et elle s'étaient toujours dressées des barrières infranchissables. Et à présent, elle venait d'échouer en tentant d'établir des rapports de confiance et d'affection avec Tor.

La faute de ces échecs successifs lui incombait-elle ? Pour une raison qu'elle ignorait, sa conduite la desservait-elle auprès des autres, la condamnait-elle à rencontrer des difficultés avec tous les gens que la vie placerait sur son chemin ? L'avenir lui apparut sous des couleurs très sombres. Chez Tor, elle allait certainement être présentée à de nombreuses personnes. Quel cauchemar en perspective si chacune la rejetait, l'accablait de critiques, la considérait comme une petite sauvageonne insupportable !

Espérant fuir ces affreuses pensées, Lynn regagna à la hâte sa chambre où elle se déshabilla et se coucha. Une fois allongée dans l'obscurité, elle resta tendue, les yeux grands ouverts, hantée par une angoisse torturante du futur. Elle ne s'endormit qu'au petit matin quand les bars commencèrent à accueillir leurs premiers clients de la journée.

A neuf heures, puis ensuite à dix heures, Tor entrebâilla la porte pour voir si elle était réveillée. A onze heures, il pénétra pour de bon dans la pièce et resta un long moment immobile à contempler la jeune fille assoupie. Ayant repoussé ses couvertures, elle s'offrait tout entière à son regard ému.

— Lynn, murmura-t-il.

Elle continua à respirer régulièrement. Il répéta alors plus fort :

— Lynn !

Comme elle ne réagissait toujours pas, il s'assit au bord du lit. Une puissance invisible et irrésistible semblait guider ses gestes. Très doucement, il repoussa les mèches brunes qui dissimulaient une partie de son visage, et elle marmonna des paroles incompréhensibles en changeant de position.

Posant une main sur son épaule, Tor insista :

— Réveillez-vous, Lynn !

Elle battit des paupières, puis découvrit qu'elle se trouvait dans un lit étranger au milieu d'un endroit étranger. Et Tor qui l'avait quittée si brutalement la veille lui caressait l'épaule. Au sortir d'un sommeil traversé de visions horribles et effrayantes, cette situation lui parut tenir du miracle. Elle n'osa pas parler de peur de voir Tor s'évanouir dans les airs. Elle préféra

refermer les yeux et se concentrer totalement sur les
sensations délicieuses qui naissaient sous ses doigts
brûlants. Elle n'aurait pas éprouvé un plus grand bien-
être au paradis...

— Ne vous rendormez pas, Lynn. Il faut vous lever.
L'avion ne nous attendra pas.

Bâillant et s'étirant langoureusement, elle gémit :

— Je ne veux pas me lever.

Lorsque la main de Tor se resserra autour de son
épaule, elle prit enfin vraiment conscience de la situation. Elle devint écarlate sous le regard de son compagnon, se rendant compte qu'elle se montrait presque
nue dans sa chemise de nuit courte et échancrée. Tor
respirait vite. Son autre main s'éleva soudain et hésita
un instant au-dessus du corps alangui avant de se poser
comme un oiseau sûr de sa proie sur un sein qu'il
emprisonna. Sous sa paume, il devait sentir la chair se
durcir et le cœur de Lynn s'affoler alors même qu'elle
restait aussi immobile qu'une statue. Il avait fermé les
yeux et elle lut sur son visage torturé entre l'extase et la
souffrance qu'il luttait contre une tentation surhu-
maine. Elle attendit, n'osant même pas cligner des
paupières, communiant avec lui dans un mélange de
désir et de compassion.

Le temps semblait suspendu. Et soudain, sans que
Lynn fût capable de déterminer la cause de ce brusque
revirement, Tor s'écarta vivement. Evitant de la regarder, il se mit debout et déclara sur un ton sec :

— J'ai demandé qu'on vous serve votre petit déjeuner à onze heures et demie. Soyez prête à midi, je
frapperai.

D'un mouvement gracieux, elle se leva aussi et
s'enquit timidement :

— Qu'y a-t-il, Tor ? Etes-vous encore fâché contre
moi ?

— Préparez-vous vite, ordonna-t-il au lieu de lui
répondre.

— Oui, vous êtes toujours fâché, conclut-elle.

Attristée et soucieuse, elle baissa un instant la tête, puis lui fit face avec courage.

— Tor, autant cesser cette comédie tout de suite... avant qu'il ne soit trop tard. Laissez-moi retourner à Sioux Lake, et rentrez seul à Halifax. Je ne vous crée que des problèmes. Ma présence constituera un véritable fardeau pour vous. Prenez l'avion sans moi. Tor...

— Non ! s'écria-t-il vigoureusement.

— Mais je vous embarrasse autant que j'embarrassais mon père ! Vous n'acceptez de veiller sur moi que par devoir, comme lui. Ne comprenez-vous pas combien je souffre de ce genre de situation ?

— Je me moque de ce que vous ressentez, affirma-t-il, impitoyable. Vous passerez une année à Halifax comme nous l'avons convenu.

Tournant les talons, il ajouta avant de claquer la porte :

— Je reviendrai à midi. Soyez prête.

Impuissante et furieuse, elle contint ses larmes. Elle avait suffisamment pleuré la nuit précédente à cause de Tor pour ne pas recommencer ce matin. Consultant sa montre, elle se rendit compte qu'il lui restait peu de temps pour se préparer et, durant le quart d'heure suivant, elle n'eut pas le loisir de réfléchir davantage.

Le trajet jusqu'à l'aéroport se déroula comme dans un rêve. Traversant la foule où se mêlaient diverses races et nationalités, Lynn compara pour la première fois de sa vie les êtres humains à des grains de sable. Anonymes, insignifiants par rapport à la multitude, ils se croisaient sans se connaître, sans exister les uns pour les autres. Dans la salle d'embarquement, elle se passionna ensuite pour le spectacle sans cesse renouvelé des décollages et des atterrissages. Les avions qui longeaient les pistes ensoleillées ressemblaient à de gigantesques oiseaux d'argent rasant des rivières scintillantes. L'élégance et l'attitude étudiée des hôtesses ravivèrent les complexes qu'inspirait à Lynn sa tenue sommaire. Toutefois, dès que le jet s'arracha du sol dans un fantastique élan qui l'exalta et l'effraya tout à la fois, sa gêne passa au second plan.

Tor ne tarda pas à s'endormir, mais Lynn était bien trop énervée pour l'imiter. Elle contempla par le hublot les nuages blancs, aussi solides et compacts en apparence qu'un plancher, puis elle observa ses voisins et écouta leurs conversations. Le temps s'écoula à toute allure. Déjà l'hôtesse priait les voyageurs d'attacher leurs ceintures car l'avion atteignait Halifax. Lynn découvrit un autre aéroport où, après une brève attente pour récupérer les bagages, Tor l'entraîna vers un parking.

Elle s'émerveilla devant sa voiture de sport bleu foncé aux sièges en cuir.

— Elle est beaucoup plus belle que les taxis ! lança-t-elle dans sa naïveté.

— Elle coûte beaucoup plus cher aussi, lui expliqua son compagnon avec un sourire indulgent.

Ce véhicule lui fournissait une preuve supplémentaire de la richesse de Tor. Se souvenant de la description qu'il lui avait faite de sa maison, elle se sentit gagnée par l'affolement. La minute décisive approchait pour de bon à présent, l'instant où elle allait pénétrer dans son nouveau foyer. Pourrait-elle y vivre toute une année ?

La magnifique demeure dominant l'océan la charma au premier coup d'œil. Elle admira l'allée en courbe bordée de vieux ormes, les pelouses qui descendaient doucement jusqu'au rivage, les massifs de roses épanouies qui embaumaient. De proportions imposantes, l'habitation elle-même paraissait néanmoins harmonieuse et accueillante.

Un coupé était arrêté devant le perron et, dès qu'il le vit, Tor annonça d'une voix neutre :

— Helena est là. C'est une de mes amies, Lynn. Elle se chargera de vous distraire, j'en suis sûr. Elle vous fera visiter la ville et vous emmènera dans les magasins.

Garant son automobile auprès de l'autre, il en

descendit et la contourna pour sortir les bagages du coffre. Lynn l'imita lentement, sans enthousiasme. Arrivée au terme du voyage, elle se sentait lasse et rêvait de prendre une douche plutôt que de rencontrer quelqu'un.

La porte de la maison s'ouvrit, hélas, sur la jeune femme la plus ravissante qu'elle eût jamais vue. Elle resta bouche bée, éblouie par sa robe sans prix dont le bleu-violet s'harmonisait parfaitement avec ses yeux savamment maquillés. Des boucles blondes encadraient un petit visage exquis. La féminité de l'étonnante créature se doublait d'une grande assurance.

— Tor chéri, s'exclama-t-elle gaiement, comme je suis heureuse de vous revoir ! Vous n'allez plus repartir de si tôt, j'espère ! Je me suis tellement ennuyée de vous !

Elle dépassa Lynn en laissant derrière elle un nuage de parfum et, nouant ses bras autour du cou de Tor, lui offrit ses lèvres. Il se dégagea sans brutalité, mais fermement, et lança :

— Bonjour, Helena. Cette robe vous va à merveille. Permettez-moi de vous présenter Lynn. Helena Thornhill, Lynn Selby.

Le regard froid de la jeune femme détailla l'arrivante de la tête aux pieds, ne manquant aucun détail, de la coupe de cheveux inégale au jean froissé, sans oublier le tee-shirt bon marché.

— Vous êtes la bienvenue dans cette maison, Lynn, déclara-t-elle finalement.

— Merci, répliqua sèchement la jeune fille, s'irritant en son for intérieur de voir cette étrangère l'accueillir chez Tor comme s'il s'agissait de sa propre demeure.

Son intuition la mettait par ailleurs en garde contre l'amabilité toute de façade que lui témoignait Helena. Elle ne songeait visiblement qu'à accaparer Tor et la présence de Lynn la contrariait. A la moindre occasion, son mécontentement risquait de se développer en une franche hostilité.

Le plus naturellement du monde, elle glissa son bras sous celui de Tor en annonçant :

— Marian est prête à servir le dîner.

Jetant un coup d'œil par-dessus son épaule, elle ajouta à l'adresse de Lynn :

— Vous êtes sans doute fatiguée et vous désirez monter directement dans votre chambre.

— Elle mangera d'abord, décréta Tor avec une pointe d'irritation.

Comme si elle n'avait pas remarqué son mouvement d'humeur, Helena affirma alors d'un ton léger :

— Dans ce cas, il faut qu'elle se dépêche de se changer.

— Vous devrez m'accepter comme je suis car je ne possède pas d'autres vêtements, fit Lynn sans détour, ne supportant plus d'entendre parler d'elle comme si elle n'était pas là.

— Comment, vous...

— Lynn vivait dans un lieu où il est inutile d'avoir une armoire remplie de robes du soir, glissa Tor, coupant court à l'étonnement teinté de mépris de la jeune femme. Ah, voici Marian ! Marian, je suis heureux de vous présenter Lynn Selby. Marian Hollman.

Un regard bleu, très éveillé et malicieux, se posa sur Lynn qui découvrit en retour une femme d'un certain âge, au visage agréable.

— Ne restez donc pas dehors ! lança la servante. Entrez Tor. Entrez aussi, mon petit. Je vais vous montrer votre appartement. Vous pourrez vous rafraîchir avant le dîner.

Emue jusqu'aux larmes par ces manières protectrices qui ne cachaient aucun dédain, mais témoignaient au contraire d'une gentillesse qu'elle avait rarement connue, Lynn suivit Marian sans rien voir du hall somptueux, du large escalier et du couloir. Arrivée dans la pièce qu'on lui avait attribuée, elle regarda cependant autour d'elle, ne remarquant pas dans sa stupéfaction la présence de Tor sur le seuil.

Elle eut soudain la merveilleuse impression de n'avoir jamais quitté sa forêt. A l'autre bout, de grandes portes vitrées s'ouvraient sur une terrasse entourée des bouleaux et des érables qu'elle aimait tant. Une fenêtre près du lit donnait sur d'autres arbres et sur l'océan à l'arrière-plan. La moquette verte et le mobilier en pin naturel l'aidèrent à se sentir chez elle. Tout lui plut dès le premier instant : les étagères couvertes de livres, la cheminée flanquée de deux fauteuils en velours, le pot d'étain rempli de magnifiques roses blanches... Chaque détail lui alla droit au cœur.

— Comment trouvez-vous votre chambre ?

Se retournant, elle aperçut Tor qui guettait ses réactions.

— L'avez-vous choisie en pensant qu'elle me plairait ?

— Oui. Ai-je bien fait ?

Il semblait anxieux d'entendre son verdict.

— Elle est merveilleuse ! s'exclama-t-elle. Je ne peux qu'être heureuse ici.

Satisfait de cette réponse, Tor honora Lynn de l'un de ses trop rares sourires.

— Tant mieux. Maintenant je vous laisse avec Marian. Descendez quand vous serez prête.

La servante montra à Lynn sa salle de bains privée, décorée dans les tons brun et orange. Des plantes grimpantes s'accrochaient à un treillis devant la fenêtre. Quand Marian ouvrit pour la jeune fille une immense penderie, elle arbora une mine embarrassée en désignant son sac à dos sur le sol.

— Toutes mes affaires sont là, madame Hollman, avoua-t-elle.

— Appelez-moi Marian, offrit aimablement la servante. Déballons donc ce sac tout de suite et puis, vous vous changerez pour le dîner.

— Je n'ai pas de tenue de rechange, expliqua timidement Lynn.

— Qu'à cela ne tienne, Tor réglera sûrement ce problème dès demain. En attendant, je suis certaine de vous trouver quelque chose chez Miss Madeleine... la sœur de Tor.

Elle s'éclipsa et réapparut quelques instants plus tard avec une tunique claire et une fine ceinture en cuir.

— Voilà, mettez donc ceci, vous vous sentirez plus à l'aise.

Réconfortée par la bonté de la servante, Lynn murmura avec reconnaissance :

— Merci, Marian.

— Si vous n'avez plus besoin de rien, je vais retourner dans la cuisine. Prenez votre temps, je ne servirai le dîner que dans une demi-heure.

Dès qu'elle se retrouva seule, Lynn examina le vêtement avec un vif intérêt. La qualité du tissu et de la coupe l'enchanta et lui inspira le désir de paraître à son avantage. Aussi, après s'être douchée, elle se lava les cheveux et, à l'aide du peigne soufflant mis à sa disposition, s'efforça de leur donner un peu de forme. Elle revêtit ensuite le plus neuf de ses trois jeans et enfila la tunique. Le contact de la soie sur sa peau lui procura une sensation de fraîcheur luxueuse et elle s'admira dans la glace. Cette tenue claire et souple lui conférait une allure raffinée tout en épousant ses formes d'une manière délicatement suggestive. Fascinée par son reflet, elle ferma la ceinture qui souligna la finesse de sa taille. Comment une simple toilette pouvait-elle la transformer à ce point ? se demanda-t-elle, incrédule et émerveillée. Se refusant à gâcher sa tenue avec ses vieux mocassins usés, elle décida de descendre pieds nus.

Arrivée au bas de l'escalier, elle entendit des voix dans une pièce sur sa gauche et elle entra en tentant d'ignorer les battements trop rapides de son cœur. Tor et Helena se tenaient près de la fenêtre. Ils se turent à son approche et se retournèrent ensemble. Elle crut lire dans leurs regards qu'ils étaient unis contre elle, l'étrangère, la sauvageonne dont la présence constituait une insulte à l'élégance des lieux. Elle s'immobilisa comme elle avait l'habitude de le faire dans la forêt quand elle chassait le cerf. La lumière du lustre tombait juste sur sa chevelure, lui donnant un éclat cuivré.

Tor s'avança lentement, les yeux rivés sur son visage aux traits purs. Il ne s'arrêta qu'à quelques centimètres d'elle et elle ne put s'empêcher de frémir.

— J'ai l'impression de voir un nénuphar qui s'est ouvert au soleil, déclara-t-il sans réussir à contrôler son émotion puis, se ressaisissant, il enchaîna sur un ton plus mesuré : n'avez-vous pas de bijoux ?

Incapable de proférer un son, Lynn se borna à secouer la tête.

— Un instant, je reviens tout de suite, annonça-t-il alors et, déposant son verre de whisky sur une table, il quitta la pièce.

Helena fondit aussitôt sur Lynn, son regard lançant des éclairs.

— Vous portez une tunique de Madeleine, n'est-ce pas ? Elle a toujours eu très mauvais goût... Dites-moi, avez-vous coutume de dîner pieds nus ?

Plus amusée que blessée par cette question agressive dont elle pouvait d'ailleurs conclure qu'elle avait eu raison d'abandonner ses mocassins, elle répondit avec une pointe de malice :

— Certainement pas. Mais Tor m'achètera des chaussures dès demain.

Helena émit un petit sifflement méprisant.

— Tor a autre chose à faire que de s'occuper d'une pauvresse ! Il...

Elle s'interrompit en voyant leur hôte revenir et, avec un sourire fourbe, affirma très haut :

— Mais bien sûr, je serai ravie de vous emmener dans les magasins demain, Lynn. Nous passerons une... Oh, vous voilà, Tor ! Je parlais déjà toilettes avec Lynn.

Elle meurt d'impatience de dépenser votre argent, vous savez ! Voyez-vous une objection à ce que je l'emmène dans les magasins dès demain ?

Ne réussissant pas à dissimuler entièrement sa surprise, Tor répliqua :

— Aucune. Au contraire, je me réjouis de constater que vous avez sympathisé si vite.

Furieuse, Lynn voulut protester, mais Tor la réduisit au silence d'un seul geste impérieux.

— Ne soulevez pas à nouveau cette question d'argent, je vous en prie ! Nous en avons suffisamment discuté. Je donnerai à Helena un chèque en blanc et vous choisirez tout ce qui vous plaira, est-ce clair ?

— Oui, et je vous remercie, fit-elle sur un ton sinistre en maudissant la perfidie d'Helena.

— Bien, approuva Tor, se déridant aussitôt. Allons, ne faites pas cette mine-là ! Toute autre que vous exulterait à l'idée de se constituer une garde-robe.

Mettant la main dans sa poche, il en tira un collier en or finement travaillé.

— Voilà ce que je suis monté chercher. Il appartenait à ma mère, j'aimerais que vous le portiez.

— Il est très beau, mais j'ai peur de le perdre.

— Voyons, quelle idée ! Tournez-vous, je vais vous l'attacher.

Elle s'exécuta docilement et ne put réprimer un délicieux frisson quand elle sentit les doigts de Tor sur sa nuque. Il sembla avoir des difficultés avec le fermoir et Helena s'écria avec impatience :

— Laissez-moi faire !

— C'est inutile, j'ai fini, répliqua-t-il calmement.

Posant ses mains sur les épaules de Lynn, il la fit doucement pivoter sur elle-même et affirma d'une voix neutre :

— Il vous va très bien. Vous pourrez le garder aussi longtemps que vous resterez ici.

Lynn chercha à croiser son regard, se demandant si ce cadeau ne revêtait pas une signification symbolique.

Une autre chaîne la liait déjà à Tor. Son expression indéchiffrable ne la renseigna toutefois pas ; il la relâcha d'ailleurs en lui donnant une petite tape très fraternelle et anodine.

Une cloche tinta dans la maison et il annonça d'un air parfaitement détendu :

— Le dîner. Vous êtes prête, Lynn, n'est-ce pas ?

— Je n'ai pas très faim, murmura-t-elle, intimidée par la salle à manger dans laquelle elle pénétra.

Jamais elle n'avait vu un tel décor. Les murs ivoire contrastaient avec les tentures vert jade qui descendaient jusqu'au sol couvert de riches tapis. Un lustre ancien suspendu au plafond décoré de moulures faisait briller le cristal, l'argenterie et la porcelaine sur la table. Un tel déploiement de faste priva tout à fait la jeune fille d'appétit.

Elle se contenta de goûter aux plats qui constituèrent l'un après l'autre une nouveauté pour elle. En observant bien ses compagnons et en les imitant, elle ne commit pas d'impair. En outre, grâce aux divers vins qu'on lui servit, elle finit par se détendre un peu. Helena domina la conversation pendant tout le repas, l'en excluant délibérément mais, au lieu de lui en vouloir, Lynn lui en fut plutôt reconnaissante. Lorsque le café arriva dans de petites tasses ornées d'un filet d'or, elle se sentit à la fois lasse et étourdie.

— Je crois que Lynn se passera de liqueur ce soir, déclara la jeune femme. D'ailleurs, elle risque de ne pas en apprécier le goût.

Ces paroles suffirent à la tirer de sa torpeur et elle affirma, refusant d'être traitée comme une enfant :

— Si, je désire en prendre.

Tor lui versa une petite dose d'un liquide brun en annonçant :

— Je pense que vous aimerez celle-ci.

Ignorant la façon de boire un digestif, Lynn en avala d'un trait une gorgée qui lui brûla la bouche. Ses yeux s'emplirent de larmes et la pièce se mit à tourner autour d'elle. Helena choisit cet instant pour suggérer :

— Allons donc au salon. Ainsi, Marian pourra desservir.

Le brouillard qui environnait Lynn ne lui avait pas ôté sa lucidité, et elle ne crut pas une seconde que la jeune femme se souciait de permettre à la servante d'achever son travail le plus tôt possible. Elle avait volontairement provoqué Lynn à propos de la liqueur et l'épiait avec curiosité à présent. Incapable de se lever, celle-ci adressa à Tor un appel au secours muet.

— Je n'aurais jamais dû vous laisser boire tant d'alcool, déclara-t-il. J'oublie sans cesse que vous n'avez pas nos habitudes.

Très humiliée, Lynn renonça à se mettre debout devant des témoins. Elle flottait, éprouvant une impression de légèreté qui n'aurait pas été désagréable si Helena ne l'avait pas fixée d'un regard moqueur.

— Allez dans le salon sans moi, proposa-t-elle en s'efforçant de ne pas trébucher sur les mots. Je vous prie de m'excuser, je souhaite me reposer. Bonne nuit, Helena.

— Dormez bien, Lynn, répondit-elle d'une voix suave. Nous partirons demain à dix heures.

Elle quitta son siège d'un mouvement élégant, et les diamants qui ornaient sa montre scintillèrent quand elle prit son verre.

— Venez-vous, Tor ? lança-t-elle en s'éloignant, sa robe ondulant souplement autour de ses jambes.

— Je vous rejoins. Mettez donc un disque en m'attendant.

Après le départ d'Helena, Lynn conserva une stricte immobilité, mais Tor s'approcha d'elle.

— Levez-vous. Je vais vous aider à gagner votre chambre.

— Laissez-moi, s'il vous plaît.

— Je n'ai pas envie de discuter, je vous préviens !

— Et moi, je vous préviens que je ne peux pas bouger !

Sans un mot, Tor tira sa chaise et la prit par les coudes. Vacillante, elle dut appuyer son front contre sa poitrine en murmurant sur un ton d'excuse :

— J'ai la tête qui tourne.

— Nous avons bien des choses à apprendre, l'un comme l'autre, affirma-t-il d'un air sombre. Vous n'aviez encore jamais bu de vin, n'est-ce pas ?

— Jamais, avança-t-elle dans un murmure.

Un instant plus tard, elle se retrouva dans ses bras et elle se cacha le visage au creux de son épaule tant elle se sentait honteuse. Elle venait de le décevoir et de le contrarier une fois de plus. Il l'emmenait se coucher comme une petite fille insupportable, et elle ne put l'imaginer ensuite seul avec Helena sans un serrement de cœur. Ils allaient boire tranquillement leur liqueur, bavarder, passer un bon moment en écoutant de la musique...

Lorsque Tor la déposa sur son lit, elle s'accrocha à sa manche de chemise et l'observa avec angoisse. Il lui parut sévère avec ses sourcils droits et noirs, ses traits nets, comme ciselés. Quel beau visage énigmatique, songea-t-elle, qui gardait bien le secret des pensées et des sentiments de son tuteur !

— Allez-vous vous moquer de moi avec Helena ? s'enquit-elle sur un ton désolé.

— Certainement pas, assura-t-il. D'ailleurs, je suis bien plus coupable que vous de ce qui vous arrive ce soir.

Elle hocha la tête. Prisonnière du charme de Tor, elle ne parvenait pas à détacher ses yeux de lui et s'entendit tout à coup demander à brûle-pourpoint :

— Avez-vous déjà été amoureux ?

Cette question le prit d'abord totalement au dépourvu et il répondit après un petit silence :

— Oui, une fois, mais le moment est mal choisi pour en parler. Vous devriez vous mettre vite au lit.

Il commença à ouvrir les boutons de la tunique et son cœur se mit à battre si fort qu'elle crut s'évanouir. Elle prévoyait ce qui allait se passer et ne pouvait pas l'empêcher. Lentement, Tor déboutonnait à présent le vêtement, cette lenteur accentuant son émoi, le rendant intolérable. Centimètre par centimètre, la soie s'écartait, révélant la peau satinée.

Les regards de Tor et de Lynn se croisèrent et restèrent rivés l'un à l'autre. Ils étaient seuls au monde. D'un geste doux, il la dévêtit et l'aida à se lever. A travers un brouillard, elle perçut le bruit métallique de la fermeture de son jean qui glissa ensuite sur ses hanches. Elle dégagea sa jambe droite, puis la gauche, et le pantalon forma un petit tas d'étoffe sombre à côté du lit. Osant à peine respirer, Lynn attendit le prochain acte de Tor, l'air délicieusement fragile dans ses sous-vêtements.

— Je veux vous voir nue, murmura-t-il d'une voix si altérée qu'elle ne semblait pas lui appartenir.

Elle se trouva aussi incapable de l'arrêter que d'interrompre la ronde des étoiles dans le ciel. Son soutien-gorge rejoignit le reste par terre et elle se tint immobile dans la clarté diffuse du crépuscule, sa jeune poitrine offerte.

Tor tendit vers elle des mains qui tremblaient légèrement et caressa doucement sa gorge. Lynn tressaillit et s'enflamma à ce contact. Se penchant, il effleura de ses lèvres sa peau frémissante. Emerveillée de découvrir une telle volupté, Lynn laissa échapper un soupir, rompant le silence qui les enveloppait à la manière d'un cercle magique et exprimant son consentement.

Avec une force qui acheva de l'étourdir, Tor la souleva et l'étendit sur le lit. Puis il s'allongea auprès d'elle, lui prodiguant des caresses et l'embrassant passionnément. Elle s'anima à son tour, ouvrant sa chemise en frémissant d'impatience. Elle voulait le sentir tout contre elle. Répondant aussitôt à son désir, il pesa sur elle de son corps ferme et puissant, l'écrasant... mais il n'existait plus de frontière entre la douleur et le plaisir.

Une voix retentit soudain en bas dans le hall.

— Tor, où êtes-vous, chéri ?

Il se figea instantanément. Durant quelques instants, il resta immobile, la bouche pressée contre le cou de Lynn, la brûlant de sa respiration saccadée. Puis il se redressa lentement, se tenant un instant au-dessus d'elle, immense et impressionnant comme un oiseau de proie, le feu se retirant progressivement de son regard qui devint cruel et glacé. Il se leva à la manière d'un automate, reboutonna sa chemise, lissa ses cheveux. Seul son souffle restait encore irrégulier.

— Tor ?

— Je descends tout de suite, Helena ! cria-t-il.

Tout bas, il ajouta ensuite à l'intention de Lynn :

— Je ne sais quelle force me pousse irrésistiblement vers vous et je sais encore moins comment la combattre, mais je la combattrai.

Plein de mépris envers lui-même, il parlait sur un ton de plus en plus amer.

— Vous réveillez ce qu'il y a de plus mauvais et de plus bestial en moi. Si au moins vous me repoussiez, mais vous êtes consentante, ô combien consentante !

Il éclata d'un rire cynique et désagréable, puis ses traits devinrent sombres, terriblement menaçants.

— Si vous possédez un tout petit peu de bon sens, vous éviterez de vous trouver sur mon chemin désormais. Sinon je ne réponds pas de moi.

Tourmentée par un désir inassouvi, Lynn répliqua avec raideur :

— J'ai compris, vous ne me trouverez pas sur votre chemin, et à mon tour, je vous prierai de ne plus revenir dans ma chambre.

— Comme vous avez vite appris à répondre ! lança-t-il avec rancune. Et comme vous passez facilement de la passion à l'indifférence ! Vous êtes aussi rigide qu'une statue maintenant.

Accablée par une méprise aussi injuste, Lynn étouffa un sanglot.

— Préféreriez-vous que je pleure et que je hurle pour alerter Helena ? Je…

Découragée et renonçant soudain à se défendre, elle se détourna brutalement en déclarant :

— Partez. Laissez-moi, j'ai sommeil.

— Vous n'avez ni cœur ni âme, jugea froidement Tor. Oui, je pars et je ne reviendrai pas, soyez tranquille.

Elle entendit ses pas décroître dans l'escalier, puis le silence s'abattit sur la maison. Dehors, il faisait nuit et l'obscurité sembla s'infiltrer jusqu'au tréfonds de l'être de Lynn où venait de s'éteindre la flamme de l'espoir.

Au même moment, à des milliers de kilomètres au nord-ouest d'Halifax, un homme qui agissait d'une manière furtive et précipitée, comme s'il craignait d'être surpris, arrosait d'essence le sol de la forêt. Il jeta ensuite une allumette enflammée et recula vivement tandis que des flammes bleues jaillissaient des buissons.

Avec un sourire de satisfaction, il regarda ensuite le feu gagner du terrain, s'étendant avec rapidité sur l'herbe sèche et encerclant les arbres. Une épaisse fumée blanche ne tarda pas à s'élever dans le ciel.

L'homme assoiffé de vengeance laissa alors l'incendie accomplir son œuvre destructrice et il repartit en courant vers le lac où l'attendait son canoë.

8

L E calme régnait dans la maison quand Lynn se réveilla le lendemain matin. Il devait être sept heures, jugea-t-elle d'après les rayons de soleil qui tombaient obliquement dans sa chambre. Elle souffrait d'une migraine et d'une légère nausée qu'elle attribua au vin et à la nourriture trop abondante de la veille. Dans l'espoir de se sentir mieux, elle décida de descendre prendre l'air au bord de l'océan. Elle referma soigneusement la porte de la maison derrière elle et s'étira sur le seuil sans se soucier de sa chemise de nuit qui remonta jusqu'à mi-cuisses. Elle inspira plusieurs fois à fond. Devant elle s'étendait un monde tout autre que le sien, civilisé, entretenu par les hommes selon leurs idées, mais qui ne possédait pas moins d'attrait.

Elle marcha avec plaisir dans l'herbe mouillée, reconnaissant les oiseaux qui chantaient dans les arbres. La pente s'accentuait de plus en plus et elle entendit bientôt le mugissement des vagues. Cédant à une impatience enfantine, elle franchit en courant les derniers mètres qui la séparaient du rivage.

Une odeur très différente de celle de son lac l'accueillit, une odeur piquante et forte. En prenant soin de ne pas déraper sur les rochers, elle se pencha pour tremper ses mains dans l'eau. La goûtant, elle la trouva salée. Deux mouettes blanches passèrent non loin et leur cri un peu déchirant la laissa songeuse. Elle s'assit sur un bloc de pierre aplati et, le menton dans la main, se plongea dans une profonde méditation, au point d'en oublier le temps qui s'écoulait.

L'homme qui vint vers elle beaucoup plus tard crut voir une charmante statue. Immobile dans une pose qui n'avait rien d'affecté, elle ne remarqua même pas sa présence tant ses pensées l'absorbaient. Il la contempla longuement à son insu, puis l'appela enfin. Surprise, elle sursauta et se retourna.

Tor se tenait entre les arbres, seulement vêtu d'un pantalon. Le soleil dorait son torse bronzé et le bleu lumineux de ses yeux s'accordait à celui du ciel.

Sa première réaction fut de se précipiter à sa rencontre et de partager avec lui son émerveillement devant les beautés infinies de la nature, mais elle se ravisa en se souvenant de son avertissement de la veille : « Si vous possédez un tout petit peu de bon sens, vous éviterez de vous trouver sur mon chemin désormais. » Réprimant son élan d'enthousiasme, elle ne bougea pas.

Tor s'approcha d'elle. Son médaillon en or se balançait sur sa poitrine à chaque pas et elle le fixa pour échapper au regard de son tuteur. Arrivé à ses côtés, il déclara sans préambule :

— Vous rendez-vous compte de l'inquiétude que vous avez causée à Marian... sans parler de moi... en disparaissant ainsi ?

— Je n'ai pas disparu, je me suis promenée, répliqua-t-elle, étonnée.

— Nous ne sommes malheureusement pas capables de deviner vos intentions ! ironisa-t-il.

Se sentant injustement attaquée, elle s'emporta et lança :

— Si vous aviez regardé par la fenêtre, vous auriez vu l'empreinte de mes pas dans la rosée. Ce n'est pas aussi compliqué que la télépathie !

— Il n'y a plus de rosée. Savez-vous qu'il est dix heures ?

— Dix heures ! s'exclama-t-elle.

— Mais oui, confirma-t-il. Il serait bon que je vous donne aussi la montre de ma mère.

Instinctivement, Lynn porta la main à la chaîne en or qui ornait son cou et demanda :

— Pourquoi me confiez-vous des objets qui lui ont appartenu alors que vous avez une si piètre opinion de moi ?

Il hésita avant de répondre comme à regret :

— Ai-je jamais dit que j'ai une piètre opinion de vous, Lynn ? Je crois d'ailleurs que ma mère vous aurait prise en affection si elle vous avait connue.

— Vous l'aimiez beaucoup, fit-elle.

Il hocha la tête, l'encourageant à l'interroger et elle poursuivit :

— Depuis combien de temps est-elle morte ?

— Depuis un peu plus d'un an.

— Je comprends votre douleur, affirma-t-elle en posant sa main frêle sur son bras en un geste de compassion.

Leurs regards se rencontrèrent et, pour la première fois, Tor se montra à elle sans défense, laissant paraître un chagrin qui lui conférait un air vulnérable. Elle en éprouva une vive émotion et ne fut nullement surprise quand il la prit doucement dans ses bras, puis appuya son front contre le sien. Il semblait puiser du réconfort en elle et une subite révélation, qui traversa l'esprit de Lynn à la manière d'un éclair, lui apprit ce que pouvait être l'amour entre un homme et une femme. Elle entrevit ce mélange tout-puissant de passion et de tendresse capable d'abolir les obstacles, les limites et les frontières pour fondre deux êtres en un seul.

Lorsque Tor s'écarta d'elle, il arborait une expression apaisée, et il lui tendit la main. Confiante, elle lui abandonna la sienne et ils remontèrent vers la maison. Ni l'un ni l'autre ne remarquèrent une tête blonde derrière les vitres du salon, un visage qui se crispa à la vue de leurs silhouettes légèrement vêtues et qui marchaient d'un même pas.

Une demi-heure plus tard, quand Lynn rejoignit Helena, celle-ci se montra souriante et aimable.

— Bonjour, je suis ravie de vous emmener faire des courses. Ce sera d'autant plus amusant que Tor m'a donné carte blanche, n'est-ce pas, chéri ?

— Je suis désolée d'être en retard, murmura Lynn qui souffrit à nouveau de sa tenue en se comparant à la jeune femme.

Son jean produisait un effet vraiment désastreux à côté de la robe d'été fleurie et à fines bretelles d'Helena.

— Je ne m'attendais pas à ce que vous soyez exacte au rendez-vous ! lança-t-elle sur un ton de plaisanterie qui sonnait faux. Vous étiez dans un tel état hier soir !

— C'est une affaire classée, affirma sèchement Tor. Etes-vous prêtes toutes les deux ? Lynn, vous allez me faire une promesse. Ne regardez pas les prix et achetez tout ce qui vous tentera, est-ce entendu ?

— Je… j'essayerai, balbutia-t-elle sans pouvoir se défendre d'une certaine gêne. Mais…

— Obéissez-moi, coupa Tor.

Consultant sa montre, il ajouta :

— Je dois partir. Passez une bonne journée. Nous nous reverrons ce soir.

Helena possédait une grande limousine décapotable, si rutilante et dotée de tellement de gadgets que Lynn la jugea bien voyante par rapport à l'élégant véhicule de Tor. Elle conduisait vite, avec une sorte d'audace inconsciente, comme si la route lui appartenait exclusivement. Lynn aurait aimé étudier les rues par lesquelles elles passaient, mais sa compagne ne tarda pas à entamer une conversation.

— Croyez-vous que vous vous plairez à Halifax, ou avez-vous l'intention de repartir chez vous à la première occasion ?

— N'ayant pas d'argent, j'ai tout intérêt à me plaire ici. Je ne peux pas repartir, répondit-elle sans détour.

— Le feriez-vous si vous en aviez les moyens ? s'enquit perfidement son interlocutrice.

— Je n'en sais rien... Non vraiment, je ne sais pas. La question ne se pose pas, de toute façon.

— Vous rendez-vous compte que vous avez beaucoup de chance de vivre chez Tor ?

S'arrêtant à un feu rouge, Helena se tourna vers sa compagne et ajouta en la dévisageant attentivement :

— Il est très riche et très célèbre, vous ne semblez pas saisir à qui vous avez affaire.

— Je vais sans doute vous étonner, mais ni sa fortune ni son succès ne m'impressionnent.

— Allons, vous ne me ferez pas croire une chose parcille ! s'écria Helena en démarrant brutalement. Pourquoi donc l'auriez-vous suivi jusqu'ici ?

— Je l'ai suivi par obligation.

— Que voulez-vous dire ? Vous a-t-il forcée à venir ?

— Exactement.

Hochant la tête d'un air songeur, Helena doubla à toute allure un autobus.

— Il a un sens du devoir beaucoup trop poussé. Combien de fois déjà s'est-il créé lui-même des responsabilités superflues...

Lynn n'apprécia guère d'être considérée comme une charge, un fardeau. Elle nota par ailleurs que sa compagne parlait de Tor avec beaucoup d'assurance, laissant entendre qu'elle le connaissait depuis longtemps et intimement.

— Que pensez-vous de lui ?

Cette question la prit complètement au dépourvu et, pour gagner du temps, elle répliqua :

— De Tor ?

— Mais bien sûr.

— Je ne vois pas en quoi mon opinion peut vous intéresser.

Helena lui jeta un bref coup d'œil dénué d'aménité, mais déclara toutefois sur un ton suave :

— Il ne faudrait pas que vous vous fassiez des idées.

— Où m'emmenez-vous ? demanda Lynn sans transition dans le but de changer de sujet.

— Dans le meilleur centre commercial d'Halifax. Mais n'essayez pas de détourner la conversation. Nous parlions de Tor.

Elles étaient arrivées à un carrefour important où la circulation devenait plus intense. Lynn eut soudain le sentiment d'étouffer dans la voiture et elle éprouva la tentation d'en sauter en marche et de s'enfuir.

— J'ai l'impression que vous ne m'aimez guère. Pourquoi ? s'enquit-elle d'une manière très directe, renonçant à jouer la comédie de la civilité que lui imposait sa compagne.

— Voyons, que pourrais-je avoir contre vous ? Je souhaite au contraire vous éviter des problèmes.

Bloquée dans une file qui roulait au ralenti, Helena pianotait impatiemment de ses doigts aux longs ongles vernis sur le volant.

— Tor est un homme très séduisant, un homme du monde. Il connaît la vie, il a de l'expérience... tandis que vous...

— Je suis une petite sauvage ignorante, est-ce ce que vous voulez dire ? lança brutalement Lynn.

Un peu surprise, Helena affirma après un petit silence :

— Vous n'êtes pas aussi naïve que vous en avez l'air. En effet, c'est ce que je cherchais à exprimer... d'une façon plus délicate. Vous comprenez bien, ma chère, que vous allez avoir de nombreuses occasions de vous trouver seule avec Tor. Alors, si je peux vous donner un conseil, ne perdez pas la tête. Ne prenez pas l'intérêt qu'il vous témoignera pour autre chose que la sollicitude d'un tuteur envers sa pupille.

Tandis qu'elle entendait ses paroles, Lynn revécut en pensée quelques-unes des scènes passionnées où Tor l'avait prise dans ses bras et embrassée. Elle revit sa tête noire pressée contre sa poitrine nue, elle crut sentir ses mains sur sa chair frémissante et, à ces souvenirs, les battements de son cœur s'accélérèrent. Occupée à se faufiler entre les voitures, Helena ne remarqua pas sa soudaine rougeur et poursuivit sur le même ton :

— Tor possède un charme irrésistible et il a le don de faire croire à chaque femme qu'elle est merveilleuse.

— Vraiment ! Avez-vous été, vous aussi, victime de cette illusion ? lança Lynn d'un air moqueur.

Elle avait été trop loin comme le lui indiqua le regard courroucé qu'Helena jeta brièvement sur elle. La jeune femme se contint cependant et déclara d'une voix calme :

— Ne tombez pas amoureuse de Tor, Lynn...

— Loin de moi cette idée.

— ... car j'ai des droits sur lui, ajouta-t-elle.

Se gardant bien de montrer le trouble que lui causa cette affirmation, Lynn suggéra d'une voix neutre :

— Soyez plus précise. Dans la mesure où j'habite chez lui, il est souhaitable que je connaisse la situation, ne croyez-vous pas ?

— Certainement.

Changeant habilement de file, Helena annonça :

— Nous avons une liaison, depuis un certain temps déjà.

— Vous aimez-vous ? s'enquit Lynn sur un ton plus hésitant.

— Evidemment, fit-elle avec une pointe d'impatience.

— Pourquoi n'êtes-vous pas mariés dans ce cas ?

Le rire d'Helena résonna d'une manière très désagréable aux oreilles de Lynn.

— Oh, ma chère, vous me faites penser à ma grand-mère ! Nous avons, Tor et moi, un point de vue plus moderne sur la question. Mais que votre esprit puritain se rassure ! Nous envisageons le mariage pour un peu plus tard. D'ici là, vous aurez sans doute décidé de regagner l'Ontario où vous attend la vie qui vous convient le mieux.

L'Ontario! La petite maison au bord du lac! Le murmure du vent dans le feuillage! La simplicité et la paix! Une vague de nostalgie si violente envahit Lynn que ses yeux s'emplirent de larmes. Mais à son mal du pays se greffa une autre souffrance qu'elle ne sut pas identifier. Cette souffrance qu'elle éprouvait pour la première fois se nommait jalousie. Les baisers que Tor lui avait prodigués, il les avait aussi prodigués à Helena et avec elle, il était allé plus loin... jusqu'au bout du désir. Les paroles qu'il avait prononcées près du torrent quelques jours plus tôt, quelques jours qui parurent des siècles à la jeune fille, lui revinrent en mémoire et prirent toute leur signification : « ... Ne voyez-vous donc pas que cela serait absurde ? Nous ne nous aimons pas, rien ne nous lie l'un à l'autre. »

Terriblement abattue, Lynn tira la conclusion qui s'imposait : Tor aimait Helena, et il se jugeait lié à elle par leur projet de mariage.

Helena avait observé Lynn à son insu et elle déclara sur un ton fourbe :

— J'espère que je ne vous ai pas blessée en vous parlant aussi franchement. D'ailleurs, je l'ai fait uniquement pour votre bien.

Trop bouleversée pour la contredire, Lynn se borna à sauver les apparences en répliquant avec un détachement affecté :

— Pourquoi serais-je blessée ? Il n'y a aucune raison.

Il n'y en avait aucune en effet. Elle n'était pas éprise de Tor, ni lui d'elle. Que lui importaient ses rapports avec Helena ? Cette affaire ne la concernait pas le moins du monde.

— Nous allons arriver, annonça la jeune femme d'un air gai et insouciant. Je pense que vous préférerez effectuer vos achats dans un grand magasin plutôt que dans une boutique spécialisée dans la confection.

Lynn l'écouta à peine tant le cours de ses pensées l'accaparait. Peu à peu lui apparaissaient de nouvelles implications découlant des faits révélés par Helena. Si Tor l'aimait réellement, pourquoi se sentait-il tellement attiré vers sa pupille ? Lynn n'avait pas rêvé ses baisers passionnés, ses caresses, son corps brûlant contre le sien. Il avait parlé de bestialité, et il s'agissait sans doute d'une attirance purement charnelle. Quel mot affreux ! Hélas, Lynn devait appeler la réalité par son nom. Quant à sa propre attitude, elle se l'expliquait moins bien. Pourquoi avait-elle répondu si spontanément et avec tant d'ardeur au désir de Tor ? Elle n'en savait rien. Du moins Helena lui avait-elle donné sans s'en douter une arme pour se défendre à l'avenir. Consciente des liens qui l'unissaient à Tor, Lynn se sentit plus de force pour le repousser s'il tentait d'aventure de renouveler la scène qui s'était produite la veille au soir dans sa chambre. Mais…

— Nous y voilà, déclara Helena, la tirant brutalement de ses réflexions.

De toutes les voitures garées sur le parking, celle de la jeune femme était la plus luxueuse. Lynn constata qu'elle commençait à s'habituer à ces innombrables véhicules de divers modèles, ainsi qu'aux immeubles qui se ressemblaient tous avec leurs façades de brique et de béton, et leurs rangées régulières de fenêtres. L'intérieur du centre commercial, élégant et climatisé, l'étonna toutefois. Un élan de curiosité et d'exaltation parvint à la distraire partiellement de ses préoccupations. Se mêlant à la foule composée de personnes en légères tenues d'été et de jeunes gens portant des jeans comme elle, elle se détendit.

— Restez avec moi, fit Helena. Je ne tiens pas à vous perdre ici. Venez. Nous entrons dans ce magasin-là.

Au rayon des articles de sport, Lynn découvrit des quantités de survêtements, pantalons, chemisiers, vestes, chaussures, chapeaux et maillots de bain, et elle considéra ce vaste déploiement de marchandise d'un air affolé. Comment les gens réussissaient-ils à faire leur choix parmi tant de choses ? Dans son innocence, elle ignorait que Tor n'aurait jamais songé à la conduire en cet endroit.

Pleine d'une assurance qu'elle ne put s'empêcher d'admirer, Helena décrocha un peu plus loin sans la moindre hésitation deux jupes, deux chemisiers et deux pantalons, puis elle entraîna sa compagne vers le salon d'essayage.

Derrière le rideau, dans le petit espace peint en blanc et doté d'une grande glace, Lynn se déshabilla pour enfiler une jupe à fleurs et un chemisier jaune vif. Elle considéra ensuite son reflet avec scepticisme. L'éclairage violent lui donnait un teint très vilain et les vêtements sélectionnés par Helena ne l'avantageaient guère.

— Etes-vous prête ? lança la jeune femme qui attendait dans le couloir en soulevant le rideau d'un geste impatient. Oui, voilà ce qu'il vous faut. Nous pouvons déjà retenir cette tenue. Essayez maintenant ce pantalon.

N'étant pas suffisamment sûre de son goût, Lynn n'osa pas exprimer ses doutes. Elle ressortit bientôt du rayon avec d'autres articles qui ne l'enthousiasmaient pas davantage. Pour une robe en coton à impressions géométriques, elle s'était même risquée à formuler des objections :

— Vous ne croyez pas qu'elle me fait paraître un peu trop petite fille ? D'ailleurs, le haut me serre un peu.

— Elle vous va à ravir ! s'était exclamée Helena en balayant ses réticences d'un éclat de rire. C'est exactement votre style et je suis certaine que Tor souhaite vous voir vêtue ainsi.

Nullement convaincue, Lynn dut cependant se contenter de ces achats très différents de ceux qu'elle avait imaginés. Mais Helena ne possédait-elle pas une expérience indiscutable dans le domaine des toilettes ?

Pleine d'assurance, elle poursuivait sa mission au pas de course.

— Venez, nous allons nous occuper des chaussures à présent.

Toujours aussi expéditive, elle procura à Lynn une paire de sabots à talons très plats qui lui faisaient des pieds énormes. Toutefois, croisant d'autres jeunes filles chaussées de la même manière, Lynn accepta aussi ces souliers. Elle commençait à éprouver une certaine lassitude et se sentait sur le point de crouler sous le poids des paquets alors qu'Helena paraissait infatigable.

— Tor désire que vous ayez un imperméable correct, marron ou gris, je pense, annonça-t-elle sur un ton sans réplique. Allons voir.

Accrochés en une longue rangée, des vêtements de coupes et de couleurs diverses se succédaient et, pour la première fois depuis le début de la matinée, Lynn se révolta. Les examinant avec soin, elle décida qu'elle ne voulait pas de couleur triste. Un joli brun orangé, qui lui rappela la forêt en automne, retint son attention. Déposant ses achats précédents sur le sol, elle l'enfila et se regarda dans un miroir. Sa chevelure légèrement cuivrée et son teint de miel retrouvèrent soudain tout leur éclat. Le jugeant un peu grand, elle l'échangea contre un autre d'une taille inférieure qui lui alla à la perfection. Sa coupe élégante et la ceinture qui soulignait sa taille accomplissaient une métamorphose émouvante. La petite sauvageonne de Sioux Lake s'était transformée en une jeune citadine ravissante. Enchantée, Lynn voulut se tourner vers Helena pour l'informer qu'elle avait fait son choix.

Mais cette dernière n'était pas en vue. Réprimant un vague sentiment de panique, Lynn supposa qu'elle était partie acheter quelque chose pour elle-même. Se souvenant de l'avoir vue s'intéresser à des escarpins, elle décida de regagner le rayon des chaussures. Ne songeant plus à l'imperméable qu'elle portait, elle se mit à sa recherche, marchant avec difficulté dans ses sabots. Les gens la bousculaient au passage. Chacun paraissait savoir exactement où il se dirigeait, ce qui accrut son impression de solitude et son appréhension. Dans cette foule, elle se sentait encore plus abandonnée que dans sa petite maison de l'Ontario. « Helena, où êtes-vous ? Montrez-vous ! » supplia-t-elle mentalement. Elle avait hâte de la retrouver et de déjeuner. Elle se sentait faible car elle n'avait presque rien mangé depuis son réveil.

Hélas, elle ne reconnut pas Helena parmi les dix ou douze personnes qui essayaient des chaussures. Les paumes moites et le cœur battant, elle céda soudain à l'affolement et commença à courir, ne voyant plus les sacs, les écharpes, ni les parfums sur son passage, heurtant des gens sans s'excuser. Ses talons claquaient bruyamment sur le sol carrelé. Une solution lui vint enfin à l'esprit tandis qu'elle approchait de la sortie. Elle devait simplement se rendre au parking et attendre Helena à côté de sa voiture. Rassurée, elle ralentit son allure et atteint les portes à ouverture automatique d'un pas normal en se promettant de mieux se contrôler à l'avenir.

Au moment où elle allait sortir, une main s'abattit sur son bras. D'un geste vif, elle se dégagea.

— Veuillez me suivre, Miss, déclara solennellement un homme jeune, à la mise soignée, qui s'exprima calmement, mais avec une autorité indéniable.

Il s'était de nouveau emparé de son bras et elle lança avec irritation :

— Laissez-moi !

Parlant très bas, il déclara :

— Je suis sûr que vous ne tenez pas à causer un scandale en public.

Lynn crut avoir affaire à un fou, bien que rien dans l'aspect de son interlocuteur ne lui permît de confirmer cette hypothèse.

— Je dois rejoindre mon amie, expliqua-t-elle. Elle m'attend. Laissez-moi partir, je vous prie.

De la poche de son veston, l'homme tira un badge plastifié où Lynn découvrit sa photographie ainsi que quelques mots imprimés qu'elle ne comprit pas.

— Je m'appelle Alan Taylor. Je suis inspecteur dans ce magasin. On vous a vue quitter le rayon des manteaux avec cet imperméable et vous avez essayé de sortir du magasin sous mes yeux. Le vol est un délit. Je dois appliquer le règlement.

Effrayée par la disparition d'Helena, Lynn n'avait plus pensé à ce détail. Elle sourit, persuadée de pouvoir aisément régler le problème.

— Je suis navrée, mais je n'y songeais plus. Je suis partie si vite à la recherche de mon amie que...

— Je ne peux pas me contenter de ces explications, Miss. Veuillez me suivre.

En parlant, l'homme commença à l'entraîner avec lui et elle protesta, constatant avec embarras qu'elle attirait l'attention sur elle :

— Lâchez-moi ! Je vous dis la vérité...

— Nous discuterons dans mon bureau, trancha-t-il.

— M'accuseriez-vous d'avoir voulu voler cet imperméable ? s'enquit-elle, ulcérée.

— Oui, Miss, je vais dresser un procès-verbal.

— Comment ? Mais c'est impossible ! Vous faites erreur ! Je me suis affolée à l'idée d'avoir perdu mon amie et j'ai oublié que je portais ce vêtement. J'aurais cependant fini par m'en apercevoir et je vous l'aurais rapporté. Jamais je n'aurais eu l'idée de le garder !

A son grand désespoir, l'homme ne l'écoutait pas ou bien, s'il l'écoutait, il ne la croyait pas. Incapable de lui échapper car il cachait beaucoup de force sous des dehors très policés, elle dut le suivre. Les gens se retournaient sur elle, intrigués par sa pâleur et son air de détresse. Elle entendit une femme murmurer : « C'est une voleuse, je parie. »

De livide, Lynn devint écarlate. De sa vie, elle

n'avait jamais eu honte à ce point. Elle pénétra presque avec soulagement dans le bureau d'Alan Taylor qui ferma la porte derrière elle et lui désigna une chaise. Il alla s'asseoir aussi, puis tira un formulaire imprimé d'un classeur.

— Votre nom, s'il vous plaît ?

Elle tenta une dernière fois d'obtenir sa compréhension.

— Monsieur Taylor, je vous jure que vous vous trompez. Je n'avais pas du tout l'intention de voler cet imperméable.

— Tout le monde prétend la même chose. Votre nom ? répéta-t-il sur un ton las.

Réprimant des larmes d'humiliation, elle répondit :

— Lynn Selby. Qu'allez-vous faire ?

— Dresser ce procès-verbal et vous passerez au tribunal.

— Au tribunal ! Je vais comparaître au tribunal comme une criminelle ? s'exclama-t-elle affolée

— Oui, Miss, fit-il avec impatience. Votre âge ?

— Dix-huit ans.

— Votre adresse ?

— Je ne la connais pas, avoua-t-elle. J'habite dans une maison en bordure de l'océan.

— Ne perdons pas de temps, Miss. Vos parents seront fatalement informés de ce vol, vous auriez dû y réfléchir avant. Donnez-moi les noms et prénoms de votre père.

— Je ne vis pas avec mon père.

Elle ferma les yeux, en proie à un étrange vertige, comme si elle tombait interminablement dans un abîme sans fond. Dans l'impossibilité de se soustraire à cet interrogatoire, elle annonça :

— Je vis chez mon tuteur. Il s'agit de M. Tor Hansen.

— Tor Hansen ?

Ce fut au tour de l'inspecteur de paraître surpris.

— Le peintre ? s'enquit-il.

Comme elle acquiesçait d'un signe de tête, il lui demanda sèchement :

— Etes-vous une pupille légale ?

— Je ne sais pas, répliqua-t-elle après une brève hésitation. Qu'est-ce que cela signifie exactement ?

— Avez-vous déjà commis des délits et encouru des sanctions pénales ? demanda-t-il sans daigner lui répondre.

— Je n'ai jamais enfreint la loi. Est-ce ce que vous voulez savoir ?

Une lueur sceptique apparut dans les yeux gris et froids de l'inspecteur.

— Indiquez-moi l'adresse de votre tuteur et son numéro de téléphone.

— J'ignore l'adresse, je viens de vous le dire, et le numéro de téléphone aussi. Pour tout vous expliquer, je...

D'une voix soudain radoucie, l'homme glissa :

— Suivez-vous un traitement psychiatrique, Miss Selby ?

— Mais non ! s'écria-t-elle, consternée de voir le malentendu s'accroître d'instant en instant.

Alan Taylor et elle semblaient ne pas parler la même langue.

— Permettez-moi de vous expliquer... répéta-t-elle.

Ne lui accordant plus aucune attention, l'homme s'était mis à feuilleter un gros livre.

— Hansen... Hansen... Ah, voilà : Hansen, Tor.

Il décrocha son téléphone et commença à composer un numéro.

« Oh Tor, songea Lynn avec angoisse, vous allez encore être furieux contre moi. Helena a raison, je ne suis pas à ma place ici. Je ne commets que des impairs. Il faut que je retourne chez moi. Le plus tôt sera le mieux. »

— Pourrais-je parler à M. Tor Hansen ? disait Alan Taylor... Oui, merci... Monsieur Hansen, Alan Taylor à l'appareil. Je suis inspecteur au Northview Mall et j'ai dans mon bureau une jeune fille nommée Lynn Selby.

Il y eut un silence, puis l'homme considéra Lynn et hocha la tête.

— Oui, c'est cela... brune, mince... Est-elle bien votre pupille ?... Bon... Eh bien, un petit problème se pose. Miss Selby a été arrêtée alors qu'elle se préparait à sortir du magasin avec un imperméable qu'elle n'avait pas payé... Ah, très bien, nous vous attendons. Merci, monsieur Hansen.

Il raccrocha et annonça laconiquement :

— M. Hansen sera là dans un quart d'heure environ. Excusez-moi, mais j'ai du travail à faire jusqu'à ce qu'il arrive.

Sans perdre une seconde, il se pencha sur ses papiers, et Lynn ne bougea pas. Elle paraissait calme et maîtresse d'elle-même, mais le plus profond désordre régnait dans son esprit. Elle oscillait entre l'espoir et le désespoir. Tor allait la sauver de ce cauchemar, il saurait comment convaincre l'intraitable M. Taylor de son innocence. Mais elle craignait aussi sa colère, les reproches qu'il ne manquerait pas de lui adresser. Peut-être la laisserait-il subir les conséquences de sa maladresse ? Elle s'imaginait déjà au tribunal, devant un jury composé de gens aussi inabordables qu'Alan Taylor. Cette triste affaire risquait de se terminer en prison. La prison...

Lorsqu'un coup énergique résonna sur la porte, Lynn se trouvait au bord des larmes.

— Entrez, fit Alan Taylor en repoussant ses papiers.

Tor pénétra dans la pièce et son regard se posa immédiatement sur la jeune fille qui baissait la tête.

— Que se passe-t-il, Lynn ? Regardez-moi.

Elle se redressa un instant au prix d'un effort visible et se détourna aussitôt, incapable d'affronter son tuteur. Il portait un costume gris avec une chemise claire et une cravate bleu marine. Son maintien exprimait l'assurance, ainsi qu'une terrifiante fureur contenue.

— Répondez-moi ! Je vous ai demandé ce qui se passe. Est-ce cet imperméable qui est en cause ? gronda-t-il en désignant le vêtement qu'elle portait.

Elle se contenta d'acquiescer d'un signe.

— Pourtant, après avoir fait des achats avec Helena pendant plus d'une heure, vous devriez avoir compris que les choses se payent ! Comment avez-vous pu croire qu'il vous était possible de partir ainsi ?

— Je n'avais pas l'intention de voler, je vais vous expliquer...

— Oui, expliquez-moi pourquoi un inspecteur m'a téléphoné — me dérangeant d'ailleurs au beau milieu d'une séance de pose — pour me dire que vous aviez été prise à voler !

— Monsieur Hansen, intervint l'homme, permettez-moi de tout vous raconter.

— Je vous en prie, je suis impatient d'être éclairé sur cette affaire ! fit-il sur un ton irrité.

Se sentant une fois de plus privée de la possibilité de se disculper, Lynn se recroquevilla sur son siège tandis que l'inspecteur déclarait :

— Au rayon des manteaux, Miss Selby a essayé un ou deux imperméables avant de mettre celui qu'elle porte en ce moment. Elle a ramassé ses précédents achats, attendu quelques instants en regardant partout autour d'elle, puis elle s'est dirigée vers le rayon des chaussures. Là, elle s'est soudain mise à courir vers la sortie du magasin. Je l'ai bien sûr arrêtée à nos portes et je me prépare à dresser un procès-verbal. Ici, comme dans le reste de ce centre commercial d'ailleurs, le règlement concernant le vol est très strict.

— Naturellement, accorda Tor en étudiant Lynn de la tête aux pieds. Et maintenant, donnez-moi votre version des faits.

— Tout ce qu'a dit ce monsieur est exact, affirma-t-elle d'une voix désolée. J'ai essayé un premier article, puis celui-ci qui m'a beaucoup plu. Je désirais qu'Helena l'achète, mais elle avait disparu.

A ce point de son récit, Tor changea d'expression, et elle devait se rappeler cette réaction plus tard.

— J'ai en effet attendu un peu, espérant qu'elle allait revenir. L'idée de me retrouver seule ici m'effrayait tant que j'ai oublié tout le reste. Croyant Helena au rayon voisin, je m'y suis rendue. Elle n'y était pas non plus. Alors j'ai décidé de gagner le parking, pensant que je ne pouvais pas la manquer si je me tenais auprès de sa voiture.

Tor hocha la tête et Alan Taylor profita du silence pour glisser :

— Miss Selby semble ignorer votre adresse et votre numéro de téléphone, à moins qu'elle ne se soit tout simplement refusée à me les communiquer. Je me suis interrogé pour savoir si elle ne suivait pas un traitement psychiatrique.

— Mais non ! rétorqua vivement Tor. Vous allez comprendre.

Il exposa brièvement les données significatives de la vie de Lynn, son éducation, son arrivée récente à Halifax, son ignorance des aspects les plus élémentaires du monde civilisé, et il conclut :

— Dans ces circonstances, je ne m'étonne pas qu'elle se soit affolée à l'idée d'avoir perdu la personne qui l'accompagnait.

Alan Taylor l'avait écouté attentivement, prenant parfois des notes, et Lynn l'épia le cœur battant. Pour la première fois depuis qu'il l'avait accostée aux portes du magasin, il daigna sourire.

— Je vous dois des excuses, Miss Selby. Votre cas sort indubitablement de l'ordinaire. Mais dans mon métier, je vois passer tellement de gens, qui tous cherchent à se justifier, que je ne les écoute même plus. Je vous demande pardon et j'espère que ce pénible incident ne vous gâchera pas trop votre journée.

— Puis-je partir ? s'écria-t-elle, obsédée par cette idée.

— Certainement. Et si vous désirez toujours acheter cet imperméable, je me chargerai de vous obtenir une remise substantielle, comme preuve de nos sincères regrets.

Dans un élan de dégoût, elle se leva d'un bond et se débarrassa du vêtement pour le jeter sur le dossier de sa chaise.

— Je ne veux plus jamais le revoir !

Alan Taylor échangea encore quelques mots avec Tor, puis ils quittèrent le bureau.

— Avez-vous déjeuné ? s'enquit Tor.

Comme elle secouait la tête, il suggéra :

— Aimeriez-vous aller au restaurant ?

— Non… je souhaite rentrer chez moi.

— Chez vous ! s'exclama-t-il en s'immobilisant au milieu de la foule. Vous voulez repartir dans l'Ontario ?

Stupéfaite, elle secoua encore la tête.

— Non, je… je pensais rentrer chez vous.

Ses traits se détendirent immédiatement et, portant d'une seule main les paquets dont elle ne se souciait plus, il mit l'autre sur son bras et l'entraîna avec lui.

— Entendu, allons-y.

Avec un soulagement immense, elle s'installa dans sa voiture, et elle ne s'estima réellement sauvée qu'au moment où il démarra. Elle aurait dû remercier Tor de son intervention mais, quand elle essaya de parler, sa gorge se noua. Au lieu de mots, il s'en échappa tout à coup, et d'une façon imprévisible, des sanglots.

Le véhicule fit halte sur le parking et Tor l'attira contre lui, l'étreignant avec une fermeté réconfortante. Dès qu'elle se calma, il lui tendit un mouchoir.

— Allez-vous mieux maintenant ?

— Oui… pardon. Oh Tor, je vous ai encore créé des ennuis ! Mais j'ai eu si peur ! Cet homme refusait de me croire.

S'essuyant les yeux, elle ajouta :

— Je me demande où est Helena. Peut-être devrions-nous la chercher avant de partir.

— Voyons, Lynn, vous n'êtes plus devant Alan Taylor. Cessez de jouer cette comédie.

— Je... je ne comprends pas, balbutia-t-elle, horrifiée de voir continuer le cauchemar dont elle avait eu la naïveté de s'imaginer délivrée.

— Helena m'a téléphoné juste avant l'inspecteur. Elle était catastrophée car vous ne l'aviez pas suivie malgré ses recommandations, et elle ne parvenait pas à vous retrouver.

Lynn écarquilla les yeux.

— Mais c'est elle qui a disparu ! Nous nous sommes rendues au rayon des manteaux et le temps que j'essaye cet imperméable, elle était partie.

— Ce n'est pas ce qu'elle m'a dit et je ne vois pas pourquoi elle m'aurait menti.

— Et moi, pourquoi mentirais-je ? s'écria Lynn, indignée.

— Ecoutez, fit-il sans brutalité, j'ai plus de raisons de croire que vous avez voulu fausser compagnie à Helena que le contraire.

Lynn ne tenta même plus de se défendre. Que valait sa parole contre celle de la future épouse de Tor ? La tendresse qu'elle avait ressentie quelques instants plus tôt dans ses bras constituait sans doute une illusion car il s'exprimait à présent sur un ton froid et impersonnel :

— Quoi qu'il en soit, je ne veux pas qu'un fait similaire se reproduise. Aussi vais-je vous prendre en main après le déjeuner. Je vous donnerai un plan de la ville, je vous en montrerai les rues principales, je vous apprendrai à vous servir d'un téléphone public et à appeler un taxi. Si jamais vous vous perdez à nouveau, vous saurez vous débrouiller.

— Etes-vous libre cet après-midi ? s'enquit-elle timidement.

— Non, mais je compte me libérer. Il faut en passer par là. Comme je vous l'ai déjà expliqué, j'ai dû interrompre une séance de pose pour venir vous chercher et j'espère bien que cela n'arrivera plus.

En proie à une profonde confusion, Lynn baissa la tête. Tor regrettait sûrement de s'être encombré d'elle. Elle se promit de s'adapter très vite à son nouvel environnement afin de devenir indépendante, et elle se jura aussi de ne plus rien entreprendre avec Helena à l'avenir. Cette femme ne songeait qu'à lui nuire et à la déconsidérer aux yeux de Tor, elle ne pouvait plus en douter à présent.

L'air sombre, Tor mit ostensiblement fin à leur conversation en allumant la radio. Lynn écouta les informations d'une oreille distraite jusqu'au moment où elle entendit : « ... Un très grave incendie ravage en ce moment même une forêt près de Goose Lake au nord-ouest de l'Ontario. Il s'agit du quatrième d'une véritable série noire et la thèse de l'incendie criminel est sérieusement envisagée... Dans l'Ontario encore, le ministre de... »

Négligeant les nouvelles suivantes, Lynn déclara avec anxiété :

— Goose Lake se trouve à peine à cinquante kilomètres de Sioux Lake. Bernard est certainement parti sur les lieux.

— Vous le saurez bientôt. N'est-ce pas ce soir que vous avez convenu de contacter Margaret ? s'enquit Tor sans se dérider.

— Oui, en effet, je n'y pensais plus.

— Je ne serai pas là mais Michael, le mari de Marian, vous expliquera le fonctionnement de la radio.

Lynn se demanda malgré elle où partait Tor. Allait-il rejoindre Helena ? Déjà la vague de joie qui l'avait soulevée à l'idée de pouvoir parler avec Margaret retombait, et une amertume traîtresse se mêlait à son plaisir.

9

Un peu après quatre heures de l'après-midi, Tor emmena Lynn à la découverte de la ville. Elle avait mis sa jupe à fleurs, son chemisier jaune et ses sabots, et décidément, elle ne se jugeait pas à son avantage dans cette tenue. Le froncement de sourcils de Tor, lorsqu'elle le rejoignit devant sa voiture, lui confirma ses craintes.

— Le jaune ne vous va pas du tout et Helena n'aurait jamais dû vous laisser acheter cette jupe. Je lui avais pourtant bien recommandé de guider votre choix.

Lynn renonça à lui dévoiler que ces vêtements avaient été au contraire sélectionnés par Helena, il ne l'aurait encore pas crue. Elle se consola un peu quand il ajouta :

— Je vous ai pris un rendez-vous chez le coiffeur pour la fin de la semaine. Si vous partez plus tôt, vous pourrez faire des courses avant. Mais vous ne ramènerez rien de jaune cette fois, n'est-ce pas ?

— C'est promis, fit-elle docilement en dépliant le plan de Halifax sur ses genoux.

Durant toute leur sortie, elle s'appliqua à enregistrer ses moindres paroles, se concentrant pour ne laisser échapper aucun détail. Clair, et précis, Tor la familiarisa avec les téléphones publics, les annuaires, il lui indiqua les arrêts d'autobus et les stations de taxis. Il la conduisit même dans un restaurant afin de lui expliquer comment commander un repas, régler l'addition et calculer le pourboire. Sur le chemin du retour, Lynn éprouva la certitude rassurante que sa mésaventure du matin dans le centre commercial ne se reproduirait jamais plus. Grâce à Tor, elle se trouvait désormais à l'abri d'une telle humiliation.

Abandonnée à elle-même tout de suite après le dîner, Lynn trouva le temps bien long. La soirée semblait devoir s'étirer interminablement et l'ennui constituait un fait entièrement nouveau pour elle. Avant de connaître Tor, elle n'avait jamais ressenti une telle impression de vide et elle attendit avec impatience le moment de contacter Margaret.

Lorsque l'heure approcha, elle quitta la maison pour aller chez Michael Hollman dont elle n'avait pas encore fait la connaissance. Guidée par la grande antenne qui se dressait parmi les arbres, elle se dirigea vers le pavillon qui lui apparut tout à coup au détour d'un sentier. La charmante construction en pierre était environnée de fleurs dont les plus audacieuses escaladaient ses murs. Derrière s'étendait un jardin potager où les plantes s'alignaient en rangées impeccables. Un homme aux cheveux blancs, vêtu d'un vieux tablier, ramassait des haricots.

— Bonsoir, fit Lynn avec un soupçon de timidité. Je suis Lynn Selby.

Michael Hollman se redressa et la jeune fille put constater qu'il était beaucoup plus âgé que sa femme. Son visage très ridé s'éclaira d'un gentil sourire. Considérant ses mains couvertes de terre, il lança gaiement :

— Je ne vous serre pas la main, mais je suis tout de même enchanté de faire votre connaissance. Mon épouse m'a déjà parlé de vous. Votre présence est comme un rayon de soleil dans la maison de Tor, m'a-t-elle dit.

Lynn rougit de plaisir sous le compliment et s'extasia devant le spectacle qui s'offrait à elle :

— Quels beaux légumes ! Et vous réussissez à avoir des melons ! Je n'y suis jamais parvenu chez moi, l'hiver est trop long.

— Aimez-vous jardiner ?

— Oh oui ! répondit Lynn avec enthousiasme.

Il lui parut tout à fait naturel de s'agenouiller en face de Michael et de l'aider dans son travail. A eux deux, ils finirent de remplir la caisse que Michael avait apportée en une dizaine de minutes sans arrêter de bavarder aussi familièrement que deux vieux amis des mérites comparés de certains engrais et des problèmes posés par les parasites. Lynn se sentit revivre au contact de la terre et une joie profonde la pénétra, qui ne diminua même pas à la pensée de son jardin abandonné. Michael se leva de nouveau et annonça :

— C'est assez pour aujourd'hui. Marian va déjà congeler tout cela et je terminerai demain. Vous voulez vous servir de la radio, je crois. Venez donc, je vais vous montrer la marche à suivre et vous pourrez ensuite l'utiliser à votre guise sans avoir besoin de recourir à moi.

L'appareil se trouvait dans la cave du pavillon. Habituée à l'appareil de Bernard, Lynn en saisit très vite le fonctionnement. Il ne lui fallut que quelques instants pour entrer en contact avec Margaret et, très discrètement, Michael s'éclipsa dès le début de la conversation.

— Lynn, comme je suis contente de t'entendre ! s'exclama Margaret. J'attendais ton appel avec impatience. Comment vas-tu ?

— Bien... bien, répondit la jeune fille.

La distance lui sembla soudain abolie et elle se crut l'espace d'une seconde de retour chez son amie. Ses yeux s'emplirent de larmes.

— As-tu le mal du pays ?

Chère Margaret, elle connaissait si bien Lynn !

— Un peu, avoua Lynn en s'éclaircissant la voix. C'est tellement émouvant de te parler de si loin !

Faisant un effort pour se ressaisir, elle enchaîna :

— Aux informations, on a annoncé un incendie à Goose Lake. Qu'en est-il ?

— C'est le quatrième et le plus terrible, expliqua Margaret. Le vent s'étant levé, il se propage à une vitesse inouïe, et les équipes envoyées sur place ne parviennent pas à le maîtriser.

— Bernard est-il parti ?

— Oui, et je ne sais pas quand il rentrera.

— Y a-t-il d'autres nouvelles ? s'enquit la jeune fille, répugnant à prononcer le nom de Raoul sur les ondes.

— Non, absolument rien.

— Alors ne t'inquiète pas, Margaret, tout s'arrangera bientôt.

— Je l'espère. Les garçons s'ennuient de leur père, et moi aussi. Mais assez parlé de moi. Raconte-moi plutôt ce que tu as fait aujourd'hui.

Lynn donna à son amie une version expurgée de sa sortie du matin, omettant purement et simplement l'épisode de l'inspecteur. Elle mentionna en revanche le rendez-vous pris par Tor chez le coiffeur, lui décrivit avec complaisance sa demeure, le parc qui l'entourait, et ses premières impressions lorsqu'elle avait découvert l'océan. Son intonation trahissait un enthousiasme sincère et Margaret s'exclama :

— Tout cela a l'air merveilleux, ma chérie ! Je suis très heureuse pour toi. Et quelle bonne chose que nous puissions communiquer si facilement !

Elle bavardèrent encore un petit moment, puis convinrent d'un nouveau rendez-vous. Lynn quitta ensuite la maison le sourire aux lèvres. Dehors, elle trouva Michael affairé autour de ses rosiers. Très détendue, elle le questionna sur toutes les fleurs inconnues d'elle qui s'épanouissaient dans son jardin et il lui répondit avec obligeance. Lynn l'écouta très attentivement en s'enivrant des divers parfums et en admirant les splendides corolles multicolores. Elle se

décida enfin à prendre congé du vieil homme qui la
salua très chaleureusement, et regagna sa chambre.

Le lendemain, elle se laissa vivre, allant et venant à
sa guise, discutant un peu avec Marian dans la cuisine et
aidant son mari au jardin. Tor ayant annoncé qu'il
dînerait à l'extérieur, le gentil couple l'invita à partager
son repas. Tout en mangeant les délicieux légumes
cultivés par Michael, elle se sentit suffisamment en
confiance pour parler un peu de sa vie dans l'Ontario.
Les Hollman l'écoutèrent avec un intérêt bienveillant,
et elle se réjouit de posséder deux amis dans cette ville
étrangère.

Elle ne pouvait pas vraiment considérer Tor comme
un ami. Il n'entrait d'ailleurs dans aucune catégorie, et
le terme de tuteur restait très abstrait pour la jeune
fille. Tor n'étant pas encore de retour quand elle monta
se coucher, elle se demanda une fois encore s'il se
trouvait en compagnie d'Helena. Ce fut la première
pensée désagréable qui lui traversa l'esprit ce jour-là.

Le lendemain et le surlendemain, elle ne fit que le
croiser dans la maison. Elle mit tout ce temps à profit
pour s'adapter à son nouvel univers et mieux connaître
les Hollman. Ensuite vint l'après-midi de son rendez-
vous chez le coiffeur.

Elle partit en taxi bien avant l'heure convenue, prit la
précaution de repérer le salon avant toute autre chose,
puis elle employa le temps dont elle disposait à explorer
les boutiques de la rue. En dépit de son inexpérience,
elle ne tarda pas à constater qu'elles proposaient à leurs
clientes des vêtements de bien meilleure qualité que
ceux du grand magasin où Helena l'avait conduite.
Chaque robe n'existait qu'en un seul exemplaire au lieu
d'une dizaine, et les tissus plus raffinés se distinguaient
en outre par des coloris recherchés. Guidée par un bon
goût inné, Lynn acheta avec l'argent que lui avait
donné Tor un ensemble pantalon parfaitement coupé,

un chemisier en soie verte, une jupe très coquette ornée d'un volant discret, et plusieurs corsages pour l'été.

Les minutes s'étaient écoulées comme par magie et le moment de se rendre chez le coiffeur arriva. Eblouie par les innombrables glaces, le mobilier moderne dont la blancheur tranchait sur le sol noir et brillant, Lynn donna son nom à une jeune femme rousse à l'air dédaigneux et au maquillage outré qui se trouvait à la caisse. Elle devait être coiffée par le propriétaire de cet établissement en personne et la jeune femme maniérée s'arrangea pour lui laisser entendre qu'il s'agissait d'un grand privilège.

Quelques instants plus tard, elle pénétrait dans une petite pièce carrée qui respirait le secret comme un confessionnal. David fit tout à coup son entrée, escorté d'une nuée d'aides en blouses bleues. C'était un homme jeune, à l'allure romantique accentuée par des cheveux noirs épais et bouclés, et par la chemise grise qu'il portait sur un élégant pantalon crème.

— Mon Dieu ! lança-t-il en levant les bras au ciel. Qui donc vous a fait cela ?

En parlant, il s'était emparé d'une mèche brune qu'il examinait d'un air horrifié.

— C'est la première fois de ma vie que je vais chez un coiffeur, avoua Lynn tout bas.

— Je veux bien vous croire ! s'exclama-t-il en roulant les yeux d'une façon théâtrale.

— Pouvez-vous m'aider à paraître différente... plus âgée, plus sophistiquée ?

Son regard vif et malicieux rencontra celui de sa cliente dans la glace, et il sourit. Lynn le jugea extrêmement sympathique.

— La plupart des femmes me demandent de les rajeunir, de leur donner un air ingénu mais vous, vous recherchez le contraire !

Songeur, il étudia son visage, repoussant sa chevelure pour bien le dégager.

— Plus âgée, plus sophistiquée... Je ne sais pas...

Mais voici ce que je vais faire pour vous : permettre à votre beauté de rayonner de son propre éclat... Mais oui, c'est simple !

Dans un élan d'enthousiasme créateur, il s'écria :

— Et pour commencer, vite le shampooing... Angeline !

Une heure plus tard, Lynn découvrit dans le miroir une étrangère au cou gracieux, au visage d'un ovale délicat encadré de boucles brunes cuivrées. Elle se reconnut sans se reconnaître, tant ses traits mis en valeur par l'art de David affirmaient enfin pleinement leur charme et leur finesse.

L'air très satisfait, le coiffeur lui demanda :

— Ne vous maquillez-vous jamais, Miss ?

— Non, jamais.

— Il vous faudrait un soupçon d'ombre à paupières, un peu de mascara et du brillant à lèvres... rien d'autre. Qu'en pensez-vous ?

En proie à une exaltation qui balaya ses hésitations, elle s'entendit répondre :

— Je suis d'accord.

Toujours aussi dynamique, David appela alors une autre de ses aides et Lynn se prêta aux soins de la dénommée Louise qui, tout en la maquillant, lui donna divers conseils. Un dernier coup d'œil à la glace révéla à la petite sauvageonne de Sioux Lake une ravissante jeune fille. Elle passa ensuite à la caisse où elle paya pour cette métamorphose une somme qui lui parut astronomique.

En sortant du salon de coiffure, elle ne rentra pas directement, mais retourna dans une boutique afin de revoir une robe qui l'avait tentée. D'instinct, elle sut qu'elle était faite pour elle. Le crêpe blanc garni de petites fleurs turquoises brodées s'accordait à son teint et à sa jeune féminité. Elle ne résista pas au plaisir de la garder sur elle et, rayonnante, elle ne quitta le magasin que pour courir aussitôt chez le marchand de chaussures voisin. Sans la moindre hésitation, elle choisit une paire d'escarpins à hauts talons et brides fines et, comblée cette fois, elle héla un taxi avec autant d'aisance que si elle avait toujours vécu à Halifax.

Grâce à la clé que Tor lui avait remise, elle pénétra dans le vaste hall dont elle aimait déjà le beau tapis persan aux douces teintes roses et bleues. En cet après-midi estival, une paix agréable régnait dans la maison. Elle monta l'escalier et s'engagea dans le couloir. Entendant des pas, Tor apparut sur le seuil de sa chambre, une serviette marine nouée autour de la taille, le torse encore mouillé.

— Marian, où avez-vous...

La voix lui manqua à la vue de Lynn qui s'était immobilisée dans le rayon du soleil qui passait par la porte ouverte. Un vif étonnement mêlé d'émerveillement se peignit sur son visage et il ne se lassa pas de contempler cette élégante jeune femme, aussi fraîche et éblouissante dans sa robe blanche que la plus belle fleur du jardin de Michael.

— Lynn... murmura-t-il comme sous l'emprise d'un envoûtement.

Un silence s'appesantit ensuite entre eux, si dense, si lourd, que la jeune fille finit par le rompre en lançant le plus naturellement possible :

— J'espère que cette robe me va car j'ai dépensé une fortune !

— Approchez, fit-il d'une voix vibrante.

Malgré ses souliers neufs, elle avança avec grâce dans un charmant bruissement d'étoffe.

— Avez-vous choisi cette robe seule ?

Elle hocha la tête, consciente de n'avoir jamais été aussi jolie, mais consciente aussi de l'importance de l'opinion de Tor. S'il ne partageait pas son avis, alors, toilettes, coiffure et maquillage perdraient tout leur intérêt.

— David a réalisé exactement la coupe que je souhaitais, déclara-t-il, ravi. Vous souvenez-vous du premier soir chez vous ?

— Oui. Cela me paraît si loin.

— Très loin, en effet.

— Vous me trouvez donc acceptable ?

— Acceptable ! répéta-t-il avec un petit rire. Mais vous êtes exquise, merveilleuse !

Comme elle poussait un soupir de soulagement, il la considéra d'un air amusé.

— En doutiez-vous ?

— Non, j'étais plutôt contente, avoua-t-elle candidement. Mais quand j'ai vu votre air étonné, je me suis posé des questions.

— Rassurez-vous, vous êtes délicieuse. Quel dommage que Marian ait déjà commencé à préparer le dîner ! Je vous aurais volontiers emmenée au restaurant.

Comme quelqu'un montait l'escalier, il ajouta :

— C'est elle... elle m'apporte ma chemise. Je vous retrouve au salon dans une demi-heure, d'accord ?

— D'accord.

Seule dans sa chambre, Lynn se laissa aller à sa joie. Elle avait plu à Tor, elle lui avait même inspiré un sentiment plus fort que la simple admiration si elle en croyait l'émotion qui s'était peinte sur son visage. Dans son exaltation, elle oublia l'avertissement qu'il lui avait lancé le soir de son arrivée et elle voulut ignorer le pouvoir de séduction que lui conférait sa robe pour ne retenir que l'innocence du tissu blanc brodé de bleu.

Elle attendit, hélas, Tor en vain dans le salon. Il ne descendit qu'à la dernière minute, quand la cloche rententit, l'air très absorbé par ses pensées, et il l'entraîna vers la salle à manger d'un air distrait, lui accordant à peine un coup d'œil. Durant le repas, il se montra aimable, sans plus, donnant à la conversation un tour utile. Il instruisit sa compagne de l'existence de diverses variétés de vin, lui expliqua la différence entre un apéritif et un digestif. Lynn l'écouta attentivement, sachant qu'il lui parlait ainsi afin de lui faciliter son insertion dans le monde. Derrière sa reconnaissance pointait pourtant une étrange déception. Elle avait inconsciemment espéré que sa belle robe lui vaudrait une autre relation que celle de maître à son élève. Sans le vouloir, elle poussa un soupir, et Tor lui demanda aussitôt :

— Est-ce que je vous ennuie ?

— Non... pas du tout, fit-elle en rougissant.

Il se tut néanmoins et contempla d'un air songeur son verre en cristal qui brillait de mille feux sous le lustre. Comme si un rideau était brusquement tombé, ses traits durcis exprimaient une sorte de tourment intérieur. Lynn comprit soudain qu'il avait entretenu cette conversation anodine dans le seul but de lui cacher ses préoccupations.

— Qu'y a-t-il, Tor ? s'enquit-elle gentiment.

Il s'efforça de lui sourire et répondit :

— Pardonnez-moi, je n'ai pas bien su vous distraire ce soir.

— Vous n'êtes pas censé me distraire à longueur de temps.

Légèrement sarcastique, il répliqua :

— La plupart des femmes n'en attendent pas moins de moi pourtant !

— Auriez-vous oublié ce que vous m'avez dit à propos de l'amitié ? Les vrais amis ne se cachent rien, alors pourquoi ne me confiez-vous pas ce qui vous tracasse ?

Obéissant à une sorte d'impulsion, Tor repoussa brutalement sa chaise et se leva, sans égard pour le dessert inachevé.

— Suivez-moi, lança-t-il.

Lynn s'engagea derrière lui dans une partie de la maison qu'elle n'avait pas encore visitée. Tor ouvrit une lourde porte en chêne et l'introduisit à l'intérieur d'une grande pièce dont le plafond était constitué de panneaux vitrés inclinés. Chevalets, pinceaux, tubes de peinture et toiles indiquaient s'il en était besoin qu'il s'agissait d'un atelier, où il régnait d'ailleurs un ordre parfait.

D'un geste, Tor désigna un tableau posé sur une estrade à côté d'une chaise.

— Qu'en pensez-vous ? demanda-t-il sans détour.

Lynn s'approcha du portrait qui représentait un homme en costume sombre. Ses yeux enfoncés exprimaient la dureté d'un cœur aride, sa bouche molle et ses joues tombantes, le laisser-aller, l'absence de scrupules et de conscience. Tor avait su révéler avec une vérité frappante la nature intime du personnage.

— J'espère bien ne jamais rencontrer cet homme. Il ne m'inspire pas confiance. Il vendrait sa propre mère pour une bouchée de pain, déclara Lynn après avoir étudié le visage antipathique, sachant que Tor n'attendait pas d'elle un jugement sur la qualité de sa peinture.

— Vous avez parfaitement raison, approuva-t-il en hochant la tête.

— Vous ne l'aimez pas, n'est-ce pas ?

— Non, en effet.

— Pourquoi avez-vous accepté sa commande ? Pour l'argent ?

— Grands dieux, non ! Mon père m'en a laissé assez pour que je n'aie pas à toucher un pinceau de ma vie.

— Alors pourquoi peignez-vous ? lança-t-elle avec une pointe de défi afin de le pousser à la confidence, car elle le sentait réticent.

— C'est une nécessité ! s'exclama-t-il sur un ton véhément. Mon père ne m'a jamais compris sur ce point-là. Il m'aimait, mais il a toujours considéré mon art comme un simple passe-temps, une distraction, un moyen de s'évader du monde réel.

— Qu'était le monde réel pour lui ?

— Les affaires, Lynn. Il a réussi une carrière extraordinaire. Parti de rien, il est devenu milliardaire.

— Mais votre peinture vous a rendu aussi prestigieux, sinon plus, qu'un grand homme d'affaires.

D'ailleurs, l'histoire se souvient plutôt des artistes que des autres.

Sous le coup d'une brusque intuition, elle ajouta :

— Cet homme est connu, n'est-ce pas ?

— Oh oui, il appartient à l'élite du pays. Il possède l'argent et la puissance.

Analysant la situation avec une lucidité impitoyable, Lynn estima :

— En exécutant le portrait d'une personne comme lui, vous essayez encore de prouver à votre père par-delà la mort que votre art doit être pris au sérieux... Dites-moi, ce tableau vous inspire-t-il les mêmes sentiments que celui que vous avez fait de moi ?

— Mais non, ils ne sont pas comparables.

— Pourquoi ?

— Parce que j'avais envie de vous peindre, fit-il avec une passion contenue. J'étais inspiré et motivé.

Un brusque silence contrasta avec sa violence inattendue et il baissa la tête, comme sous le poids d'un lourd fardeau. N'osant pas le gêner dans ses réflexions, Lynn ne bougea pas. Au bout de quelques instants, il se redressa et considéra pour la première fois la toile bien en face.

— C'est une œuvre froide, impersonnelle, sans âme.

— Je la ressens ainsi, acquiesça Lynn qui n'envisagea pas une seconde de mentir. Mais du point de vue technique, elle démontre une remarquable habileté.

— Elle va encore me valoir d'intarissables éloges ! lança Tor, plein d'amertume. Vous l'avez bien jugée, Lynn, alors qu'Helena n'a absolument pas compris le problème.

La seule mention de la jeune femme suffit à dégrader l'atmosphère. Du bien-être, Lynn passa à la mélancolie. Après avoir goûté un moment de détente et d'intimité, elle se raidit sous l'effet d'une déception pourtant injustifiée. Pourquoi Tor n'aurait-il pas discuté de cette question avec sa future femme ?

— Qu'y a-t-il, Lynn ?

Comme à son habitude, Tor n'avait pas manqué de se rendre compte du changement d'expression de son interlocutrice.

— Rien… je suis simplement fatiguée.

Il n'en crut rien naturellement et affirma :

— Je regrette de vous avoir importunée avec cette affaire.

— Non, ne le regrettez surtout pas. Je suis très contente que vous m'en ayez parlé et j'espère vous avoir été utile.

— Je vous en remercie. A moi maintenant de prendre une décision. Je suis bien tenté de ne plus accepter ce genre de commande à l'avenir. Mais pour le moment, si vous êtes d'accord, je voudrais vous expliquer le fonctionnement de la chaîne stéréo.

— Volontiers, répliqua Lynn, peinée toutefois de constater que la conversation avait perdu son caractère chaleureux depuis l'évocation d'Helena.

Arrivée dans le bureau, une pièce agréable où un canapé et deux fauteuils étaient disposés d'une manière accueillante en demi-cercle devant la cheminée, elle écouta attentivement les indications de Tor. Elle apprit à mettre l'appareil en marche, ainsi que les diverses manipulations, puis son compagnon sortit un disque de son imposante collection en annonçant :

— Celui-ci vous plaira, je crois.

Se laissant aller contre les coussins moelleux, elle lut sur la pochette : Mendelssohn. *Concerto pour violon en mi mineur.* La soliste se nommait Diana Lynley et une photographie la représentait. Brune, fine, elle possédait cette beauté qui émane du plus profond de l'être et qui subsiste au-delà de la jeunesse.

— Diana Lynley est l'une des meilleures violonistes actuelles, déclara Tor.

Au verso de la pochette, Lynn découvrit un bref récit de la carrière de la musicienne. Elle avait connu la célébrité dès l'âge de vingt ans et son talent n'avait cessé de s'épanouir, alliant à une technique parfaite une richesse croissante de l'émotion. Lynn n'en considéra pas moins le fier visage avec une sorte de compassion, devinant que ni la gloire ni la fortune n'avaient apporté le bonheur à Diana Lynley. Sans doute victime de son imagination, elle crut lire toute la tristesse du monde dans les grands yeux verts qui semblaient la fixer intensément.

Lorsque le concerto commença, elle s'abandonna contre le dossier du canapé et ses paupières se fermèrent d'elles-mêmes. La musique la submergea, l'emportant loin, très loin, dans un univers de béatitude. La fin du disque l'obligea à un brutal retour sur terre, puis elle vit Tor à ses côtés, confortablement installé, un bras posé sur le dossier derrière elle. Il l'avait observée pendant tout ce temps à son insu.

Aucun mot ne pouvait décrire l'extase dans laquelle le morceau avait plongé la jeune fille, mais l'éclat de son regard et son attitude alanguie en témoignaient.

Ce bonheur en appelait un autre et elle n'esquissa pas un geste de protestation quand Tor se pencha sur elle pour l'embrasser. Une merveilleuse musique s'éleva à nouveau, de l'âme de Lynn cette fois. Tous les élans qu'avaient suscités la violoniste fusionnaient avec la passion qu'éveillait en elle le baiser de Tor.

Au moment où il glissait une main brûlante dans le profond décolleté de la robe, l'image d'Helena se présenta brutalement à son esprit, rompant aussitôt le charme, détruisant l'exquise harmonie. Comme sous l'effet d'un choc électrique, elle se raidit et s'arracha à son étreinte.

— Non... laissez-moi !

Les traits et la voix altérés par le désir, Tor chercha à la reprendre.

— Lynn...

Elle se mit debout d'un bond en s'écriant :

— Je vous interdis de me toucher ! Comment osez-vous ?

Tor se leva à son tour et se dressa devant elle, immense et dominateur. Il s'était déjà ressaisi.

— Que voulez-vous dire ?

— N'est-ce pas suffisamment clair ?

— Non, expliquez-vous.

Poussée à l'attaque par une souffrance dont la violence l'étonnait elle-même, Lynn lança :

— Je ne suis pas dupe de votre manège, Tor Hansen ! Vous combinez adroitement l'alcool et la musique à des fins de séduction. Mais gardez cette tactique pour Helena.

A la pensée de toutes les soirées que la jeune femme avait dû passer dans cette pièce, sa douleur augmenta encore.

— Helena ! fit Tor, l'air surpris. Pourquoi me parlez-vous d'Helena ?

— Oh, ne faites pas l'innocent, je vous en prie !

La prenant par les épaules, il la secoua comme une poupée de chiffon.

— Je voudrais bien savoir ce qu'Helena a affaire dans cette histoire !

Vite vaincue par la force de Tor, elle se sentit soudain lasse, trop lasse pour entretenir plus longtemps des sentiments de réprobation ou de rancune, et elle répondit d'une voix éteinte :

— Helena est votre compagne, elle me l'a dit.

Il pinça les lèvres et un long silence tomba entre eux. Tout au fond d'elle-même, Lynn espéra d'abord qu'il allait démentir ce fait, mais il n'en fit rien et le silence s'appesantit de plus en plus. Son secret espoir s'évanouissant, Lynn recula d'un pas.

— C'est donc vrai ?

— Oui, Lynn, je tiens à être parfaitement honnête envers vous. Elle *était* ma compagne, mais j'ai mis un terme à notre liaison.

— Je ne vous crois pas.

S'emparant de son bras, il s'emporta à son tour comme elle quelques instants plus tôt.

— Pensez-vous que je puisse encore m'intéresser à une autre depuis que je vous ai rencontrée ? Je ne songe plus qu'à vous. Jamais je n'en ai désiré aucune aussi impérieusement que je vous désire !

— Leur faites-vous la même déclaration à toutes ? Cela doit vous réussir dans la plupart des cas !

— Ne vous montrez pas cynique, Lynn. Ce comportement ne vous convient absolument pas.

— Dès que je vous tiens un langage qui vous importune, vous me taxez de cynisme. C'est vraiment trop facile !

— Lynn, je vous ai dit la vérité. J'ai eu une liaison avec Helena, et je n'ai pas à m'en disculper d'ailleurs, mais tout est fini entre nous.

Elle fixa sur lui d'immenses yeux verts qui témoignaient de son indécision angoissante. Elle aurait tant voulu le croire, mais la prudence le lui interdisait. Consciente de sa jeunesse et de sa naïveté, elle n'osait accorder sa confiance à un homme qui possédait une si grande connaissance du monde et de la vie. « Je n'aime que les femmes consentantes et expérimentées », lui avait-il déclaré chez elle le premier soir. « Les femmes » : le pluriel constituait à lui seul un avertissement. Lynn allait-elle accepter de figurer dans la liste probablement déjà longue des conquêtes de Tor ? Allait-elle se donner à lui pour être rejetée ensuite comme un jouet qui a perdu tout intérêt ? Elle était tout de même assez perspicace pour comprendre en quoi elle l'attirait. Son innocence et sa pureté la distinguaient des créatures qu'il fréquentait habituellement et lui lançaient une sorte de défi.

Réprimant les sanglots qui lui nouaient la gorge, elle affirma sur un ton un peu inégal :

— N'essayez pas de vous moquer de moi, Tor. Helena m'a informée de vos projets de mariage.

— Il n'y a pas de projets de mariage. Elle vous a menti.

— L'un de vous deux ment, à coup sûr, mais pourquoi serait-ce elle ?

Le regard de glace et le ton sec, il affirma :

— Je vous ai dit la vérité, mais libre à vous de croire qui vous voudrez.

Qu'il était tentant de prêter foi à ses paroles, qu'il était difficile de lui refuser sa confiance ! Il le fallait pourtant. Se laisser convaincre aurait constitué pour Lynn la première d'une série de faiblesses dont elle voyait, hélas, l'inéluctable issue. Tor n'aurait ensuite qu'à la prendre dans ses bras et il la tiendrait en son pouvoir. Si elle lui accordait ce point, il suffirait ensuite d'un baiser, d'une caresse, et son corps s'abandonnerait au sien.

Tandis qu'ils se mesuraient du regard, elle prit conscience du profond silence qui régnait sur la maison. Marian s'était retirée chez elle avec Michael à cette heure et ils se trouvaient seuls... seuls...

— Ne prenez pas cet air affolé ! lança Tor. Ne vous ai-je pas déjà expliqué que vous êtes en sécurité avec moi ?

Vexée, elle rétorqua en rougissant :

— Je vous hais, oh je vous hais !

— Vraiment, Lynn ? fit-il avec un sourire ironique. Si vous possédiez quelques connaissances en psychologie, vous vous garderiez d'affirmer une chose pareille. Je dois en déduire que vous êtes tombée amoureuse de moi.

— C'est grotesque ! s'exclama-t-elle. Si je dois m'éprendre d'un homme un jour, ce sera quelqu'un de respectable et non un coureur de jupons !

Ces paroles la blessèrent sans doute plus elle-même que son interlocuteur car, à l'instant où elle les prononçait, elle sentit combien elle le respectait. Confuse, elle se reprit aussitôt :

— Non, pardonnez-moi, mes paroles ont dépassé ma pensée.

— Il vous reste encore beaucoup de choses à apprendre, Lynn, affirma-t-il sombrement. Pour commencer, ne vous imaginez pas que nous sommes libres de notre choix. Lorsque l'amour nous décoche l'une de ses flèches et qu'elle atteint notre cœur, nous ne pouvons rien faire, je vous l'assure.

Une grande amertume transparaissait dans ces propos et Lynn se rappela que Tor lui avait avoué avoir été amoureux une fois dans le passé. Intuitivement, elle devina combien il avait souffert, combien cette passion brûlante et dévorante avait dû bouleverser sa vie. Un homme aussi indépendant et volontaire que lui avait dû se révolter contre une telle situation, il avait dû vivre des périodes de haine. Haine et amour, oui, le lien étroit qui unissait ces deux pôles complémentaires lui apparut soudain en une sorte de révélation.

Tor s'était détourné et il se versait à boire. Quand il reprit la parole, il s'exprima d'une voix changée, dénuée de toute émotion :

— Je pars demain pour deux jours. Les Hollman dormiront ici jusqu'à mon retour.

S'adaptant difficilement à ce nouveau sujet et redoutant déjà une absence dont elle aurait dû se féliciter, Lynn balbutia :

— C'est... c'est inutile.

— Vous vous trouvez à Halifax à présent, et non plus au bord de votre lac, expliqua sévèrement Tor. Par ailleurs, si vous sortez, je tiens à ce que vous informiez Marian de vos intentions.

— Je ne suis plus une enfant !

Se passant la main dans les cheveux d'un air las, il affirma sur un ton sans réplique :

— Nous avons assez discuté pour ce soir. Je vous ordonne de m'obéir.

— Mais où... allez-vous ?

— En quoi cela vous concerne-t-il ?

Elle rougit malgré elle, mais rien n'aurait pu l'empêcher de poser la question suivante :

— Helena vous accompagne-t-elle ?

— Non, Lynn, elle ne vient pas.

Jetant un coup d'œil à sa montre, il ajouta sans se dérider :

— Il est grand temps que je prépare mes bagages. Je prends l'avion très tôt demain matin. Surtout n'oubliez pas de tenir Marian au courant de vos allées et venues.

— Je n'oublierai pas, promit-elle, faisant soudain preuve d'une soumission douce et sincère.

Tor vida son verre d'une seul trait et le reposa sur la table puis, esquissant un bref salut, il quitta rapidement la pièce. Un peu surprise, Lynn considéra un instant sans bouger la porte par laquelle il était sorti. Qu'avait-elle espéré ? De tendres adieux après leur conversation houleuse et inamicale ? Un baiser, des caresses ? Quelle folie ! Ne se rendait-elle donc pas compte qu'elle l'irritait, qu'elle l'exaspérait, que sa présence lui était subitement devenue si insupportable qu'il l'avait fuie ?

10

QUAND Lynn quitta sa chambre le lendemain matin, Tor était déjà parti. Elle aurait aimé le revoir et lui souhaiter un bon voyage, se souvenant d'avoir lu dans un livre qu'il ne fallait jamais se séparer de quelqu'un sur une querelle. Mais ne dramatisait-elle pas cette affaire ? En s'efforçant de penser à autre chose, elle pénétra dans la salle à manger.

Par la fenêtre, elle vit le parc enveloppé de brouillard annoncer une journée grise... en accord avec son humeur, songea-t-elle en poussant un soupir.

De la pièce voisine lui parvint le bruit insistant de la sonnerie du téléphone, puis la voix de Marian.

— Oui, bonjour... Non, il a quitté la maison voici une demi-heure, Miss Thornhill... Ah bon... Oui, je serai là toute la matinée... Miss Selby n'est pas encore levée, je regrette... Entendu, au revoir.

La porte s'ouvrit et Marian entra à son tour.

— Oh Lynn, je vous croyais encore couchée ! Miss Thornhill vient d'appeler. Elle a oublié son châle ici et passera le récupérer.

Ainsi donc, Helena n'avait pas suivi Tor ! Un large sourire illumina le visage de Lynn et Marian nota gentiment :

— Vous avez l'air bien gaie ce matin ! Que désirez-vous pour votre petit déjeuner ?

Lynn n'entendit même pas la question. Toute à la joie de découvrir que Tor ne lui avait pas menti, elle ferma les yeux.

— Qu'y a-t-il, mon petit ? s'enquit Marian sur un ton maternel.

— Rien, fit-elle vivement. Je vais très bien, Marian. J'ai envie de bacon, d'œufs, de toasts et de café, je meurs de faim !

En mangeant, elle compulsa le guide touristique que Tor lui avait procuré afin de se fixer un but de promenade. Tout l'attirait : les monuments historiques, les musées, les parcs, et elle décida finalement de tout visiter. Elle comptait impressionner Tor en lui prouvant qu'elle ne rencontrait plus aucune difficulté pour se déplacer à travers la ville. A onze heures, elle devait contacter Margaret comme prévu, mais ensuite, la journée lui appartenait.

Lorsque Helena arriva, elle avait fait sa toilette et revêtu la jupe et le corsage qu'elle s'était achetés près du salon de coiffure. Elle se sentait très féminine dans cette tenue. S'étant par ailleurs soigneusement coiffée, et maquillée selon les indications de David et de son aide, elle différait d'une façon spectaculaire de la jeune fille timide et un peu gauche de l'Ontario.

Du hall, Helena la regarda descendre l'escalier et son sourire se figea tandis qu'elle écarquillait les yeux.

— Vous êtes ravissante aujourd'hui ! Vous faites vraiment encore un peu enfant, mais vous êtes ravissante.

— Merci, murmura Lynn sans s'émouvoir de ce compliment mêlé d'ironie. J'ai choisi ces habits moi-même.

— Je m'étonne que Tor vous y ait autorisée.

— C'est pourtant ainsi, rétorqua-t-elle, s'appliquant toujours à conserver son calme. Voudriez-vous du café ?

— Non, je n'ai pas le temps, je suis simplement

venue chercher mon châle. J'ai dû l'oublier l'un de ces soirs.

L'air très satisfaite d'elle-même, elle plaisanta :

— Tor exerce une curieuse influence sur moi. Dès que je suis en sa compagnie, j'oublie tout ! Au fait, avez-vous un message à lui transmettre ?

— Un message ?

— Eh bien, oui, je dois le retrouver en fin d'après-midi. Ne vous l'a-t-il pas dit ?

— Non, avoua Lynn d'une voix à peine audible.

— Je ne suis pas la seule à commettre des oublis ! lança Helena avec un rire insupportable. Nous avons rendez-vous à Toronto. Comme il devait régler des affaires ce matin, j'ai décidé de le rejoindre plus tard.

— Il est parti à Toronto ? s'étonna Lynn.

— Il ne vous l'a pas dit non plus ! fit Helena en haussant les sourcils. C'est étrange. Je me demande pourquoi.

Lynn se rappela parfaitement qu'il avait refusé de répondre quand elle l'avait interrogé sur sa destination.

— Je ne sais pas, réussit-elle à murmurer.

— Sans doute a-t-il craint que vous ne désiriez l'accompagner pour vous rapprocher de chez vous, suggéra Helena. Puisqu'il en est ainsi, il vaut mieux que nous gardions le secret de cette conversation, je crois. Peut-être n'aurais-je pas dû vous révéler qu'il est allé à Toronto. J'espère ne pas avoir trahi l'un de ses secrets.

De ce dialogue, Lynn devait tirer une triste conclusion. Tor lui avait donc menti en fin de compte, Helena était du voyage, même s'il elle n'avait pas pris le même avion que lui.

— Ne prenez pas cet air sinistre ! s'exclama là jeune femme. Ne vous avais-je pas prévenue ?

— Au revoir, Helena, déclara-t-elle sèchement, incapable d'en tolérer davantage.

— Ne me souhaiterez-vous pas un agréable séjour à Toronto ? insista-t-elle, provocante, ses yeux pervenche fixés sur Lynn comme ceux d'un oiseau de proie sur sa victime. Allons, ma chère, vous voyez bien que vous n'avez pas tenu compte de mon avertissement. Quelle imprudence !

— Que voulez-vous dire ? s'enquit Lynn à regret.

— Vous êtes tombée amoureuse de Tor, c'est l'évidence même.

— Non ! protesta la jeune fille, se sentant traquée de toutes parts.

La veille au soir, Tor lui avait révélé que sa haine constituait très probablement le revers de l'amour et à présent, Helena exprimait une opinion convergente. Mais ils se trompaient tous les deux ! Lynn n'aimait pas Tor. Comment aurait-elle pu s'éprendre d'un homme qui ne régnait sur ses sens qu'en paralysant sa volonté, qui lui mentait et avait déjà une maîtresse ?

— Vous avez eu vraiment tort de ne pas m'écouter, Lynn, car il n'est pas pour vous. Je vous avais mise en garde.

— Je vous l'abandonne volontiers, je ne veux pas de lui ! s'écria la jeune fille, insufflant à ces paroles toute la force de conviction dont elle était capable.

— Je vais manquer mon avion, annonça froidement Helena.

Elle disparut un instant et revint avec un châle en dentelle négligemment posé sur son bras. Lynn était restée à la même place, pâle et figée. Arborant une expression dure, presque cruelle, Helena s'arrêta encore un instant devant elle.

— Il ne me reste plus qu'un conseil à vous donner, Lynn. Oubliez Tor, rentrez chez vous.

Elle fouilla dans son sac et en sortit une liasse de billets.

— Tenez, voilà de quoi payer votre billet.

Lynn regarda l'argent et au lieu de voir le fin papier imprimé, elle se noya dans un flot d'images surgies de sa mémoire : Bernard et Margaret... Sioux Lake... L'eau qui clapotait contre les falaises de granit... Les sapins... Le cœur transpercé par la nostalgie, elle écouta résonner en elle le cri du plongeon et l'appel déchirant du coyote au clair de lune. Sans même s'en apercevoir, elle accepta la somme que lui tendait Helena et dans son émotion, elle ne remarqua pas le furtif sourire de triomphe de la jeune femme.

— Il est vraiment temps que je parte, annonça-t-elle en donnant une petite tape hypocrite sur l'épaule de Lynn. Vous avez pris la bonne décision, croyez-moi. Au revoir.

Cet au revoir sonna d'une manière aussi définitive qu'un adieu et, quelques secondes plus tard, la porte se referma derrière elle. Seul son parfum imprégnant encore l'air témoignait de son passage.

Lynn serra convulsivement l'argent entre ses doigts, consciente de tenir en main le moyen de rentrer chez elle, dans un monde familier dont elle connaissait les règles.

La pendule du hall égrena onze coups. L'heure de contacter Margaret était venue. Soudain vive comme le vent, Lynn vola lui annoncer son arrivée.

Marian était en train de sortir des gâteaux du four quand elle traversa la cuisine.

— Vous êtes en retard pour votre appel ! lança-t-elle gentiment. Tenez, prenez un biscuit tout chaud.

— Oh merci !

Croisant le regard bleu empreint de bonté de Marian, Lynn songea qu'elle allait la regretter mais, étouffant ses remords et ses hésitations, elle ajouta :

— Je dois me dépêcher.

Elle quitta la maison par la porte latérale et descendit l'allée en courant. Lorsqu'elle croisa Michael, au travail dans la roseraie, il lui demanda :

— Avez-vous besoin de moi pour la radio ?

— Non, je vous remercie, je saurai m'en servir, répliqua-t-elle en songeant tristement qu'elle ne connaîtrait jamais toutes ces variétés de roses par leur nom.

D'ailleurs, les roses ne poussaient pas dans le Nord de l'Ontario...

Margaret lui répondit tout de suite, comme si elle l'avait attendue avec impatience. Malgré la distance et la déformation de la voix, Lynn fut aussitôt en alerte quand elle l'entendit répondre :

— Lynn, est-ce toi ?

— Oui, Margaret, comment vas-tu ?

— Je suis heureuse de t'entendre. J'avais terrible-ment besoin de te parler. Oh si tu savais, tout va mal et je ne peux rien faire !

La main de Lynn se crispa sur le micro.

— Calme-toi, Margaret. Raconte-moi tout.

Après un bref silence, la jeune femme reprit la parole sur un ton plus posé :

— Pardonne-moi, mais je suis tellement énervée. Pour commencer, l'incendie de Goose Lake n'est toujours pas maîtrisé et un autre feu vient de se déclarer à cinquante kilomètres de là. Bernard est parti sur les lieux, je suppose, mais je ne lui ai pas parlé depuis hier matin. Il a beau me répéter sans cesse de ne pas m'inquiéter, je suis folle d'angoisse. Tu n'ignores pas combien ces incendies sont dangereux. Il devait me contacter hier soir, mais il ne l'a pas fait. J'ai passé presque toute la nuit à côté de la radio et il n'a pas appelé.

— Tu n'as rien à craindre. Bernard est prudent et il a déjà triomphé de bien d'autres incendies.

— Evidemment, mais il est difficile de se raisonner, surtout la nuit quand il fait noir, répliqua son amie avec une pointe de son humour habituel.

— Je me mets à ta place, assura Lynn.

— Et le problème se complique d'autant plus que les supérieurs de Bernard à Ottawa commencent à s'émou-voir de ces incendies successifs. Ils souhaitent que Bernard trouve le coupable. Mais comment veux-tu qu'il surprenne un homme à allumer un feu dans ces immenses forêts ?

Lynn n'ignorait pas l'importance que Bernard attribuait à sa carrière. Il était capable de se dépenser sans compter pour mener à bien cette recherche.

— La thèse de l'incendie criminel est donc retenue ? s'enquit la jeune fille.

— Oh oui, il n'y a plus aucun doute ! Un expert envoyé à Goose Lake a découvert des preuves irréfutables. Mais s'agit-il bien de Raoul ? C'est une autre question !

Pour se risquer à mentionner des noms sur les ondes, Margaret devait être vraiment bouleversée, songea Lynn avec surprise tandis que son amie poursuivait ses explications sans même avoir conscience de son imprudence.

— Il se trouve à Sioux Lake en ce moment. Je l'ai vu passer devant la maison hier vers dix heures du soir et ce matin, il a encore essayé de parler aux enfants qui jouaient dans le jardin. Je les ai immédiatement fait rentrer, mais il n'a pas réagi. Il s'est contenté de me jeter un regard, un regard... Oh Lynn, j'ai eu peur !

— Est-il encore là ?

— Oui, et je peux rien tenter contre lui. Il a le droit de rester dans la rue aussi longtemps qu'il lui plaira. Mais je ne vis plus. Je m'attends à tout instant à ce qu'il mette le feu à la maison ou à ce qu'il s'attaque aux garçons. Si seulement Bernard revenait !

— Sait-il que Raoul est là ?

— Non.

— Il faut que tu l'en informes.

— Bien sûr, mais il a déjà tellement de soucis ! Et je ne peux même pas partir chez mes parents. Dans une lettre que j'ai reçue hier, ma mère m'apprend que papa est terriblement fatigué. Le docteur lui a prescrit un repos complet. Il est donc exclu que j'aille à Guelph.

Fixant tristement le mur gris devant elle, Lynn déclara :

— Demande à l'un de tes voisins de te tenir compagnie aujourd'hui et demain, tu auras quelqu'un.

— Qui ? s'étonna la jeune femme.

— Moi, évidemment.

— Vraiment, Lynn, viens-tu me rendre visite ?

— Non, je rentre définitivement.

Un silence entrecoupé de craquements s'installa durant un instant sur les ondes, puis Margaret s'enquit d'une voix hésitante :

— Tor t'accompagnera-t-il ?

— Non.

— Est-il au courant de ton départ ?

— Non... pas encore.

— Lynn, que se passe-t-il ?

— Je ne peux pas tout t'expliquer maintenant, la situation est trop compliquée.

— Où est Tor ?

— En voyage. Il doit rentrer après-demain.

— Alors d'où tiens-tu l'argent nécessaire ? Je croyais que tu ne possédais pas un centime.

— Une amie de Tor me l'a donné.

— Ah oui ! A-t-elle des raisons de vouloir se débarrasser de toi ?

— Pourquoi dis-tu une chose pareille ?

— Je ne sais pas, une intuition, affirma Margaret sans se laisser intimider.

Lynn ne put s'empêcher de méditer l'idée lancée par son amie qui la tira subitement de ses réflexions avec une question imprévue :

— Comment es-tu habillée aujourd'hui ?

Elle décrivit brièvement sa tenue et ne résista pas au plaisir d'évoquer sa nouvelle coiffure et ses autres acquisitions.

— C'est très bien, approuva Margaret dont l'intonation laissait percer un certain embarras. Ecoute, Lynn, je serais ravie de te voir, surtout en ce moment, mais tu ne dois pas venir.

— Je ne peux pas rester plus longtemps à Halifax ! s'écria la jeune fille.

— Mais si. Sans connaître les circonstances en détail,

je te demande de renoncer à ton projet. N'as-tu pas honte de t'enfuir ainsi ?

— Il n'y a pas d'autre solution, crois-moi.

— Allons, je ne te savais pas aussi lâche !

— Margaret...

— Concluons un marché, proposa vivement la jeune femme. Si dans huit ou dix jours, tu éprouves encore le désir de partir, alors je t'accueillerai à bras ouverts. Es-tu d'accord ?

— Tu ne me donnes pas le choix.

Ignorant la maussaderie de son interlocutrice, Margaret affirma avec entrain :

— Marché conclu. Et je vais suivre ton conseil en priant un voisin de me tenir compagnie jusqu'au retour de Bernard. Je me sens mieux depuis que je t'ai parlé, ma chérie.

Placée par son amie devant une tâche difficile, Lynn eut soudain hâte de conclure :

— Embrasse les enfants pour moi, Margaret, et salue Bernard de ma part quand il t'appellera.

— Entendu. Prends bien soin de toi, Lynn.

— Toi aussi. Quand pourrai-je te recontacter ?

— Disons après-demain, à neuf heures ou à midi ?

— C'est parfait. Alors au revoir.

— Au revoir.

Lynn se leva et, l'expression soucieuse, glissa les billets dans sa poche. Elle s'était engagée à rester au minimum encore une semaine, pour le meilleur ou pour le pire, songea-t-elle en esquissant une moue ironique.

Désirant se distraire à tout prix de ses soucis, elle aida Michael à arracher des mauvaises herbes pendant l'heure suivante. Auprès du vieil homme, elle trouva une sorte d'apaisement. Elle aimait l'écouter parler de sa voix grave et regarder ses mains robustes se mouvoir avec une délicatesse infinie parmi les fleurs.

Marian avait préparé un déjeuner délicieux et, tandis qu'ils prenaient tous les trois le café pour finir, Lynn déclara :

— J'ai consulté le guide touristique que m'a donné Tor et j'ai envie de visiter le parc cet après-midi.

— Michael vous conduira en voiture si vous le désirez.

— Oh non, merci, j'ai besoin d'exercice, répondit-elle.

Et, peu après le repas, elle se mit en route.

Le temps restait couvert. Chaussée de ses mocassins, Lynn marcha d'un bon pas, admirant au passage les luxueuses demeures dotées d'une piscine privée, et devant lesquelles stationnaient deux ou trois voitures de sport. Leurs habitants vivaient-ils plus heureux que les gens de Sioux Lake? Lynn en doutait. Tor, par exemple, n'échappait pas aux tourments malgré sa fortune. Helena ne semblait pas consciente du côté inquiet de sa personnalité, ni capable de le comprendre d'ailleurs. Elle ne soupçonnait pas la lutte angoissée de l'artiste soucieux de s'affirmer dans l'authenticité de son inspiration. Elle ne voyait et ne voulait voir que l'homme du monde confiant et sûr de lui. Pourquoi Tor s'était-il attaché à une femme qui s'arrêtait aux apparences et le méconnaîtrait probablement toujours?

Songeuse, Lynn atteignit l'enceinte du parc et descendit l'une des allées de graviers menant à la pineraie. Des écureuils se faufilaient vivement parmi les branches odorantes. Partout allaient et venaient des promeneurs, des jeunes à l'allure sportive, des couples âgés qui avançaient doucement, souvent accompagnés d'un chien en laisse, des mères poussant un landau. Quelques jours plus tôt, toutes ces présences auraient importuné Lynn, mais elles ne la dérangeaient déjà plus aujourd'hui.

Descendant toujours, elle arriva au rivage. Gris et lisse, l'Atlantique s'étendait devant elle à l'infini. Les vagues s'échouaient à ses pieds sur les brisants et au loin, à la sortie du port, un gros pétrolier disparut peu à peu, comme happé par le brouillard. Fascinée, elle s'installa sur un rocher, les jambes remontées sous le menton. Vers quelle destination mystérieuse se dirigeait le bateau ? Si Tor s'était trouvé à ses côtés, il aurait su le lui dire. Malheureusement, Tor voyageait en ce moment même en compagnie d'Helena dans une autre ville, à des kilomètres et des kilomètres de Halifax. Le regard obscurci par des larmes, Lynn laissa tomber sa tête sur ses genoux et resta immobile.

— Excusez-moi, Miss, mais qu'avez-vous ?

Elle se redressa lentement, les yeux humides, et découvrit un grand jeune homme à l'expression inquiète. Elle s'essuya vite les joues du revers de la main, gênée d'être surprise dans cet état, et formula la première explication qui lui traversa l'esprit :

— J'ai le mal du pays.

— D'où venez-vous ? s'enquit aimablement l'inconnu qui pouvait avoir un ou deux ans de plus qu'elle, mais ne paraissait pas encore sorti de l'adolescence.

— Du Nord de l'Ontario, répondit-elle.

Sans savoir comment, elle se laissa entraîner de confidence en confidence, éprouvant un réel soulagement à parler de son enfance hors du commun et des circonstances peu banales qui l'avaient conduite jusqu'à Halifax.

— Vous connaissez toute ma vie et j'ignore encore votre nom, conclut-elle.

— Ken Foster. Et le vôtre ?

— Lynn Selby. A mon tour de vous écouter maintenant.

— Oh, ma vie ne présente aucun intérêt en comparaison de la vôtre ! Je suis né et j'ai grandi dans cette ville, j'y passe l'été chez mes parents, et je loge le restant de l'année à l'université.

— Qu'y étudiez-vous ?

— La musique, et plus particulièrement le violon.

— Vraiment ! lança Lynn en s'animant soudain. J'adore la musique.

— Je joue dans un quatuor dimanche prochain au conservatoire. Venez donc nous écouter.

— Très volontiers, fit-elle avec un large sourire.

Encouragé par tant de spontanéité, le jeune homme se risqua à déclarer :

— Vous m'avez bien dit que vous n'êtes jamais allée au cinéma, n'est-ce pas ? Aimeriez-vous voir un film ce soir ?

— Oh oui ! fit-elle aussitôt, puis ses traits s'assombrirent. Mais il faut d'abord que je vous présente à Marian, la personne qui s'occupe de la maison de Tor.

Elle n'avait pas encore prononcé ce nom et son interlocuteur lui demanda :

— Est-ce votre tuteur ?

— Oui, il s'appelle Tor Hansen.

— Le peintre ?

— Lui-même.

Ken parut impressionné et il émit un petit sifflement admiratif.

— Votre tuteur n'est pas n'importe qui ! Savez-vous qu'il est célèbre dans le monde entier ?

Nullement désireuse de s'entretenir de Tor, Lynn se contenta de hocher la tête en ramenant la conversation sur le sujet qui était resté en suspens :

— Vous est-il possible de venir me chercher ?

— Bien sûr. Je passerai à sept heures et demie.

Ravie de cette diversion et tout émue à l'idée de ce rendez-vous avec un jeune homme, le premier de sa vie, elle revêtit un pantalon et un chemisier en soie qu'elle n'avait pas encore eu l'occasion de mettre. Marian accueillit gentiment Ken et lui fit promettre de ramener sa protégée avant minuit.

La soirée s'écoula comme un rêve. Après le film qui l'intéressa et l'émut beaucoup, Lynn suivit son nouvel ami dans un restaurant où ils dînèrent en échangeant leurs commentaires passionnés. Au moment de quitter sa compagne devant la maison de Tor, Ken annonça sur un ton légèrement hésitant :

— Je suis libre à partir de trois heures demain. Aimeriez-vous que nous allions à la plage ? Nous pourrions emporter un pique-nique.

Appréciant énormément la compagnie du jeune homme, Lynn accepta sans se faire prier, mais en posant gaiement une condition :

— Avec joie, et je me charge du pique-nique.

Ils se retrouvèrent par une journée magnifique. Vainqueur des nuages de la veille, le soleil brillait de nouveau dans un ciel uniformément bleu au-dessus d'une mer d'huile. Des connaissances de Ken vinrent les rejoindre sur la plage de sable blanc. Ils nagèrent tous ensemble et s'amusèrent, puis dégustèrent des sandwichs avec de la bière. Tandis que le soir tombait dans un fastueux déploiement de pourpre et d'or à l'horizon, ils s'assirent autour d'un feu de camp et chantèrent, accompagnés par une guitare. Accueillie sans restriction au sein du groupe, Lynn mêla joyeusement sa voix à celle des autres et elle ne vit pas le temps passer.

Il était onze heures quand Ken la déposa devant la maison de Tor. Elle le remercia avec chaleur pour cette nouvelle expérience et déclara :

— Vos amis m'ont beaucoup plu.

— Vous leur avez plu aussi, répliqua-t-il en souriant, même trop à mon goût !

Il passa un bras autour de ses épaules et se pencha vers elle. Nullement réticente, elle lui offrit sa bouche, s'attendant à être emportée dans une tempête de sensations analogue à celle que Tor savait déchaîner. Le baiser de Ken n'éveilla cependant rien d'autre en elle qu'une vague impression de bien-être et de douceur. Son cœur continua à battre très tranquillement et régulièrement, et aucune force surgie du plus profond d'elle-même ne la contraignit à s'abandonner sans réserve à son étreinte.

— Bonne nuit, Lynn, fit-il d'une voix chargée d'émotion. Je suis pris jusqu'à la fin de la semaine maintenant, mais nous nous verrons dimanche.

Pendant qu'il l'embrassait à nouveau, elle s'étonna de son absence totale de réaction. Perplexe, elle descendit de voiture et agita la main comme un automate puis, toujours préoccupée de résoudre cette énigme, monta distraitement l'allée. Elle aimait beaucoup Ken, beaucoup plus que Tor d'une certaine façon et pourtant, seul ce dernier savait l'éblouir d'un sourire et la bouleverser d'une caresse. Etait-elle donc amoureuse de lui comme Helena le prétendait ? L'amour ! Que signifiait réellement ce mot que les gens employaient à tout propos ?

Elle s'immobilisa sur le perron, dans le halo de lumière de la lanterne, et aspira avec délices le parfum exquis des roses épanouies sur le treillis. Ces roses rouges ne symbolisaient-elles pas l'amour ? Elle inclina une corolle veloutée vers elle et en admira les pétales au contour parfait. Quelle merveille !

Captivée par tant de beauté, elle n'entendit pas la porte pivoter sur ses gonds bien huilés.

— Quelle scène touchante, et romantique à souhait ! railla une voix bien familière. Vous vous croyez amoureuse de ce petit étudiant, je parie !

— Tor ! s'écria-t-elle en sursautant.

Rêvait-elle ou venait-il vraiment d'apparaître au moment où elle pensait à lui, comme si elle avait réussi à susciter sa présence par la force de son esprit ?

Il ne tarda pas à lui prouver qu'il était bien réel devant elle.

— Vous ne m'avez pas répondu ! lança-t-il sur un ton menaçant.

— Vous ne m'avez pas posé de question.

De son regard bleu étincelant de colère, Tor l'examina des pieds à la tête, enregistrant chaque détail, du short blanc et du débardeur qu'elle avait achetés le matin même à sa chevelure ébouriffée par le vent.

— Avez-vous apprécié sa façon de vous embrasser ?

Une vive rougeur envahit ses joues déjà colorées par l'air de l'océan tandis que Tor ne se cachait même pas de l'avoir espionnée.

— J'aime beaucoup Ken, annonça-t-elle d'un air très digne.

— Quelles autres faveurs lui avez-vous accordées ?

— Aucune ! s'écria-t-elle, outragée. Pour qui me prenez-vous ? D'ailleurs, Ken me respecte.

— Alors que moi je ne vous respecte pas. Est-ce ce que je dois comprendre ? fit-il d'une voix étrangement traînante.

— Il y a autant de différence entre Ken et vous que… qu'entre un rouge-gorge et un aigle, mais ne restons pas ici, Tor, rentrons.

Il faisait frais dans le hall en comparaison du dehors et, dès que la porte se referma derrière elle, Lynn déclara :

— Il est tard, je monte me coucher.

— Oh non… pas encore ! Venez prendre un verre avec moi.

Se raidissant malgré elle, Lynn refusa.

— Je vous remercie, mais je suis fatiguée.

— Je veux bien vous croire. D'après Marian, vous ne vous êtes pas ennuyée pendant mon absence. Il ne vous a pas fallu longtemps pour attirer l'attention d'un homme.

— C'est faux ! nia-t-elle farouchement. Par ailleurs, je n'ai rien à me reprocher : je l'ai présenté à Marian avant de sortir avec lui.

— Oui, oui, elle me l'a dit. « C'est un jeune homme tellement aimable ! » s'écria-t-il en imitant la servante d'une façon durement ironique.

— Mais vous êtes jaloux ! murmura Lynn sans pouvoir cacher son étonnement.

Tor ne protesta pas. Il laissa au contraire s'épaissir entre eux un silence chargé d'ambiguïté. Lynn remarqua qu'il vacillait imperceptiblement et elle l'interrogea :

— Qu'avez-vous, Tor ?

— Suivez-moi un instant, j'ai à vous parler, déclarat-il brusquement en guise de réponse.

Une bouteille de whisky ouverte et à moitié vide trônait auprès d'un verre sur une table dans son bureau. A peine entré, il se servit et la jeune fille le vit renverser quelques gouttes d'alcool sur le plateau, faisant preuve d'une maladresse inhabituelle.

— Depuis quand êtes-vous rentré ? s'enquit-elle. Ne deviez-vous pas revenir seulement demain ?

— Ayant réglé mes affaires plus vite que prévu, j'ai pu prendre un avion en fin d'après-midi.

— Vos affaires ! lança-t-elle malgré elle d'une voix chargée de condamnation. Helena n'apprécierait pas d'être traitée d' « affaire », j'en suis sûre !

Tor étouffa un juron et avala une longue gorgée du liquide brun avant d'expliquer :

— J'ignorais qu'elle avait l'intention de me rejoindre, sinon je vous l'aurais dit. Je ne vous avais pas menti, croyez-moi. Vous auriez dû voir ma surprise quand je l'ai trouvée dans le hall de l'hôtel.

— Cessez cette comédie, je vous en prie. Il fallait vous entendre avec Helena pour déterminer la version de l'histoire que vous vouliez me raconter. Elle est passée le matin de votre départ et m'a annoncé qu'elle allait vous rejoindre à Toronto. Naturellement, je ne savais pas quant à moi que vous vous étiez rendu là-bas.

— Il s'agissait d'une affaire confidentielle, je ne pouvais pas vous en parler.

— Mais vos affaires ne m'intéressent pas du tout, soyez-en certain !

— C'est un tort, jugea-t-il avec un petit rire sinistre.

Remplissant à nouveau son verre d'un geste mécanique, il ajouta :

— Pour en finir avec Helena, je ne me doutais pas le moins du monde qu'elle comptait venir à Toronto. Je ne peux pas le prouver, mais c'est la pure vérité.

— Je ne vous crois pas, mais qu'importe ! répliqua-t-elle sur un ton las.

— Ah pardon, il faut que vous me fassiez confiance, j'y tiens !

— Pourquoi ?

Il resta bouche bée, en proie à un profond embarras.

— Parce que… parce que…

— Pourquoi ? répéta-t-elle sans pitié.

Lorsqu'il se décida soudain à parler, les paroles se précipitèrent comme les flots après la rupture d'un barrage :

— Je vous désire, Lynn, terriblement, je vous désire au point d'en perdre l'appétit et le sommeil. Où que je sois et en n'importe quelle compagnie, je pense toujours à vous. Je n'ai pas eu une seconde de répit à Toronto. Vous étiez aussi présente que si vous m'aviez accompagné.

— Helena ne devait pas être contente ! ironisa-t-elle.

— Ah je vous en prie, laissez Helena de côté !

— Je comprends, fit-elle en hochant la tête. Vous êtes fatigué d'elle. Il vous faut une nouvelle compagne et vous songez à moi.

— Ne soyez pas cruelle, Lynn, ce n'est pas cela. J'ai besoin de vous, je deviens fou sans vous !

Tor avait parlé de désir, de besoin, mais pas d'amour, constata-t-elle douloureusement. Il s'était approché d'elle et elle fut frappée par ses cernes, ses traits plus creusés qu'à l'ordinaire, sa barbe naissante. Pour quelqu'un qui avait sans doute beaucoup bu, il supportait remarquablement l'alcool. Et pourtant, songea-t-elle après un bref instant de réflexion, il ne lui aurait probablement pas tenu de tels propos dans son état normal.

Emue par la détresse qu'elle pressentait en lui, elle lutta contre la tentation de nouer ses bras autour de son cou et de le réconforter comme un enfant.

— Dites-moi ce qu'il y a, peut-être pourrai-je vous aider.

— Je vous l'ai dit, affirma-t-il en posant une main brûlante sur son épaule. Je vous veux, Lynn, je ne saurai plus vivre sans vous. Il m'est même devenu impossible de peindre. Si je prends un crayon, c'est pour couvrir des pages entières de portraits de vous.

— Il faut donc que je m'en aille, je ne vois pas d'autre solution.

— Non, vous partirez bien assez tôt ! lança-t-il à la manière d'un cri.

Surprise, elle le considéra d'un air interrogateur.

— Qu'est-ce que cela signifie ?

— Rien... je vous expliquerai plus tard.

Il tremblait sur ses jambes et son visage était devenu livide.

— Avez-vous dormi la nuit dernière ? lui demanda Lynn en le soutenant.

— Non, j'ai marché jusqu'à l'aube dans les rues de Toronto... sans Helena. Croyez-moi, Lynn.

— Oui, je vous crois, fit-elle sur un ton apaisant. Venez. Il est temps que vous vous couchiez, vous ne tenez plus debout.

— J'ai trop bu, avoua-t-il. J'ai commencé à six heures, à mon retour, quand j'ai appris que vous étiez sortie avec Ken.

— Ken est un simple ami. D'ailleurs, nous étions tout un groupe.

— Je pensais que vous étiez seule avec lui. C'est un étudiant à ce qu'il paraît ?

— Oui, il joue du violon.

— Du violon !

— Eh bien, oui, qu'y a-t-il là de si extraordinaire ? s'enquit Lynn avec une bonne humeur forcée.

— Demain... je vous expliquerai demain, répéta-t-il en marmonnant.

L'espace d'une seconde, elle s'inquiéta de ce qu'il lui cachait, puis elle jugea plus urgent de le conduire jusqu'à sa chambre. Il avait passé un bras autour de ses épaules et pesait lourdement sur elle. Elle fut soulagée lorsqu'ils atteignirent enfin l'étage. Dès qu'il alluma la lumière, la première chose qu'elle découvrit fut le tableau qu'il avait peint chez elle, accroché au-dessus de son lit. A plusieurs reprises, elle s'était demandé ce qu'il en avait fait, sans oser le questionner. Elle connaissait à présent le sort qu'il lui avait réservé et, de penser que Tor s'endormait le soir en contemplant son visage, et que ses yeux se posaient sur elle dès qu'il se réveillait le matin, la troubla profondément.

— Allumez ma lampe de chevet, Lynn, je vais éteindre le lustre, déclara-t-il. Cette lumière est trop crue.

Elle lui obéit et un éclairage beaucoup plus doux baigna aussitôt la pièce. Songeuse, elle regarda autour d'elle, admirant les hauts murs, presque austères dans leur blancheur, qui contrastaient avec les rideaux en velours bleu marine. Seuls les livres apportaient des touches de couleur dans cette chambre qui ne comportait aucun tableau en dehors du sien.

Tor se laissa tomber sur le grand lit avec un soupir et enfouit sa tête entre ses mains. S'efforçant d'écouter sa raison, Lynn s'empressa d'annoncer :

— Bonne nuit, Tor. A demain matin.

— Non, ne partez pas tout de suite, supplia-t-il en emprisonnant son poignet.

En dépit de sa volonté de tenir bon, elle se sentit faiblir et ne bougea pas.

— Vous me rendez fou, répéta Tor, plus passionnément que quelques instants auparavant dans son bureau. J'aime chaque détail de votre corps, je veux le connaître intimement, je veux découvrir tous les secrets que vous n'avez encore dévoilés à aucun homme.

En parlant, il avait commencé à déboutonner sa chemise. Il l'ôta et elle tomba sur le sol. Il se leva ensuite pour déboucler sa ceinture. Hypnotisée par son regard bleu terriblement torturé, Lynn murmura :

— Il faut que je m'en aille, Tor.

— Restez avec moi, Lynn, je vous en prie.

Elle détacha ses yeux des siens, mais ce ne fut que pour contempler sa poitrine hâlée, les muscles durs, saillant sous la peau ferme. Un étrange vertige s'empara d'elle et elle s'écria néanmoins :

— Je ne peux pas !

— Vous n'avez rien à craindre, je vous le jure. Restez simplement avec moi, allongez-vous à mes côtés. Vous partirez quand je dormirai. Je vous en prie.

Elle hésitait d'autant plus à refuser qu'elle aurait tout donné pour voir disparaître le tourment et l'épuisement qui marquaient son beau visage.

— Entendu, fit-elle alors d'une petite voix.

Le pantalon de Tor rejoignit sa chemise sur le sol et il se tint devant elle, aussi parfait et bien proportionné qu'une statue grecque. Une émotion intense prit naissance au plus profond d'elle-même et il lui fallut lutter pour ordonner calmement :

— Couchez-vous maintenant, je vais replier le couvre-lit.

Il s'exécuta en poussant un grand soupir et sa tête sombre se détacha d'une manière saisissante sur la blancheur de l'oreiller. Tendrement, il attira Lynn près de lui.

— Vous n'imaginez pas combien de fois j'ai rêvé que vous étiez allongée à mes côtés.

Le regard enflammé par le désir, il promena ses doigts sur elle comme s'il voulait enregistrer à jamais le souvenir de ses formes. Auprès de lui, Lynn était écarlate et son cœur battait à tout rompre. Elle s'efforça pourtant de suggérer d'un air naturel :

— Essayez de dormir maintenant.

— Oui, accorda-t-il, mais avant, faites quelque chose pour moi. Otez vos vêtements.

Elle ne put dissimuler le choc qu'elle éprouva, ni son affolement et, lui caressant doucement le bras, il affirma afin de la rassurer :

— Je veux uniquement vous regarder et m'endormir en vous tenant dans mes bras.

Muette de saisissement et d'émotion, elle se bornait à le dévisager en essayant d'ignorer sa violente envie de se blottir contre lui. Avec lenteur et maladresse, elle tenta d'enlever son débardeur. Tor l'aida à le passer par-dessus sa tête. Sa gorge apparut, dorée dans la lumière tamisée, et il en suivit du doigt la tendre courbe. Incapable du moindre mouvement, Lynn avait du mal à respirer. Elle avait l'impression de suffoquer. Puis ses mains descendirent, délicieusement lentes, jusqu'à sa taille, et il repoussa le short. Par réflexe, Lynn tenta de se cacher mais il l'arrêta, posant sur ses poignets des mains dont la douceur n'excluait pas une force latente, capable de se manifester à tout instant.

— N'ayez pas honte de vous. Vous êtes belle… aussi belle que votre innocence. Un jour, Lynn, vous serez mienne… Pas ce soir, car je veux que la première fois soit merveilleuse et j'ai trop bu, mais un jour, bientôt… Venez maintenant.

Il ouvrit les bras et elle se blottit contre lui, bouleversée par ses paroles et sa chaleur. Leurs jambes se mêlèrent et il l'enlaça avec fougue. Elle flottait entre le ciel et la terre. Un tourbillon de volupté l'avait arrachée au sol, mais elle était encore séparée du paradis par le désir douloureux qui s'était éveillé en elle et restait inassouvi.

Tor continua encore un moment à effleurer délicatement sa peau satinée et soudain, il s'immobilisa. Baissant les yeux, Lynn vit sa poitrine contre son torse viril et ce spectacle l'émut profondément. Elle contempla ensuite son visage, attendrie de le trouver si fragile dans le sommeil. Toute sa tension s'était effacée, le laissant offert à son regard ému. En l'observant, Lynn finit par accepter une vérité qu'elle avait farouchement tenté de nier. Elle n'eut pas de brusque révélation, non, mais cette vérité s'imposa à elle, aussi rayonnante que le soleil dans le ciel : elle aimait Tor et se sentait liée à lui, corps et âme, pour l'éternité.

Elle ferma les yeux et éprouva la délicieuse impression de ne plus former qu'un seul être avec lui. Ils respiraient du même souffle, un sang commun coulait dans leurs veines. Elle l'aimait.

Elle n'aurait su dire combien de temps elle demeura contre lui, à savourer le bonheur indescriptible de sa découverte. Elle aurait d'ailleurs souhaité passer la nuit à ses côtés afin de lui permettre de la voir elle-même en personne à son réveil, et non pas son portrait... mais c'était pure folie. Elle se libéra donc avec d'infinies précautions et roula doucement jusqu'au bord du lit. Tor se tourna dans son sommeil, entraînant le drap avec lui. Toujours sans bruit, Lynn ramassa son débardeur sur le tapis, s'empourprant légèrement à l'idée de l'audace de la situation. Elle n'osa pas reprendre son short, de peur d'éveiller le dormeur. Après lui avoir jeté un ultime coup d'œil attendri, elle éteignit la lampe de chevet et partit sur la pointe des pieds. Elle regagna sa chambre où, ivre d'un bonheur immense, tel qu'elle n'en avait jamais connu, elle s'assoupit dès que sa tête toucha l'oreiller.

11

LE lendemain, au milieu de la matinée, tandis que Lynn aidait une fois de plus avec plaisir Michael dans le jardin, Marian sortit de la cuisine en s'essuyant les mains sur son tablier et vint vers elle.

— Lynn, Tor désire vous voir dans son bureau, annonça-t-elle d'une voix neutre, sans pouvoir cependant dissimuler un étrange embarras.

— Que se passe-t-il ?

— Je ne sais pas, mon petit. Il a l'air un peu contrarié, mais vous n'y êtes pour rien, j'en suis sûre. A votre place, je ne le ferais pas attendre.

Lynn suivit la servante à l'intérieur de la maison. Elle se lava vite les mains et se recoiffa en se reprochant sa nervosité. Pourquoi s'inquiétait-elle ?

Elle frappa néanmoins à la porte du bureau le cœur battant et Tor se détourna de la fenêtre à son entrée. Il portait une chemise de soie bleu pâle sur un pantalon de velours côtelé, mais il ne lui laissa pas le loisir de l'admirer longtemps. Son visage justifiait les pires craintes. Sa fatigue de la veille n'était rien en comparaison de l'expression effrayante qu'il arborait en cet instant. Mais Lynn se sentait prête à le soutenir dans les plus dures épreuves. Elle l'aimait, oh oui, elle l'aimait, et elle n'en doutait plus à présent.

— Bonjour, fit-elle sur un ton où perçait toute sa tendresse.

— Ce jour n'a rien de bon, répliqua-t-il sèchement.

Il l'étudia avec une telle colère contenue qu'elle frissonna.

— Fermez la porte, voulez-vous. Je ne tiens pas à ce que Marian nous entende.

Pendant qu'elle s'exécutait, il se mit à marcher de long en large, les mains dans les poches, lui rappelant un grizzly qu'elle avait vu en cage à Sioux Lake quelques années auparavant.

Il s'immobilisa soudain, avec une brusquerie qui la prit au dépourvu, et la regarda bien en face.

— Ce que j'ai à vous dire n'est pas très facile. En me réveillant ce matin, j'ai trouvé votre… votre short dans mon lit. Je n'ai pas la moindre idée de la façon dont il y est arrivé. Auriez-vous la bonté de m'éclairer ?

Elle n'avait pas prévu cette question et elle s'empourpra violemment, ne pouvant imaginer une situation plus gênante.

— Pour l'amour du Ciel, expliquez-moi ! s'impatienta-t-il.

— Vous… vous étiez très fatigué hier soir et vous… aviez beaucoup bu. Je vous ai aidé à monter dans votre chambre et à… vous coucher et…

— Continuez.

Les joues en feu et les yeux baissés, elle murmura :

— Vous m'avez demandé de m'allonger à côté de vous et je l'ai fait… Vous paraissiez tellement abattu.

— N'essayez pas de me mentir. Je veux savoir précisément pourquoi ce vêtement se trouvait à cet endroit.

— Vous désiriez que je me déshabille.

— Mon Dieu ! Et après, Lynn, et après, qu'ai-je fait ?

— R… rien.

— Pensez-vous que je vais vous croire ?

— C'est la vérité. Vous étiez épuisé et je suis partie dès que vous vous êtes endormi.

— Je n'étais pas seulement las. J'étais ivre aussi, n'est-ce pas ?

— Oui, accorda-t-elle à regret.

Il la fixait intensément, la clouant sur place par la seule force de son regard.

— Vous pouvez me jurer qu'il ne s'est rien passé d'autre ?

— Oui, Tor, affirma-t-elle courageusement.

Il poussa un grand soupir et, alors que Lynn se jugeait tirée d'affaire, il repassa à l'attaque, sur un autre point.

— J'ai vaguement le souvenir d'avoir été bavard hier soir. Qu'ai-je dit ?

— Vous m'avez expliqué que vous avez retrouvé Helena à Toronto et je vous ai répondu que je le savais déjà, répliqua-t-elle, cherchant une échappatoire. Tor, si vous avez fini, je vais rejoindre Michael. J'étais en train de l'aider à...

— Je suis loin d'avoir fini ! Qu'ai-je ajouté encore ?

— Rien d'important. Vous n'étiez pas tout à fait vous-même et vous racontiez un peu n'importe quoi.

— Allons, Lynn, renoncez à me mentir. C'est la vérité que j'exige. Vous ne quitterez pas cette pièce avant de m'avoir tout répété.

Incapable d'hypocrisie, de par sa nature autant que de par son éducation, Lynn avoua simplement :

— Je préfère ne pas le répéter.

— Et moi je me moque de vos préférences ! gronda Tor en donnant un violent coup de poing sur son bureau. Je *veux* savoir !

Lynn sursauta, affolée par sa brutalité, puis elle se ressaisit et s'emporta à son tour.

— Très bien, puisque vous insistez ! Vous m'avez dit que je vous rendais fou, que vous pensiez sans cesse à moi et que vous me désiriez. Par bonheur, vous aviez trop bu pour mettre votre plan à exécution.

— Petit démon, ne me provoquez pas ! N'oubliez pas que je ne suis plus ivre ce matin !

Elle pâlit et recula d'un pas, le jugeant assez emporté pour ne pas la menacer en vain. Elle osa néanmoins le défier et lança sur un ton sarcastique :

— N'essayez pas de me faire peur !

— Oh ma chère enfant, si je vous prenais dans mes bras, votre peur céderait vite la place à d'autres sentiments, j'en fais mon affaire.

Comme il s'avançait vers elle, elle s'écria d'un air suppliant :

— Non, Tor, non !

— Cette attitude farouche n'est pas de mise après ce qui s'est passé hier soir, ne trouvez-vous pas ?

— Je vous ai déjà expliqué qu'il ne s'est rien passé, fit-elle sur un ton las. Cette conversation ne nous mène à rien. Restons-en là.

Il parvint à se contrôler au prix d'un effort visible et déclara :

— Bien, d'accord. Mais je dois encore vous demander une chose. Vous ai-je parlé du motif de mon voyage à Toronto ?

— Non.

— Peut-être vous ai-je entretenue de mes projets ?

— Pas davantage, répliqua-t-elle avec sécheresse.

— Eh bien, je ne le regrette pas, conclut-il. Etant donné leur importance, cela valait tout de même mieux.

Songeur, il promena distraitement ses doigts sur une statuette en bronze. Son silence permit à Lynn de se remémorer ses allusions inquiétantes de la veille et elle eut une terrible prémonition. Les prochaines paroles de Tor allaient encore bouleverser sa vie.

— Qu'y a-t-il, Tor ? Dites-le-moi !

Il la considéra d'un air grave, accroissant son appréhension.

— Je suis allé voir une femme à Toronto.

— Ah ! fit-elle sans comprendre.

— Cette femme est votre mère, lança-t-il sans préambule.

Le sol sembla se dérober sous ses pieds et elle tenta en vain de se raccrocher au dossier d'une chaise. Si Tor ne l'avait pas retenue, elle serait tombée. Il l'aida à s'asseoir et elle secoua la tête pour chasser le brouillard qui l'environnait, puis elle leva vers lui un visage livide.

— Ma mère... ma mère est donc vivante ?

— Sans aucun doute. J'ai déjeuné avec elle hier.

Innombrables, les questions se bousculaient dans l'esprit de Lynn tandis que son cœur battait à se rompre. De toutes les interrogations suscitées par la révélation de Tor, elle commença par formuler celle qui la hantait depuis très longtemps :

— Si elle est encore en vie, pourquoi a-t-elle quitté mon père, pourquoi m'a-t-elle abandonnée ?

— C'est une longue histoire, Lynn, et il vaudrait mieux qu'elle vous la conte elle-même.

— Souhaite-t-elle me rencontrer ?

— Oui.

— Mais... mais comment l'avez-vous trouvée ?

— Dès le premier instant où je vous ai vue, vous m'avez rappelé quelqu'un. Il m'a fallu du temps pour découvrir qui. Mais certains indices m'ont mis sur la piste. Quand vous m'avez raconté que votre père détestait la musique et qu'il a cassé la radio quand il vous a surprise à écouter un concerto pour violon...

— Il s'agit d'une musicienne, coupa vivement Lynn en proie à une certitude aussi forte qu'instinctive.

— Une violoniste.

— Celle du disque de l'autre soir, murmura-t-elle, le regard perdu dans le vague, flottant entre le rêve et la réalité. Cette belle femme brune aux traits doulou-reux...

— Oui, Lynn, vous êtes la fille de Diana Lynley.

— Mais elle est très célèbre !

Pour la première fois, Tor eut un sourire gentiment amusé et il se détendit un peu.

— En effet. Cela ne l'empêche pas d'être votre mère.

Assaillie par trop d'émotions à la fois, Lynn balbutia en réprimant ses larmes :

— Je... je ne devine toujours pas comment vous avez réussi à... à entrer en contact avec elle.

— Cela n'a pas été très difficile. J'ai demandé à un ami de rechercher le certificat de mariage de votre père. Paul Selby a épousé Diana Elizabeth Lynley voici vingt-deux ans. Mon hypothèse étant confirmée, je lui ai téléphoné. Elle est en train d'effectuer une tournée au Canada et elle joue ces jours-ci avec l'orchestre symphonique de Toronto. Nous avions rendez-vous hier.

— Je vous remercie de vous être donné tout ce mal, fit faiblement Lynn.

— Quand vous connaîtrez son histoire, dont elle ne m'a exposé que les grandes lignes, vous saisirez pourquoi elle n'a jamais tenté de vous revoir.

— Quand pourrai-je la rencontrer ?

— Elle donne un concert samedi à Massey Hall. Elle aimerait que vous alliez l'écouter.

— M'accompagnerez-vous ? s'enquit Lynn, accordant sans même y avoir réfléchi une extrême importance à sa présence.

— Oui, je vous y emmènerai, répondit-il et, si son intonation comportait une note un peu restrictive, elle ne s'en aperçut pas.

Lynn quitta sa chaise pour arpenter la pièce, prenant les objets au passage et les remettant en place en marmonnant :

— Je ne peux pas le croire... je ne peux pas le croire... Après toutes ces années ? Etait-elle heureuse d'avoir de mes nouvelles ? Est-elle impatiente de me voir ?

— Certainement, mais vous vous doutez bien qu'elle a reçu un grand choc, affirma Tor.

— Possédez-vous d'autres renseignements d'elle ? J'aimerais les entendre.

— Oui, j'en ai plusieurs. Je vais vous montrer où ils

sont rangés. Mais cet après-midi, il faudrait que vous sortiez vous acheter une robe du soir.

— Pour rencontrer ma mère ? s'enquit Lynn en prononçant avec hésitation ces deux derniers mots si nouveaux pour elle.

— Oui. Nous irons dîner avant le concert. D'ailleurs, je me demandais si vous désireriez partir un jour plus tôt pour rendre visite à vos amis de Sioux Lake.

— Ce serait merveilleux ! s'exclama-t-elle avec un sourire radieux.

Sans la regarder, Tor la questionna d'une voix grave :

— Vous ne vous sentez toujours pas chez vous ici, n'est-ce pas ? Vous pensez encore à votre maisonnette de l'Ontario...

Comment aurait-elle pu lui avouer qu'elle était chez elle partout où il se trouvait ? Se faisant violence, elle déclara :

— Mon foyer me manque parfois. Mais qu'y a-t-il d'étonnant à cela ? J'ai passé toute ma vie là-bas. Je me réjouis vraiment à l'idée de revoir Margaret.

Jetant un coup d'œil à l'horloge ancienne sur la cheminée, elle ajouta :

— J'ai convenu de l'appeler dans une demi-heure. Pour quand puis-je lui annoncer notre arrivée ?

— Nous y serons jeudi en fin d'après-midi ou en début de soirée et, selon le temps, nous repartirons soit vendredi, soit samedi très tôt.

— Etes-vous sûr d'avoir tant de temps à me consacrer ? s'enquit-elle d'une voix anxieuse. Et puis, tous ces voyages vous coûtent une fortune.

— Je crois que nous avons déjà réglé la question de l'argent. Quant au temps, il se trouve que je n'en manque pas cette semaine. Vous souvenez-vous de ce jour où nous avons parlé de ce portrait ? J'avais deux commandes pour des portraits analogues à celui que je vous ai montré et je les ai annulées.

Elle ne résista pas au désir de poser timidement sa main sur son bras.

— J'en suis heureuse, Tor, c'est un début.

— Le début de quoi ? Je voudrais bien le savoir.

— D'une nouvelle carrière où vous ne peindrez que ce que vous aimerez.

— A vous entendre, tout paraît très simple.

Les sourcils froncés, il s'écarta, se dérobant aux doigts de la jeune fille, et déclara sur un ton qui valait un renvoi :

— Allez donc appeler Margaret.

Comme Lynn pouvait le prévoir, son amie se montra enchantée à la perspective de recevoir sa visite. Un autre feu s'était déclaré dans la région, mais Raoul avait disparu. Bernard était resté absent pratiquement tous les jours et la jeune femme se sentait bien seule.

— Viens me voir dans l'une de tes nouvelles tenues et apporte-moi quelques livres, recommanda-t-elle avec une gaieté forcée.

Deux jours plus tard, Tor posa l'avion qu'il avait loué sur le lac. A ses côtés, Lynn était vêtue d'un léger ensemble gris dont la veste s'ouvrait sur un corsage lilas. Considérant d'un air perplexe ses chaussures à hauts talons, elle demanda à son compagnon :

— Comment vais-je descendre maintenant ?

Du quai, Tor la regarda d'un air amusé. Le vent lui ébouriffait légèrement les cheveux et, avec son irrésistible sourire, il semblait terriblement séduisant.

— Sautez. Je vous tends les bras.

— Je ne vous fais pas confiance.

— Dépêchez-vous sinon je vous abandonne là !

Avec un petit rire, elle se laissa glisser hors de la carlingue et Tor la garda un instant contre lui avant de lui permettre de toucher le sol. De gaie et humoristique, son expression était soudain devenue grave.

— Vous êtes très différente de la jeune fille qui a

quitté Sioux Lake si récemment. Je me demande si vous pourriez à nouveau vivre ici.

Lynn considéra les maisons groupées en désordre derrière le quai parmi les conifères, et les lieux lui parurent étrangement médiocres et insignifiants. Elle se réjouit alors de ne pas avoir prévu de retourner jusqu'à son logis car elle désirait en conserver un souvenir intact et merveilleux. Puis deux petites silhouettes arrivèrent en courant et elle s'écria :

— Voici Stephen et Kevin !... Et Margaret !

Plus ils approchaient, plus les garçonnets ralentissaient leur allure. Ils étudiaient l'élégante jeune femme qui venait de quitter l'avion, d'un air intimidé. Stephen se reprit le premier et il lança sur un ton accusateur :

— Tu as de la couleur sur les yeux !

— Et tu as une jupe ! renchérit le cadet.

Partagée entre le rire et la gêne, Lynn se baissa pour se mettre à leur hauteur et déclara :

— Mais c'est toujours moi. Ne voulez-vous pas m'embrasser ?

Stephen se risqua plus près d'elle et affirma :

— Tu es jolie.

— Merci, mon chéri.

Afin de ne pas être en reste, Kevin assura à son tour :

— Tu sens bon.

— J'ai des cadeaux pour vous dans ma valise, annonça Lynn avec des manières de conspirateur.

— Un nouveau camion ? s'enquit Kevin.

— C'est un secret, tu verras.

En retrait, Margaret avait assisté à la scène en souriant, s'amusant des réactions de ses fils. Dès que leur étonnement fut calmé, elle s'avança et serra Lynn dans ses bras. Elle la repoussa ensuite pour mieux l'admirer et s'exclama :

— Tu es ravissante, ma chérie ! Je vous remercie de me l'avoir amenée, Tor. Si vous avez toutes vos affaires, allons à la maison. Le dîner est prêt et je suis sûre que vous avez faim.

Durant le voyage, Lynn avait parlé à Tor du nouvel incendie, de l'absence presque continuelle de Bernard et de l'épreuve qu'elle constituait pour sa femme. Tout au long de la soirée, elle s'émerveilla du tact et de l'habileté avec lesquels il s'efforça, sans en avoir l'air, de faire passer une soirée gaie et détendue à son amie. Il lui fit présent d'un parfum célèbre, joua avec les enfants, anima par moments la conversation et à d'autres, s'arrangea pour laisser Lynn et Margaret en tête à tête.

Il devait dormir sur la banquette transformable et Lynn sur un matelas pneumatique dans la chambre de Kevin. Après avoir fait sa toilette, la jeune fille se dirigea vers le salon et hésita sur le seuil, le regardant faire son lit.

— Tor ?

Il tourna vers elle un visage indéchiffrable et elle enchaîna d'une voix mal assurée :

— Margaret a oublié ses soucis ce soir, je vous en remercie, car c'est en grande partie grâce à vous.

Il accueillit ses gentilles paroles d'un simple hochement de tête et ne consentit même pas à sourire. Effacés sa bonne humeur et son entrain, il se montrait sombre et maussade. Lynn en conclut qu'il avait agi dans le seul intérêt de Margaret et nullement pour lui faire plaisir, aussi déclara-t-elle sèchement :

— Eh bien, bonne nuit.

— Bonne nuit, répliqua-t-il avant de pivoter de nouveau sur lui-même.

Lynn s'éloigna le cœur gros, mais sa fierté lui interdit de pleurer. Durant toutes ces dernières heures, elle s'était réjouie de trouver son tuteur si aimable, spirituel et ouvert. Il venait de réduire son bonheur à néant, et elle se demanda si l'amour et la souffrance n'allaient pas fatalement de pair...

Lynn se réveilla tôt le lendemain matin et elle s'étonna de voir le lit de Kevin déjà vide. Sans doute était-il sorti, car il régnait le plus grand calme dans la maison. Se levant, elle enfila sa robe de chambre et quitta la pièce. De la porte du salon, elle contempla un instant Tor, couché sur le ventre, la tête enfouie dans son oreiller. Une vague de tendresse déferla en elle et sembla se retirer pour la laisser frémissante d'émotion et de désir. Affolée par l'intensité de ses sentiments, elle s'enfuit dans la cuisine avec l'espoir de reprendre ses esprits en préparant son petit déjeuner. Un événement imprévu la ramena à la réalité tout autrement et bien plus vite. Par la fenêtre, elle aperçut Kevin debout en pyjama près de la clôture. Il parlait avec un homme roux, barbu, très mal habillé. Sous le regard stupéfait de Lynn cet homme ouvrit sans la moindre gêne le portillon pour remettre un objet à l'enfant.

Lynn n'hésita pas un instant. Elle sortit en courant de la maison et rejoignit le garçonnet en criant :

— Kevin !

Avec un sourire radieux, celui-ci lui montra le jouet qu'il venait de recevoir.

— C'est un camion.

— Il est très beau, affirma doucement Lynn afin de ne pas l'effrayer, mais il faut que tu le rendes.

— Qu'il le garde, il n'y a pas de mal à cela.

Soutenant courageusement le regard dur et glacial de l'homme, Lynn déclara :

— Kevin n'a pas le droit d'accepter des cadeaux de la part d'étrangers.

Les yeux bleus se détachèrent des siens pour la détailler avec audace, devinant ses formes sous le léger vêtement blanc. Rougissante, elle recula instinctivement d'un pas, consciente d'être seule face à cet individu avec un petit enfant. L'homme éclata d'un rire moqueur et sa main calleuse s'abattit sur son épaule.

— Lâchez-moi ! protesta-t-elle. Je sais qui vous êtes et je vais vous dénoncer !

— A qui me dénoncerez-vous ? Le policier est parti

lutter contre des incendies et il ne reviendra pas de si tôt !

— Que voulez-vous dire ? lança-t-elle, alertée par la menace qui transparaissait dans son intonation.

L'expression de la haine à l'état pur passa sur le visage bouffi et rougeaud de l'homme qui ricana :

— Ne vous occupez pas de ça. D'ailleurs, il est très bien où il est. Pendant ce temps, il ne peut pas envoyer des gens comme mon frère en prison.

— Votre frère est un meurtrier.

— Ah oui ! Vous avez l'air bien au courant. Au fait, qui êtes-vous ?

En discutant, Lynn avait remarqué une vilaine plaie sur le front de son interlocuteur. Elle s'étalait presque entièrement jusqu'à l'un de ses sourcils. Persuadée qu'il s'agissait d'une brûlure, elle demanda :

— Que vous est-il arrivé à l'œil ?

— Vous êtes trop maligne ! Je vous conseille de l'être un peu moins sinon je serai obligé de fermer votre jolie petite bouche pour toujours !

Tout proche d'elle, l'homme sentait la fumée et oubliant la plus élémentaire prudence, Lynn ne résista pas à la tentation de le provoquer :

— C'est une brûlure, n'est-ce pas ? Comment vous l'êtes-vous faite, Raoul ?

Elle ne ressentit pas de douleur, mais seulement un coup effroyablement brutal qui l'envoya rouler à terre. Dans une sorte de brouillard, elle entendit crier Kevin, puis il y eut un bruit de pas précipités.

— Lynn, êtes-vous blessée ? lança une voix inquiète tandis que deux bras fermes l'aidaient à se relever.

Elle cligna des paupières, incapable de supporter d'emblée la lumière et laissa échapper un gémissement.

— Où est Kevin ? s'écria-t-elle dès que la mémoire lui revint.

— A côté de vous. Ses cris m'ont réveillé. Que s'est-il passé ?

Tout étourdie, elle raconta brièvement le comportement de Raoul, concluant :

— Je suis certaine qu'il est à l'origine des incendies.
Il a une brûlure sur le front et il sent la fumée.

— Peut-être a-t-il aidé à combattre le feu, suggéra
Tor.

— Oh, je n'y avais pas pensé ! fit-elle, un peu
déroutée.

— Mais la police doit avoir la liste des sauveteurs.
C'est très facile à contrôler.

— Sans doute, acquiesça-t-elle en tâtant avec une
grimace sa mâchoire endolorie.

— Que cette histoire vous serve de leçon, déclara
sévèrement Tor. Pourquoi ne m'avez-vous pas appelé ?

— Tout est arrivé si vite, expliqua-t-elle pour se
justifier.

Elle ne put s'empêcher de frémir au souvenir de
l'horrible scène et elle assura :

— Soyez tranquille, je ne tiens pas à rencontrer
Raoul une seconde fois.

— Lynn ! Mais que faites-vous donc tous là-bas ? cria
Margaret du seuil de la maison.

Ils remontèrent la petite allée avec l'enfant et Tor
exposa les faits en atténuant volontairement l'aspect
dramatique. Au fur et à mesure qu'elle l'écoutait,
Margaret pâlissait néanmoins et, quand il se tut, elle
s'agenouilla auprès de son fils.

— Kevin, tu ne parleras plus jamais à cet homme, et
tu ne prendras plus jamais ce qu'il essaiera de te
donner. As-tu bien compris ? Il est méchant, Kevin.

— Oui, il est méchant, renchérit le garçonnet dont la
lèvre inférieure tremblait. Il a battu Lynn.

— Alors tu vois que j'ai raison, insista Margaret.

Puis, afin de ne pas l'accabler, elle se releva et le
prenant par la main, elle annonça gaiement :

— Et maintenant, tu vas prendre ton petit déjeuner.
Viens choisir la confiture qui te plaira.

L'enfant mangea avec appétit et sembla reléguer l'incident au fond de sa mémoire.

Le reste de la journée ne fut marqué par aucun événement particulier. Tor inspecta les environs sans découvrir la moindre trace de Raoul. A la nuit tombée, alors que Kevin et Stephen dormaient, Margaret et ses invités entendirent un avion. Les mains jointes, elle lança :

— C'est peut-être Bernard ! Oh, je l'espère !

Elle courut à la fenêtre et essaya en vain de percer l'obscurité.

— Accepteriez-vous de rester avec les garçons pendant que je descends jusqu'au lac ? s'enquit-elle.

Sans même attendre leur réponse, elle quitta la maison en courant, manifestant une folle impatience.

Après son départ, Tor alla se poster devant les vitres et murmura pour lui-même :

— Je souhaite que ce soit Bernard. Margaret ne devrait pas demeurer seule ici.

Il poussa soudain une exclamation et sortit vivement à son tour en s'exclamant :

— Les voilà et je crois qu'ils ont besoin d'aide !

Lynn se rendit sur le pas de la porte et vit Bernard remonter lentement vers la maison, s'appuyant sur sa femme qui portait aussi son sac. Tor s'empressa de la délivrer de ce fardeau et passa un bras autour de la taille de Bernard afin de le soutenir.

Lynn parvint difficilement à dissimuler son étonnement tant le policier semblait mal en point. Il s'écroula dans un fauteuil en cherchant son souffle. Plusieurs minutes s'écoulèrent avant qu'il fût capable de parler.

— Excusez-moi, marmonna-t-il, je suis exténué.

Lynn lui trouva le même visage qu'aux mineurs que les sauveteurs tirent d'un puits après une explosion de grisou.

Affreusement inquiète, Margaret s'agitait avec fébrilité et Tor prit le contrôle de la situation.

— Apportez donc du whisky, Margaret. Lynn, nous

n'avons pas mangé tout le ragoût, n'est-ce pas ? Faites réchauffer le reste.

Quand la jeune fille revint dans le salon, son amie était en train d'ôter les bottes de son mari, puis elle posa sa tête sur ses genoux et, d'une main noire de poussière, il caressa ses cheveux.

— J'ai dû dormir en tout et pour tout quatre heures ces trois derniers jours. Le dernier incendie a causé d'énormes ravages.

Il but une gorgée d'alcool et adressa un sourire qu'il voulut gai à Lynn.

— Mais je préfère oublier cela pour le moment. Parlons plutôt de vous. Vous êtes éblouissante.

— Merci !

Comme à Margaret, elle lui décrivit sa nouvelle vie et lui annonça sa prochaine rencontre avec sa mère. Il l'écouta gentiment puis soudain, son regard se durcit malgré la fatigue, et il la questionna brusquement :

— Qu'avez-vous au visage ?

Hésitante, elle interrogea Tor des yeux et celui-ci déclara :

— Autant vous mettre au courant tout de suite. Le témoignage de Lynn peut vous intéresser.

Instruit de l'affaire, Bernard affirma :

— Je finirai bien par l'attraper. Le filet se resserre peu à peu. L'incendiaire commence à commettre des négligences. Nous avons trouvé des empreintes près du lac aux environs du dernier feu.

Considérant sa femme, toujours agenouillée devant lui, il enchaîna :

— Ainsi, Raoul était ici ce matin. Kevin a dû avoir peur.

— Nous avons tous eu peur, répliqua Margaret d'une voix inégale.

— Oui, il ne faut pas négliger l'avertissement cette fois. Tu ne peux plus rester seule ici tant que le problème n'est pas réglé.

S'adressant à Tor, il demanda :

— Vous comptez partir demain à ce que j'ai cru comprendre ?

— Oui, demain matin.

— Votre avion est assez grand pour que vous emmeniez Margaret et les enfants à Toronto. Ils iront s'installer dans un hôtel.

— Non, Bernard, je ne veux pas partir.

Oubliant la présence de Lynn et de Tor, Bernard se pencha vers sa femme, son visage exprimant tout l'amour qu'il éprouvait pour elle en un mélange touchant avec les signes de la fatigue imprimés sur ses traits.

— Il n'y a pas d'autre solution, ma chérie. Si Raoul a provoqué ces incendies, et j'en suis presque certain, il s'agit d'un homme extrêmement dangereux. D'ailleurs, il vient de prouver ce matin qu'il est violent. Je ne peux plus te laisser, or je dois repartir dans deux jours au plus tard. Je me refuse à vous faire courir le moindre risque aux enfants et à toi. Tu me comprends, chérie, n'est-ce pas ?

D'ordinaire si sûre d'elle et énergique, Margaret pleurait en silence, les doigts crispés sur la cuisse de son mari comme si elle s'accrochait à lui afin de ne pas se noyer.

— Je suis folle d'inquiétude quand tu t'absentes, gémit-elle. Mais ici, je dispose au moins de la radio pour te parler et je te vois entre deux missions. Si je pars à Toronto, je ne saurai même plus où tu es. Non, Bernard, je ne pourrai pas le supporter. C'est impossible, je…

— Crois-tu que je ne souffre pas aussi à l'idée de ne pas te trouver à la maison lorsque je rentrerai ? Tu n'ignores pas combien je t'aime, Margie chérie, mais il faut aussi penser aux garçons, déclara-t-il sur un ton voilé par l'émotion.

— J'aime nos enfants mais je suis ta femme et ma place est à tes côtés.

Après les larmes, de violents sanglots commencèrent

à la secouer et Bernard la considéra d'un air tourmenté, en proie à une profonde indécision.

D'un signe, Tor invita Lynn à quitter la pièce. Très touchée par cette scène, elle était sur le point de pleurer aussi. Dans la cuisine où elle s'enferma avec son compagnon, elle parvint à se ressaisir.

— Que devrait-elle faire à votre avis ? s'enquit-il.

Cette question rappela à Lynn le soir où ils avaient parlé de son art d'égal à égal. Pour la seconde fois, Tor se montrait très simple et humain, ne cachant pas qu'il comptait sur son opinion pour l'éclairer.

— Je n'en sais rien, avoua-t-elle en toute honnêteté. En tant que mère, elle devrait emmener ses enfants à Toronto, mais en tant qu'épouse, elle ferait mieux de rester pour Bernard.

— Mais à sa place, que décideriez-vous ?

— Je resterais, répondit-elle sans l'ombre d'une hésitation. Si l'homme que j'aimais avait besoin de moi, et tel est le cas de Bernard en ce moment, je resterais.

Arborant un air étrange, Tor hocha la tête.

— Celui que vous aimerez aura de la chance, jugea-t-il.

Elle regretta de ne pas pouvoir lui révéler qu'elle lui avait déjà donné son cœur pour toujours. Avec un petit rire qui sonna faux, elle lança :

— Il s'agit d'une pure hypothèse !

La cuisine s'avéra exiguë pour cette joute verbale. Tor dominait Lynn de sa haute taille et, même en se réfugiant à l'extrémité opposée de la pièce, elle se sentit oppressée au point de ne plus oser respirer.

— Vous seule êtes en mesure de dire s'il ne s'agit que d'une hypothèse. Etes-vous amoureuse, Lynn ?

Elle était comme pétrifiée par son regard pénétrant et, ne disposant pas d'autre moyen de lui échapper, elle baissa les yeux.

— Je vous ai posé une question, Lynn.

Lui mentir ne lui vint pas une seconde à l'idée et elle protesta sur un ton contrarié :

— Quelle conversation ridicule ! Cessez de me taquiner !

— Vous n'avez qu'à répondre oui ou non.

Comme elle paraissait affreusement embarrassée il se fâcha soudain.

— Ce comportement constitue une réponse. Vous m'avez donc trompé à propos de Ken. C'est lui que vous aimez, n'est-ce pas ? Ce ne peut être que lui. Avouez !

— Rien ne m'y oblige, répliqua-t-elle sur le même ton, les joues rouges, les yeux semblables à deux émeraudes scintillantes. Vous croyez qu'il vous suffit d'exiger pour être obéi. Eh bien, il n'en sera pas ainsi pour une fois !

— Vraiment !

Souple comme un félin qui fond sur sa proie, il contourna la table afin de la rejoindre.

— Savez-vous que vous êtes très belle quand vous êtes en colère ?

— Si vous me touchez, je hurle ! menaça-t-elle. Vous vous expliquerez ensuite avec Bernard et Margaret.

Il s'empara d'elle si vite qu'elle ne put se défendre. Il couvrit sa bouche de la sienne et ses mains, brûlantes et impatientes, proclamèrent sa défaite partout où elles effleurèrent son corps. Le désir, aussi invincible qu'un raz de marée balaya sa révolte. Mais de l'autre côté de la porte, Bernard annonça soudain :

— Nous allons nous coucher, Margie et moi.

Aussi vivement qu'il l'avait enlacée, Tor la repoussa et, malgré la flamme qui brillait dans ses yeux, proposa calmement :

— Entrez donc.

Lynn se retourna, saisit au hasard la bouilloire, l'emplit d'eau et la mit sur la cuisinière.

— Désirez-vous boire encore un peu de café, Bernard ? lança-t-elle pour donner le change.

— Non, merci, Lynn. Mais si vous voulez que l'eau chauffe, utilisez la bonne plaque.

— Oh je... je me suis trompée, balbutia-t-elle, rougissante, en constatant son étourderie.

Margaret apparut à son tour dans l'encadrement de la porte, le visage encore tout baigné de larmes. Accablés de fatigue et de tracas, son mari et elle n'incarnaient pas l'image romantique du couple d'amoureux rayonnants et pourtant, leurs sentiments éclataient avec une évidence si criante que Lynn en eut la gorge serrée.

— Margaret reste finalement, déclara Bernard. Nous avons décidé de demander aux Manson, nos voisins que vous connaissez, de venir dormir ici afin qu'elle ne soit pas seule avec les enfants la nuit.

— Cela me semble une bonne idée, approuva Tor en tendant la main au policier. Ne vous levez pas pour nous demain matin, nous allons partir à l'aube. Bonne chance, Bernard. Soyez prudent. Me permettez-vous d'embrasser votre femme ?

— Mais je vous y autorise de moi-même ! glissa Margaret, provoquant un éclat de rire général et, grâce à Tor, ils se quittèrent dans une atmosphère plus légère.

— Je penserai à toi demain soir, promit Margaret à Lynn. Je suis si heureuse à l'idée que tu connaisses enfin ta mère !

Les adieux durèrent encore quelques instants, puis Tor et Lynn se retrouvèrent à nouveau seuls. La jeune fille retira la bouilloire du feu.

— Je n'ai pas vraiment envie de café. Et vous ?

— Moi non plus. Sortons un petit moment. J'ai besoin de prendre l'air, et il faut que je vous dise quelque chose.

— Dites-le-moi ici, suggéra Lynn qui se sentait plus en sécurité à l'intérieur de la maison qu'au-dehors.

— Non, venez.

Dans l'impossibilité de se dérober, elle le suivit dans la nuit. Leurs pas crissaient sur le gravier et ils marchaient côte à côte sans se frôler. Ils quittèrent bientôt la petite agglomération. Plus il avançaient, plus la voie se rétrécissait, se réduisant bientôt à une simple piste dans la forêt. De la main, Tor indiqua à Lynn de le précéder et, habituée à voir dans le noir, elle progressa sans hésiter jusqu'au moment où elle déboucha dans une clairière en bordure du lac.

Tor se baissa pour ramasser un caillou qu'il jeta dans l'eau. Tandis que la pierre rebondissait, il lui demanda :

— Vous êtes-vous amusée à ce jeu ? Etant enfant, je faisais des concours de ricochets avec des camarades.

— Moi aussi, j'ai joué ainsi, affirma-t-elle sans ignorer qu'il ne l'avait pas entraînée jusque-là pour l'entretenir de son enfance.

Elle en conclut qu'il avait une révélation désagréable à lui faire et elle essaya de se préparer à entendre le pire. Quand il pivota brusquement vers elle, les traits indistincts, la chemise formant une vague tache claire, il annonça :

— Demain après le concert, je vous conduirai dans la loge de votre mère et je vous laisserai. Il faut que vous restiez en tête à tête.

— Je vous remercie de votre délicatesse. Je rentrerai à l'hôtel en taxi.

— Non.

Cette syllabe la secoua plus violemment encore que le coup de poing de Raoul le matin de ce jour-là.

— Je... ne comprends pas, murmura-t-elle.

— Votre mère désirera certainement vous garder auprès d'elle.

— Sans doute, mais je me rendrai mieux compte de la situation quand je l'aurai rencontrée. Pour l'instant, tout cela me paraît bien imprécis.

— C'est naturel.

— Quand retournons-nous à Halifax ?

— Je pars dimanche matin.

— Et moi ? s'enquit-elle d'une voix tremblante

— Votre mère désirera certainement vous garder auprès d'elle, répéta-t-il sans impatience apparente.

— Définitivement ?

— Oui.

— Pour vivre avec elle ? demanda-t-elle encore dans l'espoir de recevoir une réponse différente à cette nouvelle question.

— Eh bien, oui. Elle est votre mère après tout.

— Dans ce cas, je ne vous reverrai plus.

— En effet, affirma-t-il sur un ton dur. Etant donné les circonstances, cela vaut peut-être mieux.

Se raccrochant au premier argument venu, elle s'écria :

— Vous ne pouvez pas m'abandonner ainsi ! Vous êtes mon tuteur.

— Puisque vous avez Diana, vous n'avez plus besoin de tuteur.

Cette affirmation d'une logique incontestable l'emplit d'effroi. Glacée jusqu'aux os et brûlante en même temps, elle lança d'une voix altérée :

— Je commençais juste à m'habituer à votre maison et à me faire des amis. Je ne veux pas aller à Toronto.

— Vous ne resterez pas à Toronto. Diana partira dès la fin de son contrat. Vous voyagerez dans le monde entier. N'oubliez pas qu'elle est une grande artiste. Vous avez beaucoup de chance.

Se sentant acculée, Lynn balbutia faiblement :

— Vous... vous ne voulez donc plus de moi ?

Il s'avança dans l'obscurité, ses prunelles luisant d'un intense éclat dans la masse floue du visage.

— Il est préférable que vous viviez avec votre famille.

— Pour qui est-ce préférable ?

— Pour nous deux.

— Non, ce n'est pas vrai, protesta-t-elle en secouant la tête.

— Si, Lynn, soutint-il impitoyablement. Allez-vous m'obliger à vous donner des explications ? Ne savez-

vous pas ce qui arrive chaque fois que nous sommes
seuls ensemble ? Dois-je vous dire ce que j'ai envie de
faire maintenant, en cet instant même ?

Sa voix trahissait un tourment intérieur intense tandis
qu'il s'emparait de son bras.

— Je rêve de m'étendre sur l'herbe avec vous, de
contempler votre corps sous les étoiles. Je veux vous
couvrir de baisers et de caresses. Vous m'accusez de ne
plus vouloir de vous, mais rien n'est plus faux !

Accablée, Lynn eut l'impression qu'ils étaient pris
dans un cercle infernal. Un même désir les poussait l'un
vers l'autre, mais il ne s'accompagnait, hélas, pas
d'amour chez Tor comme chez elle. Aussi, en vertu de
ses principes, celui-ci se refusait à « profiter de son
innocence », ainsi qu'il le lui avait déjà expliqué. Face à
une telle situation, il ne pouvait souhaiter qu'une
chose : être délivré de sa présence et de la tentation
permanente qu'elle représentait.

Connaissant d'avance sa réponse, elle déclara néanmoins dans un murmure :

— Je suis à vous si vous le désirez.

— Non.

Reconnaissante à l'obscurité de la nuit de cacher la
souffrance qui se peignit sur son visage, elle but jusqu'à
la lie la coupe amère de l'humiliation et du rejet.

— Rentrons, fit-elle au bout de quelques instants.

Cette fois, il partit devant elle. Le trajet du retour lui
parut interminable. Elle ne put réprimer ses larmes par
moments. Dans le bungalow des Whittier, Tor n'alluma
pas la lumière. Sur le seuil du salon, il déclara
sèchement :

— Bonne nuit. Je vous réveillerai demain matin
pour le départ.

Elle essaya de répliquer, mais les sons refusèrent de
sortir de sa gorge. Tor perçut son désarroi et il lança
avec impatience, sans hausser le ton par égard pour
leurs hôtes :

— Oh Lynn, ne vous mettez pas dans cet état ! Je m'efforce d'agir au mieux.

Incapable d'en supporter davantage, elle s'enfuit jusqu'à sa chambre et se mit à sangloter, effondrée contre la porte. Tor ne l'aimait pas... il ne l'aimait pas. En dépit de sa rencontre toute proche avec sa mère, elle avait perdu la joie de vivre et l'espoir.

12

PÂLE, cernée, fatiguée, Lynn se montra peu bavarde le lendemain matin. De son côté, Tor semblait aussi avoir mal dormi et son comportement ne fut guère plus engageant. Tandis que l'avion s'élevait dans le ciel, Lynn contempla Sioux Lake en se demandant si elle y reviendrait un jour. Une violoniste comme sa mère ne devait jamais se rendre en des endroits aussi reculés. Perdue dans ses conjectures, elle se laissa aller en arrière contre le dossier de son siège et finit par fermer les paupières. Comment se conduisait dans la vie quotidienne cette femme dont le portrait ornait d'innombrables pochettes de disques dans le monde entier ?... Cette femme qui avait joué dans tous les pays pour des rois, des reines et des présidents ? Pourquoi avait-elle abandonné sa fille sans jamais chercher à la revoir ?

Ces questions trouveraient peut-être une réponse le soir-même. Pendant que l'appareil volait vers le sud, Lynn sombra imperceptiblement dans un sommeil troublé de cauchemars. Elle s'enfonçait dans un marécage, une mer de boue noire et, l'un après l'autre, son père, sa mère et Tor lui lançaient un adieu moqueur sans tenter le moindre geste pour la sauver de la mort.

— Réveillez-vous ! Vous êtes en train de rêver !

Elle ouvrit les yeux pour découvrir le visage même qui la hantait, dur, tendu, impitoyable. Elle ne put s'empêcher de frémir et se détourna sans un mot pour étudier le paysage par le hublot. La vue des routes et des immeubles de la banlieue de Toronto lui procurèrent un vif soulagement. Le voyage touchait à son terme.

En reprenant un taxi afin de gagner l'hôtel habituel de Tor, elle éprouva une impression étrange, comme si elle vivait le même épisode pour la seconde fois. Mais ce jour-là, l'étonnement était absent de ses sentiments, et l'angoisse provenait de nouvelles causes. Parfaitement adaptée à l'environnement luxueux avec ses vêtements élégants et sa coiffure, elle n'en redoutait pas moins l'avenir.

Le dîner constitua une véritable épreuve. Incapable de manger, Lynn grignotait en subissant la conversation polie et impersonnelle que Tor avait décidé de mener. Elle eut hâte d'arriver à Massey Hall, un vaste édifice en briques vivement illuminé. En un flot harmonieux et lent, les spectateurs montaient le grand escalier. Lynn et Tor se mêlèrent à eux et on les conduisit dans l'une des meilleures loges. Très impressionnée, Lynn regarda la salle se remplir dans un bourdonnement incessant de voix. Comme elle, les gens tenaient en main des programmes ornés d'une photographie de sa mère qui devait jouer en seconde partie.

A un être déchiré comme Lynn entre l'homme qu'elle aimait et la mère qu'elle ne connaissait pas encore, la symphonie de Tchaïkovsky qui ouvrait le concert apporta un message ô combien transparent de désespoir et d'inquiétude. Lorsque la dernière note résonna et que les applaudissements retentirent avec des roulements de tonnerre, elle resta immobile, les mains jointes sur les genoux, encore envoûtée par la musique. Respectant son émotion, Tor s'éloigna en silence.

Elle n'eut pas besoin de se retourner pour savoir quand il fut de retour. Elle sentit son regard sur elle, un regard qui évaluait à sa pose raide et figée la tension nerveuse qu'elle endurait. Les musiciens de l'orchestre accordaient leurs instruments, puis à la cacophonie succéda tout à coup un calme total, lourd d'attente.

L'instant suivant allait demeurer à jamais gravé dans la mémoire de Lynn. Deux personnes sortirent des coulisses et la jeune fille n'eut d'yeux que pour la femme élancée, dont la robe noire très austère contrastait avec le visage très pâle, couronné d'une abondante chevelure auburn. Le chef d'orchestre, un homme corpulent et barbu, s'avança pour déclarer :

— Miss Lynley souhaite faire une déclaration.

D'une voix claire et douce, Diana Lynley annonça fermement :

— Je souhaite dédier ce concerto pour violon de Tchaïkovsky à ma fille, Lynn, qui se trouve ce soir dans la salle.

L'espace d'une seconde, Lynn crut que la silhouette au port altier posait son regard sur elle. Les larmes brouillèrent pendant quelques instants son champ de vision tandis qu'après d'autres applaudissements, le chef levait sa baguette.

Ensuite, Lynn ne vit pas le temps passer. Des images fascinantes ponctuèrent pour elle la musique : des doigts fins et blancs sur les cordes du violon, un bras vêtu de noir qui maniait l'archet avec une assurance absolue, une tête baissée dans une attitude attentive quand l'orchestre jouait seul. Et tout cela, c'était la soliste... Diana Lynley... sa mère. Toutes les craintes de Lynn s'envolèrent. A travers les magnifiques mouvements du chef-d'œuvre, sa mère lui adressa le plus merveilleux des accueils et lui promit le bonheur.

Animée d'un nouvel espoir, elle suivit sans hésiter Tor le long d'un sombre couloir menant aux coulisses. Mais arrivée devant une porte peinte en marron, elle se sentit soudain faiblir.

Tor se tourna vers elle, splendide dans son smoking, avec sa chemise d'une blancheur étincelante. D'une voix étranglée, teintée d'agressivité, il lança :

— Vous pourrez peut-être me donner un coup de téléphone d'ici un jour ou deux pour m'informer de vos projets.

— Vous intéressent-ils ? fit-elle tout bas.

— Ne relancez pas cette discussion, Lynn. Votre place est auprès de votre mère. Je vous l'ai déjà dit.

— Alors nous devons nous séparer ?

Poussée par une force irrépressible, elle s'approcha de lui et se mit sur la pointe des pieds pour l'embrasser, cherchant délibérément ses lèvres, puis elle recula, les yeux brillants de larmes.

— Au revoir, Tor, jamais je ne vous oublierai.

Obéissant toujours à cet étrange esprit de décision qui s'était emparé d'elle, elle le dépassa et frappa deux coups énergiques à la porte. Derrière elle, elle l'entendit s'éloigner tandis que devant elle s'éleva une voix impérieuse :

— Entrez !

Elle prit une grande inspiration et entra.

Comme un vaste jardin, la loge était envahie par les fleurs. Assise en face d'un miroir, Diana quitta son siège à l'apparition de la jeune fille et pivota vers elle. Quoiqu'un peu plus petite que Lynn, elle s'imposait par la forte personnalité qui émanait d'elle. Ses yeux gris se fixèrent sur l'arrivante et elle déclara calmement, articulant les syllabes avec élégance :

— Te voici donc, tu es Lynn.

Déroutée par le calme olympien de son interlocutrice, Lynn n'osa pas se jeter dans ses bras ainsi qu'elle se l'était imaginé.

— Oui, je suis Lynn, répondit-elle sur le même ton.

— M. Hansen n'est pas avec toi ?

— Non.

— Quel homme plein de tact ! Cela ne m'étonne pas, il est merveilleux.

Lynn se garda bien de se prononcer sur ce sujet. D'ailleurs, la gorge nouée par l'émotion, elle ne pouvait qu'observer sa mère en guettant ses prochaines paroles. Celle-ci prit une cigarette dans un étui en or et l'alluma avec le briquet assorti, chacun de ses gestes étant imprégné d'une grâce naturelle.

Au bout de quelques instants, Lynn éprouva la nécessité de rompre le silence, et elle balbutia :

— Le... le concerto était magnifique. Merci de me l'avoir dédié.

— Connais-tu bien la musique classique ?

— Non, avoua-t-elle en rougissant. Papa ne m'a jamais autorisée à en écouter.

— Etant donné les circonstances, cela ne m'étonne pas.

— Quelles circonstances ? s'enquit Lynn, ne contrôlant plus son impatience et sa curiosité. Que s'est-il passé ? Pourquoi es-tu partie sans donner signe de vie pendant toutes ces années ?

— T'a-t-il raconté que c'est moi qui suis partie ?

— Il ne m'a rien dit du tout ! s'exclama Lynn qui découvrait soudain toute la rancune qu'elle avait nourrie inconsciemment contre cette mère qui l'avait privée de sa tendresse et de sa protection.

— Ignorais-tu même mon nom... ma carrière ? souffla Diana qui avait pâli.

— J'ignorais tout, comme si tu n'avais pas existé. Enfant, j'ai essayé de lui poser des questions, mais il se mettait dans de telles colères que j'y ai renoncé.

Une expression tourmentée passa sur les traits de Diana Lynley. Très vite, elle se ressaisit et ils retrouvèrent leur beauté digne. Lynn avait toutefois eu le temps d'y discerner la marque irréparable de la souffrance. Apitoyée, elle suggéra :

— Reportons cette discussion à plus tard. Tu dois avoir envie de te reposer.

— Non, Paul et moi, nous t'avons fait suffisamment de mal. Tu attends la vérité depuis trop longtemps pour que je t'impose un nouveau délai. Assieds-toi donc. Installons-nous confortablement.

Pour la première fois, un petit sourire éclaira son

visage. Docilement, Lynn prit place sur le siège qu'elle
lui indiquait, sa longue robe du soir orangée tombant
en plis satinés sur le sol.

— Lorsque j'ai rencontré ton père, j'avais vingt-trois
ans. Je ne connaissais rien de la vie en dehors de la
musique et il me semblait n'avoir jamais vu un homme
aussi séduisant. De quinze ans mon aîné, il possédait
une belle réputation en tant que géologue. Il dirigeait
des travaux importants, d'intérêt mondial, et il gagnait
bien sûr beaucoup d'argent. Nous avons eu le coup de
foudre l'un pour l'autre et, au bout de trois semaines,
nous étions mariés.

Elle s'interrompit, les yeux perdus dans de secrètes
visions surgies de ses souvenirs.

— Ah que j'étais jeune alors... et heureuse !

Ramenant son regard sur sa fille, elle l'interrogea
sans détour :

— As-tu déjà été amoureuse ?

— Je... eh bien, je...

— Oui, tu as été amoureuse, donc tu me comprends,
conclut-elle de ses balbutiements gênés.

Pressée de changer de sujet, Lynn demanda :

— Que s'est-il passé ensuite ?

— Ah, les événements se sont enchaînés, inéluctablement, répliqua-t-elle d'une voix douloureuse. Au
début, nous vivions à Toronto et je donnais de temps à
autre de petits concerts dans la région tout en poursuivant mes études avec Klaus Erjavec qui était installé à
Toronto à l'époque. Et un beau jour, un musicien qui
devait effectuer une tournée à l'autre bout du Canada
est tombé malade. Klaus m'a proposé de le remplacer.
Il m'offrait là la plus grande chance de ma carrière.

A ces souvenirs, le visage de Diana s'illumina de sa
passion pour la musique comme vingt ans auparavant.

— Il fallait que j'accepte, mais cela impliquait trois
mois d'absence et Paul est entré dans une fureur
terrible. Il m'a accusée d'accorder plus d'importance à
mon métier qu'à mon mariage et moi, je lui ai reproché

de chercher à me réduire au rôle de femme au foyer.
J'ai pleuré, j'en ai fait un drame.

Avec un vague sourire, elle saisit son étui pour
allumer une seconde cigarette.

— Finalement, nous sommes parvenus à un compromis et je suis partie. Mais les problèmes commençaient
seulement. Cette tournée a été un succès, aussi m'en a-
t-on évidemment proposé de nouvelles, plus presti-
gieuses. Notre vie à Paul et à moi s'est transformée en
une série de querelles entrecoupées de réconciliations
tout aussi orageuses, jusqu'au moment où je me suis
aperçue que... que j'attendais un enfant.

Suspendue à ses lèvres, Lynn suivait son récit le cœur
battant.

— Je voulais un enfant, Lynn, crois-moi, je le
voulais d'autant plus que j'aimais passionnément Paul.
Mais je ne pouvais pas abandonner ma carrière. La
musique m'était aussi indispensable que l'air que je
respirais.

Elle marqua une petite pause, puis reprit son histoire
sur un ton soudain sec et dur :

— Etant très fatiguée après ta naissance, j'ai dû
passer un an chez nous à me reposer, un an de répit
dans nos luttes incessantes, un an où nous étions tous
les trois réunis et très heureux. Mais cette situation ne
pouvait pas durer. Klaus est venu me voir aux environs
de ton premier anniversaire. Cher Klaus, il m'a été bien
précieux durant toutes ces années, je ne sais pas ce que
je serais devenue sans lui ! Il m'offrait de jouer avec
l'orchestre philarmonique de Berlin. C'était une perspective enthousiasmante, mais je devais m'envoler sur-
le-champ vers l'Europe. Pour te résumer l'affaire, Paul
a dit non et moi, oui. Deux jours plus tard, je partais
avec toi et une nourrice que j'avais engagée. Paul ne me
l'a jamais pardonné. Mais la situation s'est encore
prolongée, ponctuée de disputes de plus en plus vio-
lentes. Je rentrais régulièrement de Berlin avec toi,
Paul venait nous voir, puis mon contrat allemand s'est

terminé et j'en ai aussitôt reçu un pour Londres. Cette fois, Paul m'a posé un ultimatum. Je devais choisir entre ma carrière et mon foyer.

L'instant des révélations capitales approchait et Lynn vit son père sous un nouveau jour. Elle s'émut pour cet homme tourmenté par sa passion pour une épouse si belle et si douée que la gloire n'avait pas cessé de lui disputer.

— Ce fut horrible, expliqua Diana. Comment pouvais-je choisir entre ma famille et la musique ? C'était impossible et pourtant notre vie ne pouvait plus continuer ainsi, je le sentais. En fin de compte, j'ai annoncé à Paul que j'avais décidé de le quitter et de m'installer avec toi en Angleterre. Il a accueilli ma décision avec un calme qui aurait dû éveiller mes soupçons. Le lendemain, je suis sortie régler des affaires. C'était le jour de congé de ta nourrice et, à mon retour, j'ai... j'ai trouvé la maison vide.

De nervosité, Diana arracha un à un les pétales de la rose qu'elle avait tirée d'un bouquet, et les beaux limbes de velours rouge tombèrent sur le sol comme des gouttes de sang.

— Je n'oublierai jamais le silence oppressant qui régnait à l'intérieur... Paul était parti avec toi. Il n'avait rien emporté et il ne m'avait pas laissé de lettre, rien. Je t'épargne les détails du cauchemar que j'ai vécu les semaines suivantes. Son homme de loi avait des instructions pour vendre la demeure et tout ce qui s'y trouvait, puis donner l'argent à une œuvre de charité. Personne ne savait où il était allé. J'ai tout mis en œuvre pour retrouver sa trace, mais mes recherches ont échoué l'une après l'autre. Vous aviez disparu tous les deux.

Réprimant des larmes bien compréhensibles, Diana accomplit un effort pour se ressaisir, et elle conclut en abrégeant volontairement son récit :

— Le reste, tu le sais. J'ai mené une carrière internationale pendant que tu grandissais dans la région la plus sauvage de l'Ontario. Sans Tor Hansen, nous ne serions pas réunies aujourd'hui.

Evitant de regarder sa fille, Diana se leva et se dirigea vers une penderie dont elle sortit des vêtements de ville. Pour Lynn, tout était clair à présent. Elle s'expliquait enfin l'isolement de son père, ses colères quand elle avait manifesté de l'intérêt pour la musique, son incapacité à lui témoigner de la tendresse. Elle comprenait aussi pourquoi sa mère n'avait jamais donné signe de vie durant ces longues années et tout le ressentiment accumulé contre elle s'évanouit. Désireuse de lui prouver qu'elle l'aimait et grisée par cette émotion si nouvelle, elle lança d'une voix hésitante :

— Maman…

Diana avait échangé sa robe noire contre un ensemble gris, très austère. Elle s'étudia d'un œil critique dans la glace en annonçant assez sèchement :

— Appelle-moi plutôt Diana. Quelle journée éprouvante pour nous deux ! Tu dois être aussi impatiente que moi de regagner ton hôtel.

Une fois de plus, un espoir mourut dans le cœur de Lynn. Elle avait cru pouvoir établir entre Diana et elle cette intimité que lui avait refusée Paul Selby, mais le passé lui dictait à elle aussi sa loi impitoyable de repli sur soi et de réserve. Victime innocente de cette situation, Lynn se voyait condamnée à la solitude morale et affective. Le même fossé infranchissable la séparait de cette mère soudain retrouvée et de son père décédé.

Blessée, elle restait sans répondre quand trois petits coups énergiques résonnèrent à la porte. Accaparée par ses pensées, elle ne nota pas la lueur de soulagement qui passa dans les yeux de sa mère au moment où un homme vêtu d'un smoking entra dans la loge.

— Etes-vous prête à partir, Diana ? Ils veulent fermer le théâtre.

Posant un regard gris, pétillant de malice, sur Lynn, le curieux personnage s'écria :

— Voici donc votre fille !

Il s'empara fermement des mains de Lynn et l'obligea à quitter son siège. L'examinant en feignant avec tact de ne pas remarquer sa pâleur et les larmes qui perlaient au bord de ses paupières, il déclara :

— Je vous aurais reconnue n'importe où. Vous ressemblez beaucoup à votre mère. Mais maintenant, il est temps de rentrer à l'hôtel. Lynn pourra dormir dans votre suite cette nuit, n'est-ce pas Diana ? Venez vite, un taxi nous attend.

Ils se rendirent dans un établissement aussi luxueux que celui de Tor, mais plus moderne. Diana Lynley y occupait au dernier étage un ravissant appartement avec des baies vitrées donnant sur un jardin aménagé sur le toit. La violoniste conduisit sa fille dans une petite pièce à côté du salon. Près du lit, Lynn découvrit sa valise, sans doute envoyée par Tor de son hôtel, symbole ultime de son abandon. Il avait renoncé à veiller sur elle et Diana ne le souhaitait pas. Qu'allait-elle donc devenir ?

Diana ne pénétra pas elle-même dans la chambre. Du seuil, elle lança très vite :

— Bonne nuit, Lynn, dors bien.

Et sur ces paroles, elle s'éclipsa, arborant un sourire figé, sans avoir essayé de se rapprocher de sa fille. En proie à un accablement sans nom, Lynn revécut en pensée ce jour fertile en événements tandis qu'elle ôtait sa belle robe du soir. Elle avait quitté Sioux Lake pour assister à ce fabuleux concert, puis il lui avait fallu se séparer de Tor et apprendre la terrible histoire de ses parents, histoire dont elle venait de découvrir une conséquence désespérante : la froideur de Diana. Au cœur de cette grande ville, avec sa mère dans la chambre voisine et Tor dans un quartier proche, elle se sentait plus seule au monde qu'elle ne l'avait jamais été.

Le lendemain, elle sortit de son lit à regret, le cœur lourd, l'esprit empli de visions pessimistes. Elle soigna sa tenue et son maquillage, puis mit comme tous les jours la chaîne en or de la mère de Tor. En arrivant dans le salon, elle trouva Klaus confortablement installé dans un fauteuil. Il lisait le journal en fumant la pipe.

— Bonjour, Lynn ! lança-t-il gaiement en levant la tête. Je vous attendais. J'ai horreur de manger seul au restaurant. J'espère que vous voudrez bien prendre votre petit déjeuner avec moi.

— Volontiers, fit-elle aussitôt, regrettant que sa mère n'eût pas un comportement aussi naturellement chaleureux.

Dans l'ascenseur qui les mena au rez-de-chaussée, Klaus expliqua à sa compagne :

— Ne vous étonnez pas si je discute de la pluie et du beau temps pendant le repas. Je n'ai jamais été capable de traiter des sujets sérieux en mangeant. Mais nous irons ensuite faire une petite promenade et je vous donnerai certains éclaircissements à propos de votre mère. Vous comprendrez mieux... Ah nous y voilà !

D'un geste, il incita la jeune fille à le précéder dans le hall. Comme il le lui avait annoncé, il l'entraîna dehors dès la fin de leur repas, la guidant sans hésiter à travers les rues jusqu'à une vaste place ornée de fontaines et de parterres fleuris.

— Voici mon endroit favori, déclara-t-il d'un air satisfait. Asseyons-nous un moment.

Il prit place avec Lynn sur un banc au soleil, entreprit d'allumer sa pipe et, après quelques instants seulement, il lui demanda :

— Parlez-moi de vous.

Il lui manifestait un intérêt si réel et si gentil qu'elle s'exécuta, se livrant de plus en plus facilement au fur et à mesure qu'elle racontait sa vie. Cependant, lorsqu'elle dut évoquer Tor, ses propos s'embrouillèrent soudain et elle se mit à bredouiller d'une manière pitoyable.

— Oh, oh, s'exclama Klaus d'un air rusé, je crois que vous êtes amoureuse !

— Est-ce donc si visible ? s'enquit-elle en rougissant.

Lui donnant une petite tape amicale, son interlocuteur assura d'une voix apaisante :

— Il ne faut pas avoir honte d'aimer.

— Comment éviter la honte quand cet amour n'est pas payé de retour ? lança-t-elle si bas qu'il dut se pencher pour saisir ses paroles.

— Alors il ne partage pas votre sentiment ?

Klaus secoua la tête d'un air songeur.

— Je l'ai brièvement rencontré quand il est venu voir votre mère. Quel homme extraordinaire, et quel grand artiste par-dessus le marché ! Mais ces gens-là sont souvent incompréhensibles et l'existence à leurs côtés ne s'avère pas toujours facile. Etes-vous sûre qu'il n'éprouve rien pour vous ?

— Absolument sûre, affirma-t-elle, les lèvres tremblantes d'émotion. D'ailleurs, il ne veut plus de moi. Il espère que je vais rester avec Diana à présent. A l'heure qu'il est, il a sans doute regagné Halifax.

— Ah, que de complications ! Pendant ce temps, Diana s'attend à ce que vous retourniez chez lui.

Accablée, Lynn acquiesça d'un signe. Elle s'était bien rendu compte en effet que sa mère ne la désirait pas auprès d'elle.

Choisissant soigneusement ses mots, Klaus déclara :

— Diana a dû vous paraître... froide... indifférente, je suppose.

— Oui, accorda-t-elle courageusement en plongeant ses yeux verts dans le regard gris de son compagnon.

— Les gens qui ne la connaissent pas la jugent ainsi, mais... Ai-je le droit de vous expliquer ce que cache cette attitude ?

Il hésita un instant, puis poursuivit avec délicatesse :

— Je suis très épris de votre mère depuis le premier jour où je l'ai vue, et cela durera toujours. Quant à elle, elle... elle a beaucoup d'affection pour moi. Toute la

passion dont elle était capable, elle l'a donnée à Paul
Selby. Et vous, elle vous adorait. Hélas, son amour
s'est mué en souffrance sous la poussée des événements. Vous aviez disparu tous les deux et elle pouvait
imaginer le pire. Elle a failli devenir folle de douleur.
Sans la musique, elle n'aurait pas survécu, je crois.

Bouleversée par ces faits, Lynn s'enquit vivement :

— Etiez-vous avec elle, Klaus ?

— Bien sûr, je ne l'ai jamais quittée.

— Je vous en remercie, fit Lynn du fond du cœur en
posant une main tremblante sur le bras de son interlocuteur.

— Il n'y avait qu'un moyen pour elle d'échapper au
désespoir qui l'aurait détruite. L'amour l'avait trahie,
mais l'art ne déçoit jamais ceux qui le servent. Elle s'est
jetée à corps perdu dans la musique en se promettant
plus ou moins consciemment de ne plus jamais laisser
libre cours à ses émotions. Elle a renoncé à être une
femme ou une mère, et elle s'est interdit d'exprimer ses
sentiments autrement qu'à travers le violon.

— Je m'en suis aperçue quand elle a joué le concerto
pour moi hier soir, murmura Lynn.

— Oui, mais ensuite, quand vous vous êtes trouvée
face à elle, elle ne s'est pas livrée. Elle a peur, Lynn,
peur de vous aimer. L'amour est associé au malheur
pour elle.

— Je comprends, affirma Lynn, très touchée par le
drame vécu par sa mère. Mais que puis-je faire ?

— Je vous conseillerai de ne rien presser. Elle a
besoin de temps. Votre apparition si inattendue a
réveillé en elle toutes sortes de souvenirs et elle doit
d'abord se remettre du choc. Ayez de la patience,
Lynn.

— J'essaierai, Klaus, et je vous remercie pour votre
appui. Vous êtes très gentil de m'aider.

— Je souhaiterais que tout se passe au mieux, pour
elle et pour vous. Il reste toutefois une question à

régler. Que va-t-il advenir de vous ? Nous prenons l'avion pour Vancouver ce soir.

— Ce soir ?

— Oui, et nous reviendrons à Toronto à la fin de la semaine. Pouvez-vous nous attendre ? Ainsi vous auriez l'occasion de rencontrer Diana une seconde fois.

— Cela me paraît difficile. Je n'ai pas beaucoup d'argent.

— Oh ! s'exclama-t-il en haussant les épaules, dans ce cas-là, ne vous inquiétez pas ! J'en ai bien plus qu'il ne m'en faut et je serais ravi de le dépenser pour la fille de Diana. Mais il y a peut-être une autre solution. Ne préférez-vous pas aller passer quelques jours chez vous ?

— Ah oui, pourquoi ne rendrais-je pas visite à Margaret et à Bernard, les amis dont je vous ai parlé ? Quelle bonne idée !

— Bien. Je vais de toute façon vous retenir une chambre à l'hôtel, ainsi vous serez libre d'aller et de venir à votre guise.

Quittant le banc, Klaus ajouta à sa façon toujours aimable et bienveillante :

— Rentrons à présent. Diana doit être levée.

Mieux éclairée sur le comportement de sa mère, Lynn n'éprouva aucune difficulté à se montrer enjouée et agréable, sans jamais forcer la musicienne à exprimer des sentiments qu'elle essayait d'étouffer. En récompense, elle vit Diana se détendre et prendre plaisir à sa compagnie. Quand l'heure du départ arriva, Klaus commanda un taxi. Elégamment vêtue, portant des chaussures en lézard avec un sac à main assorti, Diana s'approcha de sa fille pour déposer un tout petit baiser sur sa joue.

— Au revoir, Lynn, à la fin de la semaine.

Résistant au désir de nouer ses bras autour de son cou, Lynn déclara très sobrement :

— A bientôt, Diana, je me réjouis à l'idée de te revoir.

Klaus la serra affectueusement contre lui et, dans son regard, elle lut qu'elle avait bien agi.

Le lendemain matin, elle se rendit à l'aéroport pour découvrir à sa grande consternation qu'il lui était impossible de se rendre à Sioux Lake avant le jeudi suivant. Qu'allait-elle faire, seule pendant trois jours à Toronto ? Elle envisagea un instant de partir à Halifax, mais elle se reprocha aussitôt ce projet insensé. Tor se félicitait de ne plus avoir à veiller sur elle, l'avait-elle déjà oublié ?

N'ayant pas le choix, elle décida finalement de profiter au mieux de son séjour forcé dans cette grande ville. A la réception de l'hôtel, elle recueillit divers dépliants touristiques et, de visite en visite, elle passa des journées passionnantes. Les soirées et les nuits s'avérèrent pénibles en revanche. Au restaurant, les gens dînaient en couple ou en groupe, et Lynn n'était plus assez naïve pour ne pas remarquer l'intérêt qu'elle éveillait chez les hommes. Hélas, la présence d'un compagnon à ses côtés n'aurait rien changé à sa nostalgie. Personne n'aurait pu remplacer Tor.

Plus l'heure avançait, plus elle pensait à lui. La nuit, elle le voyait dès qu'elle fermait les yeux et, émerveillée par la beauté de son corps, elle était prise de langueur. Elle rêvait du contact de ses mains et de ses lèvres, elle se rappelait en frémissant ses baisers et elle murmurait inlassablement son nom dans l'obscurité. Pendant ce temps, il se trouvait sans doute aux côtés d'Helena. A cette idée, la jalousie allumait alors un feu dévorant dans la poitrine de Lynn et elle ne s'endormait qu'à l'aube.

Le troisième jour, son état d'esprit se modifia, la peur l'emportant bientôt sur tout autre sentiment. D'abord, elle s'efforça d'écarter l'étrange prémonition qui l'oppressait. Elle s'accusa d'être trop nerveuse. A plusieurs reprises, son orgueil l'empêcha de composer le numéro de Tor alors qu'elle était déjà entrée dans une cabine téléphonique. « Tor ne souhaite même plus entendre ma voix », se dit-elle, désespérée.

Son intuition féminine résista cependant aux assauts renouvelés de sa raison et sa peur se mua invinciblement en angoisse. Finalement, l'après-midi, au beau milieu d'un grand marché où elle prenait plaisir à se promener en admirant les légumes et les fruits, elle connut soudain une véritable explosion de panique. Tor était en train de souffrir, elle le savait, elle partageait sa souffrance. Un cri lui échappa tandis qu'elle pâlissait.

— Qu'avez-vous, Miss ?

— Il... il est blessé ! s'écria-t-elle, provoquant un vif étonnement chez le marchand qui ne comprenait pas ses propos. Y a-t-il un téléphone ?

— Oui, derrière les arbres, là-bas. Etes-vous sûre de vous sentir bien ?

Elle marmonna une réponse inaudible et courut jusqu'à la cabine qui était malheureusement déjà occupée par une adolescente aux longs cheveux roux dont la conversation animée risquait de s'éterniser. Folle d'impatience, Lynn attendit autant qu'il le fallut. L'intense émoi qu'elle avait vécu retomba progressivement, la laissant épuisée, mais calme. Il lui semblait que Tor lui avait lancé un appel par-delà tous les kilomètres qui les séparaient. Lorsque l'adolescente sortit de la cabine, Lynn y pénétra d'un pas déterminé.

Sans même en avoir conscience, elle appela non pas Tor mais Air Canada, afin de réserver une place dans l'avion du soir pour Halifax. De retour à l'hôtel, elle rédigea un mot à l'intention de Klaus et de Diana, fit ses bagages, annula son vol pour Sioux Lake et partit, hélant un taxi avec l'aisance d'une parfaite citadine.

13

Q UELQUES heures plus tard, un autre taxi déposait la jeune fille devant la maison de Tor. Il faisait nuit noire et la rue était déserte. Chargée de sa valise, Lynn remonta lentement l'allée en respirant avec délice le parfum des roses.

Une seule lumière était allumée, celle de l'atelier de Tor. Lynn se sentit soudain paralysée par un doute affreux. Et si Tor n'avait pas besoin d'elle ? Et si elle avait été victime de son imagination en pensant qu'il souffrait et l'appelait au secours ? Comment allait-elle lui expliquer sa visite s'il était en train de peindre bien tranquillement ? Peut-être même se trouvait-il avec Helena ?

Prise de panique, Lynn s'arrêta, indécise, le bras droit engourdi par le poids de sa valise. Puis elle entendit le murmure des vagues en contrebas et ce bruit rythmé l'apaisa, la rassura sur son intuition. Tor avait vraiment besoin d'elle. Pourquoi ? Elle l'ignorait, mais elle ne se trompait pas. Elle acheva sa route sans plus hésiter, sortit la clé de son sac à main et ouvrit doucement la porte.

En entrant dans le hall, elle éprouva la merveilleuse impression de rentrer chez elle. Toujours aussi maîtresse d'elle-même, elle gagna sa chambre et se déshabilla. Au fond de sa penderie, elle découvrit son vieux jean et son tee-shirt qu'elle décida de mettre. Elle ôta son maquillage, noua ses cheveux en une queue de cheval comme si elle voulait effacer toutes les transformations que la ville avait opérées sur elle. Elle désirait redevenir celle que Tor avait rencontrée au bord du lac. Dès qu'elle fut prête, elle se glissa sans bruit jusqu'à l'atelier.

Un silence total régnait à l'intérieur de la pièce. Nul son n'indiquait une présence. C'était vraiment le silence complet, lourd et oppressant.

Elle tourna la poignée et la porte s'ouvrit sans bruit, révélant un spectacle stupéfiant.

Les yeux écarquillés, Lynn contempla l'étendue du désastre. Partout traînaient des pinceaux non nettoyés. La grande table ovale était jonchée de feuilles déchirées. Il régnait une chaleur étouffante et, à l'air vicié, se mêlait l'odeur entêtante de flacons d'essence de térébenthine et d'huile de lin dont le contenu s'était répandu sur le sol. Aucune fenêtre n'était ouverte. Continuant son inspection, Lynn s'aperçut que les vitres de la première rangée étaient couvertes d'étoiles comme si on les avait frappées au centre avec un caillou ou avec le poing.

Et enfin, au terme de son examen, Lynn posa son regard sur le canapé qui occupait un renfoncement de la pièce. Tor gisait là, endormi, inconscient. Elle s'approcha, notant la bouteille de whisky vide par terre à côté de lui.

A la vue de ce corps nu jusqu'à la taille, au dos lisse et puissant, elle éprouva une violente émotion. Quelle folie avait poussé Tor à saccager son atelier avant de s'enivrer et de s'effondrer ici ? La pitié et la tendresse arrachèrent des larmes à Lynn. Comme il avait souffert ! Quel horrible tourment avait incité un homme aussi fier et volontaire à se laisser aller à de telles extrémités ?

N'osant pas le toucher, Lynn recula, l'esprit en alerte, essayant de comprendre ce qui s'était passé. Des gouttes de sang parsemaient le sol jusqu'à l'évier, prouvant que Tor s'était attaqué aux fenêtres à mains nues. Mais pourquoi cette violence ? Pourquoi ? Pourquoi ?

Lynn n'était pas encore arrivée au bout de ses surprises. Lorsqu'elle se pencha sur les lambeaux de papier épars sur la table, elle découvrit son visage, partout, en d'innombrables exemplaires. Le cœur battant, elle entreprit d'étudier chaque dessin, repoussant les feuillets avec des doigts impatients, et c'était toujours elle, partout, souriante ou grave, de face, de profil ou de trois quarts.

Puis elle eut l'idée d'aller voir la toile posée sur le seul chevalet encore debout et qui avait été poussé contre un mur. Elle le tourna et ne put s'empêcher de rougir devant cette ébauche de portrait qui la présentait sortant de l'eau, sa poitrine nue dorée sous le soleil. Une profonde sensualité émanait de cette peinture et elle en fut si violemment troublée qu'elle dut redresser une chaise pour s'y laisser tomber.

En proie à un vertige d'émotions, elle tira la conclusion de ce qu'elle venait de découvrir. L'état de l'atelier témoignait du drame d'un homme obsédé par une femme, et conduit au bord de la folie par cette obsession. Bouleversée, Lynn ferma les yeux et laissa tomber sa tête en avant.

Un gémissement la tira de ses pensées. Elle sursauta. De l'autre côté de la pièce, Tor était à présent assis sur le canapé et il la fixait avec un sourire étrange et grimaçant.

— Lynn, vous avez l'air si réelle ! Il me semble que je pourrais vous toucher.

Un grand frisson parcourut son corps et il ajouta :

— Ne me permettrez-vous donc même pas de vous fuir dans le sommeil ? Faut-il que vous me hantiez jusque-là ?

En dépit de l'émoi intense qui l'avait gagnée, elle affirma d'une voix apaisante :

— Je suis réelle, Tor.

— Non, c'est un cauchemar, encore un cauchemar !
s'écria-t-il. Je voudrais ne jamais vous avoir rencontrée !

Il enfouit sa tête noire entre ses mains, adoptant une
posture d'homme vaincu, terrassé.

Ressentant sa souffrance, Lynn soutint sur un ton
déjà plus hésitant :

— Je suis vraiment là, Tor. Vous ne rêvez pas.

Il releva lentement son visage à l'expression torturée
et la dévisagea attentivement.

— Ah, vraiment ?

— Oui, confirma-t-elle en joignant les mains pour
les empêcher de trembler.

Au prix d'un effort surhumain, Tor se mit debout et il
resta immobile, les yeux écarquillés.

— Lynn... ?

Il avait prononcé son nom sur un ton tellement
désespéré que, n'écoutant plus que son cœur, elle se
précipita vers lui. Elle ne comprenait pas le sens de la
tragédie qu'il était en train de vivre, bien des points lui
paraissaient obscurs dans cette situation, mais elle
savait qu'il avait besoin d'elle et elle ne songeait plus
qu'à soulager l'immense douleur dont elle voyait la
marque partout autour d'elle.

— Je suis là, vous n'êtes plus seul, déclara-t-elle avec
douceur, comme si elle s'adressait à un enfant.

Il referma ses bras sur elle avec une force à lui couper
le souffle.

— C'est vous, c'est bien vous ! Vous êtes revenue !

Il la serrait contre lui à la broyer, mais qu'importait !
Un fol espoir s'était emparé d'elle. Pour se conduire
ainsi, ne devait-il pas l'aimer ? Oui, sans doute. Quel
autre motif attribuer à cet accueil ?

Elle leva son visage vers le sien, ses traits illuminés
par une joie naissante. Juste à cet instant, il la repoussa
si brutalement qu'elle se cogna contre la table.

Il passa ensuite plusieurs fois ses mains devant ses
yeux et elle l'entendit marmonner pour lui-même :

— J'ai des visions. Vous n'êtes pas là, Lynn, c'est impossible.

— Si, Tor, je suis là, assura-t-elle.

Il entama alors un dur combat contre lui-même, s'efforçant de mettre de l'ordre dans ses pensées, de retrouver sa tenue et sa dignité coutumières. Son visage était livide sous son hâle, et tout son corps tendu par l'épreuve qu'il affrontait.

Deux minutes qui semblèrent durer une éternité s'écoulèrent dans un silence pesant et soudain, il posa un regard clair sur la jeune fille qui avait patiemment attendu et demanda d'une voix normale :

— Quelle heure est-il ?

— Deux heures du matin, répondit Lynn après avoir consulté le réveil à moitié caché par les feuilles de papier éparses sur la table.

— Quel jour sommes-nous ?

— Jeudi.

— Je ne sais plus du tout où j'en suis.

Il jeta un coup d'œil circulaire dans l'atelier d'un air effaré et lança :

— Pourquoi êtes-vous revenue ?

Puis un sourire éclaira ses traits et il enchaîna de lui-même :

— A cause de votre mère, n'est-ce pas ? Ne vous êtes-vous pas entendue avec elle ? Est-ce pour cette raison que vous êtes là ?

— Non... pas tout à fait.

— Que voulez-vous dire ? Souhaite-t-elle vous garder auprès d'elle ? Quelles sont ses intentions ? Expliquez-moi !

Elle ne sut comment interpréter cette hâte, et déclara en choisissant ses mots :

— Elle n'a pas encore pris de décision.

— Vous devriez tout me raconter, suggéra Tor qui se retranchait déjà derrière une certaine réserve.

— C'est une longue histoire. Puis-je m'asseoir ?

— Mais bien sûr ! fit-il, son impatience éclatant de nouveau. Je vous écoute !

Plus elle avançait dans son récit, plus l'expression de Tor s'assombrissait et, lorsqu'elle se tut, il conclut d'une voix sinistre et presque menaçante :

— Vous n'allez donc pas rester ici. Vous êtes juste passée me voir pour tuer le temps.

— Non ! protesta-t-elle.

— Alors pourquoi êtes-vous revenue ? Répondez-moi !

Sa brutalité choqua Lynn. Les événements prenaient une tournure très différente de ce qu'elle s'était imaginé. Tor ne l'aimait pas comme elle avait osé l'espérer un instant. Le sentiment qui défigurait à présent ses traits ressemblait à de la haine et, déroutée, Lynn s'entendit balbutier :

— Vous allez être étonné mais je... je me trouvais au marché de Kensington — vous le connaissez, n'est-ce pas ? — et tout à coup je... j'ai eu l'impression que vous... m'appeliez, que... que vous aviez besoin de moi.

Rouge de confusion et s'attendant à déchaîner un éclat de rire moqueur, elle acheva d'une voix inaudible :

— Voilà pourquoi je suis venue.

Ne se moquant nullement d'elle, Tor parut au contraire très intrigué.

— A quel moment cela s'est-il passé exactement ?

— Dans l'après-midi... vers trois heures.

— Il était donc quatre heures ici avec le décalage. A quatre heures, j'ai cassé ces vitres de mes poings.

Leurs regards se croisèrent et Lynn frémit, croyant soudain sentir le surnaturel planer au-dessus d'eux.

— J'ai lu dans des livres que des cas de ce genre ont été observés, mais je ne pensais pas qu'une telle aventure m'arriverait ! déclara-t-elle avec une gaieté forcée, pour essayer de réduire l'étonnant phénomène aux dimensions d'une plaisanterie.

— Cela n'a rien de drôle, Lynn, fit Tor d'un air morose. J'espère bien que nous ne sommes pas liés l'un à l'autre par des forces incompréhensibles... et incontrôlables. J'ai tout tenté pour vous chasser de mon existence et vous voilà de nouveau.

Blessée par ces paroles dures, Lynn se leva d'un bond et, ramassant l'un des croquis qui jonchaient le sol, elle le lui lança en répliquant :

— D'après ce que je peux voir dans cette pièce, vous semblez avoir pensé à moi plus que vous ne voulez l'admettre !

Posant ses deux mains à plat sur la table, il se pencha en avant vers elle, menaçant, la lumière jetant des ombres noires sur son visage et sur son torse.

— Petite sorcière, allez-vous me laisser en paix ?

Contournant soudain la table, il la prit aux épaules et la secoua violemment :

— Je veux la paix, avez-vous compris ?

Tout étourdie, Lynn n'en répondit pas moins avec une audace qu'aiguillonnait son chagrin :

— Vous ressemblez à ma mère. Vous avez peur de vos propres émotions, vous refusez de reconnaître la vérité, le...

— Quelle vérité ?

Il arborait à présent une expression redoutable, prouvant à Lynn que ses accusations avaient porté juste.

— Je vais vous montrer que je n'ai pas peur !

Incapable de lutter contre un être tellement plus fort qu'elle, elle se retrouva dans ses bras, puis sur le canapé où il l'avait déposée sans ménagement. Il ne lui fallut qu'une seconde pour s'étendre ensuite auprès d'elle et l'étoffe de son tee-shirt craqua. Tandis qu'un léger souffle d'air caressait sa poitrine dénudée, Tor s'attaquait déjà à la fermeture de son jean. D'une voix étranglée, elle s'écria :

— Non, Tor, oh non !

— Taisez-vous !

Il commença à faire glisser le pantalon le long de ses hanches et de ses cuisses, insensible aux coups dont elle martelait son dos. Le vêtement tomba sur le sol. Quelques instants plus tard, elle était entièrement nue.

Tor la maintint couchée d'une main tandis qu'il se dévêtait lui-même de l'autre. Et tout à coup, il s'allongea sur elle, étouffant de sa bouche ses protestations affolées, explorant son corps avec une impatience dévorante.

Il y avait si longtemps qu'ils ne s'étaient retrouvés aussi proches, et ce contact attisa le feu d'un désir qui balayait ses réticences. Trahie par ses sens, elle s'arqua sous lui, frémissante, sa chair tendre se moulant à la fermeté de la sienne.

Abandonnant un instant ses lèvres, il se redressa légèrement et affirma :

— Vous prétendiez que j'avais peur. Je vais vous prouver le contraire, Lynn.

Il retomba sur elle, l'écrasant de son poids, et il jeta encore avec un petit rire de triomphe :

— Vous serez mienne !

Elle le vit au-dessus d'elle comme un oiseau de proie fondant sur sa victime. Il avait refermé ses mains sur ses épaules comme des serres et ses yeux n'exprimaient pas plus d'amour que le regard cruel des aigles.

Puis il se pencha et posa ses lèvres sur sa poitrine tout en la saisissant pas la taille. Lynn désirait ce qui allait arriver, oui, elle le désirait, de tout son être elle voulait appartenir à Tor... mais pas dans ces conditions, pas dans ce climat de haine et de vengeance.

Elle se débattit violemment, usant des ongles et des dents. Tous ses efforts n'aboutirent cependant qu'à déclencher un rire sarcastique et semblèrent seulement servir à exciter davantage son compagnon. Oubliant son orgueil, elle se mit alors à l'implorer :

— Tor, je vous en prie, laissez-moi ! Ne faites pas cela, je vous en supplie !

Impitoyable, il emprisonna ses jambes entre les

siennes et la repoussa d'une main ferme jusqu'à ce qu'elle fût à nouveau entièrement allongée. Les yeux écarquillés par la peur, elle le pria une dernière fois :

— Oh Tor, non... non ! Il ne faut pas...

Cette interdiction ébauchée dans l'affolement acheva de le déchaîner :

— Vous n'avez rien à me dicter ! Ne vous avais-je pas dit d'éviter de vous mettre sur mon chemin ? Mais vous êtes revenue, bien sûr ! Vous n'auriez pas dû, Lynn !

En dernier recours, son esprit lui souffla des paroles méprisantes :

— Vous ne connaissez pas l'amour, ni la tendresse, non... vous êtes prisonnier de la haine et de la cruauté.

Elle sentit immédiatement qu'elle l'avait atteint. Il relâcha imperceptiblement son étreinte, lui offrant une occasion inespérée de s'échapper. Lynn devait la saisir, absolument, mais il lui fallut rassembler son courage pour passer à l'acte. Elle s'empara du poignet bandé de Tor et, profitant de l'effet de surprise, le lui cogna violemment contre le mur.

Quand il cria, elle souffrit avec lui mais, toujours poussée par la nécessité, elle sauta vite à bas du canapé pendant qu'il repliait son bras contre sa poitrine avec une grimace de douleur. Elle s'enveloppa dans sa chemise couverte de taches de peinture et attendit, en proie à une profonde horreur. Jamais elle n'avait cherché à faire mal à quelqu'un et elle venait de s'attaquer délibérément à l'homme qu'elle aimait le plus au monde. Cette pensée lui était intolérable.

— Il y a une trousse à pharmacie sous l'évier, fit Tor d'une voix atone. Apportez-la-moi, s'il vous plaît.

Elle lui obéit, mais hésita au dernier instant avant de s'approcher de lui.

— Vous n'avez rien à craindre, assura-t-il sur le même ton. Je ne vous toucherai pas.

Lorsqu'elle s'avança, il nota sa pâleur et son expression horrifiée.

— Ne prenez pas cet air-là ! s'écria-t-il impatiemment. Vous n'aviez pas le choix des moyens pour m'arrêter.

Avec des doigts tremblants, elle commença à ouvrir son bandage imprégné de sang. Deux vilaines entailles traversaient la paume de sa main. En les désinfectant, elle déclara :

— Celle-ci semble très profonde. Vous devriez avoir des points de suture.

— Sans doute, accorda-t-il en affectant une sorte d'indifférence. Remettez-moi deux pansements et une bande propre.

Lorsqu'elle eut terminé, il la remercia, et sur le point de fondre en larmes, elle protesta :

— Ne me remerciez pas, c'est ma faute !

— N'en parlons plus. Allez vous coucher.

Elle ramassa son jean et son tee-shirt déchiré par terre, près du canapé, en murmurant :

— Je suis désolée, Tor.

— Moi aussi.

Enfouissant son visage livide entre ses mains, il ajouta sur un ton douloureux :

— Partez vite.

Après le triste épisode qui venait de se produire entre eux, elle ne voyait aucune possibilité de rattraper la situation. Pieds nus, elle traversa l'atelier et se retourna sur le seuil afin de le regarder une dernière fois. Il n'avait pas bougé et son attitude prostrée la désola. Il lui fallut beaucoup de courage pour l'abandonner dans cet état. Dès qu'elle se trouva hors de la pièce, les larmes longtemps retenues inondèrent ses joues. Un violent désespoir s'empara d'elle. Tor avait raison, ils ne s'attiraient que pour mieux se détruire l'un l'autre et le bon sens leur commandait de se séparer pour toujours. L'affreuse perspective de vivre loin de lui tint Lynn éveillée pendant des heures encore et elle ne s'endormit qu'au matin. Quand des coups vigoureux résonnèrent soudain à sa porte, lui parvenant à travers les brumes du sommeil, elle lança mollement :

— Entrez…

— Lynn, quelle joie de vous revoir ! s'écria Marian en feignant de ne pas remarquer son visage bouffi et ses yeux rouges. Voici votre petit déjeuner. Il est presque midi !

D'un geste, elle désigna le réveil sur la table de chevet et ajouta :

— J'ai été tellement contente quand Tor m'a annoncé que vous étiez rentrée cette nuit.

— Comment… comment va-t-il aujourd'hui ? demanda-t-elle, sachant qu'elle pouvait se montrer directe avec la servante et compter sur sa franchise en retour.

— Il ne va pas très bien, répondit-elle d'un air songeur. Ma chère Lynn, j'ignore ce qui se passe et je ne vous poserai pas de question, mais je peux du moins vous donner mon avis. Tor devrait aller se reposer en forêt.

— Dans la cabane qu'il possède au bord du lac Skocum ?

— Oui, il vous en a parlé, je suppose.

— En effet. Pensez-vous qu'il se ressaisirait là-bas ?

— Certainement. Il serait bon que vous y alliez tous les deux.

— Mais Marian, je ne peux pas.

— Ecoutez-moi bien, Lynn, vous devriez partir avec lui au lac Skocum, insista la servante.

— Encore faut-il qu'il accepte.

— Vous réussirez à le convaincre, j'en suis sûre.

N'éprouvant pas de loin la même assurance que Marian, Lynn se sentit néanmoins réconfortée par sa sollicitude et elle attaqua son repas avec plus d'appétit qu'elle ne l'aurait cru. Ensuite, elle descendit trouver Tor dans son bureau et s'empressa de déclarer avant de faiblir :

— Tor, j'aimerais que vous fassiez quelque chose pour moi avant que je retourne à Toronto.

L'homme qui se tenait devant elle dans la pièce n'avait plus rien de commun avec celui qu'elle avait laissé la nuit précédente effondré sur le canapé. Vêtu d'un pantalon noir et d'une chemise grise, impeccablement rasé, un pansement propre recouvrant ses blessures, il avait retrouvé son allure irréprochable.

— Que voulez-vous ? s'enquit-il sur un ton peu engageant.

— J'ai besoin de passer un peu de temps dans la nature. Accepteriez-vous de me conduire au lac Skocum ?

— Aujourd'hui ?

— Oui... je vous en prie.

— Pourquoi pas ? lança-t-il d'une manière toujours très maussade. Mais nous reviendrons ce soir.

Comprenant que toute discussion aurait été inutile, elle acquiesça et ressortit aussitôt de la pièce.

Tandis que la journée s'écoulait, Lynn fut amenée à s'interroger sur la valeur du conseil de Marian. Certes elle adopta d'emblée le charmant lac Skocum, réplique miniature de son lac de l'Ontario. Mais Tor se comporta, hélas, d'une façon très décourageante. Comme s'il estimait avoir accompli son devoir en la conduisant jusque-là, il disparut dès leur arrivée avec son matériel de peinture, l'abandonnant sans façon à elle-même. Déçue, Lynn tourna en rond, insensible pour la première fois de sa vie à la beauté de la nature. A midi, elle mangea seule le repas froid que leur avait préparé la servante.

Tous ses espoirs sombrèrent au crépuscule en même temps que le globe orangé du soleil derrière les arbres. La veille dans l'atelier, elle avait osé croire un instant que Tor l'aimait. La vue du désordre qui y régnait, de son portrait répété en de multiples esquisses, l'état de Tor lui-même lui avaient paru autant de preuves de ses sentiments. A présent, ses ultimes illusions s'estompaient avec la dernière bande dorée et scintillante qui pâlit, puis s'effaça à la surface des flots. Plus aucun espoir ne lui était permis. Le bonheur dont elle rêvait avec Tor lui échappait, et elle devait partir pour ne plus jamais se retrouver sur son chemin, comme il le lui avait demandé. Oui, il lui fallait s'envoler vers Toronto au plus vite afin de revoir sa mère et de là, regagner Sioux Lake et sa petite maison qu'elle n'aurait jamais dû quitter.

Tor ne revenant toujours pas, elle finit par ne plus pouvoir supporter son inactivité forcée et, ôtant sa jupe et son corsage, elle s'avança vers l'eau frémissante. Avant d'y aller, elle hésita une seconde et décida finalement d'enlever aussi ses fins sous-vêtements de dentelle. Inconsciemment, elle risquait encore une tentative pour ramener Tor à elle. Encore une tentative... encore une chance. Entièrement nue, elle pénétra avec détermination dans les eaux qui se refermèrent sur elle en une fraîche étreinte. Elle nagea sans ménager ses forces, éprouvant une sorte de soulagement à sa tension nerveuse dans cet effort physique. Lorsque le crépuscule commença à étendre son manteau d'obscurité sur la forêt, elle décida de regagner le rivage et la première chose qu'elle vit au loin en se retournant fut la tache blanche formée par la chemise de Tor. Son intuition lui avait soufflé qu'il serait là à l'attendre quand elle reviendrait. Se refusant à penser à ce qui allait se passer, elle partit dans sa direction avec des mouvements souples et gracieux.

Immobile au bord du lac, Tor se dressait dans la lumière rouge du couchant qui conférait à son visage un relief saisissant. Lynn ne distinguait pas clairement ses yeux, mais elle sentait qu'il les tenait intensément fixés sur elle.

Comme la première fois, lorsqu'il l'avait surprise chez elle, elle émergea des ondes à la manière d'une nymphe. Toutefois, plus elle avançait vers lui, plus elle perdait de l'assurance, et elle fut reconnaissante à la pénombre de jeter sur elle un voile de pudeur. Pourquoi avait-elle délibérément provoqué cette situation ? se demanda-t-elle avec angoisse. Pourquoi s'exposait-elle à une nouvelle humiliation ?

Elle venait de sortir de l'eau et son corps se détachait sur le ciel rose pâle et sur la surface argentée du lac. Tor se porta à sa rencontre. Au moment où ils s'étaient presque rejoints, Lynn s'immobilisa. Elle ne bougea plus. Si Tor la priait de se rhabiller parce qu'il était temps de retourner à Halifax, elle lui obéirait sans mot dire, sachant qu'elle avait définitivement perdu la partie la plus importante de sa vie. Mais si... Elle n'osait pas envisager l'autre possibilité. Retenant sa respiration, elle attendit.

Le silence lui parut interminable. Tor parla enfin d'une voix altérée par l'émotion :

— Vous rappelez-vous la première fois ?

— Comment l'oublierais-je ?

Il déboutonna sa chemise, la retira et en enveloppa la jeune fille en murmurant gentiment :

— Vous allez attraper froid. Venez vous sécher.

Un bras passé autour de ses épaules, il l'entraîna vers la cabane en rondins.

Il avait déjà allumé un feu dans la cheminée et les flammes jouaient un ballet d'ombres sur les murs. Dans la petite pièce, Lynn se sentait oppressée par Tor, et ses gestes trahissaient sa gêne et son malaise. S'approchant de l'âtre, elle tendit les mains vers la délicieuse source de chaleur en lançant :

— Les soirées commencent à rafraîchir. L'été touche à sa fin.

— Non, Lynn, l'été ne fait que commencer, répliqua Tor sur un ton si étrange qu'elle s'interrogea sur la signification réelle de ces paroles.

La laissant perplexe devant plusieurs interprétations possibles, il s'était éloigné afin de chercher une serviette dans un placard. Puis il revint vers elle, calme et silencieux. Il commença par essuyer ses cheveux, les repoussant en arrière afin de dégager l'ovale parfait de son visage. Elle s'empourpra légèrement ensuite quand il déploya une tendresse infinie pour passer l'étoffe moelleuse sur son dos, ses bras, sa poitrine, son buste et ses jambes. Elle aurait voulu éterniser ces instants magiques.

Finalement, il s'agenouilla et termina cette lente exploration par les chevilles et les pieds. Lynn ne put s'empêcher de prendre sa tête entre ses mains, tandis que le désir s'éveillait et palpitait en elle. Lorsque Tor posa sa joue contre sa hanche, elle l'attira plus étroitement contre elle en un geste qui constituait à la fois un acquiescement et une invite. Aussitôt, Tor se releva et se déshabilla vivement devant elle. En dépit de la soudaine timidité qui la gagna, elle se jeta sans hésiter dans les bras qu'il lui tendit et soutint son regard la tête haute, en arborant un petit sourire fier.

Une multitude de sensations l'envahirent et la grisèrent. Le cœur de son compagnon battait très fort, ses mains fermes l'avaient saisie aux hanches pour la serrer contre lui, son corps brûlant rendant superflue toute autre expression de la passion qui l'animait.

Frémissante, Lynn lui offrit ses lèvres. Dans ses prunelles se lisait à la fois son innocence et sa soif d'amour, son appréhension et son audacieuse impatience. Tor l'embrassa d'abord légèrement, puis avec ardeur.

— Il y a bien longtemps que nous attendons ce moment, Lynn, n'est-ce pas? murmura-t-il ensuite d'une voix vibrante. Lynn... je vous désire tant que je ne peux pas lutter davantage. Il faut que vous soyez mienne, j'ai trop rêvé cette nuit d'amour... Faites-moi confiance, Lynn, je ne vous ferai pas de mal. Je serai très doux.

— Je vous fais confiance, affirma-t-elle sans la moindre hésitation en élevant ses mains jusqu'au visage de Tor.

Il déposa un baiser au creux de ses paumes, puis sur l'extrémité de chacun de ses doigts, et déclara sur un ton qu'elle ne lui avait jamais entendu :

— Laissez-moi vous emmener en voyage... partons ensemble à la conquête du monde.

Doucement, il l'emporta jusqu'au lit et le voyage commença, longue exploration, quête inlassablement renouvelée où alternaient la tendresse et la violence, les chuchotements et les cris. Au terme de cet itinéraire merveilleux, la douleur de Lynn fut brève et balayée par l'explosion du plaisir partagé.

Ensuite, blottie contre l'épaule de Tor, elle versa silencieusement des larmes de joie avant de s'endormir en paix.

Elle s'éveilla un peu plus tard sous les caresses. Une obscurité totale régnait dans la pièce et Tor l'aima sans prononcer un mot, son corps parlant pour lui le langage de la fougue et de la ferveur. Lynn devint le ciel parcouru par le vent chaud de l'été, le lac brassé par des courants profonds. Les vagues de la volupté la portè-rent toujours plus haut et elle atteignit une cime vertigineuse d'où elle redescendit avec le reflux pour s'échouer, brisée et heureuse, sur une plage ensoleillée.

Elle se réveilla une seconde fois à la lumière du jour. Envahie par une douce langueur, elle sourit au souvenir de la nuit qu'elle venait de passer. D'instinct, elle chercha le contact de Tor et la chaleur dans le havre de ses bras, mais ses membres ne rencontrèrent que le vide.

Tor avait quitté le lit et sans doute depuis longtemps déjà car à sa place, les draps étaient froids. Dans l'âtre, il ne restait plus que des cendres, froides elles aussi.

Lynn se sentit soudain glacée jusqu'aux os et saisie d'un étrange malaise. D'un bond, elle sauta à son tour hors du lit et découvrit soigneusement pliés et posés sur une chaise les vêtements qu'elle avait abandonnés la veille sur le rivage. Elle s'habilla à la hâte et sortit de la cabane.

Dès qu'elle vit Tor, penché au-dessus du coffre de sa

voiture où il rangeait son matériel de peinture, elle éprouva un bonheur intense. Sa voix trahit malgré elle son émotion lorsqu'elle lança :

— Bonjour, Tor !

Il se redressa lentement, comme à regret et, au lieu de venir à sa rencontre, déclara sans bouger sur un ton neutre :

— Si vous êtes prête, nous n'allons pas tarder à partir. A quelle heure prenez-vous l'avion pour Toronto ?

— Cet après-midi... à quatre heures, je crois, mais... mais mes plans sont changés, je...

— En quoi ? N'avez-vous pas rendez-vous avec votre mère ?

— Si, avoua-t-elle, en baissant la tête, puis elle la releva tout à coup pour poser sur Tor un regard brillant d'espoir. Accompagnez-moi donc !

— Non, Lynn, les relations que vous allez établir avec votre mère ne me concernent en rien.

— En rien ? répéta-t-elle faiblement.

La considérant d'un air tendu, il affirma :

— Lynn, il faut que vous me compreniez. Nous avons vécu un moment merveilleux et inoubliable, mais ce qui s'est passé entre nous a eu lieu contre ma volonté, vous le savez bien.

— Ce qui est fait est fait, répliqua-t-elle avec une froideur subite, et je ne regrette rien.

Non, elle ne regrettait rien parce qu'elle l'aimait mais, au moment où elle se préparait à le lui dire, dans l'attente de lui entendre formuler les mêmes sentiments, il la prit de court en déclarant :

— Dès votre retour de Toronto, nous nous marierons. Je ne veux pas que vous pensiez que...

— Qu'avez-vous dit ? s'écria-t-elle, abasourdie.

— Je ne veux pas que vous pensiez que...

Elle l'interrompit vivement :

— Non, avant !

— Nous allons nous marier.

— Comment, vous avez l'intention de m'épouser ?

— Naturellement. Etant donné les circonstances, c'est le moins que je puisse faire.

S'efforçant de dissimuler son désarroi, elle s'enquit d'une voix atone, mais ferme :

— Quelles circonstances, Tor ?

— Vous faut-il donc des explications ?

— Oui.

— Vous vous êtes donnée à moi la nuit dernière, Lynn, et peut-être cela aura-t-il des conséquences. Y avez-vous songé ?

S'empourprant malgré elle, elle inclina la tête et murmura :

— Oui.

— Alors vous pouvez aussi imaginer que je ne suis pas très fier de moi ce matin. Je tiens à réparer de mon mieux ce comportement inqualifiable.

— Ne vous croyez aucune obligation envers moi, j'étais tout à fait consentante, rétorqua-t-elle avec orgueil.

— Lynn, je vous en prie, ne nous perdons pas en vaines discussions. Mettons-nous plutôt d'accord au plus vite. Je vais vous épouser, cela va de soi, mais nous ne vivrons pas ensemble. Vous devez suivre votre mère.

— Dans ce cas, pourquoi souhaitez-vous m'épouser ? lança-t-elle, angoissée et désarçonnée.

— Ne vous l'ai-je pas déjà expliqué ?

De dépit, elle s'écria perfidement :

— Patientez donc un peu ! Rien ne vous prouve qu'il y aura des conséquences, comme vous dites. S'il n'en est rien, le problème sera résolu à moindres frais !

— Lynn, ne compliquez pas à plaisir une affaire déjà si...

— Oh taisez-vous ! Vous ne pourriez pas me faire comprendre plus clairement que vous ne ressentez rien à mon égard, que vous n'éprouvez pas le moindre attachement pour moi ! protesta-t-elle, trop bouleversée pour remarquer qu'il serrait douloureusement les poings. Vous ne désirez vous marier que par devoir, n'est-ce pas ?

— Est-ce un motif tellement mauvais ?

— Oui, très mauvais à mon avis. Que se passera-t-il si vous vous éprenez d'une autre femme ?

— Cela n'arrivera pas.

Le cœur brisé, Lynn ne mesurait plus ses paroles et elle l'accabla aveuglément :

— Oui, bien sûr, quelle hypothèse grotesque ! Vous êtes dur, égoïste, vous n'aimerez jamais que vous-même ! Il m'a fallu bien du temps pour m'en apercevoir !

— Assez, Lynn !

Elle secoua la tête sans l'écouter et ajouta sur le même ton proche de l'hystérie :

— Et que se passera-t-il si moi, je tombe amoureuse de quelqu'un d'autre ?

— J'ai dit *assez*.

Il n'avait pas haussé la voix, mais une lueur dangereuse dans ses yeux bleus réduisit la jeune fille au silence. Involontairement apeurée, elle se mordit la lèvre, tandis qu'il décidait d'un air sévère :

— Je vais finir de mettre nos affaires dans la voiture et nous partirons.

Le trajet du retour s'effectua dans une atmosphère lourde et tendue, et cette même atmosphère renseigna amplement Marian lorsqu'ils pénétrèrent dans la demeure de Tor. La servante parut attristée et elle jeta d'étranges coups d'œil à Lynn pendant qu'elle leur servait le déjeuner. Ensuite, celle-ci eut juste le temps de se préparer pour prendre son avion. Elle songea non sans amertume que sa vie avait bien changé. La petite sauvageonne accoutumée à ne jamais aller plus loin que Sioux Lake était devenue d'un jour à l'autre une voyageuse qui ne comptait plus les kilomètres. Tor l'attendait dans le hall quand elle descendit, et elle lui annonça sèchement :

— Je vais prendre un taxi jusqu'à l'aéroport.

— Non, je vous y conduis.

A nouveau, son allure intimidante lui imposa l'obéissance et elle s'installa à ses côtés dans le véhicule bleu, folle de rage, mais impuissante. Le parcours qui durait trois quarts d'heure lui parut interminable. Enfin, Tor gara son coupé sur le parking de l'aéroport et sortit sa valise du coffre.

— Avez-vous votre billet ? s'enquit-il, lui adressant la parole pour la première fois depuis qu'ils étaient partis.

Elle le chercha dans son sac à main, le lui tendit, et il se chargea pour elle de l'enregistrement de son bagage.

Durant les vingt minutes qui précédèrent l'embarquement, elle scruta désespérément le visage de son compagnon, essayant en vain de discerner une expression même infime de tendresse. Elle ne parvenait plus à croire qu'ils s'étaient donnés si passionnément l'un à l'autre. A la lumière crue du jour, ces heures merveilleuses semblaient appartenir au domaine du rêve et pourtant, Lynn n'avait pas rêvé les baisers et les caresses. Son unique erreur était d'avoir imaginé que Tor l'aimait. En dépit de son inexpérience, elle s'était rendu compte des trésors de tendresse et de délicatesse qu'il avait déployés pour l'initier à la volupté. Il s'était montré à la fois doux et ardent, il avait été la colombe et l'aigle. Emportée dans un tourbillon fantastique de sensations et d'émotions, Lynn avait eu la naïveté de prendre son savoir-faire pour de l'amour. A présent, considérant son profil net et dur tandis qu'il regardait fixement les pistes où se posaient et décollaient des avions, elle ne pouvait pas se cacher la cruelle vérité : il ne ressentait rien pour elle. D'ailleurs, pas une seule fois durant la nuit il ne lui avait dit des mots d'amour, non pas une seule fois. Par naïveté encore, Lynn avait interprété ses gestes si doux en termes de sentiments. Que d'illusions... et quelle affligeante désillusion !

Tor se tourna subitement vers elle et déclara d'une voix neutre :

— Vous partez dans cinq minutes. Il faudrait que vous m'appeliez de l'hôtel de Diana pour m'indiquer quand vous comptez revenir à Halifax et ainsi, je pourrai m'organiser.

— Très bien, je vous téléphonerai, répondit-elle sur le même ton, tout en sachant déjà qu'elle n'en ferait rien.

Sans même avoir réfléchi, elle sentait qu'elle venait de prendre en l'espace d'une seconde une décision irrévocable. A cause de Tor, cet instant était le dernier qu'ils passaient ensemble. Elle quittait Halifax pour ne plus jamais y revenir. Jamais elle ne se marierait et jamais plus elle ne reverrait l'homme sans lequel le monde allait cependant devenir pour elle un désert glacé. Une infime parcelle de sa détresse transparut sans doute dans ses beaux yeux verts car Tor affirma :

— Tout ira bien, ne vous inquiétez pas.

— Je ne m'inquiète pas, mentit-elle, avant d'éclater en sanglots, elle s'empressa d'ajouter : il est temps que je parte, je voudrais pouvoir choisir ma place.

Tor hocha la tête en signe d'assentiment, puis il se pencha et effleura brièvement ses lèvres.

— J'espère que vous vous entendrez avec votre mère, Lynn. Bonne chance.

Incapable de prononcer une parole de plus, la jeune fille s'arracha aux mains qui pesaient sur ses bras et s'enfuit. Elle tremblait comme si elle avait eu de la fièvre lorsqu'elle rejoignit la file des voyageurs qui se présentaient à l'hôtesse. Consciente du regard de Tor dans son dos, elle dut se faire violence pour ne pas se retourner.

14

L YNN s'endormit durant le vol afin de fuir dans le sommeil la douleur intolérable qui l'étreignait. L'appareil atteignit Toronto bien trop tôt à son gré et elle ouvrit les yeux à contrecœur pour attacher sa ceinture sur les indications de l'hôtesse. Une fois dans l'aéroport, elle suivit machinalement la foule et récupéra sa valise sans songer un instant que quelqu'un avait pu venir la chercher. Soudain, de l'autre côté des barrières, elle aperçut une femme élégante, arborant cette allure fière et altière qu'on avait pu admirer sur toutes les grandes scènes du monde.

— Diana ! s'exclama la jeune fille.

Sous la lumière électrique très crue, la violoniste paraissait fatiguée, mais bien plus sereine que la semaine précédente.

— Bonjour, Lynn, fit-elle d'une voix douce.

Pour l'arrivante, la surprise était totale. Elle ne s'était pas attendue à trouver quelqu'un à l'aéroport, et Diana moins que tout autre. D'ailleurs, bouleversée d'avoir quitté Tor pour toujours, elle n'avait pas eu une seule pensée pour sa seconde rencontre avec sa mère dont la subite apparition la déconcertait.

— Comment as-tu su que je venais par cet avion ? s'enquit-elle faiblement.

— J'ai téléphoné chez Tor et Mme Hollman m'a dit que tu étais en route.

— Ah ! murmura Lynn d'un air absent en hochant la tête.

Sa mère la considéra avec un sourire plein d'indulgence en l'entraînant fermement :

— Nous ne sommes pas à notre aise pour discuter ici. Rentrons.

Diana conduisait une superbe limousine dotée d'un système d'air conditionné avec beaucoup d'habileté et d'assurance. Obligée d'accorder toute son attention à la circulation intense de la ville, elle parla peu avec sa fille. Aux yeux d'un étranger, la jeune fille pouvait sembler parfaitement détendue sur son siège confortable, les mains jointes sur les genoux. Tor, quant à lui, aurait noté l'imperceptible lueur d'angoisse dans son regard et la fixité de ses traits. La souffrance l'habitait en permanence depuis qu'elle avait découvert sa terrible erreur. Ce qui s'était passé entre Tor et elle ne constituait pour lui qu'un moment « merveilleux et inoubliable », selon ses propres termes, mais nullement l'expression d'un amour mutuel ainsi qu'elle avait eu la folie de le croire. Tor ne l'aimait pas... Il ne l'aimait pas. Ces mots résonnaient sans répit dans son esprit las. Elle essaya de ne plus entendre cet horrible refrain car il lui fallait affronter à présent un nouveau problème. Pourquoi Diana si belle et si pleine de talent, mais aussi tellement froide et distante, avait-elle pris la peine de venir la chercher personnellement ?

La voiture s'immobilisa soudain devant l'hôtel et, toujours très calme et déterminée, Diana annonça :

— Viens, Lynn. Le garçon garera la voiture et montera ta valise.

Elle pénétra dans la suite où elle avait déjà été accueillie durant une nuit. Deux violons et une partition ouverte sur un bureau y signalaient la présence de la musicienne. Par ailleurs, l'appartement semblait désert.

— Klaus est sorti pour la soirée, déclara Diana

comme si elle avait deviné ses pensées. Il est parti pour
nous permettre de bavarder tranquillement.

Elle remplit généreusement deux verres de whisky et
en tendit un à Lynn, puis elle s'assit en face d'elle et ne
s'occupa plus pendant quelques instants que d'allumer
une cigarette. Un calme profond régnait dans la pièce.

Diana exhala une bouffée de fumée bleutée et la
suivit songeusement des yeux avant de rompre le
silence.

— Cette semaine a été très éprouvante pour moi,
Lynn. Notre première entrevue a réveillé tant de
souvenirs, tant de choses auxquelles je ne voulais plus
penser. J'ai bien peur de t'avoir déçue mais pardonne-
moi, j'étais si déroutée, si désarmée…

— Je te comprends, s'empressa d'affirmer la jeune
fille. Quel choc pour une mère de se trouver d'un
instant à l'autre face à sa fille après des années ! Mais
ton véritable accueil, tu me l'as donné sous la forme de
ce magnifique concert que tu m'as dédié.

Fixant l'extrémité rougeoyante de sa cigarette, Diana
répliqua :

— Je ne mérite pas que tu te montres si bonne à mon
égard. En tout cas, merci. Tu sais, j'ai haï Paul de
m'avoir privée de toi si cruellement, mais je lui suis
reconnaissante de t'avoir enseigné le courage et l'honnêteté. Je suis fière d'être ta mère, Lynn, et très
heureuse que nous nous soyons enfin retrouvées.

Elle posa une main légèrement tremblante d'émotion
sur le genou de Lynn et, contemplant les doigts fins et
délicats de la violoniste, celle-ci répondit du fond du
cœur :

— Moi aussi, et comment pourrais-je ne pas être
fière de toi ?

Les deux visages qui se ressemblaient tellement se
sourirent. Plus détendue, Diana se cala bien dans son
fauteuil pour poursuivre ses explications :

— Tu ne peux pas imaginer à quel point j'ai été
bouleversée quand Tor m'a annoncé que tu étais chez

lui. Le passé, instantanément ressuscité, m'a assaillie, et j'ai souffert comme j'avais souffert dix-huit ans plus tôt. J'ai revécu la douleur, le désarroi et le désespoir.

Répétant sans s'en douter les paroles que Klaus avait prononcées dans le square de Toronto, elle conclut :

— Pour moi, l'amour est inéluctablement associé au malheur, aussi une force incontrôlable m'a-t-elle empêchée de t'ouvrir les bras comme j'aurais dû le faire la semaine dernière.

— Je me mets très bien à ta place, assura Lynn.

Reconnaissante, Diana lui adressa un nouveau sourire plein de charme et de nostalgie.

— Oui, tu es très compréhensive et très sensible, je le vois. Peut-être as-tu déjà souffert aussi malgré ton jeune âge ?

S'empourprant aussitôt, Lynn tenta de dissimuler son embarras en buvant une gorgée de whisky.

— Un fait m'intrigue, déclara-t-elle vite afin de changer de sujet, tu me parais très différente de la personne froide et réservée que j'ai rencontrée la semaine dernière. Peux-tu m'expliquer ce changement spectaculaire ?

— Oh oui ! fit Diana avec un petit rire communicatif qui rendit l'atmosphère encore plus agréable.

Elle décocha à Lynn un coup d'œil de conspiratrice et celle-ci découvrit subitement en une intuition fulgurante et merveilleuse tout le bonheur d'avoir une mère aussi extraordinaire, qui allait pouvoir devenir en outre une amie et une confidente.

— J'ai vécu des moments difficiles ces derniers temps, crois-moi, annonça Diana. Klaus m'a fait une scène inimaginable.

— Comment ? s'écria Lynn, très étonnée.

— Tu ne le connais pas. Cela vaut la peine de le voir quand il est hors de lui, mais il est préférable de ne pas être sa cible... ce qui ne m'était jamais arrivé avant.

— J'ai du mal à me représenter Klaus en colère. Je l'ai trouvé si doux et si gentil!

— J'espère que tu n'auras jamais l'occasion de changer d'avis, répliqua Diana avec une moue humoristique. J'étais très fatiguée lundi dernier et j'ai commis l'imprudence de dire que je regrettais d'avoir accepté de te revoir dans de si brefs délais. Klaus n'attendait qu'un prétexte pour exploser. Il s'est mis à tournoyer autour de moi comme un diable en m'accablant de reproches en anglais, en allemand et en hongrois ! De ce flot de paroles, j'ai retenu que je ne méritais pas de t'avoir retrouvée, que j'étais lâche et que je me réfugiais derrière les malheurs de mon passé pour ne pas vivre une vraie vie de femme. Ah, si tu l'avais entendu !

Elle s'interrompit et médita un instant, les sourcils froncés, avant de déclarer :

— J'ai découvert un aspect de Klaus que j'ignorais. J'ai même l'impression de commencer seulement maintenant à le connaître. Il a eu raison de me parler comme il l'a fait. Je lui dois beaucoup.

En écoutant sa mère, Lynn se souvint du visage transfiguré de Klaus quand il évoquait la musicienne, et son dévouement sans limite. Leurs relations allaient peut-être changer elles aussi.

— J'ai d'abord été très contrariée, poursuivit Diana, puis j'ai dû admettre que Klaus avait absolument raison. Depuis ta disparition avec Paul, je me suis interdit tout attachement. J'avais peur, j'ai toujours peur, Lynn, mais il faut que tu saches combien je suis heureuse de t'avoir enfin auprès de moi et combien je t'aime.

Animée par un même élan, la mère et la fille se jetèrent dans les bras l'une de l'autre, riant et pleurant à la fois puis, durant plus d'une heure, elles bavardèrent avec animation, s'appliquant à rattraper les années perdues.

Soudain, dans le cours de la conversation, Diana mentionna tout à fait innocemment le nom de Tor.

— Raconte-moi un peu tes projets, ma chérie. Tu es impatiente de repartir chez lui, je suppose ?

Lynn ne put réprimer un sursaut et le verre posé sur le bras de son fauteuil bascula. Regardant le liquide brun pénétrer dans la belle moquette, elle s'exclama sans réussir à tromper Diana :

— Comme je suis maladroite !

L'air très inquiet, Diana fixait sa fille, et elle la questionna fermement :

— Lynn, qu'ai-je dit pour te bouleverser à ce point ?

Toute à la joie d'avoir retrouvé celle dont elle avait été si injustement privée, Lynn était presque parvenue à oublier Tor. Mais voilà que le futur qu'elles avaient peint ensemble des couleurs les plus gaies devenait terne et sombre.

— Lynn, parle-moi.

Tout à coup, le fardeau qui pesait sur les épaules de la jeune fille, le poids qui oppressait son cœur furent trop lourds, et elle se jeta aux pieds de Diana. Le visage enfoui dans les plis de sa jupe, elle sanglota. Tout son corps fut longuement secoué de violents soubresauts. Seulement quand elle commença à se calmer, elle remarqua la main qui caressait ses cheveux et celle qui reposait sur sa nuque en témoignage de compassion et de soutien. Quelles mains douces ! Les mains d'une mère ! Elle recevait cette fois le réconfort dont elle était restée privée durant toute son enfance et, au contact de ces doigts capables de soulager toutes ses souffrances, elle se détendit peu à peu, fermant les yeux, s'abandonnant à une tendre sensation d'apaisement.

— Veux-tu te confier à moi maintenant ? s'enquit gentiment Diana.

— J'aime Tor, avoua-t-elle sans détour, et il ne m'aime pas.

— Qu'en sais-tu ?

— Il désire que je vive avec toi, et non pas avec lui, même lorsque nous serons mariés.

— Je ne comprends pas, fit Diana, en proie à un étonnement bien légitime.

S'efforçant de s'exprimer d'une façon claire et sobre, Lynn décrivit à sa mère les rapports tumultueux qui s'étaient établis entre Tor et elle depuis le premier jour. Elle surmonta même sa gêne pour lui confier l'attirance physique invincible qui les avaient conduits à commettre l'irréparable la nuit précédente.

— Je croyais du moins qu'il s'agissait d'amour, conclut-elle avec amertume, mais je faisais erreur. Tor n'y a vu qu'une manifestation de notre désir mutuel et, comme il se sent fautif et craint des conséquences, il a décidé de m'épouser. Il ne ressent rien pour moi, Diana, il se marie uniquement par devoir. Jamais je ne deviendrai sa femme dans ces conditions. Je ne retournerai pas à Halifax.

— Que comptes-tu faire alors ?

— Rentrer chez moi dans l'Ontario. Je lui écrirai une lettre dès demain pour l'informer de mes intentions et il m'oubliera vite. Je ne compte pas pour lui.

— Je suis navrée de te voir si malheureuse, Lynn.

— Nous n'avons pas beaucoup de chance en amour, n'est-ce pas ? lança la jeune fille sur un ton désolé.

— Lui as-tu avoué que tu l'aimes ?

— Non, certainement pas ! C'est tout ce qu'il me reste de dignité.

— Oh tu sais, ma chérie, l'orgueil est un bien triste compagnon dans l'existence d'une femme, j'en ai fait l'expérience.

Frémissante, Lynn protesta néanmoins avec vigueur :

— Mais je ne peux pas le lui dire ! Il se moquerait de moi !

— Je ne le connais pas aussi bien que toi et cependant, je ne l'imagine pas ayant une telle réaction. Ne voudrais-tu pas reconsidérer le problème, Lynn, et tenter ta chance ?

Les traits figés par une détermination farouche, elle répondit sombrement :

— Non, il n'y a rien à tenter. Je ne reviendrai pas à Halifax, sinon je risque de devenir sa femme par faiblesse... Je n'ai jamais su lui résister, et cette union tournera à la catastrophe pour nous deux.

— En es-tu sûre ?

— Absolument.

— Mon Dieu... dans ce cas, il vaut peut-être mieux en effet que tu retournes dans l'Ontario pendant un certain temps. Et qui sait, la situation évoluera éventuellement d'elle-même.

— Si seulement cela pouvait être vrai ! Mais je vais au moins pouvoir réfléchir à ce que je souhaite faire dans la vie : entreprendre des études, travailler...

La voix lui manqua et elle faillit fondre de nouveau en larmes, à la fois d'épuisement et de chagrin, car nul projet ne pouvait la séduire s'il n'incluait pas Tor.

— Ma chérie, je crois devoir user de mon autorité maternelle pour t'envoyer te coucher. Tu es recrue de fatigue. Tu verras, après une nuit de sommeil, tes problèmes te paraîtront moins terribles. Bonne nuit, Lynn, dors bien.

— Bonne nuit, maman, répondit-elle si naturellement que personne n'aurait pu penser qu'elle prononçait ce mot pour la seconde fois de sa vie. Merci de m'avoir écoutée.

— Je suis ta mère, lui rappela Diana qui parvenait mal à cacher son émotion.

Lynn alla docilement s'étendre et ne tarda pas à s'assoupir tandis que la musicienne se dirigeait vers les baies vitrées du salon. Elle resta là de longs instants à contempler songeusement la ville illuminée à ses pieds. Tout à coup, mue par une impulsion, elle revint jusqu'au bureau qui occupait un coin de la pièce et sortit d'un tiroir du papier à lettre portant l'en-tête de l'hôtel. Après avoir couvert deux pages de sa petite écriture nette et élégante, elle s'arrêta et regarda dans le vague en se mordillant les lèvres. Elle semblait indécise puis soudain, elle appela les renseignements et inscrivit un numéro de téléphone à la fin de sa missive qu'elle plaça finalement dans son sac à main. Ensuite elle se leva et gagna sa chambre à son tour.

Le lendemain matin, la première action de Lynn consista à écrire une lettre à Tor. Après deux essais infructueux, elle réussit à rédiger un texte réduit au minimum :

« Cher Tor, j'ai décidé de ne pas revenir à Halifax car notre mariage serait une erreur. Comme nous ne nous reverrons sans doute jamais, je tiens à vous remercier pour tout ce que vous avez fait pour moi. Je vous suis particulièrement reconnaissante de m'avoir permis de retrouver ma mère, cet événement constituant un immense bonheur pour moi. »

Très vite, avant d'avoir le temps de faiblir et de changer d'avis, elle acheva la lettre d'une main ferme : « Prenez bien soin de vous, cher Tor. » Elle parcourut rapidement des yeux les quelques lignes impersonnelles et y ajouta simplement son prénom. A l'instant où elle glissa l'enveloppe portant l'adresse de Tor dans la boîte aux lettres de l'hôtel, elle eut l'impression de signer sa condamnation à mort.

Elle passa pourtant une journée très reposante et agréable en compagnie de Diana et de Klaus. Le lendemain, ils l'accompagnèrent tous les deux à l'aéroport où elle devait prendre un avion pour Sioux Lake. Un rendez-vous était déjà convenu pour un avenir très proche car Diana brûlait d'impatience de connaître les lieux où avait grandi sa fille. Profitant d'un instant où la violoniste était accaparée par un admirateur qui possédait tous ses disques, Klaus déclara à Lynn :

— Vous êtes une fée, petite Lynn. Jamais je n'ai vu Diana si détendue et chaleureuse. Tout va bien entre vous deux maintenant, n'est-ce pas ?

— Oh oui, et c'est à vous que je le dois ! répliqua-t-elle avec une pointe de malice.

— Ne me remerciez pas. Si l'un de nous doit remercier l'autre, il s'agit plutôt de moi. Diana a déjà changé de comportement envers moi. Peut-être — je dis bien peut-être — serai-je bientôt votre beau-père. Qu'en pensez-vous ?

— Ce serait merveilleux, affirma Lynn du fond du cœur, et elle embrassa affectueusement cet homme si bon. Bonne chance.

— Oui, souhaitez-moi beaucoup de chance, fit-il, lui décochant un petit sourire plein d'humour. Au revoir, Lynn, à la semaine prochaine, chez vous.

En serrant sa fille dans ses bras, Diana lui chuchota à l'oreille :

— Ne perds surtout pas courage, ma chérie. J'ai hâte de donner mes deux prochains concerts et de te rejoindre.

Lorsque l'avion décolla, Lynn se surprit à penser non pas à Diana et à Klaus qu'elle allait retrouver bientôt, mais à Tor. Lui, elle ne le reverrait jamais, elle le lui avait écrit, et cette vérité prit soudain pleinement corps en elle sous la forme d'un désespoir insoutenable, affreusement insoutenable. Cependant, la vie continuait...

Enfin le lac entouré de collines apparut, puis des arbres émergèrent du tapis vert uniforme qui se déroulait sous l'appareil tandis que les maisons de Sioux Lake abandonnaient progressivement les proportions de jouets construits avec des allumettes pour devenir de réelles habitations.

Le pilote qui avait ramené Lynn chez elle lui porta aimablement sa valise jusqu'à la demeure de Bernard et de Margaret. Elle arriva alors que les deux enfants s'amusaient sur leurs balançoires et ils sautèrent prestement à terre pour courir à sa rencontre. Leurs voix enthousiastes résonnèrent dans le jardin, alertant Margaret qui ne tarda pas à ouvrir la porte.

— Lynn, quelle merveilleuse surprise ! Tu es de plus

en plus belle ! Es-tu venue seule ? Comptes-tu rester un peu avec nous ?

Amusée par la foule de remarques et de questions qui se pressaient sur les lèvres de sa chère amie, Lynn répondit en riant :

— Merci, oui et oui ! Pour tout t'avouer, je vais aller chez moi afin de préparer les lieux. Diana, ma mère, doit me rejoindre la semaine prochaine et je voudrais qu'elle aime ma cabane.

— Elle va te rendre visite ! Comme je suis contente pour toi !

Bernard arriva à son tour et, coupant gentiment court aux propos enthousiastes de son épouse, il suggéra :

— Entrez donc, entrez donc ! Vous boirez bien une tasse de thé, Lynn.

Ils se réunirent familièrement dans la cuisine et, constatant combien Bernard était reposé et détendu, Lynn déclara :

— Vous avez bien meilleure mine que la dernière fois.

— J'étais dans un piètre état, n'est-ce pas ? lança-t-il avec un sourire. Heureusement, la paix règne à nouveau sur la région. Nous ne voyons plus Raoul et il n'y a plus d'incendie. Je reviens justement ce matin d'une tournée d'inspection et tout était normal. Je me réjouis à l'idée de pouvoir enfin passer deux ou trois jours en paix avec Margaret et les enfants.

En parlant, il glissa un bras autour des épaules de sa femme, et ils échangèrent un sourire radieux sans se douter que le spectacle de leur bonheur ravivait chez Lynn la plaie douloureuse de son propre échec.

— A mon avis, ajouta Bernard, Raoul est probablement reparti vers le nord. Il a dû sentir que nous étions sur le point de mettre la main sur lui et il a préféré s'éclipser discrètement pendant qu'il en était encore temps.

Soulevant sa tasse, il proposa gaiement :

— Buvons à son absence éternelle !

Lynn les entretint ensuite d'une manière très volubile de sa seconde rencontre avec sa mère et de la visite qu'elle projetait, mais elle évita en revanche soigneusement de mentionner Tor. Quand Margaret l'interrogea à son sujet, elle se borna à lui fournir de vagues indications, prétendant qu'il avait dû rester à Halifax à cause de son travail. Pourquoi n'était-ce pas vrai, hélas ? Non, il ne fallait pas se laisser aller aux rêveries et aux regrets. Accomplissant un immense effort sur elle-même, elle joua un moment avec les enfants, puis aida Margaret à préparer le dîner.

Son amie parvint finalement à la convaincre de rester une journée à Sioux Lake. Cette halte lui fit plus de bien qu'elle ne l'aurait cru, et elle se sentit plus courageuse et énergique le matin de son départ. Prévoyant beaucoup de provisions pour ses invités, elle avait considérablement chargé son canoë.

Lorsqu'elle fut prête, les Whittier l'accompagnèrent jusqu'au quai. Une fois éloignée du rivage, elle éleva sa pagaie pour les saluer une dernière fois. Elle était du moins rassurée sur le sort de ses excellents amis qui venaient de traverser une période très difficile. Quant à elle, elle devait lutter pour surmonter l'épreuve de son amour impossible pour Tor. Elle ne cessa de réfléchir en contemplant l'eau qui reflétait le ciel bleu parsemé de petits nuages blancs.

Au cours du voyage, elle constata qu'en se dépensant physiquement, elle gagnait en sérénité. Son chagrin et ses préoccupations passaient obligatoirement à l'arrière-plan pendant qu'elle pagayait avec vigueur. Durant ces heures de solitude, elle acquit aussi une certitude. Puisqu'elle devait vivre sans Tor, la forêt constituait son meilleur refuge. S'installer à Halifax était exclu, car la proximité du peintre lui aurait rendu l'existence intolérable. A Toronto, elle se sentait encore trop une étrangère et à Sioux Lake, l'harmonie qui régnait entre Margaret et Bernard lui aurait sans cesse rappelé sa triste solitude. Elle tenta de se persuader qu'elle ne pouvait se sentir nulle part mieux que chez elle.

Toutefois, lorsque sa petite maison se dressa soudain devant elle, si modeste et à l'écart du monde, elle eut, l'espace d'une seconde, l'atroce impression de n'y avoir jamais vécu. Elle n'éprouva aucune joie, pas le moindre sentiment de soulagement à la vue de son ancien foyer.

L'intérieur du logis était envahi par la poussière. Des araignées avaient tissé leurs toiles dans chaque recoin et Lynn dut se donner beaucoup de mal pour rendre à la demeure l'air propre et accueillant qu'elle lui avait toujours connu. Elle guettait malgré elle un bruit dans le silence, un bruit de pas. Qu'espérait-elle donc ? L'arrivée de son père ou de Tor ? Ils étaient tous les deux morts pour elle.

La nuit tomba avec une fraîcheur qui annonçait l'automne. Et à l'automne allait succéder l'hiver, les longs mois glacés pendant lesquels le lac restait figé, les longs mois pendant lesquels le vent hurlait sans relâche autour de la maison, la saison froide et impitoyable durant laquelle les cœurs humains rêvaient du printemps…

Désespérée, Lynn regardait l'obscurité se refermer implacablement sur elle. Elle aurait tout donné pour voir soudain Tor surgir de la nuit. Qu'il eût été furieux ou maussade n'aurait pas importé. Elle se serait contentée de sa seule présence. « Oh mon Dieu, aide-moi », pria-t-elle en appuyant son front contre la vitre froide. « Je l'aime, je ne peux pas vivre sans lui. Je vais devenir folle si je dois rester ici. »

Jamais elle n'aurait dû écrire cette lettre où elle refusait le mariage que lui proposait Tor et où elle affirmait qu'ils ne se reverraient plus. Elle avait présumé de ses forces. Sans lui, elle était perdue.

Non, jamais elle n'aurait dû écrire cette lettre, et encore moins l'envoyer. En un éclair, elle revécut la scène qui s'était déroulée dans l'atelier de Tor la nuit où elle était revenue sans l'avertir de Toronto. Elle avait trouvé dans la pièce ravagée un homme tourmenté par l'absence d'une femme au point d'en perdre la raison. Comment allait-il réagir à présent quand il recevrait son message ?

Les doigts crispés sur le rebord de la fenêtre, Lynn poursuivit sa douloureuse analyse. Tor ne l'aimait pas, non... mais à vrai dire, elle ne saisissait plus très bien la signification de ce terme... l'amour, le désir, la passion, le besoin physique poussé jusqu'à l'obsession... Dans cette liste interminable, tous les mots revenaient peut-être au même. Elle avait constaté de ses propres yeux que Tor pouvait souffrir terriblement lorsqu'il la désirait et qu'elle n'était pas là. Or elle venait de s'enfuir loin de lui pour s'avouer tout à coup qu'il lui était impossible de se passer de lui. Et s'il éprouvait la même impossibilité, à quelle rage destructrice allait-il céder cette fois-ci ?

Hélas, il était trop tard. Trop tard ? Non, peut-être pas après tout. S'évertuant à ranimer son courage et sa combativité, Lynn calcula que Tor recevrait sa lettre seulement le lendemain. Elle pouvait repartir pour Sioux Lake afin de prier Bernard de lui adresser un message par radio avant l'arrivée de ce malheureux courrier. Elle voulait le supplier de ne pas en tenir compte et lui dire qu'elle était prête à l'épouser, s'il désirait toujours, en acceptant toutes les conditions qu'il lui imposerait. Il ne lui resterait plus aucune dignité après cette reddition, mais qu'importait ! Diana venait de lui expliquer que l'orgueil ne devait pas l'emporter sur l'amour, et elle lui donnait raison. Elle aimait Tor, et son cœur se gonfla soudain de l'amour infini qu'elle lui portait, un amour plus fort que tout, dont la certitude l'enivrait et l'emplissait d'un bonheur douloureux.

Épuisée, elle se laissa tomber sur une chaise et ne tarda pas à s'apercevoir que sa fatigue s'accompagnait d'un doux apaisement. Depuis qu'elle avait décidé de retourner chez Tor, l'avenir ne l'effrayait plus, quels que fussent les événements qui l'attendaient. Très sereine, elle finit par se lever, éteindre la lampe et aller se coucher, sombrant presque instantanément dans le sommeil.

Le soleil se trouvait déjà bien au-dessus de l'horizon quand elle se réveilla et, furieuse d'avoir dormi si tard, elle quitta son lit d'un bond. Il était déjà neuf heures. Selon son plan, elle aurait dû avoir parcouru la moitié de la distance qui la séparait de Sioux Lake. Elle se hâta de boire un jus d'orange et de manger un peu de jambon avec du pain, puis s'habilla, ferma les volets de la maisonnette et la porte à clef, et courut jusqu'à son canot. Un vent très fort soufflait sur le lac dont les flots agités n'allaient pas lui faciliter le voyage. Ne songeant qu'à gagner Sioux Lake au plus vite, elle se jeta néanmoins dans sa petite embarcation et partit. Obligée de lutter perpétuellement contre les rafales et les vagues, elle ne cessa de se reprocher de ne pas s'être mise en route plus tôt.

Durant la deuxième partie du trajet, la brise tourna en sa faveur et elle s'en réjouit en manœuvrant habilement pour éviter les rochers du rivage dont elle n'osait pas s'écarter. Elle arriva au niveau d'une crique bien protégée, bordée d'une étroite plage où elle découvrit à sa grande surprise une barque. Elle s'immobilisa malgré elle, les yeux écarquillés, et l'eau démontée se mit à la faire osciller dangereusement. Très vite, elle redressa la situation et pagaya en direction du bord. En sautant lestement à terre sans se mouiller les pieds, elle cria :

— Y a-t-il quelqu'un ?

Aucune réponse ne lui parvint et elle étudia songeusement le canoë qui lui parut en bien mauvais état. Tout à coup, les sens en alerte, elle fronça les sourcils. Quelque chose l'intriguait et elle sut soudain quoi.

S'agenouillant, elle s'empara du gilet de sauvetage que son propriétaire y avait laissé afin de l'examiner. Les taches qu'il portait confirmèrent ses soupçons et en un éclair, elle comprit tout. Qui, sinon Raoul Duval, pouvait s'amuser à transporter de l'essence dans cette région sauvage ? Et dans quel but, sinon de provoquer un nouvel incendie ?

Terrorisée, elle faillit obéir au premier réflexe qui la poussait à s'éloigner immédiatement pour aller avertir Bernard. Mais une fois debout, elle hésita. Avec un peu de chance, elle pouvait prendre Raoul sur le fait et mettre un terme à sa folie criminelle. Il ne manquait qu'un témoin à Bernard pour le jeter en prison. Animée d'une courageuse détermination, elle hissa son canoë sur ses épaules et alla le dissimuler parmi les arbres, puis elle commença à sillonner la forêt, à l'affût d'une empreinte de pas ou d'une branche cassée. Il lui fallut peu de temps pour trouver la piste de Raoul qui ne semblait d'ailleurs pas se soucier de laisser des traces derrière lui.

Elle s'arrêta brusquement, sentant une odeur de fumée, puis reprit sa route à vive allure, en proie à une colère si violente qu'elle en oublia la plus élémentaire prudence. Elle entendait déjà craquer les branchages dévorés par le feu et elle vola au secours de sa chère forêt, si belle et si fragile, refuge des cerfs, des lièvres et des oiseaux... Raoul n'avait pas le droit de la détruire. Il fallait absolument l'en empêcher. Elle voyait à présent la fumée dont le vent dérangeait les colonnes grises, et elle courut encore plus vite, n'écoutant que son désir farouche d'interrompre l'œuvre malfaisante de Raoul.

Lorsqu'elle déboucha dans la clairière, ils se découvrirent au même instant, et chacun resta pétrifié l'espace d'une seconde. Lynn se ressaisit la première et fusilla de ses yeux verts étincelants de rage l'homme roux qui tenait un bidon à la main. Derrière lui, les flammes orangées s'attaquaient déjà aux bases des sapins.

— Mais que faites-vous ? Etes-vous devenu fou ?

L'homme sortit de sa stupéfaction et lança de sa voix rauque :

— Comment diable êtes-vous venue jusqu'ici ? Je vous ai déjà vue chez le policier.

— Oui, et je compte bien retourner chez lui. Je vous assure que vous n'aurez plus jamais l'occasion de provoquer un incendie.

— Ah oui ! fit-il avec un rire sinistre. Parce que vous croyez que je vais vous permettre de repartir tout raconter à ce maudit policier ? Allons, allons, soyez logique !

Un frisson glacé parcourut Lynn. D'un geste vicieux, Raoul lui lança le bidon d'essence au visage. Pour l'esquiver, elle fit un saut sur le côté, et il profita de son affolement pour se jeter sur elle. Elle entendit craquer l'étoffe de son T-shirt mais, par miracle, elle réussit à lui échapper. Déployant une ruse d'Indien, elle lui échappa encore à plusieurs reprises. Derrière elle, Raoul respirait bruyamment. Contournant les arbres, évitant les trous et les obstacles, elle fuyait toujours, la peur lui donnant des ailes. Mais Raoul s'acharnait à la poursuivre avec une rage meurtrière qu'elle sentait et comprenait parfaitement. Il devait la rattraper à tout prix et la mettre dans l'impossibilité de le dénoncer. Sa liberté était en jeu.

Une exclamation furieuse déchira soudain le silence de la forêt et, risquant un coup d'œil par-dessus son épaule, Lynn s'aperçut que Raoul était tombé. Elle s'enfonça subrepticement dans les fourrés sur sa droite, se frayant un chemin parmi une végétation si serrée que la lumière ne parvenait plus jusqu'à elle. A bout de souffle, mais ne pouvant s'accorder une seconde de répit, elle continua à avancer sans se soucier des branches qui fouettaient son visage et l'égratignaient. Du moins était-elle en train de gagner un peu de terrain sur Raoul. Mais chaque pas commençait à lui coûter un terrible effort ; lourdes comme du plomb, ses jambes semblaient sur le point de se dérober sous elle. Et pourtant, elle s'obstina à progresser encore, à l'aveuglette, ne sachant plus où elle posait les pieds.

Tout à coup, ses membres las ne rencontrèrent plus que le vide. Dans sa chute, elle entraîna des cailloux qui heurtèrent le sol plus bas avant elle avec un petit bruit sec. D'instinct, elle se protégea la tête de ses bras et elle ne cria même pas quand elle s'écrasa sur le granit.

Assommée par le choc, Lynn ne bougea pas. Elle avait même l'impression que son cœur ne battait plus. L'espace d'une seconde, elle se crut morte. Une douleur dans la jambe gauche et dans une épaule lui prouva cependant qu'elle était bien vivante. Lorsque ses yeux s'accoutumèrent à l'obscurité, elle distingua une faible lueur au-dessus d'elle. Elle en déduisit qu'elle se trouvait dans une crevasse dont des fougères dissimulaient l'ouverture. Avec d'infinies précautions, elle tenta de changer de position, mais s'immobilisa, alertée par un crissement de bottes sur les rochers. Raoul n'était pas loin.

Elle observa l'immobilité d'un animal pris au piège. Cette fois, si Raoul la découvrait, elle allait à une mort certaine. Elle pressa ses poings contre sa bouche afin d'étouffer d'involontaires gémissements de peur. Raoul se rapprochait d'elle en effet, elle percevait à présent le bruit saccadé et légèrement sifflant de sa respiration. Il émit un juron en dérapant sur une pierre et l'intensité de sa voix indiquait sa proximité.

Il était sans aucun doute sur le point de repérer la cachette de Lynn et elle l'imaginait déjà la tirant impitoyablement hors de la petite cavité. Elle faillit crier pour de bon et appela mentalement Tor au secours. Il lui sembla alors soudain qu'il l'avait rejointe dans sa prison de granit et elle puisa dans cette idée le courage de garder le silence.

Au-dehors, elle entendit un froissement de feuilles,

puis les pas de Raoul décrurent progressivement. Il s'éloignait d'elle. Elle attendit plusieurs minutes, épiant les moindres sons. Il était bien parti. A l'exception du chant des oiseaux et du murmure du feuillage agité par le vent, la forêt reposait à nouveau dans son calme séculaire. Peut-être Raoul s'était-il seulement mis aux aguets, préférant la laisser se trahir au lieu de s'épuiser à la chercher ? Oui, peut-être. Incapable de rester plus longtemps dans la crevasse étouffante, Lynn se hissa tout de même à l'air libre, en grimaçant à cause de ses contusions.

Les doigts agrippés à la roche, elle ne sortit d'abord que la tête et regarda autour d'elle. Raoul n'était pas en vue. Tout paraissait normal, hormis l'odeur âcre que le vent portait jusqu'à elle.

Elle dut s'asseoir à même le sol pour reprendre son souffle. Raoul devait être retourné à son canot pour s'enfuir.

Tandis qu'elle réfléchissait, elle entendit soudain un craquement de branchages derrière elle. Presque aussitôt, elle fut environnée par une vive lumière orange. Et les flammes surgirent de l'ombre, entraînées d'arbre en arbre par le vent. Un cercle incandescent commençait à se dessiner autour de Lynn et la moindre seconde d'hésitation risquait de lui être fatale. Elle se redressa d'un bond, sans égard pour sa jambe qui lui faisait encore mal.

Talonnée par la peur, elle repartit en courant, trébuchant sur les pierres, fuyant l'incendie qui s'étendait à une vitesse terrifiante. Elle n'avait pas d'autre choix que de se diriger vers le lac et guettait avec anxiété un signe indiquant la présence de Raoul. Il lui fallut seulement quelques minutes pour atteindre la plage. Dissimulée derrière un sapin, elle étudia le rivage. A sa grande surprise, le canot de Raoul se trouvait toujours à la même place. Avait-il donc préféré s'enfuir par la forêt ? Pourquoi ? Il ne pouvait pourtant pas avoir décidé de se rendre à Sioux Lake alors qu'il la savait en liberté.

Une fumée épaisse, annonçant l'approche du feu, pressa Lynn de remettre ses suppositions à plus tard et de sauter immédiatement dans sa propre embarcation. Une fois sur l'eau, disposant du recul suffisant, elle se rendit vraiment compte de l'ampleur du foyer. Il s'était propagé avec une rapidité hallucinante et, fait encore plus inquiétant, il gagnait du terrain dans la direction de Sioux Lake. Lynn frémit à l'idée de la menace qui pesait sur ses amis de la petite agglomération. Elle pensa aussi malgré elle à Raoul. N'était-il pas en ce moment pris à son propre piège, cerné de tous côtés par les flammes impitoyables qu'il avait allumées ? Même à un être aussi nuisible que lui, Lynn ne pouvait pas souhaiter une fin tellement atroce.

Une heure plus tard, elle arrivait au second portage. L'air était chaud comme dans une fournaise et la fumée lui piquait les yeux. Semblant sortir de l'enfer, deux élans se jetèrent devant elle dans l'eau, suivis de près par un lynx. Le cœur de Lynn se serra à l'idée de tous les autres animaux de la forêt qui n'avaient pas comme ceux-là la chance d'échapper à l'incendie.

Chargeant son canot sur ses épaules, elle se hâta de traverser la bande de terre qui la séparait de la dernière partie du lac. Le brasier rugissait autour d'elle à la manière d'un monstre affamé. Des étincelles volaient sur les ailes du vent et elle devait à tout prix avancer dans ce décor de cauchemar.

Soudain, le feu diabolique dressa ses langues flamboyantes devant elle. Elle se retourna : derrière elle, le foyer progressait aussi.

La panique la cloua un instant sur place et elle laissa tomber son embarcation. Une cendre brûlante se posa sur son bras, lui arrachant un cri qui se perdit dans les grondements de l'incendie.

Oubliant complètement son canot, elle se lança entre les arbres transformés en torches gigantesques. Elle connaissait une petite île non loin du rivage et, si elle parvenait à l'atteindre, elle était sauvée. Etouffant dans l'atmosphère irrespirable, elle avançait, animée par cet espoir quand se dressa devant elle une silhouette sombre. Raoul ! Raoul l'avait retrouvée ! Il n'avait qu'à l'assommer et le feu se chargerait d'achever son œuvre de mort.

Un hurlement de terreur s'échappa de ses lèvres. Ne songeant plus qu'à fuir cet homme qui lui paraissait encore plus redoutable, elle repartit en sens inverse, aveuglée par la fumée, assaillie par des flammèches dont elle ne ressentait même plus la brûlure. Elle eut beau courir, Raoul la rattrapa cette fois. Lorsque sa main se referma sur son épaule, elle répondit par un violent coup de pied qui lui arracha un cri, mais ne lui fit pas lâcher prise. Elle devina plutôt qu'elle ne vit le poing qu'il leva sur elle. En dépit d'une ultime tentative pour lui échapper, le coup atteignit son but. Elle eut l'impression que sa tête explosait, puis elle ne sut plus si le brouillard qui masquait tout se trouvait au-dehors ou en elle. L'obscurité devint plus profonde, totale, et elle sombra lentement dans une nuit qu'elle savait sans fin.

15

DE l'eau fraîche coulait sur son visage et passait entre ses lèvres desséchées. Quelle sensation délicieuse ! Lynn posa ses doigts sur la main qui tenait la gourde sans avoir la force de la serrer.

Quand elle souleva ses paupières, elle découvrit Tor penché sur elle et arborant une expression qu'elle ne lui avait encore jamais vue. Un petit gémissement de désespoir lui échappa. Elle rêvait sûrement. Tor ne pouvait pas se trouver auprès d'elle. Peut-être était-elle morte ? Peut-être le paradis consistait-il pour elle à se réveiller dans ses bras ?

Soudain, elle sortit de sa confusion mentale pour se rappeler avec précision les événements qui avaient précédé son évanouissement.

— Raoul ! cria-t-elle. Où est-il ? Il voulait me tuer !

— Avez-vous vu Raoul ?

Même dans son état, elle perçut l'étonnement de Tor.

— Je l'ai vu allumer l'incendie. Il m'a poursuivie mais je... j'ai réussi à m'échapper. Puis il a surgi tout à coup devant moi au portage et... et...

Elle s'interrompit d'elle-même, en proie à une vive perplexité.

— Mais ce n'était pas lui ! C'était vous, n'est-ce pas ?

— Raison de plus pour vous enfuir, je suppose ! ironisa-t-il sombrement. Je n'en ai pas cru mes yeux.

Vous aviez l'air de préférer périr dans les flammes plutôt que d'être sauvée par moi.

Remettant à plus tard les questions innombrables qui lui venaient à l'esprit, Lynn caressa avec hésitation la joue de Tor.

— C'est bien vous, murmura-t-elle, émerveillée. J'étais persuadée que je rêvais ou que j'étais morte.

— Vous avez bien failli mourir, affirma-t-il d'une voix altérée par l'angoisse en la serrant contre lui. Je ne croyais plus possible de vous retrouver à temps. Oh Lynn, si vous aviez péri...

Contre elle, elle sentit tressaillir le corps de son compagnon, et elle noua instinctivement ses bras autour de son cou en déclarant avec beaucoup de douceur :

— Je suis saine et sauve. Et vous aussi. Tout va bien...

Les questions qu'elle se posait pouvaient attendre. La présence tellement imprévisible et miraculeuse de Tor la comblait entièrement.

Au bout d'un long moment, il se décida enfin à desserrer un peu son étreinte et il jeta un coup d'œil désolé par-dessus son épaule. Lynn songea seulement alors à se demander où il l'avait conduite, et elle reconnut la petite île à laquelle elle avait pensé comme seul refuge possible. Un canoë était attaché à un rocher. Un peu plus loin, un renard errait parmi les pierres. Il s'agissait d'un rescapé, comme eux. Lynn découvrit encore trois cerfs qui s'étaient groupés là où la végétation était la plus abondante et, sous ses yeux, une ourse et son petit atteignirent à leur tour cette terre de salut, sortant de l'eau et s'ébrouant énergiquement.

En face, le feu faisait toujours rage. La forêt se dressait sur la rive du lac comme un rideau de flammes dont les flots reflétaient la danse infernale. Le terrifiant spectacle défiait tous les commentaires, aussi Tor se borna-t-il à annoncer :

— Nous devrions gagner Sioux Lake au plus vite. Etes-vous capable de pagayer ?

— Oui, répondit Lynn en lui souriant afin de le rassurer sur son état.

Balayant sa fatigue et lui faisant oublier son corps endolori, des forces insoupçonnées jaillissaient du plus profond d'elle-même, et plus profondément encore, elle les puisait en Tor, elle le savait.

— Alors partons. Nous n'avons pas un instant à perdre, décida-t-il en étudiant le ciel où s'amoncelaient de lourds nuages. J'espère qu'il va pleuvoir, sinon il faudra évacuer Sioux Lake. J'aimerais bien que nous arrivions là-bas au plus vite.

Durant le trajet, il imposa à Lynn une cadence si rapide qu'elle en eut bientôt les bras rompus. La première goutte d'eau qui tomba sur son visage lui parut merveilleuse. Suspendant ses gestes, elle attendit. Il se mit à en tomber d'autres, de plus en plus rapprochées, et ce fut bientôt un véritable déluge.

— Dieu soit loué ! lança Tor sur un ton ému.

Partageant pleinement son sentiment de gratitude, Lynn recommença à pagayer. Elle ne se souciait pas d'être trempée jusqu'aux os, elle se réjouissait en revanche de constater que l'air se rafraîchissait et que l'eau avait bel et bien déclaré la guerre au feu.

Ils arrivèrent à Sioux Lake au crépuscule et amarrèrent le canot auprès de l'avion que Tor avait loué pour venir. Un calme étrange régnait sur l'agglomération apparemment déserte, à l'exception de quelques hommes réunis au bout du quai. Lynn ayant espéré trouver Bernard et Margaret pour l'accueillir, leur absence lui causa une légère déception. L'un des hommes la reconnut quand elle s'approcha du groupe et déclara :

— Vous avez réussi à sortir de cet enfer ! J'en suis heureux pour vous.

— La pluie ne va pas tarder à maîtriser l'incendie,

affirma-t-elle avec optimisme. Il ne s'est pas étendu jusqu'ici, n'est-ce pas ?

— Non, mais celui qui l'a provoqué est venu, répliqua l'homme qui se nommait Tom Barnes.

— Que dites-vous ? Raoul est là ?

— Oui.

Tom Barnes échangea un coup d'œil étrange avec les autres personnes du groupe et Tor soupçonna aussitôt un problème.

— Que s'est-il passé ?

Ne cherchant pas à éluder sa question, Tom apprit aux deux arrivants la terrible nouvelle :

— Duval a enlevé l'un des enfants de Whittier et il s'est retranché avec lui dans une cabane en forêt.

— Ce n'est pas possible ! s'exclama Lynn. Où est Bernard ? Et Margaret ?

— Margaret se trouve chez elle avec l'autre garçon pendant que Bernard tente de ramener Duval à la raison.

— C'est sans espoir à mon avis, Duval est fou, glissa l'un des compagnons de Tom.

— Nous devrions aller rejoindre Margaret, décréta Tor, l'air très soucieux. Venez, Lynn.

Il l'entraîna au pas de course vers la demeure des Whittier. L'estomac noué par l'appréhension, Lynn ne vit même pas les deux hommes qui montaient la garde devant la porte. Margaret était assise dans le salon, avec Stephen sur ses genoux. A l'entrée de Tor et de Lynn, les voisines qui lui tenaient compagnie s'éclipsèrent discrètement, mais la jeune femme ne remarqua pas pour autant leur présence. Elle fixait un point invisible, droit devant elle, tandis que Stephen, le visage barbouillé de larmes, semblait dormir profondément.

— Margaret ? fit Lynn d'une voix hésitante.

Son amie se tourna lentement vers elle. Elle paraissait revenir de très loin.

— Oh Lynn, tu es là ! Nous nous demandions si tu étais restée chez toi ou si tu avais essayé de partir.

La jeune fille se rappela soudain pourquoi elle avait décidé de quitter sa maison. Elle voulait adresser un message à Tor qui, de la manière la plus inattendue et incompréhensible, se trouvait à Sioux Lake. Cette affaire méritait une explication, mais plus tard. Pour l'instant, le sort de Kevin l'emportait sur toute autre préoccupation et elle s'enquit avec gravité :

— Y a-t-il du nouveau, Margaret ?

— Tu es donc au courant ?

Elle hocha la tête et la jeune femme se mordit les lèvres pour ne pas pleurer.

— Oh Lynn, j'ai si peur ! Les enfants jouaient dans le jardin quand Stephen a vu Raoul Duval enlever son frère sous ses yeux. Le temps que nous nous lancions à sa poursuite, il s'était enfermé dans une vieille cabane.

Le courage avec lequel Margaret se dominait inspira à son amie une profonde admiration et, plutôt que de lui prodiguer les paroles consolatrices de circonstance, elle préféra déclarer très sobrement :

— Je suis sûre que Bernard saura éviter un drame.

— Tu ne peux pas t'imaginer combien je me sens coupable, continua Margaret d'une voix blanche. Bernard souhaitait que je parte avec les enfants et j'ai toujours refusé, parce que je ne voulais pas le quitter. Mais il avait raison. Si je lui avais obéi, Kevin ne serait pas aux mains de cet homme aujourd'hui. Je m'en veux terriblement.

— Vous avez agi selon votre conscience, Margaret, intervint Tor. Ne vous reprochez rien. Personne ne peut se vanter de tout savoir d'avance.

— S'il arrive quelque chose à Kevin, je ne me le pardonnerai jamais, affirma néanmoins Margaret en secouant la tête.

Un bruit de pas résonna à cet instant au-dehors et un fol espoir illumina aussitôt ses traits. Ils se figèrent, hélas, dès que Bernard pénétra dans la pièce, car il suffisait de le regarder pour deviner que Raoul n'avait pas encore cédé.

— L'as-tu vu ? s'enquit Margaret sans avoir besoin de préciser de qui il s'agissait.

— Non, Raoul n'a pas voulu me le montrer, mais j'ai pu lui parler. Il va bien.

Se levant, Margaret posa une main tremblante sur la manche mouillée de son mari.

— Ce n'est pas tout, Bernard. Que me caches-tu ?

Il couvrit de ses doigts ceux de Margaret et, en dépit de son émotion, acquiesça calmement.

— C'est vrai, il y a du nouveau. Raoul me propose de libérer Kevin, à condition que je me livre à sa place.

Comme Margaret laissait échapper un gémissement douloureux, il la serra dans ses bras.

— Calme-toi et écoute-moi. Il sait qu'il y a un avion à Sioux Lake, et il veut que je l'emmène dans un endroit où il pourrait échapper à la justice. Cette fois, la police ne manque pas de motifs pour l'arrêter, comprends-tu ?

S'accrochant désespérément à son mari, Margaret protesta sur un ton déchirant :

— Non, je ne veux pas !

— Allons ma chérie, fit Bernard avec un sang-froid extraordinaire, réfléchis un peu. Tant qu'il garde Kevin, je suis pieds et poings liés, mais dès qu'il nous l'aura rendu, la situation changera du tout au tout.

— Il a une arme ! se lamenta Margaret. Il l'a raconté à tout le monde.

— Je le sais, répliqua Bernard très patiemment, mais n'oublie pas qu'il est incapable de piloter. Il a besoin de moi pour s'évader. Il dépend de moi.

Insensible à ces propos destinés à la rassurer, Margaret fondit en larmes. Lynn mesura toute l'atrocité de cette situation où elle devait choisir entre son fils et son mari. Soudain, rompant le silence consterné qui planait sur le salon, Tor annonça tranquillement :

— J'ai mon brevet moi aussi. Offrons à Raoul d'échanger Kevin contre moi.

— Je vous remercie, mais il n'en est pas question, répliqua aussitôt Bernard sans la moindre hésitation. Vous vous doutez bien que je ne peux pas accepter.

— Soyez raisonnable, insista Tor. Vous avez une femme et des enfants, ce qui n'est pas mon cas.

Voyant Bernard peser cet argument, Lynn devint livide, et elle se retint de justesse de crier : « Je vous aime, Tor. Je vous supplie de ne pas vous exposer à la place de Bernard ! » Il lui était évidemment interdit d'intervenir dans le débat des deux hommes, mais son soulagement fut immense quand Bernard déclara :

— De toute façon, il refusera.

— Allons lui parler, s'obstina Tor dont l'air absolument déterminé finit par fléchir son interlocuteur.

— Entendu, mais je connais d'avance sa réponse, expliqua-t-il.

Il prit sa femme par les épaules et lui dit avec une douceur infinie :

— Nous serons de retour dans quelques minutes. Fais-nous confiance.

Elle hocha misérablement la tête et l'embrassa.

— Je t'aime, Bernard.

— Moi aussi, je t'aime.

Le cœur serré, Lynn fixa intensément Tor durant ces instants poignants, mais pas une seule fois il ne la regarda. Il quitta la maison aux côtés de Bernard sans esquisser le moindre signe de tendresse, sans même se retourner. Pour Lynn, pas de serments, pas de baisers. Une fois de plus, elle se répéta ce triste refrain : « Il ne m'aime pas, il ne m'aime pas... »

— Lynn, qu'allons-nous devenir ? s'écria Margaret. De nous deux, il faudra que l'une souffre car... car tu es amoureuse de lui, n'est-ce pas ?

En un moment aussi tragique, elle ne songea pas à nier l'événement qui avait bouleversé sa vie.

— Oui, c'est vrai, reconnut-elle. Et crois-moi, j'aurais mieux fait de m'en abstenir.

Margaret parut sur le point de parler, et elle se ravisa brutalement pour déclarer d'une voix neutre :

— Il est parti à ta recherche dès que l'incendie a été découvert, sans perdre une seconde.

Affectant une légèreté qu'elle était loin d'éprouver, Lynn répliqua :

— Il ne pouvait pas se permettre de laisser périr sa pupille. Ma mère ne lui aurait jamais pardonné ! Allons, que dirais-tu d'une tasse de thé ? En ce qui me concerne, je n'ai rien pris depuis ce matin.

En hôtesse consciencieuse, Margaret s'empressa immédiatement d'improviser un repas pour son amie et, tandis qu'elle s'affairait, le temps sembla passer plus vite. Lynn mangeait sans appétit, plutôt pour garder sa compagne occupée, quand les deux hommes revinrent.

— J'avais raison, annonça Bernard sans détour. Raoul tient à ce que ce soit moi qui pilote l'avion. Nous repartons tout de suite. Tor ramènera Kevin pendant que je m'en irai avec lui. Toi, Margie, ne sors surtout pas d'ici. Il a menacé de tirer sur toutes les personnes qui tenteraient de s'approcher de nous. Tom Barnes se charge d'avertir les gens.

Tandis que son mari parlait, Margaret avait pâli, mais elle conserva son calme. L'heure n'était plus aux larmes ni aux gémissements.

— Je ne bougerai pas, Bernard, promit-elle et, comme si elle se trouvait seule avec lui dans la pièce, elle ajouta sur un ton à la fois vibrant et solennel : au cas où il arriverait quelque chose, je veux que tu saches combien tu m'as rendue heureuse. Je suis ta femme pour toujours.

Bernard l'embrassa longuement et tendrement. Il avait l'air de disposer de tout le temps qu'il désirait.

— Je t'aime trop pour ne pas revenir, Margie, affirma-t-il.

Puis, après avoir regardé Stephen avec émotion, il se dirigea d'un pas déterminé vers la porte.

— Etes-vous prêt, Tor ?

Celui-ci se borna à acquiescer d'un signe de tête en arborant une expression indéchiffrable. Dans le silence qui suivit le départ des deux hommes, le tic-tac de l'horloge évoqua celui d'une bombe à retardement. Lynn n'ignorait pas la haine que Raoul nourrissait à l'égard de Bernard et elle ne douta pas un instant de ses intentions. Dès qu'il n'aurait plus besoin du policier, il n'hésiterait pas à s'en débarrasser, ne serait-ce que pour l'empêcher de repartir le dénoncer et de trahir sa cachette.

Livide, Margaret était très probablement assaillie par des pensées identiques à celle de son amie et l'atmosphère devint irrespirable dans la maison. Cinq minutes s'écoulèrent... puis dix... puis vingt... L'attente était intolérable.

Enfin, la silhouette de Tor apparut et Margaret poussa un cri. Lynn crut que son cœur s'arrêtait de battre jusqu'au moment où elle vit qu'il ne revenait pas seul. Il portait un petit être immobile. Les doigts de Margaret se crispèrent sur le bras de son amie mais, fidèle à sa promesse, elle ne bougea pas.

Tor traversait à présent le jardin et il parla à Kevin qui leva la tête. Aux côtés de Lynn, Margaret cherchait son souffle. Elle luttait contre la terrible tentation de se précipiter vers son fils. Elle ne lâcha Lynn qu'à l'instant où Tor pénétra dans la maison. Alors seulement, elle courut jusqu'à la porte et Tor lui donna son enfant qu'elle serra convulsivement dans ses bras en fondant en larmes.

— L'homme m'a mis dans le noir ! gémit Kevin. J'ai eu très peur. Papa était dehors et je l'entendais parler, mais il ne voulait pas me laisser sortir. Où est papa ?

— Il va rentrer, assura Margaret en affermissant sa voix au prix d'un immense effort. Il est parti conduire l'homme très loin pour qu'il ne te fasse plus jamais de mal.

Habitué aux absences de son père, Kevin accepta

d'autant plus volontiers l'explication de Margaret qu'il ne voyait pas son expression bouleversée.

— Sera-t-il là demain ? s'enquit-il.

— Je l'espère.

— Ah ! fit-il avec une joie manifeste.

Puis, se conduisant avec l'inconscience de son âge, il réclama à manger et à boire.

Alors que Margaret se préparait à répondre, le bruit sec d'une détonation résonna, suivi de près par un second, et le silence retomba, lourd et angoissant, sinistrement rythmé par la pluie qui frappait les vitres.

— Bernard ! s'écria Margaret en reposant son fils sur le sol. Reste ici, Kevin. Attends-moi avec ton frère.

Il ne lui fallut qu'une seconde ensuite pour s'emparer d'une torche électrique et s'élancer hors de la maison.

— Venez vite, ordonna Tor à Lynn, et ils partirent en courant derrière elle, glissant sur les graviers de l'allée, se guidant d'après la lampe de Margaret.

Ils atteignirent rapidement la forêt et là, dans le faisceau lumineux, apparut une scène que Lynn n'allait plus jamais oublier.

Devant une misérable cabane gisait un corps d'homme, face contre terre. Il s'agissait de Raoul. Appuyé contre l'un des murs de bois sombre, Bernard grimaçait en tenant un bras serré contre sa poitrine. La pluie diluait le sang qui s'en écoulait en un filet régulier et continu.

— Bernard !

En entendant sa femme, il se redressa et ouvrit les yeux.

— C'est une petite blessure superficielle, s'empressa-t-il d'assurer d'une voix néanmoins faible.

Posant un regard horrifié sur Raoul, Lynn demanda :

— Est-il mort ?

— Oh non, répliqua Bernard avec un pâle sourire, mais il nous laissera tranquilles un moment !

— Que s'est-il passé ? s'enquit Margaret en se précipitant vers son mari qui la considéra d'un air très tendre.

— Je ne t'avais pas tout dit, ma chérie. Il n'était pas dans mes intentions de partir avec Raoul. C'est un déséquilibré. Il aurait été capable de me tuer en plein vol sans se soucier de mourir avec moi. Dès qu'il a libéré Kevin, nous nous sommes battus et j'ai eu le dessus.

Désignant son bras, il conclut :

— A part cette blessure, je suis indemne.

— Grâce au Ciel ! soupira Margaret.

Tom Barnes en tête, les hommes de Sioux Lake arrivèrent à leur tour sur les lieux. Raoul fut conduit dans une prison provisoire pendant que Bernard rentrait chez lui, soutenu par Tor et sa femme qui se chargea de le panser. Magda Barnes, l'épouse de Tom et l'habitante la plus serviable de Sioux Lake, s'occupa des enfants, permettant aux Whittier, à Tor et à Lynn de discuter tranquillement dans la cuisine. La jeune fille raconta au policier qu'elle avait surpris Raoul tandis qu'il mettait le feu à la forêt. L'événement vieux de quelques heures lui parut remonter à des siècles tandis qu'elle en parlait.

— Votre témoignage nous sera utile, lui répondit Bernard. Remarquez, après ses exploits de ce soir, Raoul n'aurait de toute façon plus eu aucune chance de nous échapper.

Soudain très sévère, Tor reprocha à Lynn sa conduite.

— C'est de la folie d'avoir cherché Raoul. Vous rendez-vous compte du danger que vous avez couru ? D'ailleurs, j'aimerais bien savoir pourquoi vous avez quitté votre maison.

La seule personne à qui elle ne pouvait avouer la raison de son retour prématuré étant Tor, Lynn affirma en feignant le détachement :

— Je voulais voir Margaret.

— C'est très gentil, ma chérie, s'empressa de décla-

rer la jeune femme, soucieuse de soutenir son amie
dont elle devinait la détresse. Tor, nous devons vous
remercier pour l'appui que vous nous avez apporté
aujourd'hui.

Consultant sa montre, elle se reprit avec un sourire.

— Il serait plus exact de dire hier !

— Nous vous devons un grand merci, Tor, renchérit
Bernard.

Les deux hommes se serrèrent la main et le policier
passa son bras valide autour des épaules de sa femme.

— Quelle journée, Margie ! Nous ferions bien d'aller
nous coucher.

— Je croyais que tu ne te déciderais jamais ! plai-
santa-t-elle en lui adressant un sourire qui valait un long
discours. Bonne nuit vous deux ! J'espère que les
enfants n'auront pas l'idée de se lever à l'aube !

Amoureusement enlacés, Bernard et Margaret quittèrent la pièce. Dès leur départ, Tor déclara sur le ton
froid d'un étranger :

— Vous êtes épuisée. Allez vous déshabiller.

— Je n'ai pas de chemise de nuit, objecta Lynn.

— Déshabillez-vous quand même, persista-t-il d'une
voix où perçait une légère irritation. Vous n'irez pas
vous coucher avant que j'aie soigné vos brûlures.

— Ce n'est pas la peine.

— Ne discutez pas.

Sans ajouter un mot, il sortit de la pièce et elle
l'entendit fouiller dans l'armoire à pharmacie de la salle
de bains. Discuter, Lynn n'en avait plus la force de
toute façon. Elle ne songeait soudain plus qu'à dormir... dormir. Au lieu de se lever, elle posa sa tête sur
la table et ses paupières se fermèrent d'elles-mêmes.

Lorsque Tor revint, il la trouva assoupie, et il hésita
une seconde avant de la prendre dans ses bras et de la
porter sur le lit de Kevin qui partageait pour une nuit la
chambre de son frère. Il lui ôta sans difficulté son tee-
shirt déchiré mais, quand il commença à lui enlever son
jean, elle protesta faiblement.

— Arrêtez…

— Ne soyez pas ridicule. Vous n'allez pas garder ces haillons.

Quelques secondes après, elle se sentit nue et terriblement vulnérable, mais elle ne tenta pas de résister davantage tandis qu'il appliquait en plusieurs endroits une pommade antiseptique. Comme dans un rêve, elle voyait la tête noire de Tor penchée sur elle et elle eut l'impression de flotter délicieusement jusqu'au moment où elle sombra à nouveau dans le sommeil.

Tor la contempla longtemps avant de se décider à la quitter et elle ne se réveilla qu'à midi, lentement, à regret, l'esprit encore troublé par les événements de la veille, dont le plus stupéfiant pour elle restait la brusque apparition de Tor dans la forêt.

Lorsqu'elle se mit enfin debout, la glace lui renvoya une image si consternante qu'elle se précipita dans la salle de bains. Une douche et un shampooing opérèrent une transformation spectaculaire et ce fut avec plus d'assurance qu'elle pénétra quelques instants plus tard dans la cuisine. Les légers cernes qui subsistaient sous ses yeux lui conféraient une grâce attendrissante.

En pantalon de velours et chemise claire, Tor était assis seul devant la table. A le voir à la fois si séduisant et si énigmatique, Lynn fut saisie d'une soudaine timidité et elle demanda d'une voix mal assurée :

— Reste-t-il du café ?

Après une brève hésitation, elle ajouta :

— Où sont les autres ?

En la servant, Tor répondit sur un ton neutre :

— Ils sont descendus jusqu'au lac. Je crois qu'ils sont heureux de passer cette journée en famille.

Lynn but machinalement le liquide chaud en se désolant d'avoir tant souhaité la présence de Tor et d'être incapable d'engager une vraie conversation avec lui à présent.

— Avez-vous des provisions chez vous ? lança-t-il tout à coup alors qu'il semblait aussi tendu qu'elle.

Elle acquiesça d'un simple hochement de tête.

— Bien, nous partirons dès que vous serez prête.

— Chez moi ? s'écria-t-elle, stupéfaite.

— N'est-ce pas ce que je viens de dire ?

— Mais… pourquoi ?

— Je vous l'expliquerai là-bas, répliqua-t-il avec brusquerie. Partons. Mes affaires sont déjà chargées dans un canoë.

Connaissant Tor, elle renonça à l'interroger davantage, et se résigna plutôt à le suivre docilement jusqu'au quai où ils prirent congé des Whittier. Margaret et Bernard ne parurent nullement étonnés de ce départ. Seule Lynn ne s'expliquait pas pourquoi Tor avait décidé de l'accompagner. Elle ne savait d'ailleurs même pas pourquoi il était venu à Sioux Lake.

Et subitement, alors qu'elle pagayait d'une façon mécanique, la lumière se fit en son esprit. Tor voulait la faire sienne encore une fois. Deux jours plus tôt, elle s'était résolue à tout accepter plutôt que de vivre à jamais séparée de lui, mais maintenant, elle n'était plus certaine de pouvoir se contenter de ce qu'il lui offrait. Son amour ne rencontrerait-il jamais d'autre écho que celui du désir physique ? Allait-elle durant toute son existence passer de la félicité à la désolation, de l'espoir au désespoir ?

Elle était si profondément plongée dans ses pensées qu'elle ne saisit pas la remarque de Tor.

— Pardon ? fit-elle en lui jetant un coup d'œil par-dessus son épaule.

— Je disais que l'endroit où nous nous sommes réfugiés hier n'a pas brûlé.

Pour la première fois depuis qu'ils avaient quitté Sioux Lake, elle regarda autour d'elle et découvrit en effet l'île qui ressemblait à une émeraude parmi les terres calcinées qui s'étendaient alentour. Son cœur se serra à la vue du paysage dévasté par la faute d'un homme ivre de mal et de vengeance. Elle éprouva un vif soulagement à laisser derrière elle ce décor de cauchemar pour retrouver la nature miraculeusement intacte autour de sa maison. Emue, elle ralentit le pas en traversant la plage, admirant la végétation et écoutant les oiseaux.

— Venez ! s'impatienta Tor.

Elle le suivit, pénétrant dans le logis qui, par le seul fait de sa présence, lui parut à nouveau accueillant et familier.

Il sortit de son sac un paquet rectangulaire enveloppé dans du papier et le lui tendit d'un air inexpressif.

— C'est pour vous.

Etonnée, elle le considéra avec embarras.

— Merci. Dois-je l'ouvrir tout de suite ?

— Comme il vous plaira, répliqua-t-il en affectant une indifférence que démentaient ses traits crispés.

Déchirant le papier, Lynn reconnut le tableau qu'elle avait vu à l'état d'ébauche la nuit où elle avait surpris Tor dans son atelier à Halifax. Nue, elle sortait de l'eau à la manière d'une déesse incarnant à la fois la beauté du corps et de l'âme, et ses yeux de jade recelaient d'ineffables mystères. Ne lui laissant pas le loisir de parler, Tor annonça sur un ton sec :

— C'est votre cadeau de mariage.

— Comment ? s'écria-t-elle, ébahie. Avez-vous toujours l'intention de m'épouser ?

— Evidemment.

Très perplexe, elle lui demanda non sans gêne :

— Avez-vous reçu ma lettre ?

— Non, quelle lettre ?

— Je vous en ai envoyé une de Toronto pour vous expliquer que je ne voulais pas me marier, avoua-t-elle en baissant la tête.

— Pourquoi ?

Eludant sa question, elle affirma sans remarquer sa soudaine pâleur :

— Je ne comprends pas que vous ne l'ayez pas reçue. Pour quelle raison êtes-vous donc venu à Sioux Lake ?

— Votre mère m'a téléphoné.

— Ma mère ! fit-elle, allant de surprise en surprise.

— Oui. A ce qu'elle m'a dit, elle avait commencé par m'écrire, puis elle a jugé préférable de s'entretenir avec moi de vive voix. Qu'elle a bien fait ! Elle s'inquiète pour vous. Elle estime que vous avez besoin de mener une vie régulière, pendant quelque temps du moins, avant de voyager éventuellement avec elle aux quatre coins du monde. Elle souhaite que je reste votre tuteur.

En proie à une nervosité qu'il ne réussissait plus à cacher, Tor se mit à arpenter la pièce, puis s'immobilisa devant Lynn.

— Il faut que vous deveniez ma femme.

Reculant d'un pas, elle rétorqua avec un air de défi :

— Et pourquoi donc ?

Tor lui arracha le tableau des mains, le posa sur la table et, l'enlaçant, l'embrassa si passionnément qu'elle en resta étourdie. Il la repoussa ensuite et lança :

— Cette raison vous suffit-elle ?

Se ressaisissant aussi vite qu'elle s'était abandonnée, elle répondit sur un ton chargé de violence et de douleur :

— Non, certainement pas ! Vous êtes un monstre, Tor !

Ce jugement parut le choquer puis, après un instant de silence lourd et confus, il s'enquit :

— Parlez-vous sérieusement ?

— Mais oui ! s'exclama-t-elle, masquant de son mieux son chagrin. Quelle autre opinion pourrais-je avoir de vous ?

— Pourquoi suis-je venu à Sioux Lake à votre avis ?

— Parce que Diana vous a téléphoné, vous venez de me l'expliquer.

Il hocha songeusement la tête.

— Depuis qu'elle m'a appelé, je suis soulagé d'un grand poids, en effet. Comprenez-moi, Lynn : quand j'ai découvert qui était votre mère, j'ai été contraint de modifier mes projets. Vous deviez vivre avec elle plutôt qu'avec moi. Et, si vous ne m'aviez pas oublié au bout de quelques mois, j'aurais eu la preuve que vos sentiments ne se réduisaient pas à un simple besoin de protection. Je voulais être sûr que vous m'aimiez avant de vous épouser.

— Est-ce pour ce motif que vous m'avez tant poussée vers elle ?

— Oui. Je ne me sentais pas le droit de profiter de l'attachement que vous me manifestiez. Croyez-moi, il m'en a coûté de vous laisser partir. J'ai cru devenir fou. Vous m'avez d'ailleurs vu dans mon atelier. Mais depuis ma discussion avec votre mère, je sais qu'en vous épousant je ne lèse personne, ni elle ni vous.

Il s'interrompit brutalement, puis reprit sur un ton encore plus ému :

— Vous me demandiez pourquoi je suis venu à Sioux Lake. Eh bien je... je ne supportais pas d'être séparé de vous... Je n'aurai pas de repos avant de vous avoir ramenée à Halifax et fait de vous ma femme.

Vivement troublée, Lynn conserva cependant assez de sang-froid pour poser la question qui la tourmentait toujours :

— Mais pourquoi tenez-vous tant à ce mariage ?

— Parce que je vous aime, répondit-il d'une voix qui levait tous les doutes. N'est-ce pas évident ?

— Evident ? s'écria-t-elle, abasourdie. Vous aviez pourtant l'air de me haïr.

— Oh bien sûr, j'ai lutté contre mes sentiments. Je n'ai pas facilement admis de perdre mon indépendance, et encore moins d'être tombé sous le charme d'une petite fille dont la taille tient dans mes deux mains ! Vous étonnez-vous, Lynn ?

Se remettant à faire les cent pas, il poursuivit ses explications tandis qu'elle l'observait le cœur battant.

— Je m'attendais à trouver une enfant ici, et non pas une nymphe irrésistible. De toute façon, mon rôle de tuteur m'interdisait de vous aimer. Et vous étiez tellement innocente. Comment aurais-je osé vous avouer mon amour ? Je ne me suis même pas risqué à vous dire que votre père vous a laissé un héritage de peur que, sachant que vous en aviez les moyens, vous ne décidiez de me quitter. Vous ne vous imaginez pas combien cette possibilité m'effrayait.

— Et moi qui croyais vous importuner ! glissa Lynn. J'ai même accepté de l'argent d'Helena pour m'enfuir. Il faudra que je le lui rende d'ailleurs.

— Comment ? Helena vous a donné de l'argent ! s'exclama Tor, horrifié. J'étais loin de mesurer à quel point elle peut se montrer malveillante. Oh Lynn, que d'obstacles se sont dressés entre nous !

Pour la première fois depuis qu'il avait commencé à parler, il la regarda droit dans les yeux.

— Lynn, je vous supplie de m'épouser. Vous avez de l'affection pour moi, je le sais, et un jour peut-être, vous m'aimerez vraiment, totalement. Je serai patient, Lynn. J'attendrai ce jour.

Ne supportant de voir cet homme si fier se faire tellement humble devant elle, elle déclara :

— Vous n'avez commis qu'une erreur, Tor.

— Laquelle ?

— Vous ne m'avez pas demandé ce que je ressens.

— Que voulez-vous dire ?

Avec un sourire radieux et une joie qu'elle était incapable de contenir plus longtemps, elle lui annonça :

— Je vous aime, Tor. A la folie.

Il la rejoignit en trois enjambées et l'enlaça.

— Répétez !

— Je vous aime, fit-elle avec une fermeté sereine.

— Vous venez pourtant de m'apprendre que vous m'avez envoyé une lettre pour refuser de m'épouser.

Pleinement confiante à présent, blottie dans ses bras, elle lui raconta enfin la vérité :

— Persuadée que vous ne m'aimiez pas, j'étais désespérée. Je ne voulais pas d'un mariage dans ces conditions. Alors je vous ai écrit et je suis venue ici. Mais, ne supportant pas de vivre sans vous, j'ai décidé de retourner à Sioux Lake afin de vous contacter par radio. C'est en route que le hasard m'a conduite sur les traces de Raoul.

— Et j'ai failli vous perdre dans l'incendie, termina Tor à sa place en l'embrassant d'abord par pur soulagement.

Très vite, leur baiser se chargea de passion. Animé par un profond désir, Tor porta Lynn jusqu'au lit et, autant il s'était montré plein de mesure et de retenue la première fois, autant il laissa cette fois-ci éclater le besoin dévorant qu'il avait d'elle. Ses lèvres, ses mains, son corps tout entier brûlaient d'une fièvre que seule Lynn pouvait apaiser. Tel un nénuphar s'ouvrant aux rayons du soleil, elle s'offrit à lui et la volupté, déployant une force aussi élémentaire que celle des vents et des marées, les emporta dans son tourbillon vertigineux, et leur arracha un cri.

Ils reposèrent ensuite dans les bras l'un de l'autre, apaisés et comblés, évoquant les problèmes successifs qui les avaient séparés, s'émerveillant de pouvoir se dire enfin « je t'aime », trois mots qui changeaient entièrement leur vie.

— Merci encore pour ce cadeau, murmura Lynn. Chaque fois que je le regarderai, je me souviendrai des circonstances de notre rencontre.

— Moi aussi... Tu étais si belle. Mais tu sais, ce portrait correspond en outre à un tournant dans ma carrière.

Les sourcils froncés, Tor réfléchit un instant.

— Te rappelles-tu le tableau de cet homme d'affaires que je t'avais montré dans mon atelier ?

Comme elle acquiesçait d'un signe, il poursuivit :

— Par faiblesse, je m'étais laissé aller à peindre des gens qui ne m'inspiraient pas, qui incarnaient même tout ce que je déteste. Si je ne t'avais pas connue, j'aurais fini par me dégoûter de mon art. Grâce à toi, je me suis ressaisi à temps.

— Grâce à moi ? s'étonna-t-elle.

— Oui, ma chérie. Quand je t'ai vue si vraie, si pure, si parfaitement intégrée au cadre dans lequel tu vivais, j'ai éprouvé une sorte de révélation. J'ai compris que je devais cesser d'illustrer le mensonge et l'hypocrisie. D'ailleurs, à partir de cet instant-là, c'est toujours ton visage qui surgissait sous mes crayons et mes pinceaux. Tu incarnais pour moi l'existence avec ses mystères et ses merveilles que la peinture a pour mission d'exprimer. C'est à moi de te remercier, de tout mon cœur.

Profondément émue par l'intensité des sentiments de Tor, Lynn lui sourit, libérée de la peur de lui révéler à quel point elle tenait à lui.

— Je suis heureuse, déclara-t-elle d'une voix à la fois gaie et grave.

A ses paroles succéda un silence dans lequel ils communièrent, puis une lueur malicieuse s'alluma dans les yeux de Tor.

— Tu ne m'as pas encore dit si tu acceptes de te marier avec moi !

Témoignant d'un charmant mélange de timidité et d'audace, Lynn abaissa son regard sur leurs deux corps nus, intimement enlacés et, les joues rosies, répliqua sur un ton espiègle :

— Je ferais bien d'accepter, je crois !

— Oui, c'est mon avis, confirma-t-il avec une soudaine solennité, car j'ai l'intention de passer avec toi mes jours et mes nuits.

Et ce jour-là fut le premier de leur bonheur.

LE SAVIEZ-VOUS?

L'Ontario. . . la deuxième des plus grandes provinces canadiennes, se situe entre le Québec à l'est et le Manitoba, à l'ouest. La capitale en est Toronto.

L'Ontario du nord est une région isolée et difficile d'accès. Faisant partie du ''bouclier'' canadien, elle est parsemée de milliers de lacs et la forêt s'y étend à perte de vue, jusqu'à la toundra de l'Arctique. C'est le pays des trappeurs—le royaume de l'ours, du lynx, de l'élan.

A quelques milliers de kilomètres au sud. . . Toronto—avec ses gratte-ciel étincelants, sa promenade au bord du lac et ses avenues bien dessinées où déambulent les tramways rouges et blancs. . .

Tout un monde excitant s'offrait à Lynn—il lui suffisait de suivre Tor. . . et de l'aimer!

Egalement, ce mois-ci . . .

TOUTE LA TENDRESSE DU MONDE

Pendant des heures, à demi inconsciente, Tara s'était désespérément accrochée au radeau de sauvetage secoué par la tempête. Puis son corps meurtri avait échoué sur les rivages d'une île sauvage, au large des côtes nord-africaines.

L'homme qui la recueillit, vivait seul dans une cabane Il était grand, rude et peu loquace—mais son regard exerçait sur Tara une fascination intense...

Un regard sombre et profond comme la nuit, où elle avait envie de se perdre. Mais à son contact, Tara éprouvait des sensations inconnues jusque là—elle savait qu'elle était marquée à jamais...

Bientôt... la Fête des Mères!

Pensez-y...la Fête des Mères, c'est la fête de toutes les femmes, celle de vos amies, la vôtre aussi!

Avez-vous songé qu'un roman **Harlequin** est le cadeau idéal – faites plaisir...Offrez du rêve, de l'aventure, de l'amour, offrez **Harlequin!**

Hâtez-vous!

Dès aujourd'hui, vous trouverez chez votre dépositaire nos nouvelles parutions du mois dans **Collection Harlequin, Harlequin Romantique, Collection Colombine** et **Harlequin Séduction.**

Des histoires d'amour sensuelles et captivantes

L'ILE DES TEMPETES, Lucy Lee

Comment abandonner le petit Robbie dans cette île aux abords sinistres—quant à son oncle, Gregory Godwin, il n'avait rien d'engageant non plus! Il fallait partir, au plus vite... Mais Godwin en avait décidé autrement; d'ailleurs Polly devait l'admettre elle se sentait terriblement attirée par lui.

LA PIERRE DES AMAZONES, Abra Taylor

Toni avait été fidèle à la mémoire de son mari défunt; elle n'envisageait dans ses rapports avec les hommes que de pures relations professionnelles. Rencontrer le docteur Luis Quental dans cet hôpital est pour Toni un choc émotionnel. Il réveille en elle des désirs secrets, des passions brûlantes...

LE FORUM DES LECTRICES

Harlequin Séduction vient à peine
de paraître, et nous avons déjà reçu
les commentaires enthousiastes de
nombreuses lectrices. L'une d'entre
elles raconte:

"Il y a une semaine, j'ai été chez un dépositaire
Harlequin, et immédiatement, 'Harlequin
Séduction' a attiré mon regard. Pourquoi?
L'illustration de la couverture était très belle,
invitante, séduisante... La collection 'Harlequin
Séduction' porte très bien son nom!

Je n'ai pas hésité et j'ai acheté tout de suite les
deux premiers numéros. Je n'ai pas été déçue: ils
contiennent tout ce que j'attendais d'un vrai
roman d'amour, des intrigues passionnantes dans
des pays merveilleux, un amour sensuel, des
personnages attachants.

En un mot, 'Harlequin Séduction', c'est séduisant,
envoûtant, sensationnel de la première à la
dernière page...et me fait passer des heures
merveilleuses!
Je vous félicite pour cette nouvelle collection!"

"Une de vos fidèles lectrices,"
Mme Yvan Nadeau, St Benjamin, P.Q.

Laissez-vous séduire . . .

HARLEQUIN SEDUCTION

Tout ce que vous attendez d'une grande histoire d'amour!

Excitant. . . l'action vous tient en haleine jusqu'à la dernière page!

Exotique. . . l'histoire se déroule dans des pays merveilleux aux charmes innombrables!

Sensuel. . . l'amour est passionné, le désir incontrôlable!

Moderne. . . l'héroïne est une femme épanouie, qui a de la personnalité!

Dès maintenant. . .
2 romans Harlequin Séduction chaque mois.

Ne les manquez pas!

Chez votre dépositaire ou par abonnement.
Ecrivez au
Service des livres Harlequin
649 Ontario Street
Stratford, Ontario N5A 6W2

CE MOIS-CI DANS
COLLECTION HARLEQUIN

Le monde appartient aux lectrices

d'Harlequin Romantique !

Vous êtes éprise d'aventure et vous avez envie d'échapper à la grisaille quotidienne.

Vous aimez les voyages, le dépaysement, la fantaisie. Vous avez une nature ardente et passionnée...vous voulez vivre des émotions intenses.

Vous rêvez d'amours splendides, de clairs de lune, de baisers volés dans l'ombre des soirs.

Alors vous n'avez pas assez d'une vie pour réaliser tous vos désirs.

Mais vous pouvez entrer dans le monde magique de la passion, partager la vie fascinante de nos héroïnes, au cœur de contrées lointaines...capiteuses.

Avec HARLEQUIN ROMANTIQUE, vos désirs les plus fous deviennent réalité.

Grâce à notre offre d'abonnement, vous pouvez recevoir chez vous, tous les mois, dès leur parution, la série de six titres HARLEQUIN ROMANTIQUE.

Éternelle jeunesse du roman d'amour!

On a l'âge de son esprit, dit-on. Avez-vous jamais songé à vérifier ce dicton?

Des romancières célèbres telles que Violet Winspear, Anne Weale, Essie Summers, Elizabeth Hunter… s'inspirant du vrai roman d'amour traditionnel, mettent en scène pour votre plus grand plaisir héros et héroïnes attachants, dans des cadres romantiques qui vous transporteront dans un monde nouveau, hors de la grisaille du quotidien. En partageant leurs aventures passionnantes, vous oublierez soucis et chagrins, vous revivrez les émotions, les joies…la splendeur…de l'amour vrai.

Six romans par mois…chez vous… sans frais supplémentaires… et les quatre premiers sont gratuits!

Vous pouvez maintenant recevoir, sans sortir de chez vous, les six nouveaux titres HARLEQUIN ROMANTIQUE que nous publions chaque mois.

Et n'oubliez pas que les 6 vous sont proposés au bas prix de $1.75 chacun, sans aucun frais de port ou de manutention.

Et cela ne vous engage à rien: vous pouvez annuler votre abonnement n'importe quand, pour quelque raison que ce soit.

Pour vous assurer de ne pas manquer un seul de vos romans préférés, remplissez et postez dès aujourd'hui le coupon-réponse sur la page suivante.

Rien n'est plus pratique qu'un abonnement *Harlequin Romantique*

1. Vous recevrez les 4 premiers livres en CADEAU puis 6 nouveaux titres chaque mois, dès leur parution. Vous ne risquez donc pas de manquer un seul volume Harlequin Romantique.

2. Vous ne payez que $1.75 par volume, sans les moindres frais de port ou de manutention.

3. Chaque volume est livré par la poste, sans que vous ayez à vous déranger.

4. Vous pouvez annuler votre abonnement à tout moment, pour quelque raison que ce soit…nous ne vous poserons pas de questions, et nous respecterons votre décision.

5. Chaque livre Harlequin Romantique est écrit par une romancière célèbre: vous ne risquez donc pas d'être déçue.

6. Il vous suffit de remplir le coupon-réponse ci-dessous. Vous recevrez une facture par la suite.

Bon d'abonnement

Envoyez à:

HARLEQUIN ROMANTIQUE, Stratford (Ontario) N5A 6W2

OUI, veuillez m'abonner dès maintenant à HARLEQUIN ROMANTIQUE et faites-moi parvenir les 4 premiers livres gratuits. Par la suite, chaque volume me sera proposé au bas prix de $1.75, (soit un total de $10.50 par mois), sans frais de port ou de manutention.

Il est entendu que je pourrai annuler mon abonnement à tout moment, pour quelque raison que ce soit et garder les 4 livres-cadeaux sans aucune obligation. Nos prix peuvent être modifiés sans préavis.

NOM _____ (EN MAJUSCULES S.V.P.)

ADRESSE _____ APP. _____

VILLE _____ PROVINCE _____ CODE POSTAL _____

Offre valable jusqu'au 30 septembre 1983.   MA 304